本书为国家社会科学基金一般项目《金圣叹形式批评研究》
（06BZW007）的最终成果

金圣叹形式批评研究

樊宝英 著

中国社会科学出版社

图书在版编目(CIP)数据

金圣叹形式批评研究／樊宝英著.—北京：中国社会科学出版社，2018.12

ISBN 978-7-5203-3241-5

Ⅰ.①金… Ⅱ.①樊… Ⅲ.①金圣叹（1608-1661）-古代文论 Ⅳ.①I206.2

中国版本图书馆 CIP 数据核字（2018）第 223578 号

出 版 人	赵剑英
责任编辑	慈明亮
责任校对	韩海超
责任印制	戴　宽

出　　版	中国社会科学出版社
社　　址	北京鼓楼西大街甲 158 号
邮　　编	100720
网　　址	http://www.csspw.cn
发 行 部	010-84083685
门 市 部	010-84029450
经　　销	新华书店及其他书店
印刷装订	北京君升印刷有限公司
版　　次	2018 年 12 月第 1 版
印　　次	2018 年 12 月第 1 次印刷
开　　本	710×1000　1/16
印　　张	16.25
插　　页	2
字　　数	267 千字
定　　价	69.00 元

凡购买中国社会科学出版社图书，如有质量问题请与本社营销中心联系调换
电话：010-84083683
版权所有　侵权必究

序

《金圣叹形式批评研究》是宝英2004年申请博士学位的论文，距今已有十多年的光景。十多年来，他对原作究竟有多少修改和充实，我并没有——核对，但是，仅就他雪藏这么久而迟迟不肯示人而言，足见他对这一研究成果多么自珍、自重。这使我回想起当初他给我的第一印象：厚道、踏实、勤奋、文献基础好，整个一位北方帅小伙的形象。重要的还在于他对中国古代文论的情有独钟，并没有因为西学成为"时尚"而改弦易辙，如此持之以恒的坚守当是学术上有所成就之必需，特别是对于喜好从众的青年而言比较难得。值得称道的还在于，宝英入学后并未一股脑儿扎在故纸堆里，而是花费了很多精力去研读西学经典，特别是对20世纪的西方文论更是情有独钟，《金圣叹形式批评研究》就留下了这方面的印痕，即借鉴西学观念、理论和方法重释中国文学经验。就此而言，宝英的金圣叹研究当是一篇佳构，他以自己的方式印证了王国维"学无古今中西"的箴言。

之所以说《金圣叹形式批评研究》是一篇佳构，首先在于此项研究所关注的问题本身——形式。这是一个被"文以载道"传统遮蔽而又未能完全遮蔽的问题，是一个被20世纪后期文学观念摒弃而又不可能彻底摒弃的问题，是一个难以讨论清楚而又必须去讨论的问题……"文以载道"作为中国古代文论史的主流话语，堪称主流意识形态在文学艺术世界里的替身。它曾被赋予许多神圣光环而把世界照得通透明亮，以至于其它理论的萤火都难以显现自身，甚至被怀疑它们的存在是否微不足道、可有可无。就此而言，金圣叹在中国古代文论史上的地位就显得十分独特而重要：他不是一般意义上承认或强调形式的存在及其重要性，而是将形式提升到了本体论的高度，即文学之所以成为文学的东西，尽管他并没有使用"形式"这个本属于西方和现代的概念，但就其整个文学批评来说，则是彻底地践行了这一理念。敢于直面这样一个重要而复杂、历久而弥新的问题，需要具备一定的学术勇气；《金圣叹形式批评研究》显示了这种勇气，一个初出茅庐的青年学人的勇气，值得称道。

毫无疑问，"选本"和"评点"是金圣叹践行形式批评的两个主要领域，或者说在这两个领域最能体现金圣叹形式本体论的文学理念。关于"选本"，最著名的是他把《庄子》《离骚》《史记》《杜诗》《水浒传》《西厢记》圈定为"天下六才子书"，可谓石破天惊之论，从而将"文学性"推举到前所未有的高度，在征圣宗经的"正典"之外树立了另外的标本。于是，固若金汤的铜墙铁壁被撞开了一个透气和透亮的新缺口，中国文化的价值坐标和评价体系出现了新的参照系统。至于金圣叹的"评点"，表面看来是基于文本细读的文法寻绎和归纳，深层次地看，则可以发现他对文学叙事的一系列真知灼见，洋溢着开发汉语潜能的冲动和激情，贡献不可谓不大矣！总之，金圣叹尽管不是"选本"和"评点"的始作俑者，但是，将其推向中国古代文学批评的极致，恐怕非金圣叹莫属。对此，宝英博士的《金圣叹形式批评研究》展开了细致、系统的分析和归纳，材料丰富可靠，评价中肯，多有新见。

相对于西方文学理论批评而言，"选本"和"评点"无疑是中国古代文学理论批评的突出特点。换言之，强调文学的思想性即其"载道"价值，西方文论也有许多类似的观点，即便像康德这样的现代形式主义鼻祖，也断然否认艺术是一种"纯形式"存在。因此，我们很难将"文以载道"定义为中国文论的传统和特色；如果有人至今仍将其作为文学艺术的金科玉律，那么，我们就很难将这种定义看作是纯学术的，很难掩饰此定义背后侍臣们逢迎的笑脸。而"选本"和"评点"则完全不同，它们是真正的、独具特色的中国文论传统。为什么？盖源自"形式"与"非形式"的不同属性：相同、相近或近似的"非形式"（或所谓"内容"），可以在不同时代、不同民族、不同作品、不同文体中反复出现、持续出现、直至今天；而"形式"，在艺术中则是不可重复的、独一无二的，就像相似的爱国或爱情主题，一旦被赋予不同的艺术形式，就有可能是一部新作而再次诱惑受众。事实说明，能够千变万化的是"艺术形式"，而不是某种"思想内容"之类，"形式"而非"内容"的万千线条和丰富色彩，绘就了灿烂的文学艺术之历史长卷。这就是文学形式本体论的学理基础，毋庸置疑。当然，这也是一个非常复杂的问题，至今尚未彻底讨论清楚。我们在此故意将其简单化，只是为了说明"形式"而非"内容"才是文学之为文学的东西，以此佐证金圣叹倡导"形式本体论"的合法性。在这一意义上，宝英的研究走在了正路上，至少有益于这一重要而复杂问题的后续展开。而行走在这条探寻路上的宝英博士，也以其开阔的视野、畅达的表述，显示了他的老到和成熟。

"文如其人""风格即人"，金圣叹文学批评的独特性显然与其为人的独特性密切相关。恰如宝英在本研究中所分析的那样，金圣叹一生不屑于进仕功名，而是以布衣文人自居、自得，从而为自己营造了一个相对自主、自由的空间。于是，他没有必要曲学阿世，可以不按套路出牌。否则，就会"将自己诗文的优劣与其官位的浮沉相沉瀣……那些经生学士，以征圣宗经为本，强调修身养性，多以道德学问家自居。他们奢谈天理之道，耻于抒情言性，视文学为玩物丧志之事。即使谈'文'，也是主张'文以载道'。……相比之下，金圣叹却有着明显的不同。他并不是一个循规蹈矩、热衷于功名的流俗之辈，而是一个自命不凡、傲岸嘲世、追求自由的怪诞之士。他天性疏宕，恃才不羁，这已不可能使他在道统的立德方面出人头地；他出身低微，淡泊名利……这也不可能使他在立功方面有所建树。对他来说，封建文人知识分子所崇尚的'立德''立功'之路显然渺渺无期。因此，他只好把他的整个人生和才华都押在了'立言'方面，把文学评点作为一种名山之业，此外别无出路。"宝英博士对金圣叹的人生观做了精彩的分析，事实上也是针砭时弊之言。用现在话来说，只有以学为业、心无旁骛，视学问为己之宗教，不为"体制"所困，才有可能获得自由的"野性"并做出真学问；否则，眼睛始终盯着官场、桂冠、名利，即便著作等身，质量和意义也会大打折扣。

宝英博士毕业十多年来一直陷入大量的行政事务，从山东到浙江，至今尚未脱身，显然会影响他的学术行程。当然，"学而优则仕"古已有之，至今仍然非常普遍而非个别现象。对此，有识之士早已忧虑和惋惜，惋惜这些青年才俊们本来可以将学问做得更好。"学而优则仕"使学术研究官僚化、体制化，干扰了学术对真理的真诚和追问。此状况若能有所改变，实乃中国学术之大幸矣。

权为序。

赵宪章
2017年深秋于南京草场门寓所

目 录

导言 形式视野下的金圣叹文学评点研究 …………………… (1)
 第一节 金圣叹文学评点的文本性质 ………………………… (2)
  一 立言名世的评点志趣 …………………………………… (3)
  二 文本选家的灵心慧眼 …………………………………… (8)
  三 文法为尚的分解批评 …………………………………… (14)
 第二节 金圣叹文学评点研究史的反思 ……………………… (21)
  一 金圣叹文学评点研究的历史扫描 ……………………… (21)
  二 金圣叹文学评点研究范式的共时审视 ………………… (32)
 第三节 金圣叹文学评点的研究方法及架构 ………………… (35)
  一 形式观照与金圣叹评点研究 …………………………… (36)
  二 金圣叹形式批评研究的基本架构 ……………………… (37)

第一章 文心论 ……………………………………………………… (39)
 第一节 文与笔：金圣叹形式观的历史承继 ………………… (40)
  一 文：历史流变及其审美形式内涵 ……………………… (40)
  二 笔：历史流变及其审美形式内涵 ……………………… (47)
 第二节 文与情：文作为形式符号对情的型构 ……………… (51)
  一 文、情关系的历史扫描 ………………………………… (52)
  二 文生于情：情对文的主导 ……………………………… (55)
  三 情生于文：文对情的建构 ……………………………… (59)
 第三节 文与事：文作为形式符号对事的型构 ……………… (63)
  一 为文计不为事计：文贵于史的新格局 ………………… (64)
  二 因文生事：文学生成的虚构性机制 …………………… (71)

第二章　文辞论 …………………………………………… (92)
第一节　字法句法及其语言审美功能的寻绎 ……………… (92)
　　一　字法的内涵及其审美价值 ……………………………… (93)
　　二　句法的内涵及其审美价值 ……………………………… (105)
第二节　汉语言诗性的审美开拓 …………………………… (110)
　　一　以少总多的简约美 ……………………………………… (111)
　　二　自铸伟辞的新奇美 ……………………………………… (113)
　　三　整齐一律的对称美 ……………………………………… (116)
　　四　错落有致的参差美 ……………………………………… (119)

第三章　章法论 …………………………………………… (122)
第一节　相间：章法结构的表层分析 ……………………… (126)
　　一　避犯：同中有异的重复美 ……………………………… (129)
　　二　缓急：张弛有度的节奏美 ……………………………… (134)
　　三　伏应：瞻前顾后的衔接美 ……………………………… (139)
第二节　阴阳：章法结构的深层分析 ……………………… (145)
　　一　拆而为两、叩其两端与"相间"章法的生成 ………… (148)
　　二　物不终穷、虚无空幻与《水浒》《西厢》文本的
　　　　"腰斩" ……………………………………………………… (150)

第四章　分解论 …………………………………………… (161)
第一节　文本的向心式细读 ………………………………… (165)
　　一　细读的内涵及其操作 …………………………………… (166)
　　二　细读的文化透视 ………………………………………… (188)
第二节　八股文法解读与文本世界美的呈示 ……………… (199)
　　一　八股文体结构及其美学价值 …………………………… (200)
　　二　八股取士文化语境与金圣叹文学评点 ………………… (204)
　　三　八股文读法与文本形式美呈现 ………………………… (207)
第三节　形式观照与文本的经典化 ………………………… (217)
　　一　选本批评与文体审美特性的关注 ……………………… (218)
　　二　金圣叹才子观及其对才子的重估 ……………………… (224)
　　三　文本经典化的理论反思 ………………………………… (231)

余论　金圣叹形式批评的现代思考 ……………………… (234)
　　一　形式分析与意蕴把握的中介关联 ……………………… (234)

二　感悟品鉴与理性分析的张力寻求 …………………………（237）
　三　文学批评与文化批评的主宾摆位 …………………………（240）
参考文献 ……………………………………………………………（242）
后　记 ………………………………………………………………（250）

导 言

形式视野下的金圣叹文学评点研究

中国古代文学批评历史悠久，源远流长。在三千多年的历史流变中，出现了难以数计的文论著作，造就了众多卓有建树的文论家，形成了颇具民族特色的文论话语。然而当我们历数这些文学批评大师及其成就之时，金圣叹的名字一定不会让我们遗忘。金圣叹（1608—1661），原名采，字若采。明亡入清改名人瑞，又名喟，字圣叹，苏州吴县人。金圣叹颖敏绝世，才气超群。天性爱慕自由，行为放诞不经，不屑仕进，游戏功名，常被目为"怪杰"。一生博学宏富，酷爱批书，断然把《庄子》《离骚》《史记》《杜诗》《水浒传》《西厢记》定为"天下六才子书"。后因牵连"哭庙案"被杀，致使诸多著作尚未批完，遂带着"庄骚马杜待如何"的遗憾离开了人间。

自从评点"六才子书"以来，金圣叹就未得到心灵上的些许宁静。特别是他对《水浒传》《西厢记》的"腰斩"，更是众说纷纭、褒贬不一。三百多年来，在金圣叹的名目上便冠有各式各样的称号。或被视为"狂徒""异端"[1]；或被视为"衡文"高手[2]；或被视为

---

[1] 陆文衡《啬庵随笔》评其曰："言之狂诞，行之邪放。"董含《三冈识略》说："（金圣叹）恣一己之私见……可谓迂而愚也！其终以笔舌贾祸，宜哉！"引为同乡的归庄，虽有"归奇顾怪"之称，竟也撰写《诛邪鬼》一文，称其"小说传奇跻之于经史子集，固已失伦，乃其惑人心，坏风俗，乱学术，其罪不可胜诛矣。"均见张国光校注《金圣叹批本西厢记》，上海古籍出版社1986年版，第310—323页。

[2] 廖燕《金圣叹先生传》说："为人倜傥高奇，俯视一切。好饮酒，善衡文评书，议论皆发前人所未发。……凡一切经史子集笺疏训诂，与夫释道内外诸典，以及稗官野史，九夷八蛮之所记载，无不供其齿颊，纵横颠倒，一以贯之，毫无剩义。"见张国光校注《金圣叹批本西厢记》，上海古籍出版社1986年版，第310页。

"小说哲学家"①；或被视为"八股选家"②；或被视为"反动文人"③；或被视为"著名文学批评家"④；或被视为"杰出启蒙思想家"⑤；或被视为"戏曲小说批评大师"⑥。穿越三百余年的历史时空，金圣叹无疑仍是一个极有争议的历史人物。或褒而誉之，或贬而讥之，或褒贬兼而有之，可谓争讼不已，难归一统。究其因，一方面与金圣叹及其评点本身的复杂性和特殊性密切相关，为研究者们提供了进一步抉发的可能性空间。另一方面也与研究者多向度的观照息息相通。"世万其人，人万其心"⑦，由于时世的斗转星移和不同角度的观照，金圣叹及其文学评点便呈现出见仁见智的不同侧面。因此，争议性便成为金圣叹研究中不可避免的二律背反。一般而言，愈是具有争议性的历史人物，愈是具有值得后人进一步研发的价值；愈是具有复杂性的事物，愈具有值得后人进一步挖掘的空间。事实上，当我们今天再一次面对金圣叹本人及其文学评点时，仍不可规避这一悖论，即同样面临着一个对金圣叹重新定位的问题。金圣叹究竟是一个什么样的文学批评家？其文学评点究竟是何种性质的文学批评？这些问题仍需要我们进一步重新思考并试图加以解决。

第一节　金圣叹文学评点的文本性质

当我们反复研读金圣叹的文学评点之后，不难发现，金圣叹不愧为地

---

① 棪《读新小说法》："泰西学术，有政治之哲学家，有格致之哲学家，有地理之哲学家，有历史之哲学家；而中国金圣叹氏，实是中国小说之哲学家也。"《新世界小说社报》1907年第6、7期。

② 胡适：《〈水浒传〉考证》，易竹贤编《胡适论中国古典小说》，长江文艺出版社1987年版，第180页。

③ 公盾：《不要美化封建反动文人——谈评价金圣叹的两个问题》，《新建设》1963年7月号。

④ 刘大杰、章培恒：《金圣叹的文学批评》，《中华文史论丛》第三辑，中华书局1963年版，第154页。

⑤ 张国光：《金圣叹的志与才》，南京出版社1998年版，第149页。

⑥ 邬国平、王镇远：《清代文学批评史》，上海古籍出版社1995年版，第191页。

⑦ 王夫之：《船山遗书》第14册，中国书店2016年版，第4页。

地道道的文本①批评家。他主要采用"以文观文"的方式对文学文本进行了极为细致的观照和解读，即以形式②的眼光对文学文本予以穿透，发现并呈示文学文本在字法、句法、章法等方面的美质，确证文学之所以成为文学的形式本性，从而使自己走向了美文学批评之路。我们之所以需要对金圣叹及其文学评点作这样的重估与定位，既非哗众取宠，也非随时易变，而是基于历史事实对金圣叹及其文学评点进行深刻反思的结果。

一 立言名世的评点志趣

金圣叹作为明清之际的一个文人知识分子，既不同于当时所谓的文臣，也不同于当时所谓的经生学士，更不同于当时的武士，而是隶属于一个特殊的布衣文人阶层③。金圣叹这种边缘化的特殊身份，使他无论在个性特征、生活方式上，还是在对待文学的态度上都具有相对独立的特点。那些文臣，因食朝廷俸禄，常将官职与自身合二为一，曲学阿世之心态使他们很难保持人格的独立与自由。这样的文人就创作而言，大多将自己诗文的优劣与其官位的浮沉相沉瀣；就批评而言，也极易用政治的眼光对文学加以观照，很难谈得上对文学有什么高深的造诣与透视。那些经生学士，以征圣宗经为本，强调修身养性，多以道德学问家自居。他们奢谈天理之道，耻于抒情言性，视文学为玩物丧志之事。即使谈"文"，也是主张"文以载道"。在文学批评方面，他们以穷经博学为能，往往以考据代替文学的领悟，从而对文学缺乏应有的敏锐与灵感，也很难对文学有透彻

---

① "文本"这个概念在当代西方文论中主要用于两个层面：一个是语言学思路，将文学文本视为一个具有向心性的自足体，美不假外求，正体现于语言、结构等形式之中，例如俄国形式主义、英美新批评和法国的结构主义等；一个是现象学思路，将文学文本视为一个具有离心性的开放体系，美须假外求，正体现于读者的解构之中，例如法国的后结构主义、德国的接受美学、美国的解构主义等。本书主要是取在第一种思路上的文本意义，强调文本的客观存在性。参见董希文《文学文本理论研究》，社会科学文献出版社2006年版。

② "形式"是指文学文本的类型及其从中加以抽象出来的语言表达方式、结构组织规范、艺术手法技巧等方面的整体建构。从内在的本性来看，形式是一种本体，规定着艺术成为艺术的东西，是艺术自身的体现，从其审美的功能来看，形式意味着意义。它不仅包含着内容，而且组织它、塑造它，赋予内容以一定的秩序，从而确立自己审美存在的独立价值。它与文本在语言学层面上构成了相通性。

③ 陈宝良：《明代文人辨析》，《汉学研究》第19卷，2001年第1期。该文对明代文人与文臣、道学家、武士之间的差别和关联作了适当的辨析，对明代文人的精神特征及其影响作了透彻的分析。

的把握。至于那些武士，偏于事功，以谈兵为荣，以建功为尚。虽然不时也有尚文之习，颇能附庸风雅一番，但终非本色当行，与文学毕竟有隔。相比之下，金圣叹却有着明显的不同。他并不是一个循规蹈矩、热衷于功名的流俗之辈，而是一个自命不凡、傲岸嘲世、追求自由的怪诞之士。他天性疏宕，恃才不羁，这已不可能使他在道统的立德方面出人头地；他出身低微，淡泊名利，游戏科举，这也不可能使他在立功方面有所建树。对他来说，封建文人所崇尚的"立德""立功"之路显然渺渺无期。因此，他只好把他的整个人生和才华都押在了"立言"方面，把文学评点作为一种名山之业，此外别无他路。

　　金圣叹对"立言"有着自己的理解。"何谓立言？如周公制《风》《雅》，孔子作《春秋》。《风》《雅》为昌明和怿之言，《春秋》为刚强苦切之言；降而至于数千年来，巨公大家，撼胸奋笔，国信其书，家受其说；又降至于荒村老翁，曲巷童妾，单词居要，一字利人，口口相授，称道不歇，此立言也。夫言与功德，事虽递下，乃信其寿世，同名曰'立'。由此论之，然则言非小道，实有可观。"① 金圣叹特别高看"立言"的伟岸之处，把"立言"摆在了与"立德""立功"同等重要的位置上，希望借助文学评点实现自己立言不朽的胸襟抱负。金圣叹以司马迁《史记》为例，强调如果没有史家之"立言"，那么君相之功业也会湮灭不闻。他说："君相能为其事，而不能使其所为之事必寿于世。能使君相所为之事必寿于世，乃至百世千世以及万世，而犹歌咏不衰，起敬起爱者，是则绝世奇文之力，而君相之事反若附骥尾而显矣。"② 在金圣叹看来，古来圣贤之"立德"无不通过"立言"来担当，其身光名耀无不通过笔墨来流传。"夫文章小道，必有可观，吾党斐然，尚须裁夺。古来至圣大贤，无不以其笔墨为身光耀。只如《论语》一书，岂非仲尼之微言，洁净之篇节？"③ 即使像孔子这样的至圣先师，之所以能垂教后世，模范千古，也实得力于《论语》"佳构"的"洁净"之美。正是从这一意义上说，金圣叹强调："夫世间之一物，其力必能至于后世者，则

---

① 金圣叹：《贯华堂第六才子书西厢记》，周锡山编校《金圣叹全集》，万卷出版公司2009年版，第253页。
② 金圣叹：《贯华堂第五才子书水浒传》（上），周锡山编校《金圣叹全集》，万卷出版公司2009年版，第413页。
③ 同上书，第8页。

必书也。"① 金圣叹批《西厢记》之所以"恸哭古人","批之刻之",其目的还在于"留赠后人",流芳百世。

在金圣叹看来,文之"立言"具有"苞乎天地之初,贯乎终古之后,绵绵暧暧,不知纪极"②之功德,关乎着"一日成书而百年犹在"的万古不朽之事。既然如此,我们就不难理解金圣叹为何对文学批评情有独钟的原因之所在。金圣叹自幼喜爱唐诗,对杜诗尤为沉醉。他的族兄金昌为其《杜诗解》作序云:"唱经在舞象之年,便醉心斯集。"③ 他对《水浒传》更是喜爱有加:"吾既喜读《水浒传》,十二岁便得贯华堂所藏古本,吾日夜手钞,谬自评释,历四五六七八月,而其事方竣。"④ 金圣叹喜读《水浒传》,朝夕在手,形影不离,晨夜无间,边批边读,历时二十余年。由此可知,金圣叹对文学评点别有用心。他不是像其他文人那样,仅把文学批评当作一种功利性的手段,而是始终把它当作一种天职,时刻听从内心的召唤。他摆脱了事功利禄的纠缠,心无旁涉,以读书批书为"立言"之鸿业,以毕生精力来探究文学究竟为何物。"嗟乎!生死迅疾,人命无常,富贵难求,从吾所好,则不著书,其又何以为活也!"⑤ 人生短暂,命运多蹇,悲凉遍披,应以何种方式消遣此生?在金圣叹看来,立言批书无疑是展露才华、实现抱负的最佳途径。金圣叹对读书批书有一种痴迷的"醉心"状态,将读书批书与整个人生的价值和意义联系起来,并视为一种生命存在的方式。即使死到临头,在人生的最后时刻,最为留恋的还是那些未批完的"才子书"。其《绝命词》云:"鼠肝虫臂久萧疏,只惜胸前几本书。虽喜唐诗略分解,《庄》、《骚》、马、杜待何如?"⑥ 金圣叹是一个对著书批书无比倾心的人,是把整个身心都贴上去的人。对于其他,似乎满不在乎,泰然处之。他深感读书批书就是一种心灵的快乐和自由的

---

① 金圣叹:《贯华堂第六才子书西厢记》,周锡山编校《金圣叹全集》,万卷出版公司2009年版,第8页。
② 金圣叹:《贯华堂选批唐才子诗》,周锡山编校《金圣叹全集》,万卷出版公司2009年版,第49页。
③ 金圣叹:《唱经堂第四才子书杜诗解》,周锡山编校《金圣叹全集》,万卷出版公司2009年版,第42页。
④ 金圣叹:《贯华堂第五才子书水浒传》(上),周锡山编校《金圣叹全集》,万卷出版公司2009年版,第8页。
⑤ 同上书,第203页。
⑥ 金圣叹:《小题才子书》,周锡山编校《金圣叹全集》,万卷出版公司2009年版,第329页。

创造。一是倍感身心的沉醉与快乐。金圣叹偶读《西厢记》之《拷艳》一篇，历数人生有"三十三快"，并认为"文章真有移换性情之力"[①]。如《酬韵》一篇，写莺莺自花园烧香离去，只留下隔墙酬韵张生的一片痴情，张生不由感叹："他不偢人待怎生。"金圣叹见此七字，悄然废书而卧者三四日，大有"活人于此可死，死人于此可活，悟人于此又迷，迷人于此又悟"的强烈迷醉状态，具有"勾魂摄魄之气力"[②]，犹如进入了马斯洛所描绘的"高峰体验"[③]。金圣叹读《水浒传》也感慨良端："呜呼！天下之乐，第一莫若读书，读书之乐，第一莫若读《水浒》。"[④]难怪金圣叹常常运用"奇""妙""哭""笑""骇""嘻""突兀""大叫""奇绝""妙绝""快绝""叹绝""怪绝""绝倒""杀人""闲杀""急杀人""吓杀人""乐杀人""奇杀人""妙杀人""骇杀人""痒杀人"等词语来表达其阅读《水浒传》的审美感受。二是善于捕捉文学的"神理"之美。"神理"作为一个文论语词和美学范畴，最早由刘勰《文心雕龙》提出，其中《原道》《明诗》《丽辞》《情采》《正纬》提及"神理"一词，达七次之多。金圣叹引而用之，不仅用"神理"范畴评论唐诗，而且还用"神理"范畴来评价小说戏曲。金圣叹说："读书固必以神理为主，若曹听曹说，无谓也。"[⑤]据不完全统计，金圣叹在《唱经堂第四才子书杜诗解》评点中，使用"神理"一词四次；在《贯华堂选批唐才子诗》评点中，使用"神理"一词十八次；在《贯华堂第六才子书西厢记》评点中，使用"神理"一词二十六次；在《小题才子书》评点中，使用"神理"一词十五次；在《贯华堂第五才子书水浒传》评点中，使用"神理"一词也多达十三次。如果说刘勰的"神理"主要是指作家为文用心的千变万化、神妙莫测，那么金圣叹的"神理"主要是指文学作品在语言描写、人物塑造、结构布局等方面所体现出来的精妙隐微。金

[①] 金圣叹：《贯华堂第六才子书西厢记》，周锡山编校《金圣叹全集》，万卷出版公司2009年版，第229页。

[②] 同上书，第83页。

[③] 高峰体验是一种强烈的、令人心荡神游、出神入迷的体验，是一种自我实现的瞬间，是人最美好时刻的一种终极体验。见马斯洛《谈谈高峰体验》，转引自《人的潜能和价值》，华夏出版社1987年版，第367页。

[④] 金圣叹：《贯华堂第五才子书水浒传》（上），周锡山编校《金圣叹全集》，万卷出版公司2009年版，第181页。

[⑤] 同上书，第325页。

圣叹的"神理"或指**事物的内在神韵**。如许浑《鹤林寺中秋夜玩月》诗前半解云:"待月中庭月正圆,庭中无树复无烟。初更云尽出沧海,半夜露寒当碧天。"金圣叹评之说:"二句七字,写尽'待月中庭'四字神理。三四十四字,写尽'月正圆'三字神理。"①"待月中庭月正圆"一句,既点出古刹鹤林寺中秋圆月的空阔明净,又写出作者玩月的急切兴致,可谓淋漓尽致。或指**人物的内在性格**。金圣叹评价鲁达说:"自第七回写鲁达后,遥遥直隔四十九回,而复写鲁达。乃吾读其文,不惟声情鲁达也,盖其神理悉鲁达也。"②金圣叹认为四十九回之前写鲁达以酒为命,此后写鲁达涓滴不饮,其间虽有变化,但鲁达那种爽直性急、热肠好义、心地厚道的声情神理并没有改变。或指**作品的结构之妙**。如《水浒传》第三十二回写"花荣出妻见妹"一节,可谓文心照耀。金圣叹说:"看他文心前掩后映,何其妙哉!见刘知寨恭人,却误认是花知寨恭人,既晓得不是花知寨恭人,却又仍得见花知寨恭人,一奇也。未算到秦家嫂嫂,却先见花家妹子,今日是花家妹子,后日又却是秦家嫂嫂,二奇也。世之浅夫读此文,则止谓是花荣出妻见妹耳,岂复知其结构之妙哉!""花荣出妻见妹"一节不仅仅是一个故事而已,更重要的是有着"前掩后映""犬牙交错"的"神理"之妙。正如金圣叹说:"下文妻妹一段,都有神理。作者之手法如此。"③或指**遣词造句的精当传神**。《西厢记》"酬简"一章极写莺莺不来、张生久待之"神理",连续六写"一片搔爬不着神理",勾画出张生望眼欲穿、期盼莺莺到来的复杂心理。其中有一段写张生的唱腔是:"他若是肯来,早身离贵宅。他若是到来,便春生敝斋。他若是不来,似石沉大海。数着他脚步儿行,靠着这窗楹儿待。"对此,金圣叹评价说:"'贵宅''贵'字,'敝斋''敝'字,都有神理,不只作寻常称呼用也。"④"贵""敝"用字之变换表现出张生与莺莺之间的地

---

① 金圣叹:《贯华堂选批唐才子诗》,周锡山编校《金圣叹全集》,万卷出版公司2009年版,第341页。
② 金圣叹:《贯华堂第五才子书水浒传》(下),周锡山编校《金圣叹全集》,万卷出版公司2009年版,第814页。
③ 金圣叹:《贯华堂第五才子书水浒传》(上),周锡山编校《金圣叹全集》,万卷出版公司2009年版,第468页。
④ 金圣叹:《贯华堂第六才子书西厢记》,周锡山编校《金圣叹全集》,万卷出版公司2009年版,第218页。

位不同、门第之别，也折射出张生对莺莺能否冲破门第观念束缚前来幽会尚存疑虑的心理。三是倾注心灵的自由创造。金圣叹读书批书并非是死读书，他总是恣情任性，透视着自己的灵性。或快意当前，或垂泪浩叹，常常情不自禁地流露出自己的感情波澜。他往往能纵横贯穿，附以己意，令人耳目一新。下起笔来倾情尽性，气势磅礴，可谓人人心中之所有，人人笔下之所无。正所谓"凡我批点，为长康点睛，他人不能代"，"圣叹批《西厢记》是圣叹文字，不是《西厢记》文字"①。清代周昂在《第六才子书西厢记》批注中，曾这样评述金圣叹对《西厢记》评点："……实写一番，空写一番。实写者，即《西厢》事，即《西厢》语，点之注之，如眼中睛、如颊上毫；空写者，将自己笔墨，写自己心灵，抒自己议论……"②可见金圣叹的整个文学批评充满着强烈的"适来自造"③的自我意识。

金圣叹不愧为"世间读书种子"④，像他这样对读书批书如此倾情尽性、如此尽心尽力的批评家，在中国古代文学批评史上并不多见。他把读解文学、评点文学视为自己的名山事业，并把他的个性、人格、学养全部贯注其中。这正是金圣叹的独特之处，也是金圣叹超越前人的原因所在。正是凭着这种精神，他才能"于诗道甚深"⑤，于"文心"最切。这为他进行形式化的文本评点即"细读"提供了最根本的保证。

二 文本选家的灵心慧眼

金圣叹不仅是一个评点家，而且也是一个选家。但是选家自有选家的目的，选家自有选家的眼光。"选家"的目的在于通过选编的形式对前人作品汰芜取精，除劣择优，树立典范。正如《四库全书总目提要》所言："删汰繁芜，使莠稗咸除，菁华毕出。"⑥作为一个选家，金圣叹从浩如烟海的历史典籍、深广繁复的历代作品中，独标出"六才子书"，的确有一

---

① 金圣叹：《贯华堂第六才子书西厢记》，周锡山编校《金圣叹全集》，万卷出版公司2009年版，第18页。
② 《后候》卷三之四，《此宜阁增订金批西厢》，清乾隆六十年此宜阁刊朱墨套印本，第86—87页。
③ 金圣叹：《贯华堂第六才子书西厢记》，周锡山编校《金圣叹全集》，万卷出版公司2009年版，第18页。
④ 同上书，第83页。
⑤ 李重华：《沉吟楼遗诗序》，转引自冉苒校点《金圣叹文集》，巴蜀书社2003年版，第8页。
⑥ 永瑢、纪昀等：《四库全书总目提要》，艺文印书馆1965年版，第1685页。

种"路海拾珍,邓林撷秀"之感。用他自己的话来说,可谓"约略亦总尽矣"①。但是金圣叹之所以能做到"食马留肝,烹鱼去乙",实赖于他以文观文、别具手眼的独特眼光。金圣叹说:

> 善论道者论道,善论文者论文,吾尝观其制作,又何其甚妙也!《学而》一章,三唱"不亦";叹"觚"之篇,有四"觚"字;余者一"不"、两"哉"而已。"质胜文则野,文胜质则史",其文交互而成。"知之者不如好之者,好之者不如乐之者",其法传接而出。"山""水""动""静""乐""寿",譬禁树之对生。"子路问闻斯行",如晨鼓之频发。其它不可悉数,约略皆佳构也。彼《庄子》《史记》,各以其书独步万年……皆不过以此数章引而伸之,触类而长之者也。《水浒》所叙……而举其神理,正如《论语》之一节两节……②

金圣叹善于从形式的角度解读《论语》,的确别具一副手眼。别人只关注《论语》的事理行迹,他却关注《论语》的篇章布局。金圣叹依据《论语》的《学而》《雍也·觚不觚》《雍也·质胜文》《雍也·知者乐水》等篇章,抽象出"重复""交互而成""禁树对生""传接而生"等"平行"化的基本准则③。同时,金圣叹还进一步认为《庄子》《史记》《水浒传》只不过是这一"平行"基本准则的触类引申。金圣叹是从审美的角度,通过深层透视去把握《论语》的形式之美,真不愧为"善论文者"。他对于文本的兴趣不是侧重于论事,而是侧重于论文;不是以道观文,而是以文观文,正所谓"为文计,不为事计"④。金圣叹旨在以审美形式的眼光去发现和寻绎文本自身之美。金圣叹说:"必要真正有锦绣心肠者,方解说道好。"⑤他对《西厢记》《水浒传》的评价也是如此。

---

① 金圣叹:《唱经堂第四才子书杜诗解》,周锡山编校《金圣叹全集》,万卷出版公司2009年版,第41页。
② 金圣叹:《贯华堂第五才子书水浒传》(上),周锡山编校《金圣叹全集》,万卷出版公司2009年版,第8页。
③ [加]华劳娅·吴:《平行:关于金本〈水浒传〉的批评话语》,《通俗文学评论》1997年第3期。
④ 金圣叹:《贯华堂第五才子书水浒传》(上),周锡山编校《金圣叹全集》,万卷出版公司2009年版,第413页。
⑤ 同上书,第19页。

"《西厢记》断断不是淫书，断断是妙文。今后若是有人说是妙文，有人说是淫书，圣叹都不与做理会。文者见之谓之文，淫者见之谓之淫耳。"①假道学者诬言《西厢记》是"诲淫"之书，诅咒《西厢记》作者该"当堕拔舌地狱"。对此，金圣叹以牙还牙，标称《西厢记》是"天地妙文"，作者是"天地现身"。金圣叹一方面强调"非此一事，则文不能妙也"，彻底肯定男女情爱之事。另一方面强调欣赏与批点作品不能一味以事淫与事不淫为准则，而应视其如何表现，所谓"意在于文，意不在于事也"。金圣叹对文学作品的观照采取了不同于假道学的美学眼光，即所谓"眼照古人"。"圣叹《西厢记》只贵眼照古人，不敢多让，至于前后著语，悉是口授小史，任其自写，并不更曾点窜一遍，所以文字多有不当意处。……普天下后世，幸恕仆不当意处，看仆眼照古人处。"②用廖燕的话来说，就是"别出手眼"："除朋从笑谈外，唯兀坐贯华堂中，读书著述为务……所评《离骚》《南华》《杜诗》《西厢》《水浒》，以次序定为六才子书，俱别出手眼。"③

金圣叹之所以采用以文观文、别出手眼的审美方式解读文学文本，也并非偶然之举。"我们观看事物的方式受到我们所知道的和所相信的东西的影响。"④ 以读者"前理解"⑤ 的视野来看，金圣叹文学评点一是受到明代文学批评中审美化传统的影响，二是受到明代时文的影响。郭绍虞说："明人于文，确实专攻。任何书籍，都用文学眼光读之。"⑥ 在这方面，横跨百余年的前后七子和唐宋派无疑是两个重镇。同为复古派，虽有

---

① 金圣叹:《贯华堂第六才子书西厢记》，周锡山编校《金圣叹全集》，万卷出版公司 2009 年版，第 11 页。
② 同上书，第 12 页。
③ 廖燕:《金圣叹先生传》，张国光校注《金圣叹批本西厢记》，上海古籍出版社 1986 年版，第 310 页。
④ John Berger, *Ways of Seeing*, New York: Penguin, 1974, p. 8.
⑤ 前理解是解释学中一个重要概念，最早由现代解释学奠基人海德格尔提出。前理解有前有、前见和前设三个结构。前有，就是一种特定的生活、社会、文化的背景，在理解之前会把理解的东西植入其中；前见，是指已经加以把握的概念，有一种先行的立场或视角；前设，是指理解之前有一个预先的假设。所谓前理解是指先于文本的读者具有的生活文化背景、知识观点方法和框架预设。作为读者认知结构，是一切理解得以可能的首要条件。见海德格尔《存在与时间》，陈嘉映、王庆节译，生活·读书·新知三联书店 2006 年版，第 176 页。
⑥ 郭绍虞:《中国文学批评史》下，百花文艺出版社 1999 年版，第 263 页。

宗法秦汉与唐宋之分，但他们都重在文章形貌与文法，显然有着极大的相通性。前后七子承传沧浪妙悟之旨，重在气象。如气象不在，当于字句求之，注目于从声容、意兴、体制上得古人之格调。李梦阳《答吴谨书》说："夫文自有格，不祖其格，终不足以知文。"唐宋派续接吕祖谦以来的评点传统，重在神明。如神明不在，当于开合顺逆、错综经纬中求之，能出新意于绳墨之余。唐顺之尤看重法，其《董中峰侍郎文集序》说："唐与近代之文，不能无法，而毫厘不失乎法，以有法为无法，故其为法也严而不可犯。"他们对"文法"的偏重，使他们不仅在评价文学作品时是以审美的眼光进行打量，即使对待历史或经学著作也以此目之。后七子代表人物屠隆完全以文学的见地来阐说六经文章之技巧，彰显《左传》《国语》、贾、马、屈、宋、庄、列诸子著作的文学价值。特别对《左传》的"文美"盛赞有加："高峻严整，古雅藻丽，而浑朴未散，含光酝灵……可喜可愕哉！左氏之为文矣！"王世贞讨论篇法、句法、字法，扩大了"文"的范围，他从六经中看到"文"的价值，从而提出"易亦诗也"[①]的看法。唐宋派的代表人物归有光圈点《史记》，虽遭人讥，却仍抉发其为"文"之道、为"文"之美。对此章学诚《文史通义·文理》则有记曰：

> 偶于良宇案间，见《史记》录本，取观之，乃用五色圈点，各为段落，反覆审之，不解所谓。询之良宇，哑然失笑，以谓己亦厌观之矣。其书云出前明归震川氏，五色标识，各为义例，不相混乱。若者为全篇结构，若者为逐段精彩，若者为意度波澜，若者为精神气魄，以例分类，便于拳服揣摩，号为古文秘传。前辈言古文者，所为珍重授受，而不轻以示人者也。[②]

兼及七子派和唐宋派之影响的孙月峰把六经作为文章来读，并认为"万古文章，总之无过于周者。《论语》《左氏》《公》《穀》《礼记》最有法"[③]。他一生读《史记》《庄子》、欧阳修、《韩非子》《文选》《汉

[①] 丁福保辑：《历代诗话续编》，中华书局1983年版，第967页。
[②] 章学诚：《文史通义》，上海书店1988年版，第81页。
[③] 孙月峰：《与余君房论文书》，转引自郭绍虞《中国文学批评史》卜，百花文艺出版社1999年版，第262页。

书》《左传》《国策》《国语》《吕》,进而十三经,读后方悟"文章之法尽于经矣"①。明代的文学批评偏重艺术论,显示出极强的美学眼光,这种美学霸气基本上劫持了整个文坛,并给后来的金圣叹从事文学评点以很大影响。金圣叹借用了他们曾经使用的术语,特别是唐宋派使用过的"开合""正反""宾主""起伏""照应""擒纵"等文章学概念,在操作上同样以审美的眼光来审视诸多历史著作,这一点可谓与孙月峰不谋而合。"仆昔因儿子及甥侄辈,要他做得好文字,曾将《左传》《国策》《庄》《骚》《公》《谷》《史》《汉》、韩、柳、三苏等书,杂撰一百余篇……名曰《才子必读书》。"② 相比之下,不但所选这些作品的数目大致相当,而且都凸显了史学著作的审美价值。更重要的是金圣叹又把这种以文观文的眼光转移到对《水浒传》《西厢记》的审视上,显示了超出前人的灵心慧眼。"《水浒传》方法,都从《史记》出来,却有许多胜似《史记》处。若《史记》妙处,《水浒》已是件件有。"③ "相其眼觑何处,手写何处,盖《左传》每用此法。我于《左传》中说,子弟皆谓理之当然。今试看传奇亦必用此法,可见临文无法,便成狗嗥,而法莫备于《左传》。甚矣,《左传》不可不细读也。我批《西厢》,以为读《左传》例也。"④ 金圣叹将《史记》《左传》与《水浒传》《西厢记》互证互释,并以文观之,的确是卓然不群。对此陈登原的评价颇富见地:"圣叹所谓六才子书,子史诗歌戏剧小说,盖已兼收并蓄,此其眼光,实已压倒明清之际所有选家。"⑤

至于八股文对于金圣叹评点的影响,胡适和鲁迅都曾提及过。胡适认为金圣叹用了"选家"的眼光评文,明显带有八股选家的流毒,危害不

---

① 孙月峰:《与余君房论文书》,转引自郭绍虞《中国文学批评史》下,百花文艺出版社1999年版,第261页。
② 金圣叹:《贯华堂第六才子书西厢记》,周锡山编校《金圣叹全集》,万卷出版公司2009年版,第13页。
③ 金圣叹:《贯华堂第五才子书水浒传》(上),周锡山编校《金圣叹全集》,万卷出版公司2009年版,第15页。
④ 金圣叹:《贯华堂第六才子书西厢记》,周锡山编校《金圣叹全集》,万卷出版公司2009年版,第55页。
⑤ 陈登原:《国史旧闻》,中华书局2002年版,第502页。

浅①；鲁迅认为金圣叹评价诗文小说的布局行文，都被拖到八股作法之上，不失笑谈。② 尽管两位大师在整体上对金圣叹的做法持一种否定的态度，但毕竟道出了金圣叹在当时的历史语境下深受八股影响、运用时文眼光审视文本的事实。郭绍虞说："明代的文人，殆无不与时文发生关系；明代的文学或批评，殆也无不直接间接受着时文的影响。"③ 由此观之，金圣叹受其影响也是顺理成章之事。"圣叹本有'才子书'六部。《西厢记》乃是其一。然其实六部书，圣叹只是用一副手眼读得。如读《西厢记》，实是用读《庄子》《史记》手眼读得；便读《庄子》《史记》，亦只用读《西厢记》手眼读得。"④ 此处金圣叹所言的"一副手眼"，就是用一种八股文的眼光来解读文学作品。"仆思文字不在题前，必在题后，若题之正位，决定有无文字。不信，但看《西厢记》之一十六章，每章只用一句两句写题正位，其余便都是前后摇之曳之。"⑤ 这种八股式的观照，既能让我们看到遣词造句的简练洁净，又能让我们看到文学文本各个部分的呼应锁合，以见出文学文本的"精严"之美。凭此，金圣叹泛览文海，含英咀华，指向一种形式化的文学批评。

　　无论是明代文学批评的审美传统，还是八股文的影响，都强化了金圣叹以文观文的美学眼光。他选文重在"以能文为本"，关注为文之用心，体现形式之要义，从而使自己在审视文学作品时将其历史的内涵暂时被"悬置"⑥，文学的特性"被置于前景"。尽管他常招致"以文律曲"抹杀文体界限之嫌，但他的这种文学眼光又的确让我们发现他所构筑的"六才子书"世界是一个美的世界。

---

　① 胡适：《〈水浒传〉考证》，易竹贤编《胡适论中国古典小说》，长江文艺出版社1987年版，第180页。

　② 鲁迅：《谈金圣叹》，《鲁迅全集》第4卷，人民文学出版社1981年版，第327页。

　③ 郭绍虞：《中国文学批评史》，上海古籍出版社1979年版，第421—422页。

　④ 金圣叹：《贯华堂第六才子书西厢记》，周锡山编校《金圣叹全集》，万卷出版公司2009年版，第12页。

　⑤ 同上书，第14页。

　⑥ 胡塞尔认为，一切哲学思考都必须先行经由现象学的还原返回纯粹现象或纯粹意识，才能为自己找到可靠的基础。而现象学还原的准备性步骤就是"悬置"。一方面把存在的观点，即世界独立于意识之外、意识是世界反映的观点加以悬置，另一方面把历史的观点即历史上遗留下来有关世界的各种看法悬置起来。后用于文学批评，不计历史环境，或孤立地研究文学作品，或研究审美知觉。见胡塞尔《纯粹现象学通论》，李幼蒸译，中国人民大学出版社2004年版，第97页。

三 文法为尚的分解批评

金圣叹既强调选本，又重视评点。他把选本和评本结合起来，彻底使评点摆脱了长期以来的史传笺注传统，从而使评点回到了文学批评自身。他重视分解，强调文法，暗含着后来西方形式主义文学批评所倡导的美学精神。

从谱系学的角度来说，评点之学固然来源于历史考证学和读书法[①]。但金圣叹把它用之于文学却摆脱了笺证义疏的局限，并使之面向文本本身。金圣叹从事文学批评，无论是序、读法，还是眉批、夹注，甚至是删改，都是透过文学文本的字里行间，去体会文学艺术美意之所在。他认为诗歌绝不同于历史，诗就是诗本身。他说："初唐、盛唐、中唐、晚唐，此等名目，皆是近日妄一先生之所杜撰。其言出入，初无准定。今后万不可又提置口颊，甚足以见其不知诗。"[②] 他反对明代高棅以历史嬗变来界定诗歌发展史的做法，认为这样做违背了诗歌自身发展的规律，根本不符合诗歌的特质，所以金圣叹讥高棅为"足以见其不知诗"。基于这样的考虑，金圣叹要求评点从诗歌自身的特性出发，否定那种注释式的批评。他在《答王道树学伊》中说："尊教讽弟书注当以《世说》刘孝标为最胜者，此语人所同习，弟岂不闻。但弟今愚意且重分解。分解本是唐律诗中一定平常之理，何足哓哓多说。特无奈比来不说既久，骤说便反见怪，故弟不避丑拙，试欲尽出唐人诸诗，与之逐首分之。然则先生谓弟与唐人分解则可，谓弟与唐人注诗，实非也。"[③] "唐人注诗"，一是指李善的"释事忘义"，一是指李邕的"附事见义"，都是搜集材料丰厚，征引古籍繁复，但因偏重于释事和词汇的溯源而忽略了对文学层面的解析。这些都是

[①] 关于评点产生的历史渊源，张伯伟认为与"章句""论文""科举""评唱"有关。孙琴安把训诂学和历史学视为评点的两大来源，把唐代、宋元、明代和清代分别视为评点的形成期、发展期、全盛期和转折期。吴承学认为评点的形成受古代经学、训诂句读学、诗文选本注本、诗话等形式的综合影响而致。分别参见张伯伟《中国古代文学批评方法研究》，中华书局2002年版，第590页；孙琴安《中国评点文学史》，上海社会科学院出版社1999年版；吴承学《评点形态源流》，《文学评论》1995年第1期。

[②] 金圣叹：《贯华堂选批唐才子诗》，周锡山编校《金圣叹全集》，万卷出版公司2009年版，第76页。

[③] 同上书，第55页。

金圣叹所不能苟同的①。金圣叹的批评实践，不是侧重典故的注释和史实的引证，而是注重文学的文本分析。二者之间的分离表明了金圣叹的文学观和批评观：诗歌绝不是仅靠背景支撑的历史文本，而是由特殊语言构成的自给自足的文学文本。尽管文学无法回避历史事实，但这些东西通过文学化的方式已经被"移置"了，在文学文本中它们已成了被虚构的遗迹。历史事件只是一个亚文本潜藏在文本之中，尽管它可能是意义阐释的前提，但它只是被文本以复杂的外表所掩盖的行迹而已。从这个意义上说，文学批评不能与历史现象混为一谈，应该指向文学的个性存在，寻绎文学文本的丰富性及其魅力所在。

金圣叹的文学评点对文学文本自身魅力的寻绎，是与他力主的"分解"模式分不开的。这无疑是对中国古代文论传统中"不可解"感悟品评模式的一大反拨。受传统整体直观思维模式的影响，致使中国传统的文学批评偏重于一种感悟式批评。无论是南宋的严羽、明代的谢榛，还是清初的叶燮，都持有诗歌"不可解"之论。严羽《沧浪诗话·诗辨》主张："诗者，吟咏情性也。盛唐诸人，惟在兴趣，羚羊挂角，无迹可求。故其妙处，透彻玲珑，不可凑泊，如空中之音，相中之色，水中之月，镜中之象，言有尽而意无穷。"谢榛《四溟诗话》强调："诗有可解、不可解、不必解，若水月镜花，勿泥其迹可也。"叶燮《原诗·内篇下》倡言："诗之至处，妙在含蓄无垠，思致微渺，其寄托在可言不可言之间，其旨归在可解不可解之会，言在此而意在彼，泯端倪而离形象，绝议论而穷思维，引人于冥漠恍惚之境。"面对这种"不可解"的批评模式，金圣叹怀有一种愤激之情，并持一种批判和否定的态度。金圣叹说"弟自幼最苦

---

① 刘孝标是梁朝人，曾为《世说新语》作注而出名。他综博群书，随文施注，引典宏富，考稽详密，堪称注书之典范。《四库全书总目提要》评曰："孝标所注，特为典赡。"金圣叹的朋友王道树奉劝他注书应该向刘孝标学习，而他坚决不从。因为刘氏所注仅仅是钩沉索引，考案事实，忽略了《世说新语》所含有的言辞之美。所以金圣叹特别申明自己与之不敢苟同。在《与徐子能增》信中说："昨道树有手札，微讽弟注书应如刘孝标。昔李北海以其尊人讳善所注《文选》未免解事忘义，乃更别自作注，一一附事见义。尊人后见而知不可夺也，因而与己书两行之。今弟亦不敢诋刘氏之释事忘义，亦不敢谓己之附事见义，总之弟意只欲与唐律诗分解。"（金圣叹《贯华堂选批唐才子诗》，周锡山编校《金圣叹全集》，万卷出版公司2009年版，第56页）《四库全书总目提要》说："《新唐书·李邕传》称其父善始注《文选》，释事而忘义，书成以问邕，邕意欲有所更，善因令补之，邕乃故两书并行。"无论是李善的"释事忘义"，还是李邕的"附事见义"，都是金圣叹不能赞同的。李善注《文选》搜集材料丰厚，征引古籍繁复，但因偏重于释事和辞藻的溯源而忽略了对义意的解析。其子李邕有意矫正，以期做到事义兼释，但他仍然没有把对释义的重点放在文学的层面上。

冬烘先生,辈辈相传'诗妙处正在可解不可解之间'之一语",并"断断不愿亦作'妙处可解不可解'等语"①。"仆幼年最恨'鸳鸯绣出从君看,不把金针度与君'之二句,谓此必似贫汉自称王夷甫口不道阿堵物计耳。若果知得金针,何妨与我略度。今日见《西厢记》,鸳鸯既已绣出,金针亦尽度,益信作彼语者,真是脱空谩语汉。"② 在金圣叹看来,文学作品作为一种"真话"的体现,"不与分解,却如何可认?"③ 所以特别强调"愚意且重分解"④。金圣叹所言的"分解",是一种"条分而节解之"⑤的细读方式,通过对文学文本字法、句法和章法内在脉络的呈示,从而最终把握文学文本的意义所在。其核心是对"细读"的重视和"文法"的寻绎。这一点显然是金圣叹区别于刘辰翁、李贽文学评点的不同之处。刘辰翁是中国第一位杰出的评点大师,著作甚丰,兼及诗歌、散文、小说三个方面的评点。在文学评点的风格上,其最大特点是立足于诗歌本体,对之作一种审美式的批评。他特别反对那种离开审美感受去作穿凿附会、训诂考证的比附方法,明确弘扬"可评不可注"⑥的批评理念。"可评不可注"语虽出自刘将孙,但是却道出了刘辰翁的批评理念。所谓"注"就

---

① 金圣叹:《贯华堂选批唐才子诗》,周锡山编校《金圣叹全集》,万卷出版公司2009年版,第60页。

② 金圣叹:《贯华堂第六才子书西厢记》,周锡山编校《金圣叹全集》,万卷出版公司2009年版,第14页。

③ 金圣叹:《贯华堂选批唐才子诗》,周锡山编校《金圣叹全集》,万卷出版公司2009年版,第58页。

④ 同上书,第55页。

⑤ 金圣叹:《贯华堂第五才子书水浒传》(上),周锡山编校《金圣叹全集》,万卷出版公司2009年版,第4页。

⑥ 在具体的诗歌评点中,刘辰翁多次表达了他对注杜者牵强附会、繁琐考证的批判态度。《须溪批点选注杜工部诗》评杜甫《成都府》云:"语次写景,注者屑屑附会,可厌。"评杜甫《漫兴》云:"平常景,多少幽意,为小儒牵强解了,读之可憎;野人漫兴,深入情尽,岂复有能注者。"刘辰翁的儿子刘将孙在《集千家注批点杜工部诗集》序言中对其父的评点观念别有心会:"有杜诗来五百年,注杜者二三百数。然无善本,至或为伪苏注,谬妄钳劫可笑。自或者谓少陵'诗史',谓少陵'一饭不忘君',于是注者深求而强附,句句字字,必附会时事曲折,不知其所谓史,所谓不忘公者,公之天下,寓意深婉,初不在此。……第知肤引,以为忠爱,而不知陷于险薄。凡注诗尚意者,又蹈此弊,而杜集为甚。……先君子须溪先生每浩叹学诗者各自为宗,无能读杜诗者,类尊丘垤而恶睹昆仑。""注杜诗如注庄子,盖谓众人事,眼前语,一出尽变言外意、意外事。一语而破无尽之书,一字而含无涯之味。或可评不可注,或不必注,或不当注。举之不可偏,执之不可著,常辞不及于情,故事不给于弗也。然讵能尔尔。是本净其繁芜,可以使读者得于神,而批评摽撦,足使灵悟,固草堂集之郭象本矣。"

是注释、疏义，侧重于诗歌的语句出处，追究诗歌的本事用典，依据历史材料分析诗歌意义。所谓"评"就是立足诗歌文本，在对特定文本品鉴的基础上，对作品的用词造句、意象设置及其审美价值做出判断。"观诗信注，岂不谬哉！"评点绝不是对作品作冷静客观的评价，而是作饱含情感的感悟式体验。作为两种不同的批评形式，刘辰翁选择了第二种。刘辰翁《题刘玉田选杜诗》说："凡大人语，不拘一义，亦其通脱透活自然。……观诗者各随所得，各自有用。"① 因此，刘辰翁的评点意在通过对诗歌语言的品鉴把玩，感同身受地体验作者的思想情感，在此基础上进一步领悟作品的总体风神意貌，以获得一种深层的审美意味和愉悦。刘辰翁这种"专以文学论工拙"②的做法开拓了评点的境界，无疑与金圣叹的评点有着某种程度上的相通性。但是由于他过分强调了读者解诗的主观性，致使其评点往往从个人兴趣出发，随意而批，崇尚深幽隽峭之语。"各随所得，各自有用"表明文学评点不是重在客观地分析原作的立意、篇法、句法、字法，而是重在自己主观情感的抒发和对文本创造性的参与，这一点与金圣叹的评点明显不同。刘辰翁每每评诗不能做到详细周到，往往是三言两语，道出自己对于诗的主观感受或总体印象，难免走上印象主义批评的道路，甚至强调"好诗妙不可解"。这种"不可解"的观点，显然与金圣叹的"分解"模式完全相左。难怪金圣叹毫不留情地骂他为"奴才""小儿"③。从这个意义上说，金圣叹对诗的体察入微和诗法运用方面远远要胜过刘辰翁。李贽是中国第二位杰出的评点大师，兼及散文、小说、戏曲等文体的评点。特别是对《水浒传》的评点贡献最大。他与金圣叹都评点过《水浒传》，在其评点意向上也有相似之处。他们都能从文学的角

---

① 刘辰翁：《题刘玉田选杜诗》，转引自段大林校点《刘辰翁集》，江西人民出版社1987年版，第208页。

② 罗根泽：《中国文学批评史》第3册，上海古籍出版社1984年版，第236页。

③ 金圣叹在《杜诗解》中评《漫兴九首》之四时说："'逢春能几回'，语在白乐天，止解用入春来时，先生偏用如春去后，便令'能几回'三字，竟有一回亦未必之事，可骇也。先生与白用笔迥绝如此，刘会孟小儿乃谓此诗近白，尔乌知？"评《北征》时："刘会孟奴才，每憎杜诗丑，试看杜诗如此避丑。"（见金圣叹《唱经堂第四才子书杜诗解》，周锡山编校《金圣叹全集》，万卷出版公司2009年版，第101、84页）金圣叹之所以骂刘辰翁为"小儿""奴才"，一是因为刘辰翁对杜诗精微处理解不到位，甚至错误，二是因为刘辰翁评诗"不可解"。刘辰翁《集千家注指点补遗工部诗集》评杜甫《题桃树》云："不可解，不必解"，评杜甫《晓望》云："语至不可解则妙矣"；评李贺《浩歌》云："妙处不可解"。

度挖掘作品的意义，扭转了小说批评以带功利色彩为主的社会批评，而转向以审美层面为主的艺术批评，显示出共同的美学旨趣。但是金圣叹和李贽在对《水浒传》的审美观照上，其焦点可以说判然有别。李贽评价小说的最大特点是以"童心"衡量与烛照一切文学，提出了"童心自文"的评价标准。李贽说：

> 天下之至文，未有不出于童心焉者也。苟童心常存，则道理不行，闻见不立，无时不文，无人不文，无一样创制体格文字而非文者。诗何必古《选》，文何必先秦。降而为六朝，变而为近体，又变而为传奇，变而为院本，为杂剧，为《西厢曲》，为《水浒传》，为今之举子业，大贤言圣人之道皆古今至文，不可得而时势先后论也。故吾因是而有感于童心者之自文也。[①]

在李贽看来，童心就是"真心""心之初""绝假纯真，最初一念之本心"，其内在含义就是能够天然自主，诚挚无假，不被"道理闻见"所障。它与文学的关系是"天下之至文，未有不出于童心焉者也"。李贽认为《西厢记》《水浒传》皆出于童心，都是天下之至文。只要能保持一颗童心，就能写出内涵章美、笃实生辉的好文章。因而，"童心"就是文学美的根本所在。"苟童心常存，则道理不行，闻见不立，无时不文，无人不文。"这就是他"童心自文"的思想体系。李贽"童心自文"的重大意义在于推翻了文学传统中程朱理学的束缚，扫除了文体尊卑的谬说，确有激情四射、震撼人心之感，但也难免有疏略空泛之处。当"童心"具体到文学作品时，究竟它为何物，如何表现，妙在何处，不能落到切实之处。对于至文所以为至文的文本根据，李贽却言之不详。同时又因为主张朴素自然，表现为不讲究形式甚至轻视形式的惰性态度。正如《杂说》云："风行水上之文决不在于一字一奇。若夫结构之精，偶对之切；依于理道，合乎法度；首尾相接，虚实相生：种种禅病皆所以语文，而皆不可以语于天下至文也。"[②] 所以，李贽很少能从文学作品的内部去捕捉童心的魅力。左东岭说得好："李贽文学思想之核心为重主观重自然，故多强

[①] 李贽：《童心说》，《焚书》，中华书局1975年版，第99页。
[②] 李贽：《杂说》，转引自郭绍虞主编《中国历代文论选》第3册，上海古籍出版社1980年版，第120页。

调作家之才胆识主体要素与表现之自发自然，厌恶以成法规矩限制自然情感的表达，故很少谈及形式技巧。在意与法之间，他无疑重意轻法。圣叹则不然，他虽对李贽重意重情重真重自然之种种观点加以继承，故特重作家主观心灵，如《读西厢记法》曰：'文章最妙是此一刻被灵眼觑见，便此一刻放灵手捉住'。可知灵眼之不可忽视，但圣叹又决不放弃'捉住'此灵眼之技巧。……卓吾重灵眼，而圣叹重捉住，此乃二人不同。由个人素质观，李贽属思想家，故多从哲理层面对文学的诸多根本问题予以阐发，实有扭转风气之功；圣叹则为典型之文学批评家，故其批评细腻而具体，多总结文学自身的规律与技巧。"①

相比之下，金圣叹是一个文本意识强烈的人，他的评点时刻不忘提醒读者应该以"文"的眼光去读书看文。通过对文本的细致解读，触摸其意度波澜，追寻其诗式文法，从而将抽象的美予以具体化。"吾最恨人家子弟，凡遇读书，都不理会文字，只记得若干事迹，便算读过一部书了。"② 金圣叹所说的"文字"就是指文法，指小说叙述故事、描写人物的技巧。"不理会文字"的读书法，不唯一般的读者所独有，就连小说理论家也往往看重"写什么"，而忽略"如何写"。他说：

> 今人不会看书，往往将书容易混帐过去。于是古人书中，所有得意处，不得意处；转笔处，难转笔处；趁水生波处，翻空出奇处；不得不补处，不得不省处；顺添在后处，倒插在前处——无数方法，无数筋节，悉付之于茫然不知，而仅仅粗记前后事迹，是否成败，以助其酒前茶后，雄谭快笑之旗鼓。③

金圣叹一向反对对文学作品作就事论事、概而言之的接受，反对"轻将古人妙文，成片诵过"的解读方式。在金圣叹看来，故事和人物固然是读者主要的审美对象，但不懂得作者创造这些审美对象的艺术手法，就不可能认识到它们的全部美学价值。因此金圣叹认为"旧时《水浒传》，子弟读了"，仅仅能"晓得许多闲事"，是属于浅层次

---

① 左东岭：《李贽与晚明文学思潮》，天津人民出版社1997年版，第316—317页。
② 金圣叹：《贯华堂第五才子书水浒传》（上），周锡山编校《金圣叹全集》，万卷出版公司2009年版，第18页。
③ 同上书，第25页。

的审美解读。但是经过评点,指出"若干文法"的《水浒》则不同,"子弟读了,便晓得许多文法",是属于深层次的审美解读。正是由于这种深层次的审美阅读,金圣叹在评点《水浒传》时创造了《读法》体例,排列了倒插法、夹叙法、草蛇灰线法等一套直观的叙事文法,把精于形式分析的细读法应用到文学文本的解读之中,为后来人作文赏文示以津梁。金圣叹对"文法"的关注和总结,并不是为释义而释义,追求文学作品的认识意义,来寻求心理学、人类学、社会学的法则,而是探求文学作品的内部法则和审美价值。金圣叹的"文法论"凸显了文学文本的内在性,并认为文学的美学价值正在文学文本自身。他的"文法论"把小说批评提到一个空前透彻的高度,为接踵而来的评点家毛宗岗、张竹坡、脂砚斋树立了小说批评的榜样,也为清代赏析小说艺术定下一个标准。因此,金圣叹对文学文本的解读,既不同于过去那种穿凿比附式的批评,也不同于那种感兴妙悟式的评点,它确实已楔入文学作品的肌理之中,自然而然地呈现出文本的价值与意义,从而实现了文学评点的文本转向。周采泉在《杜集书录》中对《杜诗解》曾作出过这样概括性评价:"金人瑞批杜诗,在刘辰翁之后,又出现一新面目。盖人瑞为清初文坛一怪杰,天分既高,涉猎尤广,目光犀利,才气又足以达之,故其所批之书,往往有未经人道语,能发人思智。以批才子书之笔调批杜诗,固为通人所讥,但能勘破杜诗窾要,杜诗中不易索解之句,一经分解,使读者豁然贯通,宋人以来注杜、说杜,饤饾陈腐之气,一扫而空。故此书在当时诗坛中影响较大,若杜还、杜意、杜诗言志等书,皆阐意而不尚笺释,未始不取法于此,特讳言此书耳。……总之,此为清代一别开风格之书,治杜诗者不能不浏览及之。"[1]

综上所论,金圣叹的评点所倾心的是文本的优劣所在,主要是从审美形式层面去考察文学的美以及为什么美的问题,探究文学在结构、剪裁、布局、遣词造句等形式方面的特点。他对文学及其评点的如此沉醉、如此尽力,为他洞穿文学文本的秘密提供了前提条件;他对文学典籍的无限手眼、无限文心,使天下至文跻身高文典册之林成为可能;他对文学文本的细达毫芒、金针玉度,使高高在上、无所不

---

[1] 周采泉:《杜集书录》,上海古籍出版社1986年版,第477—478页。

在的美意法门得以天地现身。以此观之，金圣叹被重新定位于文本批评家，应该说当之无愧。正如廖燕《金圣叹先生传》中指出的那样："而说者谓文章妙秘，即天地妙秘，一旦发泄无余，不无犯鬼神所忌。则先生之祸，其亦有以致之欤？然画龙点睛，金针随度，使天下后学悉悟作文用笔墨法者，先生力也。"① 金圣叹的文学评点，"无不批窾导窍，须眉毕露"。对文本而言分析其美丑利弊，对作者而言揭示其行文用意，对接受者而言指点其门径，表现出一个批评家独到的形式美学眼光。

第二节　金圣叹文学评点研究史的反思

任何学术研究绝不能无视前人对某一问题研究的观点和方法，否则就会犯非历史主义的错误。因此，我们有必要从学术史的观点来检讨三百余年金圣叹文学评点研究发展的历程。其目的在于了解并发现来自它内部的危机，希冀为金圣叹文学评点研究寻找出一条可能的新路向。

三百多年来，金圣叹及其评点一直是学界研究的一个热门话题。如果把所有研究和评论金圣叹的资料搜集在一起，用"汗牛充栋"喻之实不为过。难怪有人用"金圣叹学"② 来形容之，其意在与古文论研究中的"龙学"并驾齐驱，不甘示弱。但令人遗憾的是，对作为文本学家的金圣叹及其形式批评的研究并不是一个强势领域。对此我们可以从历时和共时两个角度加以见证。

一　金圣叹文学评点研究的历史扫描

从历时的角度来看，金圣叹文学评点的研究如果从明末开始的话，大致经历了五个阶段。

第一阶段大致是从明末到19世纪中叶。此时期是一个"未分化"的"前科学"时期。由于浑然不分，对金圣叹文学评点的研究并没有呈现出主导性的范式。有的着眼于金圣叹的美学贡献，导向一种艺术批评，像廖燕、

---

① 廖燕：《金圣叹先生传》，张国光校注《金圣叹批本西厢记》，上海古籍出版社1986年版，第311页。

② 张国光：《从为金圣叹及其评改本〈水浒〉"翻案"到倡明金圣叹学》，《江汉论坛》1998年第2期。

李渔、冯镇峦、刘廷玑、徐而庵等①，皆能盛赞金圣叹的倜傥不羁、惊才绝艳，推崇金圣叹的独具慧眼及其揭示文学秘籍之功，充分肯定了金批的艺术影响力；有的着眼于人伦教化，导向一种道德批评，像尤侗、董含、归庄、周思仁等②正统文人认为金圣叹"言之狂诞，行之邪放"，常以"狂徒""异端"目之，视金批《水浒传》《西厢记》为"诲盗""诲淫"之书。因有伤人伦世风，极力贬低金批文学的价值；有的着眼于世道安定，导向一种社会批评，或认为有崇贼尚道之嫌，或认为有杀一儆百之功③。因

---

① 廖燕《金圣叹先生传》云："予读先生所评诸书，领异标新，迥出意表，觉作者千百年来，至此始开生面。……然画龙点睛，金针随度，使天下后学悉悟作文用笔墨法者，先生力也。又乌可少乎哉！"李渔《闲情偶寄·词曲部》云："读金圣叹所评《西厢记》，能令千古才人心死。……自有《西厢》以迄于今四百余载，推《西厢》为填词第一者，不知几千万人，而能历指其所以为第一之故者，独出一金圣叹。……圣叹之评《西厢》，可谓晰毛辨发，穷幽晰微，无复有遗议于其间矣。然以予论之，圣叹所评，乃文人把玩之《西厢》，非优人搬弄之《西厢》也。文字之三昧，圣叹已得之；优人搬弄之三昧，圣叹犹有待焉。"（分别转引自张国光《金圣叹批本西厢记》，上海古籍出版社1986年版，第317、311页）冯镇峦《读聊斋杂说》云："金人瑞批《水浒》、《西厢》，灵心妙舌，开后人无限眼界，无限文心。故虽小说、院本，至今不废。"刘廷玑《在园杂志》云："金圣叹加以句读字断，分评总批，觉成异样花团锦簇文字，以梁山泊一梦结局，不添蛇足，深得剪裁之妙。"（见朱一玄《水浒传资料汇编》，百花文艺出版社1884年版，第376、360页）徐而庵《而庵诗话》云："圣叹《唐才子书》，其论律分前解、后解，截然不可假借。圣叹身在大光明藏中，眼光照彻，便出一手，我最服其胆识。但世间多见为常，少见为怪，便作无数议论。究其故，不过是极论起、承、转、合诸法耳。"（转引自王夫之等撰《清诗话》，上海古籍出版社1999年版，第432—433页）

② 尤侗《艮斋杂说》云："吾乡金圣叹，以聪明穿凿史书，狂放不羁。每食狗肉，登坛讲经，缁素从众者甚众。"董含《三冈识略》云："（金圣叹）恣一己之私见……可谓迂而愚也！其终以笔舌贾祸，宜哉！"归庄《诛邪鬼》云："金圣叹见诛于今日，非可高比华士、闻人者，当其身宜诛之以惩邪恶。……余以其人虽死而罪不彰，其书尚存，流毒于天下将未有已，未可以其为鬼而贷之也。"（分别转引自张国光《金圣叹批本西厢记》，上海古籍出版社1986年版，第323、317页）周思仁《欲海回狂集》云："江南金圣叹者，名喟，博学好奇，才思颖敏，自谓世人无出其右。多著淫书，以发其英华。所评《西厢》、《水浒》等，极秽亵处，往往摭拾佛经。人服其才，遍传天下。"（见朱一玄《水浒传资料汇编》，百花文艺出版社1984年版，第357页）

③ 刘廷玑《在园杂志》云："虽才如大海，然所尊尚者贼盗，未免与史迁《游侠列传》之意相同。"王仕云《水浒传总论》："细阅金圣叹所评，始以天下太平四字，终以天下太平四字，始以石碣放妖，终以石碣收妖，发明作者大象之所在。抬举李逵，独罪宋江，责其私放晁盖，责其谋夺晁盖，其旨远，其词文。而余服其终之恶梦，俾盗贼不寒而栗，天下乱臣贼子，从此有痛哭流涕之心，从此有畏罪不敢为非之事。……余不喜阅《水浒》，喜阅圣叹之评《水浒》，为其终以恶梦，有功于圣人不小也。"（分别转引自朱一玄《水浒传资料汇编》，百花文艺出版社1984年版，第360、352页）

此,古代学人对金批的研究基本是处于简单评述的初级阶段。在对范式的运用方面,往往混杂一起,不具有主导和示范的作用,并且在肯定和否定之间常常呈现出矛盾之处。在具体论述方面,虽有灵心妙舌、诱发心花之悟,但对自己的观点论证缺乏实证的分析和逻辑的演绎,我们可用"点到而止"加以概括之。

第二阶段大致是从19世纪中叶到五四以前。近代是中国社会新旧交替、急剧变化的时期。中西文化前所未有的碰撞、交流,带来了中国学术范式的转型。体现在文学批评上,主要是以梁启超为代表的政治主义范式和以王国维为代表的审美主义范式。由于当时是以政治为中心,前者便得以大行其道,而后者便隐隐无声。金圣叹的文学评点因被政治范式的观照而成为热点。褒扬者充分肯定金圣叹在文学史上的地位及其评点小说戏曲的重要性。楚卿以为"今日中国之文界,得百司马子长、班孟坚,不如得一施耐庵、金圣叹"[①];棣称金圣叹为"中国小说之哲学家"[②]。之所以这样做,其目的是将金批小说戏曲与社会改良关联起来,以肯定金批的思想价值。老棣认为金批小说戏曲能"支配于世界,其力量诚不可思议也。"[③] 伯耀强调金批小说具有"理想之精深,情韵之婉转,以转移社会之思潮,而开导人情之慧钥"的功能。[④] 与褒扬者针锋相对,贬低者却从政治上否定金圣叹及其文学评点的价值。燕南尚生认为金圣叹以文法批点《水浒传》不但违背了"自然之天籁"的审美原则,而且还湮没了"纯重民权,发挥公理"的进步思想,所以深恶痛绝。[⑤] 总之,在近代无论是肯定者还是否定者,金圣叹之所以被发现和重视,实得力于当时政治社会急剧变革之情势。金圣叹对小说戏曲文体地位的重估,正好构成了近代学人从自身文化传统中寻找其在开启民智、荡化灵性方面的资源。以此为范式,正可以大大地开掘金批的思想价值。但从另一个方面来说,对于金批小说戏曲的文本价值顾及不多。

第三阶段大致是从20世纪20年代到40年代末。伴随着"五四"新文化运动的洗礼,胡适、鲁迅作为一代大师,他们熔铸古今,会通中外,

---

① 楚卿:《论文学上小说之位置》,《新小说》1907年第7号。
② 棣:《读新小说法》,《新世界小说月报》1907年第6、7期。
③ 老棣:《学堂宜推广以小说为教书》,《中外小说林》1908年第18期。
④ 伯耀:《小说之支配于世界上纯以理性之真趣为观感》,《中外小说林》1907年第15期。
⑤ 燕南尚生:《新评水浒传》,保定直隶馆书局1908年版。

将乾嘉精神的濡染和近代科学精神的洗礼融合在一起，确立了重实证、重科学的现代学术范式。他们撰写的《水浒传考证》《中国小说史略》都是这一范式的体现。正是在此种情形下，金圣叹的名字不断地出现在他们的著作中。不过由于当时文学占据中心地位，加之他们"文""学"兼修，拥有丰富的文学感觉，使他们在审视金圣叹评点时投注了文学的眼光，金圣叹因而得以彰显。20年代胡适撰写《水浒传考证》，称金圣叹"是17世纪的一个大怪杰"，赞许其小说观"何等眼光，何等胆气"，高度评价金圣叹在中国小说批评史上的地位。但他对金批中存在的"八股选家气""理学先生气""微言大义"的缺点多有批评，并斥之为"极迂腐"之论。[①] 鲁迅撰有《中国小说史略》讲义，虽然对金圣叹"自云得古本，止七十回"略有不满，但在总体上认为金批《水浒传》"字句亦小有佳处"，肯定经过金圣叹的润色，增强了小说的可读性。[②] 30年代，周作人撰有《中国新文学的源流》一书，认为"金圣叹的思想很好……他能将《水浒》《西厢》和《左传》《史记》同样的当作文学书看，不将前者认为海淫海盗的东西，这在当时实在是一件很不容易的事。"[③] 隋树森撰有《金圣叹及其文学评论》一文，共分"引言""圣叹小传""圣叹之文学评论""圣叹评释之研究""余论"五个部分。他全面论述了金圣叹的文学思想及其贡献，认为金圣叹的评点为我们提供了"就作品本身去研究"文学的重要途径，并视为"研究文学的重要方法"[④]。鲁迅读了周文、隋文之后，便撰写了《谈金圣叹》一文，改变了对金圣叹的观点，认为金批将小说与《左传》《杜诗》并列"拾了袁宏道辈的唾余"，其谈"行文布局，也都被硬拖到八股的作法上"，同时认为对《水浒传》的"腰斩"意图"近乎官绅"，并使之成为"断尾巴蜻蜓"[⑤]。针对鲁迅的观点，陈子展撰写《我也谈金圣叹》[⑥] 一文予以反驳，认为不能只看到金圣叹坏的一面，还应该看到他好的一面。"用八股文来量度别人的文章"，可以说

[①] 胡适：《〈水浒传〉考证》，易竹贤编《胡适论中国古典小说》，长江文艺出版社1987年版，第180页。
[②] 鲁迅：《中国小说史略》，上海古籍出版社1998年版，第94页。
[③] 周作人：《中国新文学的源流》，北平人文书店1932年版，第54页。
[④] 隋树森：《金圣叹及其文学评论》，《国闻周报》9卷1932年第24、25、26期。
[⑤] 鲁迅：《谈金圣叹》，《鲁迅全集》第4卷，人民文学出版社1981年版，第527页。
[⑥] 陈子展：《我也谈金圣叹》，《申报》1933年11月17日。

提高了白话小说的地位。同时作为明代文人的共同习惯，也无可厚非。其后又出现了诸多文章：徐懋庸的《金圣叹的极微论》①、陆树楠的《金圣叹的生涯及文艺批评》②、范烟桥的《金圣叹的治学精神》③、韩庭棕的《金圣叹的几个主要的文艺观》④、曲正的《金圣叹及其文学评论》⑤、伯精的《金圣叹文艺论释》⑥，等等。这些文章对金圣叹的文艺思想多有关注，肯定了金圣叹批点的价值。更可喜的是，三四十年代，金圣叹被写进批评史著作中。方孝岳的《中国文学批评》将金圣叹与李笠翁并列，称他们"都有辟草莱的成绩"⑦；朱东润的《中国文学批评史大纲》，其中列有"金圣叹"专章，对其小说理论批评甚为推许。朱东润持论较为公允，认为金批既有"认识主角之人格，了解全书之结构"的优势，也不讳言其评点以"时文之法评点小说处"⑧的不足。对于金圣叹本人的史学研究方面，以陈登原1934年出版的《金圣叹传》最为重要，该书篇幅虽短，但于材料之搜罗考辨甚见功力，可以说远远超出了20年代孟森撰写的《金圣叹考》，为后来金圣叹的研究奠定了史料基础。特别值得一提的是，在20世纪20年代至40年代末这段时间内，日本学者也写了有关金圣叹的文章。日本作家幸田露伴撰写了《水浒传的批评家》《各本水浒传》《支那小说》《金圣叹》⑨等系列论文，勾勒了金圣叹的生平，注意将金圣叹与李贽比较，肯定李贽反道学的品格，认为金圣叹删改《水浒传》主要出于读者兴趣和商业动机。辛岛骁所做的《金圣叹的生平及其文艺批评》⑩对金圣叹评点的《西厢记》《水浒传》《杜诗》进行全面探讨，并认为金圣叹的批评态度、技巧形式分析极有价值。松枝茂夫撰写的

---

① 徐懋庸：《金圣叹的极微论》，《人世间》1934第1期。
② 陆树楠：《金圣叹的生涯及文艺批评》，《江苏研究》1卷1935第7期。
③ 范烟桥：《金圣叹的治学精神》，《新闻报》1935年8月20日。
④ 韩庭棕：《金圣叹的几个主要的文艺观》，《西北论衡》5卷1937年第1期。
⑤ 曲正：《金圣叹及其文学评论》，《民治月刊》1938年第21期。
⑥ 伯精：《金圣叹文艺论释》，《北华月刊》2卷1941年第1、2期。
⑦ 方孝岳：《中国文学批评》，生活·读书·新知三联书店1986年版，第15页。
⑧ 朱东润：《中国文学批评史大纲》，上海古籍出版社1957年版，第283页。
⑨ [日]幸田露伴：《金圣叹》，转引自黄霖《近百年的金圣叹研究——以〈水浒〉评点为中心》，《明清小说研究》2003年第2期。
⑩ [日]辛岛骁：《金圣叹的生平及其文艺批评》，转引自黄霖《近百年的金圣叹研究——以〈水浒〉评点为中心》，《明清小说研究》2003年第2期。

《金圣叹的水浒传》①，介绍了金圣叹的生平以及经金圣叹修改后的《水浒传》的合法性。

与过去相比，这个时期是金圣叹研究的第一个高潮，对金圣叹的研究虽有不同意见，但学者们基本上是持一种文学的范式加以衡估，无疑是对政治批评、道德批评的反驳。不过对于金圣叹内在的形式批评和细读式的评点，探讨的仍不是很多，仍存有心理上的隔阂。

第四阶段大致是从中华人民共和国成立到70年代末。这是一个特殊的时期。由于当时将历史定性为阶级斗争的历史，所以对金圣叹及文学评点的研究多着眼于金圣叹的世界观和腰斩《水浒》《西厢》功过是非的探讨。社会政治批评方法构成了当时主导的学术范式，金圣叹研究进入了第二个高潮时期。所写论文著作多围绕着金圣叹是不是反对农民起义、是不是反动文人以及是不是革命者加以展开。50年代，主要以何满子的著作《论金圣叹评改〈水浒传〉》为代表。②60年代主要以公盾的论文《不要美化封建反动文人》③和张绪荣的论文《金圣叹是封建反动文人吗?》④为代表。70年代主要以罗思鼎的论文《三百年来的一桩公案》⑤为代表。由于受时代环境的制约，学者们对金批的文学理论几乎没有触及，形式的探讨更谈不上，不免留下很多遗憾。

值得庆幸的是，域外诸多学者弥补了此时期研究金圣叹的不足。日本学者前野直彬在1958年撰写《明清时期两种对立的小说论——金圣叹与纪昀》⑥，进行了富有真知灼见的探讨。大内田三郎又作《金圣叹与〈水浒传〉——以金圣叹的〈水浒〉观为主》⑦，对金圣叹的《水浒》评点做

---

① [日] 松枝茂夫：《金圣叹的水浒传》，转引自黄霖《近百年的金圣叹研究——以〈水浒〉评点为中心》，《明清小说研究》2003年第2期。
② 何满子：《论金圣叹评改〈水浒传〉》，上海出版公司1954年版。
③ 公盾：《不要美化封建反动文人》，《新建设》1963年第7期。
④ 张绪荣：《金圣叹是封建反动文人吗?》，《新建设》1964年第4期。
⑤ 罗思鼎：《三百年来的一桩公案》，《学习与批判》1975年第10期。
⑥ [日] 前野直彬：《明清时期两种对立的小说论——金圣叹与纪昀》，日本《中国学会报》，10号1958年10月，参见《古代文学理论研究》第5辑，陈熙中译，上海古籍出版社1981年版。
⑦ [日] 大内田三郎：《金圣叹与〈水浒传〉——以金圣叹的〈水浒〉观为主》，《天理大学学报》62号，1969年3月。

了较为全面的评价。美籍华人王靖宇在 1972 年著有《金圣叹》①一书，对金圣叹的生平、文学理论、《水浒传》《西厢记》《杜诗》的评注以及金圣叹的声望，做了全面深刻的评价和研究。其中对金圣叹写作技巧和文法的研究以及细读精神的探讨，颇有特色。另外，1976 年中国台湾学者陈万益出版了他的硕士学位论文《金圣叹的文学批评考述》②，该书对金圣叹的文学观和批评方法做了探讨，其特色是将金圣叹的批评方法与西方的形式批评相比较，认为二者有相通性，皆以作品本身为主，从结构字质中寻求意义，颇富启发性。

第五阶段大致是指 20 世纪 70 年代末至今。伴随着社会的转型，学术研究走向正常化，学术范式呈现出多元化的趋势。金圣叹及其文学评点的研究迎来了第三个高潮。从 1979 年到 80 年代中叶，伴随着拨乱反正和思想解放，金圣叹的研究得以复兴。1979 年张国光发表《两种〈水浒〉，两个宋江——兼论金圣叹批改〈水浒〉的贡献》③，对金圣叹重新评价，引起学界广泛关注。张国光在《杰出的古典戏剧批评家金圣叹》④等相关论文中，充分肯定了金圣叹在中国文学批评史上的地位。郭瑞的《我国古典美学思想的一个突破——金圣叹的人物"性格"论》⑤、叶朗的《金圣叹的小说美学》⑥、王齐洲的《论"动心说"》⑦、齐森华的《金圣叹的戏曲主张述评》⑧、罗德荣的《为金圣叹的草蛇灰线法一辨》⑨等论文从不同视角对金圣叹在美学艺术上的贡献多有肯定。另有敏泽的《中国文学理论批评史》、复旦大学中文系《中国文学批评史》都设专章对金圣叹的

---

① [美] Ching-yu Wang, Chin Sheng -t'an, New York：Twayne Publishers，1972.
② 陈万益：《金圣叹的文学批评考述》，《台湾大学文史丛刊》1976 年版。
③ 张国光：《两种〈水浒〉，两个宋江——兼论金圣叹批改〈水浒〉的贡献》，《学术月刊》1979 年第 7 期。
④ 张国光：《杰出的古典戏剧批评家金圣叹》，《古代文学理论研究丛刊》第 3 辑，上海古籍出版社 1981 年版。
⑤ 郭瑞：《我国古典美学思想的一个突破——金圣叹的人物"性格"论》，《文艺研究》1982 年第 2 期。
⑥ 叶朗：《金圣叹的小说美学》，《文艺论丛》第 15 辑，1982 年第 5 期。
⑦ 王齐洲：《论"动心说"》，《争鸣》1983 年第 2 期。
⑧ 齐森华：《金圣叹的戏曲主张述评》，《文艺理论研究》1984 年第 1 期。
⑨ 罗德荣：《为金圣叹的草蛇灰线法一辨》，《天津师范大学学报》1985 年第 2 期。

文学思想加以论述。同时《沉吟楼诗选》《〈水浒传〉汇评本》①《金圣叹全集》② 等文献的出版也为金圣叹研究提供了方便。但总体看来,他们对金圣叹的形式批评涉及甚少。

20世纪80年代中期以后,伴随着方法论的改革,研究者的学术视野更加开阔,研究方法更加多样化,在对金圣叹及其文学批评论的整体把握上取得了丰硕的成果。一是有关金圣叹的文献著作继续出版,如林乾主编的《金圣叹评点才子全集》③。二是出现了大量有关生平描述和史实考证的专论专书,其中以徐朔方的《金圣叹其人其业》④、陈洪的《金圣叹传论》⑤ 为代表。前者有关金圣叹事迹年谱的搜集材料,颇见考辨功力。后者本着"细心作传,平心立论"的原则,将考证与思辨相结合,颇显学术风格。三是出现了大量的有关小说、戏曲理论探讨的专著,如刘欣中的《金圣叹的小说理论》⑥、谭帆的《金圣叹与中国戏曲批评》⑦、张国光的《金圣叹学创论》⑧、陈果安的《金圣叹小说理论研究》⑨,等等。这几部专著多采用文史互证的方式,对金圣叹研究全面深刻。其中陈著细腻而富有新见,从叙事学的角度,对小说结构、节奏、视角等形式因素有所探讨。四是出现了一大批高质量的论文,如梅庆吉的《十年格物与一朝物格》⑩、高小康的《金圣叹的"文法"理论的美学意义》⑪、吴华的《对金圣叹小说理论的理论探讨》⑫、周岭的《金圣叹腰斩〈水浒传〉说质疑》⑬ 等。五是在文学批评史著作和综合研究的著作中涉及金批的研究,如蔡钟祥的《中国文学理论史》,王运熙、顾易生的《中国文学批评通史》,张少康的《中国古典文学

---

① 陈曦钟、侯忠义、鲁玉川:《水浒传汇评本》,北京大学出版社1981年版。
② 曹方人、周锡山标点:《金圣叹全集》,江苏古籍出版社1985年版。
③ 林乾主编:《金圣叹评点才子全集》,光明日报出版社1999年版。
④ 徐朔方:《金圣叹其人其业》,《文艺理论研究》1989年第1期。
⑤ 陈洪:《金圣叹传论》,天津人民出版社1996年版。
⑥ 刘欣中:《金圣叹的小说理论》,河北人民出版社1986年版。
⑦ 谭帆:《金圣叹与中国戏曲批评》,华东师范大学出版社1992年版。
⑧ 张国光:《金圣叹学创论》,中州古籍出版社1993年版。
⑨ 陈果安:《金圣叹小说理论研究》,湖南师范大学出版社1999年版。
⑩ 梅庆吉:《十年格物与一朝物格》,《北方论丛》1990年第2期。
⑪ 高小康:《金圣叹的"文法"理论的美学意义》,《南京师范大学学报》1989年第2期。
⑫ 吴华:《对金圣叹小说理论的理论探讨》,《文艺理论研究》1997年第3期。
⑬ 周岭:《金圣叹腰斩〈水浒传〉说质疑》,《文学评论》1998年第1期。

理论批评史》等，专门的批评史如王先霈、周伟民的《明清小说文学理论批评史》、陈洪的《中国小说理论批评史》、孙琴安的《中国评点文学史》等。值得一提的是胡亚敏的《叙事学》①，其中部分涉及金圣叹的评点。胡亚敏认为金圣叹十分强调结构，并与20世纪西方结构主义叙事学有异曲同工之妙。林岗的《明清之际小说评点学之研究》② 在文本意识的指导下，从结构论、纹理章法论、修辞论三个方面探讨了明清小说评点对"文"之形式特性的认识，其中部分涉及金圣叹的形式或文本理论。

进入21世纪以来，国内金圣叹研究在资料整理翔实与研究角度的独特性方面获得了进一步的拓展。在文献整理方面，陆林辑校的《金圣叹全集》③ 集二十年之功，遵循整理与研究一体化的学术理路，将林林总总的金圣叹著述依次分为"词诗曲卷""白话小说卷""散文杂著卷"三大部类，补阙拾遗，辨伪存真，搜辑齐全。这为金圣叹研究提供了完备可靠的文献基础。2015年陆林撰写了《金圣叹史实研究》④，该书以研究金圣叹身世、交游、著述情况为中心，以探求其文学活动的心路历程和文学思想的历史生成为旨归。作者探源辨误，钩沉稽微，有的放矢，可以说是对金圣叹外部研究的范式性著作。周锡山编校的《金圣叹全集》⑤ 同样是一次新的增订，一是将最新发现的《小题才子书》重新编入文集，为金圣叹的研究又提供了新的重要的材料；二是增加了对整个文集的导读，为读者的解读与接受提供了便利。2016年周锡山撰写了《金圣叹文艺美学研究》⑥，该书历时性地分析了金圣叹诗文评、小说戏剧批评成就，全面探讨金圣叹的政治观、历史观、文艺观和美学观。作者视野宏阔，解读细腻，极富真知灼见，是对金圣叹内部研究的范式性著作。孙中旺主编了《金圣叹研究资料汇编》⑦，汇集有关金氏生平的文献资料及其著作存佚情况，并附有金氏及其文学批评的相关研究资料索引。在研究视角方面，对金圣叹的研究呈现出多元化的趋势。或立足于思想史，或立足于文化透

---

① 胡亚敏：《叙事学》，华中师范大学出版社1994年版。
② 林岗：《明清之际小说评点学之研究》，北京大学出版社1999年版。
③ 陆林辑校：《金圣叹全集》，凤凰出版社2008年版。
④ 陆林：《金圣叹史实研究》，人民文学出版社2015年版。
⑤ 周锡山编校：《金圣叹全集》，万卷出版公司2009年版。
⑥ 周锡山：《金圣叹文艺美学研究》，上海人民出版社2016年版。
⑦ 孙中旺主编：《金圣叹研究资料汇编》，广陵书社2007年版。

视,或立足于文法叙事,或立足于整体观照,不一而足。白岚玲的《才子文心》① 以正本清源为切入视角,将金圣叹小说理论的考察置于中国古代文艺思想发展史的背景下进行微观审视和宏观把握,客观地呈示出金圣叹小说理论在创作主体、小说观念、小说创作、小说审美理想等方面的综合特征和创新价值。吴正岚的《金圣叹评传》② 全面梳理金圣叹的儒道释学术思想及渊源,着力揭示金圣叹思想在明清之际思想史上的意义,进一步阐释金圣叹学术思想与文学思想之间的互动关系。其探讨将历史的梳理、文献的证伪以及理论的阐释结合起来,显示出学术的严谨而深刻。钟锡南的《金圣叹文学批评理论研究》③ 是对金圣叹文学批评理论体系的整合与建构,涉及金圣叹的生活时代、世界观、抒情文学理论、叙事文学理论、金圣叹文学批评理论的现代性及其影响等各个方面,体系全面,自成一格。丁利荣的《金圣叹美学思想研究》④ 从形而上入手,率先清理金圣叹儒道释哲学体系及方法论特点,然后进一步分析金圣叹审美的人生追求,最后言及金圣叹诗文评点的思想价值和形式意义,显示出现代阐释的逻辑力量。吴子林的《经典再生产:金圣叹小说评点的文化透视》⑤ 以独特的文化透视为范式,全面而深刻地阐释了金圣叹小说评点的文化语境、形式批评、政治批评和文化意义,特别凸显出金圣叹小说评点对"经典再生产"的理论内涵和价值。作者视野开阔,斡旋有余,在中外互阐互释、古今对话转换中,掘发出金圣叹小说评点的文化特征及现代意义。张曙光的《叙事文学评点理论的现代阐释》⑥ 以评点集大成者金圣叹为范例,穿插透视历代评点家的相关文本,勾勒出中国式文本理论、叙事学、解释学的基本面貌,从而在古今对话的现代阐释中寻求文学理论建设的智慧与力量。张小芳、陆林的《话说金圣叹》⑦,较为全面地梳理了金圣叹一生的学术思想和文学观念,生动形象,评价客观,令人耳目一新。

此一段时期,港台学者有关金圣叹的研究也相对活跃,写出了一批有

---

① 白岚玲:《才子文心》,北京广播学院出版社2002年版。
② 吴正岚:《金圣叹评传》,南京大学出版社2006年版。
③ 钟锡南:《金圣叹文学批评理论研究》,上海古籍出版社2006年版。
④ 丁利荣:《金圣叹美学思想研究》,武汉大学出版社2009年版。
⑤ 吴子林:《经典再生产:金圣叹小说评点的文化透视》,北京大学出版社2009年版。
⑥ 张曙光:《叙事文学评点理论的现代阐释》,山东人民出版社2012年版。
⑦ 张小芳、陆林:《话说金圣叹》,江苏人民出版社2012年版。

水平的论文,如陈香的《谈金圣叹式的批评》①、廖文丽的《金圣叹小说评点中之虚实论》②、卢庆滨的《八股文与金圣叹之小说戏曲批评》③、李金松的《金圣叹批〈水浒传〉的批评方法论研究》④、单德兴的"The Aesthetic Response in Chin-pi's shui-hu: An Iserian Reading of Chin Sheng-tan's Commentary Edition of the Shui-hu chuan"⑤、林宗毅的《金批〈西厢记〉的内在模式及其功过》⑥ 等。他们对金圣叹的研究比较细腻,能引发独到的思考。吴宏一的《清初诗学中的形式批评》⑦ 将金圣叹的分解批评视为形式主义批评,并与新批评进行了契合性比较。黄伟豪既注意到了金圣叹与新批评之间的契合点,也注意到了两者之间的歧义之处⑧。杨清惠的《文法——金圣叹小说评点叙事美学研究》⑨ 以金圣叹小说学中的"文法"为研究对象,通过西方叙事学和新叙事学理论的观照,融合"叙事语法""叙事诗学""叙事修辞"的多维分析,并结合文本与语境内外部研究,试图开拓出中国小说评点以"文体学""类型学""诗学"为特色的叙事美学格局。曾守仁的《金圣叹评点活动研究——拟结构主义的重构与解构》⑩,从结构主义和后结构主义的角度对金圣叹的文学评点活动进行了重新界定,认为文学评点既是读者透过符号机制认同作者本意的重构过程,也是读者通过符号机制偏离作者本意的解构过程,是一种多音混杂的对话活动。此也正是金圣叹文学评点的魅力所在。

  欧美学者对金圣叹也颇感兴趣,美国主要有浦安迪的《明代小说四大奇书》⑪ 和《中国叙事学》⑫、David Rolston 的 How to Read the Chi-

---

① 陈香:《谈金圣叹式的批评》,《书评书目》1974 年第 1 期。
② 廖文丽:《金圣叹小说评点中之虚实论》,《竹北学粹》1983 年第 10 期。
③ 卢庆滨:《八股文与金圣叹之小说戏曲批评》,《汉学研究》1988 年第 1 期。
④ 李金松:《金圣叹批〈水浒传〉的批评方法论研究》,《汉学研究》1991 年第 12 期。
⑤ 载王靖宇主编《清代文学批评》,香港大学出版社 1993 年版。
⑥ 林宗毅:《金批〈西厢记〉的内在模式及其功过》,《汉学研究》1997 年第 2 期。
⑦ 吴宏一:《清代文学批评论集》,联经出版事业股份有限公司 1998 年版。
⑧ 黄伟豪:《分歧与融合——金圣叹与新批评的文论比较》,参见单周尧主编《东西方研究》,上海古籍出版社 2011 年版,第 183 页。
⑨ 杨清惠:《文法——金圣叹小说评点叙事美学研究》,大安出版社 2011 年版。
⑩ 曾守仁:《金圣叹评点活动研究——拟结构主义的重构与解构》,花木兰文化出版社 2014 年版。
⑪ [美] 浦安迪:《明代小说四人奇书》,中国和平出版社 1993 年版。
⑫ [美] 浦安迪:《中国叙事学》,北京大学出版社 1996 年版。

nese Novel[①]和 Traditional Chinese Fiction and Fiction Commentary[②]。他们对金圣叹的评价很高，通过西方叙事学的观照，来分析金批《水浒传》的叙事艺术。他们不纠缠于政治道德批评，专注于作品本身，加强了中西方的对话交流，极富探索性。法国汉学家朱利安撰有《迂回与进入》《势——拟中国的效力观》[③]等著作。两部著作设有专章专节涉及金批杜诗、金批《水浒传》、金批《西厢记》等材料，旨在通过金圣叹论证中国文学艺术偏爱曲折迂回的根本特征，并通过对"势"的追寻，阐释中西文化所表现的差异性及其原因。总体来说，本时期研究者们八仙过海，各显其能，从各个角度对金批加以勘探，其中对金批的形式批评也进行了多层面多角度的探索。

二　金圣叹文学评点研究范式的共时审视

三百多年的匆匆巡礼，古今中外的略略扫描，金圣叹及其文学评点的研究是一浪热过一浪，颇有眼花缭乱之感。但是，如果我们再从共时的角度对其所使用的范式[④]加以透视的话，似乎又能让我们冷静许多，甚至并不乐观。按照艾伯拉姆斯在其《镜与灯》一书中所设置的由宇宙、作者、作品、读者所组成的四维体系，可以把文学研究范式简化为四种范式：强

[①] David Rolston, *How to Read the Chinese Novel*, Princeton: Princeton University Press, 1990.

[②] David Rolston, *Traditional Chinese Fiction and Fiction Commentary*, Standford: Standford University Press, 1997.

[③] ［法］弗朗索瓦·朱利安：《迂回与进入》，杜小真译，商务印书馆2017年版；余莲：《势——拟中国的效力观》，卓立译，北京大学出版社2009年版。注：弗朗索瓦·朱利安，法国哲学家、汉学家，国内有翻译为弗朗索瓦·于连，有用其汉文名为余莲。下文中不统称为朱利安，而是以引用译本时的译名为准。

[④] "范式"最早由库恩提出，有广义、狭义之分：广义的"范式"指一门科学研究中的全套信仰、价值和技术；狭义的"范式"指一门科学在常态情形之下所共同遵奉的楷模。所谓文学范式是一定时期一定范围内从事文学创作和研究的文学共同体所一致遵循的一般理论原则、方法论规定。德国美学家尧斯已把它应用到文学研究之中。其《文学科学范式的改变》试图说明文学批评与科学研究有相似的范式转换和发展过程。具体来说，在文学研究的前科学阶段是"古典主义—人文主义"范式，18世纪、19世纪衰落，取而代之的是"历史主义—实证主义"范式；第一次世界大战以来，又出现了"审美形式主义"范式；近年来又出现了第四种范式"接受理论"，将取代此前的范式。见王先霈主编《文学批评术语词典》，上海文艺出版社1992年版。

调作品和宇宙关系的社会政治文化范式、侧重作品和艺术家关系的心理表现范式、强调作品客观本身内在关系的形式范式或文本范式、偏于作品与读者实用关系的接受范式。在文学研究中，我们可以侧重于某一范式，也可以兼施。但应该注意的是各个范式之间带有不可通约性①、具有不可比性，它们所描绘的图景实际上正像鸭—兔图一样相互竞争而共存着。我们绝不能说一个范式优越于另一个范式。可是从我们的传统和现实来看，情形并非如此。就金圣叹及其文学评点的研究而言，以上诸种范式都已用到，其中占主导地位的是社会政治文化范式，而最受挤压的恰恰是审美形式这一范式。张伯伟说："中国文学理论在文学形式方面的建树和贡献，向来没有得到系统的总结，所以在擅长文本分析的西方文学理论面前，往往显得有些自卑。其实，中国古代文论中并不缺乏这方面的成就。"② 从传统来看，中国美学不像西方美学那样，不是"形式的美学"，而是"道的美学"③。我们历来重视"道"，而视形式为"技艺"。这使得文学形式的研究显得步履维艰。依据思路、言域而言，中国传统的文论可以划分为三种主要类型，即"原域的文论""教化的文论"和"形式的文论"④。但是在这三种类型的文论中，颇能张扬的是"原域的文论""教

---

① 在库恩的词典里，"不可通约"指科学革命前后两个范式，即使大部分概念相同，但这些概念在新范式中是以一种新的关系组合在一起，因而他们的意义就改变了。库恩认为范式与范式之间具有不可通约性，带有不可比性。因此，旧理论不仅不可能像支流汇入江河那样被包含在新理论中，而且相反，新旧理论所描绘的世界图景排斥着：相信牛顿力学能够由相对论力学逻辑地推导出来是完全错误的（见 [德] 库恩《科学革命的结构》，上海科技出版社1980年版，第81页）。后来库恩的世界观发生了变化，但是认为它们之间仍可部分交流。[德] 库恩在《必要的张力》一文中，修正了观点，用"部分交流"代替了"不可通约"。库恩认为，信奉不同范式的人面临交流的障碍并非束手无策，他们受到的刺激是相同的，因此，多数科学家的日常世界是相同的。这是他们虽然不能完全通约却能"部分显示出生命力"。
② 张伯伟：《论唐代的规范诗学》，《中国社会科学》2006年第4期。
③ 赵宪章：《西方形式美学》，上海人民出版社1996年版，第32—33页。
④ 吴兴明教授认为"原域文论"的思路就是将对文学的打量置放在天人之间，从而来叩问文意的原始发生。文学审美创造的本源或起点既非外在的物，也非内在的心，而是心与物的相互作用，主客体的相互沟通。在这种心物交感互动中，以物象人，以景显情，以实现审美主体的某种意象为旨归。"教化的文论"是从人际社会来为文加以礼法，其所关注的重心是言、文、艺所具有的社会性建构功能。"形式文论"是直取文学丽而可观的形式含义而论文，它直接对文章作为语言文辞之形式化特征和结构特征作感受把握。见吴兴明《中国传统文论的知识谱系》，巴蜀书社2001年版，第97页。

化的文论"，处于边缘的却始终是"形式的文论"。刘若愚说："中国文学批评形形色色的派别中，最弱的恐怕要算技巧论一派了。"① 刘若愚的看法是正确的，但他把技巧论之弱化的原因归结为中国人把应付技巧的精力全部付诸创作而无暇顾及技巧的批评，并未道出根本。真正的原因是在于重道轻技。实际上，这种观念从过去一直支配到现在。古代对金圣叹评点的研究偏于作两极型的感悟式评价，或对其评点作艺术性的肯定评价，或作思想性的否定评价，缺乏现代性的自觉审视。在近代，金圣叹之所以得以彰显，不是由于其评点的文本价值，而是由于其评点的启蒙价值。金圣叹对小说戏曲地位的高扬为近代文论家提供了开启民智、移风易俗的文学资源。20世纪20—40年代，伴随五四新文学的运动，许多学人如胡适、鲁迅虽然很佩服金氏的文学眼光和胆量，但对其所从事的形式批评多持否定态度。朱自清言及金圣叹，仅把金批归结为"字句派"②，但这也并不表明金批在重视文学形式方面的审美价值得到重视。后来虽有隋树森、韩庭棕等学者对金圣叹文学评论及其艺术价值的张扬，但并没有引起多大反响。20世纪50年代至70年代末，政治标准第一成为主导范式，金批研究进入了非学术化的时期。由于长期以来左倾思想的干扰，当我们研究古代文学批评家的时候，常常以政治评判代替文学的评判。有一个时期对金圣叹的研究，几乎全是讨论金圣叹的政治态度，他对农民起义如何，他对朝廷如何。双方争论激烈，各不相让。肯定金圣叹者，必须证明金圣叹站在农民起义一边，然后才有资格谈论他的文学理论；否定金圣叹者，必须证明他反对农民起义，同时也表明他的文学理论可以置之不理。此时当然也没有必要言及文学形式，否则便斥之为形式主义③。事实上我们对金批的研究不是遵循金批的内

---

① [美] 刘若愚：《中国诗学》，幼狮文化公司1991年版，第121页。

② 朱自清：《中国文评流别述略》，《朱自清全集》第8卷，江苏教育出版社1996年版，第152页。

③ 黄中模教授回顾了建国后金圣叹文学评点被讥为"形式主义"的历史。1954年3月上海出版公司出版了何满子《金圣叹评改〈水浒传〉》，认为金圣叹是"形式主义者"。1964年12月20日《光明日报》发表了公盾《金圣叹在〈水浒传〉评点中的艺术分析值得颂扬吗?》，认为金圣叹评点《水浒》只是作"纯形式上的分析"，是"形式主义的艺术观"。1981年1月长江文艺出版社出版了周勋初《中国文学批评小史》，作者认为金圣叹所谈的文法是"形式主义"。见黄中模《不能给〈水浒〉金批加上"形式主义"的罪名》，《水浒争鸣（第二辑）》1983年。

在逻辑去探研，而是根据政治的需要、人为的强制，偏离了文学研究的领域，偏离了金圣叹文本批评家的身份认同。进入20世纪80年代以来，伴随着思想的解禁、学术的自由，金批研究遂进入一个多元化的时代。人们开始采用多种范式对金批加以观照研究，从而出现繁荣的局面。其中对金批予以形式或文本化的研究崭露头角。无论是域内还是域外，都做了富有启发性的研究。但是，正当我们需要进一步深入和冷静反思之时，90年代以来急促的文化转向，使我们对金圣叹形式或文本化的研究不免显得过于匆匆。我们总是变得太快，有时让人难以适从，以至于在文学自身领域的坚守变得那么困难重重。这也恐怕是我们的文学研究常常陷入危机的原因之一吧！

综上所论，无论是从历史流变，还是从学术范式来看，对金批有关形式或文本的研究仍有不足之处：首先，由于"道"文化的情结，加之急功近利的政治思想范式的影响，"形式"始终被看成一种"道"的附庸手段，甚至是一种"技艺"，致使金圣叹的形式批评研究一直处于弱势地位。其次，由于对金批性质认识不清，从来没有把金圣叹的评点所体现的形式作为研究对象来加以研究。即使有所涉及，多为散金零玉，鲜作系统的把握与探讨。同时也多从形式与内容二分的思维视角去界定。最后，对金批文本的研究过多地以小说戏曲批评为资料根据，忽略了诗歌散文所隐含的形式资源。从这个角度来说，以形式为范式来研究金批，进行理论的系统整合，是当前金圣叹文学评点研究中的一个难题和弱项，并仍有可发挥之余地。

第三节　金圣叹文学评点的研究方法及架构

一切科学研究在某种意义上说，都离不开方法的选择与革新。其运用得好坏往往标志着问题解决水平的高低。梁启超说："人类知识进步，乃是要后人超过前人。后人应用前人的治学方法，而复从旧方法中，开发出新方法来，方法一天一天的增多，便一天一天的改善，拿着改善的新方法去治学，自然会优于前代。"[①] 因此，就某种程度而言，知识在其本质上是视角性的。对象只有在那些用来规定其认识方法的范畴中，才成为某种现实。没有一定的方法就不能研究对象。当然，方法的选择也并非是随意而行，

[①] 梁启超：《东南大学课毕告别辞》，《梁启超选集》，上海人民出版社1984年版，第821页。

它要充分考虑到研究对象的特点。它应当适应所研究对象特有的特点。最好的方法总是与研究对象相契合。对金圣叹文学评点的研究也应作如是观。

一 形式观照与金圣叹评点研究

从性质来说，形式或文本批评在金圣叹那里占据着非常重要的地位。我们并不能因为金批当中有这样或那样的政治批评或道德批评，因而否定金批形式批评的主导地位。从金圣叹的文学评点中可以见出，金圣叹是一个较为复杂的人物。一方面，金圣叹是一个进步的布衣文人，有较为先进的民本思想。他对贪官污吏直至最高统治者，都有尖锐的揭露，对农民的造反精神多有称赞。他认为梁山英雄啸聚山林是"乱由上生"，"一部《水浒传》，一百八人总赞"[①]。另一方面，金圣叹也有保守的立场，对农民造反多有不满。他独恶宋江，所谓"一百八人者，皆恶兽也"[②]。对金圣叹来说，七十回本《水浒传》既有对包括皇帝在内的大小官员的无情揶揄，又有对现存秩序加以固守呵护之意；既有对江湖豪杰路见不平、拔刀相助抗暴精神的讴歌，又有对他们目无王法、胆大妄为举动的否定。无论是托笔骂世，还是诛心教化，都展示了文学的社会功能和伦理特征。但是我们并不能由此来否定金批形式批评的根本性质。因为金圣叹的政治批评或道德批评都是通过"春秋笔法""曲笔""隐笔"的方式加以体现的，绝非直言道出，一语破的。这本身也是文本或形式批评的一个重要体现。同时应该注意的是，这些社会伦理性的评论与其艺术形式方面的建树相比而言，并非占有主导性位置。金圣叹著书批书的根本目的是借题作文，寻绎才子文心。正所谓"寻个题目，写出自家许多锦心绣口"[③]。金圣叹说："盖昔者之人，其胸中自有一篇一篇绝妙文字，篇各成文，文各有意，有起有结，有开有阖，有呼有应，有顿有跌，特无所附丽，则不能以空中抒写。故不得已旁托古人生死离合之事，借题作文。彼其意：期于后世之人，见吾之文而止，初不取古人之事得吾之文而见也。"[④] 因此，

[①] 金圣叹：《贯华堂第五才子书水浒传》（上），周锡山编校《金圣叹全集》，万卷出版公司2009年版，第30页。

[②] 同上书，第206页。

[③] 同上书，第15页。

[④] 金圣叹：《贯华堂第五才子书水浒传》（上），周锡山编校《金圣叹全集》，万卷出版公司2009年版，第477页。

金圣叹的评点既与载道派不同，也与经世派不同，也与一般的主情派有所不同，在文学评点中虽然不乏精微义理的阐发，但其主要的关切点在于对"文"及其"文法"的探寻。其主要用意在于画龙点睛，金针随度，以探究文学艺术的美妙为主。从这个意义上说，金圣叹的文学评点是一种蕴含着文化意味的形式批评。他本人则是中国古代文学批评中形式批点的荦荦大者。既然如此，从形式的角度研究金圣叹文学评点，就显得顺理成章，势所必然。具体方法包括两个方面。

第一，历史和逻辑相统一的方法。

逻辑的演绎必须与历史现实的发展相结合，方能显示出理论的巨大力量。金圣叹文学评点所体现的形式思想，总是与中国特定的历史文化语境相关。金圣叹有关"文"的观点、有关"章法"的认识以及对"八股"文法的运用，都有着深刻的历史文化渊源，对于它们的漠然视之，我们就难以见出金批形式意蕴的纵深感。当然我们对它的研究还不能仅仅局限于一种现象的描述，还必须予以理论的升华，显示出逻辑的力量，为当代文论和文学批评建设提供可资借鉴的美学智慧。

第二，形式批评的方法。

以俄国形式主义、英美新批评和法国结构主义为参照系，采用一种陌生的、非我的眼光来审视金圣叹的文学评点，以见出金批形式批评的特色。金圣叹所言的细玩、章法结构与新批评所言的"细读"、结构主义叙事学所主张的"表层结构""深层结构"等形式概念之间，有着可比较性、可交流性。通过二者之间的互证互释、阐释比较，来寻求对话的可能性。

通过上述方式的探讨，我们希望发现金批当中长期曾被遮蔽的形式批评的本来面目，既能见出它深厚的历史意蕴，又能展示其高度的逻辑力量，同时也发掘出它对后人的警示意义。当然，我们不能因此否认其他诸如实证的、心理的、文化的批评方法对金圣叹评点进行不同观照的重要性，但我们认为通过形式美学的方法对金批加以研究，更加契合金批的本性，更加接近文学的本体。因此，形式批评方法构成了金批研究的"阿基米德"支点。

二　金圣叹形式批评研究的基本架构

金圣叹的主要贡献在于他采用以文观文的审美方式对文学文本做了形

式化的解读，其评点关注的核心是文心之美、文辞之美、结构之美以及解读之美。具体而言，本书包括以下几个部分：导言部分重新定位金圣叹作为文本或形式批评家的身份认同，确证金批形式批评的性质。文心论旨在探讨金圣叹对文学形式的认识，他在强调"心"的同时，还对"文"有独到的理解。一方面，金圣叹吸收了传统文论史上"文"之辞采絮然、错综参差、条理有序、文法笔法的形式意蕴。另一方面又在论述"文"与"情"、"文"与"事"关系的基础上，挖掘出"文"对"情""事"的型构作用，从而凸显了"文"的形式美学功能。文辞论主要结合金圣叹对字法、句法的评价，论证他对汉语言审美功能的强调。金圣叹认为文学语言决不仅仅是再现物象和抒情达意的工具，而且还是一种具有独立价值和意义的审美存在。通过对以少总多、别构新奇、整齐一律、错落参差途径的探寻，金圣叹对汉语言的形式功能做了进一步拓展，从而抉发出汉语言本身的诗性智慧。章法论主要论述了金圣叹有关文本结构布局的形式观念。就表层结构而言，金圣叹善于运用避犯、缓急、伏应等"相间"交错的方式，来见出文学作品在贯穿连接、对比映衬等方面所体现出的灵动之美，以此折射出中国章法结构具有的时间空间化特征；就深层结构而言，金圣叹之所以采用两两对举的方式透视文本的纹理，实是对《周易》之阴阳、老庄之有无、佛家之假有二元对立互补观念的匠心独运。表面看来，这是一种"道"的美学，而本质上却是一种形式结构的美学。这正是华夏文人深藏的精神语言和心灵代码。分解论意在探讨读者在解读文学文本时如何以形式化的视野来领悟文本深层意蕴和精神实质的具体化过程。主要包括文本的向心式细读、八股文法解读与文本世界美的呈示以及形式观照与文本的经典化三个部分。细读作为一种"向心式"的解读，它是以紧盯细究的方法，对文本进行逐字逐句逐篇地加以批注，以见出文学作品的精微细妙。八股文法解读实际上是对细读分解的具体化，它以八股文法作为一整套约定俗成的程式来解读文本，从而呈示出文学文本在起承转合等方面的美质。文本的经典化旨在表明金圣叹从卷帙浩繁的典籍中选出"六才子书"，使之成为天下妙文，实与他作为选家的审美眼光、对才子的重估密切关联。余论主要是论证金圣叹文学评点的当代价值。金圣叹的形式批评对于当前如何解读文学作品、如何处理好批评中的艺术化和科学化的矛盾以及目前的文化研究仍具有启迪作用。

第一章

文 心 论

著名艺术史家海因利希·韦尔夫林强调:"艺术史家如果不拥有某些关于艺术描述的基本范畴,那就一定不能够刻画出不同的时代或不同艺术家的艺术性格。"[1] 意思是说,对于任何文学艺术现象的描述和分析,必须借助于某种普遍性的结构框架,只有如此我们才能对它们进行分类、整理和组织。否则没有事先提供的某种尺度,我们就不可能探测出文学艺术的理论深度。从这个意义上说,弄通金圣叹的"文心观"对于我们正确理解其文学评点,显得至关重要。事实上,当我们打开金圣叹的文本时,可以发现"文"是金批中一个相当醒目、复现率极高的字眼,诸如"文心"[2]"文情"[3]"文法"[4]"奇文"[5]"文势"[6]"文笔"[7]。在这里,"文"正好构成了金圣叹观照文学文本的一种普遍的结构范式。金圣叹在从事评点时并不是茫然进行,而是采取了以"文"观文的方式,特别凸显了"文"的形式功能。凭此,金圣叹拓展了文学批评的崭新空间。但是,金圣叹对"文心"的探讨并没有明确的论述,大都散落在具体的文学批点中。因此,要理解金圣叹的文学形式观,必须对其所倚重的"文"范畴予以正本清源,爬罗梳理。以下我们将通过对"文""笔"概念的剖析及

---

[1] 转引自 [德] 卡西尔《人论》,甘阳译,上海译文出版社 1985 年版,第 89 页。
[2] 金圣叹:《贯华堂第六才子书西厢记》,周锡山编校《金圣叹全集》,万卷出版公司 2009 年版,第 57 页。
[3] 金圣叹:《贯华堂第五才子书水浒传》(上),周锡山编校《金圣叹全集》,万卷出版公司 2009 年版,第 57 页。
[4] 同上书,第 19 页。
[5] 同上书,第 27 页。
[6] 同上书,第 76 页。
[7] 金圣叹:《贯华堂第五才子书水浒传》(下),周锡山编校《金圣叹全集》,万卷出版公司 2009 年版,第 591 页。

其"文与情""文与事"关系的论述来加以说明。

第一节　文与笔：金圣叹形式观的历史承继

文与笔问题是中国古代文论关于文学性质认知的一个参照点。弄清这两个概念的历史演进和逻辑内涵，对于我们更好地理解金圣叹的"文心观"大有裨益。

一　文：历史流变及其审美形式内涵

从历史流变的角度来看，"文"这个概念大致经历了四个阶段。先秦两汉时期，"文"的含义相对宽泛，是指当时学术的总称。无论先王典文，还是诗书礼乐，皆可称"文"，蕴含着明经致用、学问济世的意思。"文"或指天文、地文。《周易·贲》云："观乎天文，以察时变，观乎人文，以化成天下。"《淮南子·天文训》云："文者，象也。"或指人文，诸如礼乐制度、法令条文、文化艺术，都可以称为"文"。《论语·学而》说："行有余力，则以学文。"《论语·公冶长》说："子贡曰：'夫子之文章，可得而闻也。'"孔子所言之"文"或"文章"，都是就文化学术意义而言，兼有博学之义。到了汉代，随着辞赋的繁荣，人们开始认识到文学的性质，文学与学术有所区别。东汉范晔《后汉书》专立《文苑传》，文苑传统与儒林传统有所分立。但总体而言，文学的独立地位并没有真正确立，文学依然是达政的工具而已。魏晋南北朝时期，"文"的观念得到进一步纯化，不再带有学术的意义，"文"走向了独立与自觉。文人多以才华、文章为自我标榜，更多从性情、文采、韵律等审美形式层面来辨析文学体制和探讨文学性质。所谓"综缉辞采，错比文华""事出于沉思，义归乎翰藻"。魏晋六朝这种"情信"与"文采"兼至的文学观对金圣叹的文学评点影响很大。唐宋时期，由于唐宋古文运动的兴起，由魏晋所推行的文学观念明确化的进程受到阻隔。他们张扬古道，或强调文以贯道，或标榜文以载道，重视先秦两汉经史子散文，排斥魏晋以来流行的骈文，文笔相混，文学观念日趋含混。明清时期，文学观念再一次呈现出从混沌走向明晰化的发展趋势。随着明中叶"心性"的自由解放，加之明清小说戏曲的发展和繁荣，许多文论家进一步探讨文学的性质问题。"降及明代，文学的面貌发生了很大的变化，虽然传统的诗文照旧主导当朝文坛，但规模宏大的章回体小说、篇幅浩繁的传奇却成为文坛的新事物，吸引着士大夫的注意力。评点学正是在此种情形下作为批评对文坛现实的反映而出现。……综合其批评的收获，明清评点学当之无愧是古代文论史上第二次'文的自觉'。"① 正是在此种语境之下，金圣叹对"文性"做了进一步的认识和界定，他重视真情至性，强调文法笔法，并贯彻到他的文学评点之中。

从共时的角度来看，"文"的内涵较为复杂。许多学者通过爬罗剔抉，钩沉稽微，做出较为明确的界定。但在形式层面上的含义，大致有三种内涵，金圣叹多有采撷。

第一，讲究辞采。刘永济先生曾把"文"的古义归纳为六种：

> 一者经纬天地也。《尚书·尧典》："钦明文思安安。"马融注曰："经纬天地谓之文，道德纯备之谓思。"又《舜典》："浚哲文明。"孔颖达《正义》说："经纬天地曰文，照临四方曰明。"二者国之礼法也。《礼记·大传》："考文章"。郑玄注曰："文章，礼法也。"孔颖达《正义》曰："文章，国之礼法也。"又《国语·周语》："有不享则修文。"韦昭注曰："文，法典也。"三者古之遗文也。《论语·学而》："行有余力，则以学文。"马融注曰："文者，古之遗文。"邢昺疏曰："古之遗文者，诗、书、礼、乐、易、春秋六经是也。"又《雍也》："博学于文，约之以礼。"邢昺疏曰："言君子若博学于先王之遗文，复以礼以自检约。"四者文德也。《论语·颜渊》："曾子曰：君子以文会友。"孔安国注曰："有以文德合。"《国语·周语》："夫敬，文之恭也。"韦昭注曰："文德之总名也。"五者华饰也。《论语·雍也》："文质彬彬，然后君子。"黄侃疏曰："文者，华也。"《荀子·礼论》："贵本之谓文。"杨倞注曰："文谓修饰。"《庄子·缮性》："文灭质，博溺心。"郭象注曰："文博者，心质之饰也。"六者书名、文辞也。《礼记·中庸》："不考文。"郑玄注曰："文，书名也。"孔颖达《正义》曰："不得考成文章书籍之名也。"《国语·晋语》："吾不如衰之文也。"韦昭注曰："文，文辞也，书名也。"又《楚语》："则文咏物以行之。"韦昭注曰："文，文辞也。"《荀子·

---

① 林岗：《明清之际小说评点学之研究》，北京大学出版社1999年版，第100—104页。

非相》:"文而致实。"杨倞注曰:"文谓辨说之词也。"①

吴林伯先生将"文"与"章"联系起来,训为七种含义:

> 古汉语里的"文",亦谓之"章",《左传》襄公三十一年:"动作有文,言语犹章。""章"即"文"也,合而言之曰"文章"。《诗经·小雅·都人士》:"出言有章"。郑玄《笺》以"文章"训"章"。而"文章"的涵义甚众,或以自然形象为"文章",《周易·贲·象》"观乎天文,以察时变"之"天文"是也;或以礼、乐法为"文章",《荀子·非十二子》"敛然圣王之文具焉"之"文章"是也;或华丽为"文章",《论语·八佾》"周监于二代,郁郁乎文哉"之"文章"是也;或以威仪为"文章",《论语·公冶长》"夫子之文章,可得耳闻也"之"文章"是也;或以典籍为"文章",《论语·八佾》"夏礼吾能言之,杞不足征也,文献不足故也"之"文献",犹"文章",朱熹注谓"典籍"是也;或以字为"文章",《左传》宣公十五年"故文反正为乏"之"文"是也;或以词采为"文章",《国语·楚语》韦昭注是也。核而论之,文论中的"文章",毕竟以辞采为主。其中除"天文"之外,其他均为"人文"之不同语义。②

两位先生对"文"的含义分析得较为精细,或为"天文",或为"礼乐",或为"典籍",或为"文德",或为"文章",或为"华饰"。但核而论之,"文"之讲究"文辞""辞采"的形式内涵已被凸显。"文章"一词,在汉语中来源很久。据古代文献,"章"曾是殷周之际彝器上面的铭文符号,颇带有色彩之意。《荀子·非相》说:"故赠人以言,重于金石珠玉;观人以言,美于黼黻文章;听人以言,乐于钟鼓琴瑟。"杨倞注:黼黻文章,"皆美色之美者,白与黑谓之黼,黑与青谓之黻,青与赤谓之文,赤与白谓之章"。其中"章"的解说,据《仪礼》注:"章,明也。"又《广韵》:"彰,明也。"显然有色彩彰明显著之意。《诗经·小

---

① 刘永济:《十四朝文学要略》,黑龙江人民出版社1984年版,第2—3页。
② 吴林伯:《〈文心雕龙〉字义疏证》第"文"条,武汉大学出版社1994年版。

雅·六月》："织文鸟章，白旆央央。"郑笺："鸟章，鸟隼之文章。""章"就有色彩美之意。《庄子·胠箧》说："灭文章，散五彩。""文章""文采"互文见义，可见文采是文章之要义所在。东汉《释名》："文，文也。集会众采以成锦绣，集会众字以成辞义，如文绣然。"文像织物一样，是经过缀合与修饰，最后成为有文采的文章。汉代司马迁《史记·儒林列传》云："臣谨按诏书律令下者，明天人之分，通古今之变，文章尔雅，训辞深厚，恩施甚美，小吏浅闻，不能究宣。""文章"一词，始用来概括史传散文的语言文采之美。金圣叹在文学评点中接受了"文"的这一基本特点。他善于"以锦喻文"①，多次用"锦心绣口"②"珠玉锦绣"③等比喻来表达对文学辞采的赞美与认同。在小说语言方面，提出"浏然以清，湛然以明，轩然以轻，濯然以新"④的审美标准，要求文学语言具有简洁美、蕴藉美、音乐美、新奇美。金圣叹认为文学语言的文字需要精心推敲，讲究辞采。如《水浒传》第三十七回，写黑旋风李逵和浪里白条张顺在大江中一阵厮打："两个正在江心里面，清波碧浪中间，一个显浑身黑肉，一个露遍体霜肤。……两个打做一团，绞做一块。"于此金圣叹批点道："绝妙好辞。清波碧浪，黑肉白肤，斐然成章，照笔耀纸。"⑤这一段文字，辞采优美，形象鲜明，对比强烈，朗朗上口。金圣叹对此大加欣赏，表现出追求辞采的文人意趣。

第二，讲究错落变化之美。"文"的审美内涵并非仅仅局限于"华饰"或"辞采"层面上，而且还包括错杂为文的思想。"文"最早出现于殷商时期的甲骨卜辞，西周青铜器上也有铭刻。它被写作"𡗫""𠁥""𡗝""𡗛"。从甲骨文的构造来看，"文"的最初含义是模拟某种交错的东西，带有交错的图纹笔画。后来的典籍也反复证明了这一点。许慎《说文解字》云："文，错画也，相交，文"。从字形上看，最早的"文"就是一种具象的摹写，人通过视觉感官，观察对象由各种线条构成的形状，然后

---

① 古风：《"以锦喻文"现象与中国文学审美批评》，《中国社会科学》2009年第1期。
② 金圣叹：《贯华堂第五才子书水浒传》（下），周锡山编校《金圣叹全集》，万卷出版公司2009年版，第28页。
③ 同上书，第413页。
④ 同上书，第8页。
⑤ 金圣叹：《贯华堂第五才子书水浒传》（下），周锡山编校《金圣叹全集》，万卷出版公司2009年版，第540页。

将各种交错的线条加以简化。《国语·郑语》曾说:"声一无听,物一无文,味一无果,物一无讲。"意思是说只有多种线条交错,多种形态并陈,多种声音汇合,才能使人的耳目产生愉快感。美的事物是由许多东西交织在一起而呈现的整体效果。《国语·周语》说:"经之以天,纬之以地,经纬不爽,文之象也。"对"爽",韦昭注曰:"差也。""文"就是经纬交织而不差错变异。《易传·系辞》说:"道有变动,故曰爻。爻有等,故曰物。物相杂,故曰文。"《周易》强调"一阴一阳之谓道",由阴阳二卦组合成八卦,八卦演绎出六十四卦。每一卦又有不同的内部组合。阴爻、阳爻相杂交错,互现相映,构成了"文"的应有之义。《毛传》曰:"风行水上成文曰'涟'。……小风,水成文,转如轮(通沦)也。"《文心雕龙·情采》篇说:"夫水性虚而沦漪结,木体实而花萼振,文附质也。"这里的"文"即图纹的"纹"。由此可知,单一的物象不会产生"文",而"文"的东西必须有物物相错,物象交映,色彩错杂。所谓"文"就是一种因错落有致所形成的形式美。对此金圣叹《语录纂》也有阐说:"'物相杂故曰文',杂而不越故曰理。权说是天,天就有文了,我不见天,止见文矣。权说是地,地就有理了,我不见地,止见理矣。"[①]《通宗易论》也说:"'天地定位,山泽通气,雷风相薄,水火不相射',总之曰'八卦相错',固知此非八卦之文,乃十六卦之文也。……八卦相错有十六,相荡有四十八,合而成六十四,而实则以十六卦为圆图、方图之经纬。"[②] 金圣叹显然接受了卦卦相错为文的思想。金批《水浒传》第二回回评说:"打郑屠忙极矣,却处处夹叙小二报信,然第一段只是小二一个;第二段,小二外又陪出买肉主顾;第三段,又添出过路的人。不直文情如绮,并事情亦如镜,我欲剖视其心矣。"[③] 许慎《说文解字》:"绮,文缯也。""缯,帛也。"所谓"绮"就是带花纹的丝织品。借来喻文,形容文学形式的变化错杂之美。鲁达拳打镇关西,写得有声有色,急中有闲,闲中有急,有张有弛,可谓是"文情如绮"。类似的说法还有

[①] 金圣叹:《小题才子书》,周锡山编校《金圣叹全集》,万卷出版公司 2009 年版,第 228 页。

[②] 同上书,第 203 页。

[③] 金圣叹:《贯华堂第五才子书水浒传》(上),周锡山编校《金圣叹全集》,万卷出版公司 2009 年版,第 57 页。

"縠以有无相间成文"①"文心如绣"②，等等，都强调了"文"的错综变化之美。"文章之妙，通于造化"，金圣叹又从"天文"论到"人文"，旨在说明此理。他说：

> 今夫文章之为物也，岂不异哉！如在天而为云霞，何其起于肤寸，渐舒渐卷，倏忽万变，烂然为章也！在地而为山川，何其迤逦而入，千转百合，争流竞秀，窅冥无际也！在草木而为花萼，何其依枝安叶，依叶安蒂，依蒂安英，依英安瓣，依瓣安须，真有如神镂鬼簇、香团玉削也！在鸟兽而为翚尾，何其青渐入碧，碧渐入紫，紫渐入金，金渐入绿，绿渐入黑，黑又入青，内视之而成彩，外望之而成耀，不可一端指也！凡如此者，岂其必有不得不然者乎？……至于文章，而何独不然也乎？……吾之为此言者，何也？即如松林棍起，智深来救，大师此来，从天而降，固也；乃今观其叙述之法，又何其诡谲变幻，一至于是乎！……又如洪教头要使棒，反是柴大官人说且吃酒，此一顿已是令人心痒之极，乃武师又于四五合时跳出圈子，忽然叫住，曰除枷也；乃柴进又于重提棒时，又忽然叫住。凡作三番跌顿，只使读者眼光一闪一闪，真极奇极恣之笔也。……凡如此者，皆所谓在天为云霞，在地为山川，在草木为花萼，在鸟兽为翚尾，而《水浒传》必不可以不看者也。③

金圣叹认为文章就要像云霞、山川、花萼、鸟兽一样，天然而成，郁郁文采，符合天地之道。作为人文之文，同样符合自然之道，既呈现出"离离奇奇，错错落落"的层深之美，也呈现出"东云见林，西云露爪"的参差错综之美。

第三，讲究章法之美。"文"讲究变化并不是杂乱无章，而是错落有致，要符合形式美的规律。如果过于整齐划一，不免单调；如果过于错落变化，不免杂乱。这些都不会使人感觉到美。只有二者的辩证统

---

① 金圣叹：《贯华堂第六才子书西厢记》，周锡山编校《金圣叹全集》，万卷出版公司2009年版，第77页。
② 金圣叹：《贯华堂第五才子书水浒传》（上），周锡山编校《金圣叹全集》，万卷出版公司2009年版，第75页。
③ 同上书，第135—136页。

一，方能给人以美感。诸如奇正、空实、抑扬、开合，等等，需要相摩相荡。对于"章"，许慎《说文解字》释云："乐竟为一章，从音从十。十，数之终也。"从音是讲声音含于内，发于口，呈于外。从十就是从多。"声一无听"，多种声音和谐协作，声音才美。近代国学大师章炳麟《文学总略》说："八风从律，百度得数，谓之章。""章"也有条理的意思。《诗经·小雅·都人士》说："出言有章。"即出言有条理之义。《易·艮》说："言有序"；"不成章则不达"。言语文字须经巧妙的组合、结构，方能使人乐于接受。《周礼·考工记》说："画绩之事，杂五色。……青与赤谓文，赤与白谓章，白与黑谓黼，黑与青谓黻，五彩备谓之秀……杂四时五色之位，以章之谓之巧。"各种色彩巧妙地组合在一起，并呈现出一种秩序，就会像乐曲一样富于音乐美。"文"的内涵不但兼备彩绘之美，而且还呈现出"五色成文而不乱"的结构美。东汉荀悦《申鉴·杂言》说："圣人以文，其奥也有五：曰玄，曰妙，曰包，曰要，曰文。幽深谓之玄，理微谓之妙，数博谓之包，辞约谓之要，章成谓之文。圣人之文，成此五者，故曰不得已。""妙""玄"指对题旨义理的提炼加工，已达到高深幽微的境界。"包"指材料的安排。"要"指修辞上的简约、扼要。"文"指纹理，谓篇章结构讲究章法，犹如纹理错落有致，次第井然。荀悦的"文"说，实际上包含结构章法的条理之义。其《申鉴·杂言》又说："章成，谓之文。"金圣叹在这方面，汲取了"文"和"章"秩序条理的思想，颇重视章法之美。金圣叹说："《三百》之目，传乎泗水。始《关》终《挞》，各分章句。章句之兴，所由久矣。章者，段也。赤白曰章，谓比色相宣，则成段也。斐然成章，亦言成段则可观揽也。为章于天，错综成段，非散非叠也。句者，勾也，字相勾连，不得断也。必至连字之尽，则可勾而绝之也。"①金圣叹认为《诗经》分章分段分句，具有五色相宣、斐然成文之美。金圣叹《水浒传》第四十一回"还道村受三卷天书，宋公明遇九天玄女"回评说："第一段神厨搜捉，文妙于骇紧。第二段梦受天书，文妙于整丽。第三段群雄策应，便更变骇紧为疏奇，化整丽为错落。三段文字，凡作三样笔法，不似他人小儿舞鲍老，只有一副

---

① 金圣叹：《贯华堂选批唐才子诗》，周锡山编校《金圣叹全集》，万卷出版公司 2009 年版，第 49—50 页。

面具也。"① 无论是段、篇章还是整部作品皆讲究一定的章法结构，做到有张有弛，有疏有密，圆整谨严，有机统一。正所谓"读一部七十回，篇必谋篇，段必谋段，之后忽然结以如卷如扫，如驰如撒之文，真绝奇之章法也。"②

二 笔：历史流变及其审美形式内涵

"笔"也是一个较为复杂的概念，涉及对文学类别及其特性的认知。在与"文"的对照中，大致经历了"文""笔"对举、"诗""笔"对举、"文""笔"相混的阶段。先秦两汉时期，"文"与"笔"两者之间并未有什么交涉。王充《论衡》虽然出现了"文""笔"并列的情况，但"文"是指一切文章，笔是作为工具的笔或文人的用笔，文笔并非指两类不同的义体。如《论衡·超奇》篇云："笔能著文，则心谋论。……意奋而笔纵，文见而实露也。"只是到了魏晋南北朝时期，才出现了真正的"文""笔"对举。魏晋南北朝时期，是文体自觉的时代，"文非一体，鲜能备善"，出现了各种各样的文体。"圣贤书辞，总称文章"的混沌观念受到挑战，诸种文体的囿别区分势在必行。此时，"文笔之辨"应运而生。刘勰、颜延之、萧绎分别从不同层面对文、笔进行了界定。刘勰《文心雕龙·总术》篇云："今之常言，有'文'有'笔'。以为无韵者'笔'也，有韵者'文'也。夫文以足言，理兼《诗》《书》；别目两名，自近代耳。颜延之以为：'笔'之为体，言之'文'也；经典则'言'而非'笔'，传记则'笔'而非'言'。"刘勰以有韵无韵来区别文、笔，而颜延之将文章区分为"言""笔""文"三类，但二者并不矛盾，正如范文澜《文心雕龙注》所言："直言事理，不加彩饰者为言，如《礼经》《尚书》之类是。言之有文饰者为笔，如《左传》《礼记》之类是。其有文饰而又有韵者为义。"三人相比，萧绎对文笔的区分最为明晰彻底。其《金楼子·立言》说："至于不便为诗如阎纂，善为章奏如伯松，若此之流，泛谓之笔。吟咏风谣，流连哀思谓之文。又曰：笔退则非谓成篇，进则不云取义，神其巧惠，笔端而已。至如文者，惟须绮縠纷披，宫徵靡曼，唇吻遒会，情灵摇荡。而古之文笔，今之文笔，其源又异。"在萧绎看

---

① 金圣叹：《贯华堂第五才子书水浒传》（下），周锡山编校《金圣叹全集》，万卷出版公司2009年版，第591页。

② 同上书，第979页。

来，只有那些"绮縠纷披，宫徵靡曼，唇吻遒会，情灵摇荡"的文章，才能称之为"文"。这样的文章才具有情感美、文采美和音乐美。而把那些"善为奏章""善辑疏略"侧重写事说理的实用文，称之为"笔"。对此郭绍虞说："笔重在知，文重在情；笔重在应用，文重在美感。于是始与近人所云纯文学与杂文学之分，其意义有些接近。"① 至此"文笔"之辨已告一段落，从而确立了纯文学和杂文学的边界。直到唐代，对"文笔"说又做了进一步的区分，遂把诗歌单独从"文章"中提升出来，将诗以外的文体统统归为"文"或"笔"，标举诗、文分说或诗、笔对举。一方面充分肯定了诗体的美学价值，另一方面将原来的赋、骈文和古文通归为"文"或"笔"。自此以后，文笔相混一体。鲁迅先生曾在《汉文学史纲要》中谈到这种情况："辞笔或诗笔对举，唐世犹然，逮及宋元，此义遂晦，于是散体之笔，并称曰文。"② 事实上，这种情况一直延续到明清。

正是在这种历史语境下，金圣叹对"文""笔"之说做出了进一步审视。金圣叹进行文学评点，涉及各种文体，诸如历史散文、哲学散文、赋、诗歌、词、小说、戏曲。凡有所文，皆能一一批点，无所谓"文笔"之分。但金圣叹的不同之处在于善于寻找不同文体类别之间所存在的"文法""笔法"。同时又将这些"文法""笔法"旁通到小说戏曲文体评点之中。金圣叹说："子弟少时读书，最要知古人出笔，有无数方法：有正笔，有反笔，有过笔，有沓笔，有转笔，有偷笔。"③ 据不完全统计，金圣叹在文学评点中言及"笔法"一词的频率不下百余次，多用"高妙""细妙""矫绝""精整""飞舞""严冷""参差""奇恣""异样""闲婉"等言语来形容。金圣叹主要借用了史传之笔法、书画之笔法以及文章之笔法，充分强调了"笔法"作为文学形式美的价值与意义。

第一，所谓史传笔法，是指史书修撰中秉笔直书、叙事惩讽及字义褒贬等手法。金批中常提到的主要有"《春秋》笔法"④、《礼记·檀弓》笔法⑤、

---

① 郭绍虞：《郭绍虞说文论》，上海古籍出版社2000年版，第25页。
② 鲁迅：《汉文学史纲要》，《鲁迅全集》第9卷，人民出版社1981年版，第346页。
③ 金圣叹：《贯华堂第五才子书水浒传》（下），周锡山编校《金圣叹全集》，万卷出版公司2009年版，第630页。
④ 同上书，第801页。
⑤ 金圣叹：《唱经堂第四才子书杜诗解》，周锡山编校《金圣叹全集》，万卷出版公司2009年版，第59页。

《水经注》笔法①、《考工记》文字②、"学史公笔"③等。针对春秋笔法，晋代杜预结合《左传·成公十四年》将这一笔法的内涵界定为五个层面，其《春秋左氏经传集解序》说：

> 《春秋》之称，微而显，志而晦，婉而成章，尽而不汙，惩恶而劝善，非圣人，谁能修之？以五例解释《春秋》笔法……发传之体有三，而为例之情有五。一曰微而显，文见于此而起义在彼，称族尊君命、舍族尊夫人、梁亡、城缘陵之类是也。二曰志而晦，约言示制，推以知例，参会不地、与谋曰及之类是也。三曰婉而成章，曲从义训，以示大顺，诸所讳辟，璧假许田之类是也。四曰尽而不汙，直书其事，具文见意，丹楹刻桷、天王求车、齐侯献捷之类是也。五曰惩恶而劝善，求名而亡，欲盖而章，书齐豹盗、三叛人名之类是也。④

杜预对"春秋笔法"界定颇为细致，但其核心意蕴就是史家以一种"微言大义"的方式，对历史人物的褒贬不是直接说出，而是依照史家的叙述自然而然地加以流露，最终让事实说话。金圣叹在评价小说戏曲诗歌等文体时常常用到，并对其有不同的称法，如"绵针泥刺"⑤"案而不断"⑥"皮里阳秋"⑦"深文曲笔"⑧。如对宋江及其父亲的评价，金圣叹这样说道："无人处却写太公洒泪，有人处便写宋江大哭。冷眼看破，冷笔

---

① 金圣叹：《贯华堂选批唐才子诗》，周锡山编校《金圣叹全集》，万卷出版公司2009年版，第207页。
② 金圣叹：《贯华堂第五才子书水浒传》（下），周锡山编校《金圣叹全集》，万卷出版公司2009年版，第800页。
③ 同上书，第708页。
④ 孔颖达：《春秋左传正义》，《十三经注疏》，上海古籍出版社1997年版，第1706页。
⑤ 金圣叹：《贯华堂第五才子书水浒传》（上），周锡山编校《金圣叹全集》，万卷出版公司2009年版，第18页。
⑥ 金圣叹：《贯华堂第五才子书水浒传》（下），周锡山编校《金圣叹全集》，万卷出版公司2009年版，第575页。
⑦ 金圣叹：《贯华堂第五才子书水浒传》（上），周锡山编校《金圣叹全集》，万卷出版公司2009年版，第316页。
⑧ 金圣叹：《贯华堂第五才子书水浒传》（下），周锡山编校《金圣叹全集》，万卷出版公司2009年版，第844页。

写成,普天下读书人,慎勿忽《水浒》无皮里阳秋也。自家洒泪,却吩咐别人休恼,老牛爱犊写来如画。"作者通过叙述情景的设置,制造了双重"反讽",一是"无人处却写太公洒泪,有人处便写宋江大哭",将父子对照,旨在讽刺宋江的虚伪,显示太公的真诚,造成抵牾与冲突;二是太公自身情感形成的"反讽","自家洒泪,却吩咐别人休恼,老牛爱犊写来如画",生出既带情感又有理性的复杂矛盾,颇有一种戏谑效果。金圣叹通过这种"春秋笔法"的分析,发现《水浒传》所隐含的反讽意味,叙述者通过某些词语的设置、叙事情景的呈示以及叙事角度的转换,使之产生出"表里不一"的矛盾效果,这种反讽寓意正是文学文本自身魅力的体现。

第二,所谓中国书画笔法,是指书画家写字运笔的方法。中国古代文学、书法、绘画三位一体,关系极为密切。在其艺术的运思方式上,具有极大的相通性。诸多审美范畴和方法可以相互借鉴,双方共享。金圣叹常常借用书画术语及其笔法来评价文学作品。就书法而言,主要借用"犯笔"①"顿笔与挫笔"②"实笔与虚笔"③"接笔与转笔"④"忙笔与闲笔"⑤等。这些概念可以使我们在审读小说叙事时间的过程中,以空间的眼光评点文本,达到了对小说叙事空间性的理解。就绘画而言,金圣叹常用"如画"⑥来评价小说戏曲的境界。如"衬染"⑦"背面铺粉"⑧"横云断山"⑨等。"衬染"讲究衬托,"背面铺粉"注重对比,"横云断山"强调叙事的中断与转换,突出了时间叙事中视觉艺术的可视性,以唤起读者对叙事文字绘画般的想象性。

---

① 金圣叹:《贯华堂第五才子书水浒传》(上),周锡山编校《金圣叹全集》,万卷出版公司2009年版,第18页。
② 同上书,第39页。
③ 同上书,第389页。
④ 同上书,第337页。
⑤ 同上书,第63页。
⑥ 同上书,第76页。
⑦ 金圣叹:《贯华堂第五才子书水浒传》(下),周锡山编校《金圣叹全集》,万卷出版公司2009年版,第901页。
⑧ 金圣叹:《贯华堂第五才子书水浒传》(上),周锡山编校《金圣叹全集》,万卷出版公司2009年版,第18页。
⑨ 同上书,第19页。

第三，所谓文章笔法，是指反正、擒纵、起伏、详略、开阖等文法。随着唐宋古文运动的兴起和明清八股文取士制度的确立，评点古文一时蔚成风气，诸多选家所言"笔法"大行其道。此时所谓"笔法"，主要是指古文创作中的义理章法、结构修辞之类。金圣叹说："圣叹本有'才子书'六部，《西厢记》乃是其一。然其实六部书，圣叹只是用一副手眼读得。"① "诗与文，虽是两样体，却是一样法。一样法者，起承转合也。除起承转合，更无文法。除起承转合，亦更无诗法也。"② 此处金圣叹打破文体界限，实用"一副手眼"，就是"起承转合"的文章笔法来解读一切文学作品。

通过对"文""笔"概念的历史追踪和逻辑辨析，可以见出，金圣叹的"文心观"既汲取了中国古代"文"中讲辞采、重参差、偏章法的形式内涵，又吸纳了"笔"中讲笔法、重技能的形式意蕴，这为他解读"六才子书"提供了一种审美观照范式。在金圣叹看来，无论是"文"，还是"笔"，都与"文心"有着直接的关联，在"立文"过程中都与"文心"构成了一种动态的互动或磋商，是展示"文心"的重要手段。正如刘勰《文心雕龙·事类》篇所言："属意立文，心与笔谋。"③

第二节　文与情：文作为形式符号对情的型构

金圣叹的"文心观"，涉及"文"与"情"的关系问题。在这方面，金圣叹明显受到刘勰《文心雕龙》的影响。《文心雕龙·序志》开篇曰："夫'文心'者，言为文之用心也。昔涓子《琴心》，王孙《巧心》，心哉美矣，故用之焉。古来文章，以雕缛成体，岂取驺奭之群言雕龙也？"④ 刘勰认为"琴心""巧心"固然可贵可爱、灵巧精妙，但欲想流芳千古，当须借助于雕镂精美的龙纹。就"文心"而言，刘勰一方面要求"情信""情深""情不诡"，另一方面还要"剖情析采，笼圈条贯"，讲究情志、

---

① 金圣叹：《贯华堂第六才子书西厢记》，周锡山编校《金圣叹全集》，万卷出版公司2009年版，第12页。
② 金圣叹：《贯华堂选批唐才子诗》，周锡山编校《金圣叹全集》，万卷出版公司2009年版，第64页。
③ 周振甫：《文心雕龙译注》，中华书局2000年版，第341页。
④ 同上书，第451—452页。

事义与文采的统一，正所谓"志足而言文，情信而辞巧"。刘勰认为世人著书立言，应该剖析情理，研讨文采，纵观全局，自成系统。金圣叹曾写过一篇《贯华堂选批唐才子诗序》①，无论在语句上，还是在思想观点上，都有意模仿刘勰的《文心雕龙·序志》。受其影响，金圣叹提出"情之自然成文""文之终依于情"②的观点。但是金圣叹并非止于此。他还接受了孙子荆"文生于情，情生于文"的观点。不但强调"情"的作用，而且还强调"文"的功能，偏重于对"文"及其作家"锦心绣口"的探讨。这在某种程度上说，是对刘勰"文心观"的突破。如果说刘勰的"文心观"是"心余于文"的话，那么金圣叹的"文心观"则是"文余于心"③。

一 文、情关系的历史扫描

先秦时期，荀子就曾论及"文"与"情"之间的关系。《荀子·礼论》说："故至备，情文俱尽；其次，情文代胜；其下，复情以归大一也。"④ 荀子所言的"情"是指礼意，如丧主哀、祭主敬等，所言的"文"是指仪式，所言的"情文"就是礼意和仪式的关系。在荀子看来，最完备的"礼"就是所要表达的感情和礼节仪式都须发挥得淋漓尽致。没有礼意就不成仪式，即没有情也就没有文。否则便会次为一等。但遗憾的是，荀子所论"情文"仅仅局限于社会仪式的功利层面，并非是从文学审美层面上加以言说。《国语·晋语》也谈到"情"与"文"的关系："夫貌，情之华也；言，貌之机也。身为情，成于中。言，身之文也。言

---

① 金圣叹《贯华堂选批唐才子诗序》借用《文心雕龙》《原道》《征圣》《物色》《神思》等诸篇的句子，讨论有关"文心"问题，其承续性影响比较明显。但是对于金圣叹是否模仿还存有争议。隋树森先生对该序是否出于金圣叹之手持有怀疑态度，其理由是这篇序文不但与圣叹其他文章的文气笔调不同，而且与其他文字有矛盾之处，并且金圣叹也绝非因袭别人之人。而白岚玲教授通过金圣叹引用刘勰话语的比较求同，则认为金圣叹受刘勰的影响是明显、直接的，并且是自觉的。分别参见隋树森《金圣叹及其文学评论》，《国闻周报》第9卷，第24、25、26期，1932年；白岚玲《才子文心》，北京广播学院出版社2002年版，第106页。
② 金圣叹：《贯华堂选批唐才子诗》，周锡山编校《金圣叹全集》，万卷出版公司2009年版，第51页。
③ 刘熙载：《游艺约言》，转引自刘立人、陈文和点校《刘熙载集》，华东师范大学出版社1993年版，第571页。
④ 张觉：《荀子译注》，上海古籍出版社1995年版，第415页。

文而发之，合而后行，离则有畔。"旨在强调言辞一定要经过适当的修饰才能表述出来，同时还要使言辞符合情以及人的貌相气度，否则就会适得其反。《国语》虽然涉及语言修辞问题，但仍未摆脱交往礼仪之维。

汉代刘安也论到"文"与"情"的关系，他说："文者，所以接物也，情系于中而欲发外者也。以文灭情，则失情；以情灭文，则失文；文情理通，则凤麟极矣，言至德以怀远也。"① 音乐作为一种外在形式，是用来与人交往的，但要达到这种目的，音乐所要表达的内心情感又必须与音乐的外在形式相结合。如果用外在的形式湮灭了内在的真情，那就失去了真情。用内在的真情湮灭了外在的形式，那也失去了必要的形式。二者的融会贯通可以使凤凰、麒麟降临，可以使远方的人心诚归附。刘安论"文""情"之关系触及到了音乐艺术的特点，要求乐声节奏与真诚情感和谐一体，方能相得益彰。正所谓"良工见乎规矩之中"。但是刘安论"文""情"仍然没有摆脱政教中心论，所强调"文情"的结合只不过是要求统治者既能诚心诚意，积善修德，又能合乎法度。只有这样才能治理好国家天下。

魏晋南北朝时期，"文""情"论出现了崭新的面目。刘义庆《世说新语·文学》记载："孙子荆除妇服，作诗以示王武子。未知文生于情，情生于文！览之凄然，增伉俪之重。"② 孙子荆妻子去世一周年后，作《除妇服诗》，开创了悼亡诗的先例。其诗曰："时迈不停，日月电流。神爽登遐，忽已一周。礼制有叙，告除灵丘。临祠感痛，中心若抽。"孙子荆认为一首诗歌能否感人，一方面在于所要表现的情感真挚与否，另一方面还在于"文"作为一种语言符号如何传达情感的问题。孙子荆对"文情"关系作这样的辩证理解，并首次放在文学领域内加以考虑，无疑做出了拓展性的贡献。但孙子荆对"文情"关系的论述仅仅是现象的描述，未能上升到理论的总结。而这一任务落到了刘勰身上。刘勰在《文心雕龙·情采》篇中率先提出"文情"论。他说："圣贤书辞，总称'文章'，非采而何！夫水性虚而沦漪结，木体实而花萼振：文附质也；虎豹无文，则鞟同犬羊；犀兕有皮，而色资丹漆：质待文也。若乃综述性灵，

---

① 刘安：《淮南子·缪称训》，参见刘文典《淮南鸿烈集解》，中华书局1997年版，第329页。

② 许绍早、王万庄：《世说新语译注》，吉林文史出版社1996年版，第154页。

敷写器象，镂心鸟迹之中，织辞鱼网之上，其为彪炳，缛采名矣。"① 一方面"文附质"，作为文学形式的"文"，只能是文学内容"情"的表现，它依赖于"情"的存在与否。另一方面"质待文"，作为文学内容的情，有待于作为文学形式的"文"来表达，否则那"情"便无由传达给读者。正所谓："夫铅黛所以饰容，而盼倩生于淑姿；文采所以饰言，而辩丽本于情性。故情者文之经，辞者理之纬；经正而后纬成，理定而后辞畅：此立文之本源也。"②"情"即"质"，"采"即"文"，二者之间的关系，是一正一纬的关系。适当的辞采，可以更好地表现内容；倘若内容空虚，专从辞采上用功夫，则会"言隐于荣华"。但是刘勰论"文"具有极强的针对性，由于当时南朝文风柔靡，崇尚辞藻，过于偏重形式之美，所以刘勰在论"文情"时，有意强调了"情"在"文"中的主导作用。所谓力主"为情而造文"，反对"为文而造情"。刘勰强调"为情而造文"，固然有针砭文坛时弊的作用，但因过分强调"情"在"文"中的决定性作用，致使给后人造成了误读接受：只强调有"情"才有"文"，而忽略了没有"文"也就没有"情"的形式美学价值。

到了明代，著名文人魏学洢进一步引用孙子荆的话语来评价作品："古人中唯三闾大夫与司马子长情最深，读其文如刺船蓬莱，海水洞涌，山林杳冥，悄然将移我情，盖皆得情之哀者也。《诗三百》篇其可歌可舞可悲可涕者，情不啻千变而苟非有慧心焉曲尽之，安用不情之藻缋乎？故曰'情生文，文生情'，才与情合斯之谓文人。"③ 魏学洢把前人的"文生于情，情生于文"话语简洁为"情生文，文生情"，进一步强化"文情"的辩证关系。明代文论家王世贞对孙子荆的"文情"论，也作进一步的发挥，眼光颇为犀利。其《艺苑卮言》说："王武子读孙子荆诗而云：'未知文生于情，情生于文？'此语极有致。文生于情，世所恒晓；情生于文，则未易论。"④ 王世贞认为在一个重道钟情的文化传统中，论文说诗一般是循着由道及文、由情及文的思路，但是真正按照由文及道、由文及情的路径来谈"文"的，实属不多。王世贞强调"文"的重要性，标举字法、句法和章法。他说："物相杂，故曰文。文须五色错综，乃成

---

① 周振甫：《文心雕龙译注》，中华书局2000年版，第286页。
② 同上书，第288页。
③ 魏学洢：《春夜与仲弟论文数条》，《茅檐集》卷六，《四库全书》本。
④ 丁福保辑：《历代诗话续编》，中华书局1983年版，第990页。

华采；须经纬就绪，乃成条理。"① 在此基础上提出文情并举、臻于化境的主张，要求二者能达于"法极无迹，人能之至，境与天会"的境界。但达到这一境界又何其难哉！金圣叹综合前人有关"文""情"的论述，又进一步强调"文生于情，情生于文""文生情，情生文"的观念，提出了"文情相生"的理论，并结合具体的评点实践，予以深刻而辩证的阐释。

二 文生于情：情对文的主导

金圣叹非常重视"情"。受王学左派的影响，金圣叹反对假道学，强调"情"是人的心灵本体。在他看来，不管是圣人还是愚人都有"恶恶臭，好好色"的自然情欲。他说："若恶恶臭，好好色……无不诚于中，形于外，圣人无所增，愚人无所减，是上智之德也。"② 金圣叹肯定了个体之欲，张扬了欲望之情，认为这不是邪恶的，而是"上智之德"，是人类的根基，天理的体现。所谓"'遂万物之性'为成"③。反映在文论上，就是要强调作家"诚于中而形于外"，真实抒发，个体自然之情感，做到心、口、手三位一体。从这个意义上说，金圣叹重视"情"对于"文"的生成作用。他反对"文以载道"的文学观，将情性视为文学的本源。他认为诗歌源于人性，是人的真情显现，"章章悉从心地流出"④；小说的魅力在于描写人的性格，在于"叙一百八人，人有其性情，人有其气质，人有其形状，人有其声口"⑤。戏曲的艺术价值在于遂情顺欲，并认为"此一事，何日无之？何地无之？"⑥ 在金圣叹看来，情性是文学艺术的生命，构成了它的艺术主体地位。"情"之于"文"的重要性主要体现为两个方面：

---

① 丁福保辑：《历代诗话续编》，中华书局1983年版，第963页。

② 金圣叹：《贯华堂第五才子书水浒传》（下），周锡山编校《金圣叹全集》，万卷出版公司2009年版，第605页。

③ 金圣叹：《小题才子书》，周锡山编校《金圣叹全集》，万卷出版公司2009年版，第234页。

④ 金圣叹：《贯华堂选批唐才子诗》，周锡山编校《金圣叹全集》，万卷出版公司2009年版，第63页。

⑤ 金圣叹：《贯华堂第五才子书水浒传》（上），周锡山编校《金圣叹全集》，万卷出版公司2009年版，第7页。

⑥ 金圣叹：《贯华堂第六才子书西厢记》，周锡山编校《金圣叹全集》，万卷出版公司2009年版，第11页。

第一，从创作的角度来说，"情"是"文"的动力之源。金圣叹在《贯华堂选批唐才子诗序》中说：

> 虚空无性，自然动摇。动摇有端，音斯作焉。夫林以风戛而籁若笙竽，泉以石碍而淙如钟鼓。春阳照空而花英乱发，秋凉荡阶而虫股切声。无情犹尚弗能自已，岂以人而无诗也哉？……况其周流天涯，曾与万变徘徊，迫于退老故乡，复遭四时侵逼。因而随物宛转，既各得其本情，加之纵心以往还，遂转莹其玄照。①

外在的物象必然会激发起诗人的情感，诗人再把这种情感诉诸语言文字，便会有诗而成。正所谓"情以物迁，辞以情发"。从这个角度而言，金圣叹论诗"本之以养气息力，归之于性情"②，从而强调情在文学中的重要作用。此处，金圣叹明显受到刘勰《文心雕龙》的影响。但是金圣叹所谓的"情"，因受到"心学"的洗礼，并不是刘勰所主张的儒道融合而成的情感，而是拥有个体之声的情欲。既有着一般的喜怒哀乐之情，又充满着愤世忧世的情感，是一种具有"不得不然"的高情激浪。这可以说在某种程度上又是对"原道"经世论的一种冲击。金圣叹在文学评点中常常表现出对"才子骂世"③的激赏与赞美，实际上就是对儒家"发乎情，止乎礼义"规范的突破。金圣叹《序离骚经》说："《周易》全是圣人一种忧患之心，迫而成书，后为屈子离骚，深得其旨。"在金圣叹看来，无论是《周易》《左传》《离骚》，还是《史记》《水浒》，都是忧患之作，都是"圣人辗转求生之宝书"，都是"情既云郁，文亦泉涌"的结晶。金圣叹认为尽管

---

① 金圣叹：《贯华堂选批唐才子诗》，周锡山编校《金圣叹全集》，万卷出版公司2009年版，第49—50页。

② 金圣叹：《小题才子书》，周锡山编校《金圣叹全集》，万卷出版公司2009年版，第369页。

③ 第二十四回写郓哥骂王婆："便骂你这马泊六，做牵头的老狗，直甚么屁！"对此金圣叹夹批道："四字奇文，才子骂世，只是胸中有此四字耳。"第六十二回写石秀被押，面对梁中书"高声大骂：你这与奴才做奴才的奴才！"对此金圣叹夹批道："妙绝快绝！"分别参见金圣叹《贯华堂第五才子书水浒传》（上），周锡山编校《金圣叹全集》，万卷出版公司2009年版，第362页；金圣叹《贯华堂第五才子书水浒传》（下），周锡山编校《金圣叹全集》，万卷出版公司2009年版，第890页。

这种忧愤之情，有伤雅道，不合乎"原道""忠孝"之理，但是一旦积蓄极久，便会使作家颠覆"为人油然之性"的忠孝、原道，"兹不得已而终至于多言"。金圣叹说："夫情至于曲折之时，则必为其转声焉。故文当夫连断之间，则必有其转字焉。信知笔端之转字，为即喉中之转声。"《离骚》之文之所以绵绵不绝，是因为内心充满着忧愤之"痛"，犹如"寡妇夜哭"。"痛，故转；不痛，不转也。转，故痛；不转，不痛也。"① 从这种意义上说，金圣叹对文学情感的最高要求是一种"郁勃注射""不得不然"之情。《与家伯长文昌书》说："诗非异物，只是人人心头舌尖所万不获已必欲说出之一句说话耳。"②《答沈丈人永令》也云："诗非无端漫作，必是胸前特地有一段缘故，当时欲忍更忍不住，于是而不自觉冲口直叶出来，即今之一二起句是也。"③ 金圣叹主张为文作诗不是一般泛泛之情感，而是有一种万不得已之情，犹如骨鲠在喉，触之即发。只有这样，写出的作品，方有一种宏大笔力，才能透视世人心理，引起共鸣之感。这也是他不同于刘勰的一个地方。文学创作必须有一种漫然兴至、不可遏制的情感。在"不得不然"的情流冲击下，才能展示其笔力，呈现其文势。正是在这个意义上，金圣叹才强调"情之自然成文""文之终依于情"④ 这可以说是"文生于情"的第一层内涵。

第二，在叙事性文学作品中，"文"与"情"的关系体现为"情节"与人物性格的关系。《水浒传》第十五回"智取生辰纲"写到梁中书派杨志押送金银担，何以又要派一都管、两虞候监押？于此金圣叹分析道："视杨志过轻，则意或杨志也者，本单寒之士，今见此十万，必吓然心动；杨志吓然心动，而生辰十担，险于蕉鹿，夫是故以一都管、两虞候为监，凡以防其心之忽一动也。然其胸中，则又熟有'疑人勿用，用人勿疑'之成训者，于是即又伪装夫人一担，以自盖其相疑之迹。呜呼！为

---

① 金圣叹：《小题才子书》，周锡山编校《金圣叹全集》，万卷出版公司2009年版，第277页。
② 金圣叹：《贯华堂选批唐才子诗》，周锡山编校《金圣叹全集》，万卷出版公司2009年版，第58页。
③ 同上书，第66页。
④ 同上书，第51页。

杨志者，不其难哉！"① 梁中书之所以派一都管、两虞候监押，正在于梁中书的怀疑性格。正是它导致了此种情节，导致了生辰纲之失，可谓"情生文""文生于情"。因此，金圣叹认为失之罪不在于杨志，而在于梁中书。但从另一方面来讲，这个情节又必不可少，正如金圣叹所说："非真有夫人一担礼物，定少不得也，只为冈上失事，定少不得老都管，则不得已，倒装出一担梯己礼物来。此皆作者苦心也。"② 这是作者苦心经营的情节，旨在表现杨志在与他们争执中有心受命又无力来管的矛盾与苦恼，真可谓"文生情""情生于文"。

如果说"文""情"在叙事性作品中分别相当于故事情节的曲折多变和人物的性格特征，那么在抒情性文学作品中则相当于"景"与"情"。如《西厢记·琴心》写张生趁莺莺当晚去花园烧香时，以琴心试探。当时"云敛晴空，冰轮乍涌；风扫残红，香阶乱拥"，真是好一个明月夜。此时王实甫做了这样一段描述："（红云）小姐，你看月阑，明日敢有风也？（莺莺云）呀，果然一个月阑啊！【小桃红】人间玉容深锁绣帏中，是怕人搬弄。想嫦娥，西没东升有谁共？怨天公，裴航不作游仙梦。劳你罗帏数重，愁他心动，围住广寒宫。"对这一段金圣叹首先这样评价："孙子荆每言'情生文，文生情'。如此斗然出奇，为是情生，为是文生？真乃绝妙？"老夫人赖婚之后，莺莺无由与张生相见成婚，深锁闺中，落花流水，一任青春凋谢，倍感人生有如罗帏数重，极不自由。此种愁情该如何去表达？而王实甫竟能想出一个"月阑"二字，可谓无情无理，奇情奇理；有情有理，至情至理。金圣叹进一步评价说："一肚哀怨，刺刺促促，欲不说则不得尽其致，欲说则又嫌多嚼口臭，因忽然借月阑，替换题目，翻洗笔墨。文章之能，于是极也！细思作者当时，提笔临纸，左想右想，如何忽然想到月阑？便使想到月阑，如何忽然想到如此下笔？使我读之，真乃不知其是怨月阑，不知其是怨夫人。奇奇妙妙，世岂多有。"③ "月阑"作为一个表现性符号，既是"情"生的结果，又是"文"生的结果。如果没有哀怨之情，就不会寻找这样一个符号。但另一方面如果有

---

① 金圣叹：《贯华堂第五才子书水浒传》（上），周锡山编校《金圣叹全集》，万卷出版公司2009年版，第217页。

② 同上书，第220页。

③ 金圣叹：《贯华堂第六才子书西厢记》，周锡山编校《金圣叹全集》，万卷出版公司2009年版，第147页。

了这种情感,不说不行,但说多了又不行。此时只有用这种造型性的符号方能表达。"月阑"作为表现性符号,制造了一个"字字写景,字字是人"的境界,更好地使莺莺的内在而复杂的情感得以敞开。

三 情生于文：文对情的建构

"情"在文学作品的生成中固然重要,但是光有"情"还不能构成文学作品。"情"作为一种生命感受,具有"不可言说"的微妙之处,有时难以为语言符号所擎控。然而人类毕竟还是需要表达这种情感,又不得不依赖于语言这种符号形式。正如怀特海所说："人类似乎不得不为了表现他自己而寻找符号。事实上,表现就是符号。"[1] 就文学创作来说,情感的呈现必须具有一种可传达的符号形式,否则难以达到美的境界。金圣叹在承继前人观点的基础上,已触及这一秘密。他在强调"情"的同时,更重视"文"的形式表达功能。

首先,金圣叹从形而上的角度确定"文"之符号的合法性。受《文心雕龙》影响,金圣叹对"文"进行了形而上的反思,以确定"文"的合法性。一是从天文谈及"文"。金圣叹认为云霞山川,花萼翠尾,天地万物,无处不文。"至于文章,而何独不然也乎?"[2] 金圣叹说："夫花本依托于萼跗,而花有骅骅之千重；晕特托于云河,而晕有熊熊之万状。由来妙舞回风,必有缀兆之位；清歌流尘,不失抗坠之节。此固凡物之恒致,而非学上之雕撰矣。"[3] 由天文推及人文,说明文学应该求助于"文"之图式纹理,实属天经地义。二是由人文谈及"文",认为"文"的生创还需要依靠作者的"珪璋之心""锦心绣口",惨淡经营,方能为文。金圣叹认为文学创作固然需要情感,但这种情感还必须"托肺腑于音辞,树芳声于文翰",需要一个形式化的过程,这对文学文本来说至关重要。正是由于此,金圣叹特别崇拜唐诗七律格式的美意所在。"天不丧文,聿挺大唐,斩斧乍息,人文随变。圣情则入乎风云,天鉴则比乎日月,帝心则周乎神变,王度则合乎规矩。于是乘去圣之未远,依名山之多才,酌六

---

[1] [英]怀特海：《符号：它的意识与功能》,麦克米兰公司出版社1927年版,第62页。

[2] 金圣叹：《贯华堂第五才子书水浒传》(上),周锡山编校《金圣叹全集》,万卷出版公司2009年版,第135页。

[3] 金圣叹：《贯华堂选批唐才子诗》,周锡山编校《金圣叹全集》,万卷出版公司2009年版,第50页。

经之至中，制一代之妙格。选言则或五或七，开体则起承转收。选言或五或七者，少于五则忧其促，多于七则悲其曼也。""故夫唐之律诗，非独一时之佳构也，是固千圣之绝唱也，吐言尽意之金科也，观文成化之玉牒也。"① 唐诗的生成既需要真实情感的抒发，又需要"妙格"规矩的规范，凭此才成为真正的文学范本。离开形式符号规范的文学，根本谈不上文学。基于此，金圣叹对"辞达"说做了全新的理解：

> 孔子曰："辞达而已矣。"此句为作诗文总诀。夫"达"者，非明白晓畅之谓，如衢之诸路悉通者曰达，水道之彼此引注者亦曰达。故古人用笔，一笔必作数十笔用。如一篇之势，前引后牵，一句之力，下推上挽，后首之发龙处，即是前首之结穴处，上文之纳流处，即是下文之兴波处。东穿西透，左顾右盼，究竟支分派别，而不离乎宗。非但逐首分拆不开，亦且逐语移置不得，惟达故极神变，亦惟达故极严整也。夫古人锦绣如海，不独韵言为然。然诚有有心人，由把构以观全涛，始知徒袭著作之名可已也，而细学著作之法，则决不可已也。②

金圣叹一反道学家和政论家把辞达与辞采对立起来的观点，视"辞达"为诗文之总则。辞达不仅仅限于达意，也不仅仅限于文采，而是文学曲折表达的结构方式，即曲直、虚实、奇正、详略、伏笔、照应等二元对待范畴所形成的互涵关系。在金圣叹看来，"辞达"已具有了"文"的形式之美，可以尽文学之能事，为"天下之妙文"所必需。没有"辞达"，根本谈不上什么文学之美。

其次，强调"文"作为形式符号对"情"的型构③功能。无论是自

---

① 金圣叹：《贯华堂选批唐才子诗》，周锡山编校《金圣叹全集》，万卷出版公司2009年版，第50—51页。

② 金圣叹：《唱经堂第四才子书杜诗解》，周锡山编校《金圣叹全集》，万卷出版公司2009年版，第227页。

③ 卡西尔认为艺术不仅仅是对现实的复写，也不仅仅是对情感的流露，更重要的是要通过感性的媒介物予以形式化、客观化，通过韵律、色彩、线条、布局以及具有立体感的造型表现出来。这种使用媒介客观化、形式化的创造过程，称为型构。"艺术家不仅感受事物的内在意义和他们的道德生命。他还必须给他的情感以外形。艺术想象最高最独特的力量表现在这后一种活动之中。外形化意味着不只是体现在看得见或摸得着的某种特殊的物质媒介如黏土、青（见下页）

然之文，还是人创之文，都含有形式美的内在特质，具有独立的符号化价值。金圣叹在文学评点中反复说明了"文"对"情"所具有的形式意味。《水浒传》第一回写王进携母私走延安府，为逃脱高俅设置的天罗地网，一路饥餐渴饮，何等辛苦！来到一村庄，方有所休息。"次日，睡到天晓，不见起来。庄主太公来到客房前过，听得王进老母在房中声唤。"写到此处，金圣叹评价说："欲便接史进，而嫌其突也，又作迁延以少迟之，真乃文生情，情生文，极笔墨摇曳之妙也。"[①] 王母的"声唤"，意味着下文心痛病发作。既发作，当须住下。既然住下，便有了给王进见到庄主、九纹龙史进的机会。真是有一种柳暗花明、水穷云起之妙。否则史进很难出场，造成突兀不自然之感。《水浒传》第十二回"赤发鬼醉卧灵官寺，晁天王义认东溪村"，写刘唐去寻晁盖，夜宿灵官庙，被夜寻都头雷横捉住，吊了一夜，幸亏晁盖认他做外甥，并送了雷横一些银子，才得以释放。雷横去后，"刘唐在房里寻思到：'我着甚来由，苦恼这遭！多亏晁盖完成解脱了这件事。只叵耐雷横那厮，平白地要陷我作贼，把我吊这一夜。想那厮去未远，我不如拿了条棒赶上去，齐打翻了那厮们，却夺回那银子，送还晁盖，也出一口恶气。此计大妙！'"金圣叹于此批点道："此非写刘唐小忿，益图曲曲转出吴学究来。所谓文生情，情生文，皆极不易之事也。"[②] 刘唐夜宿灵官庙，被雷横擒拿，捆吊一夜，这个情节生出了刘唐泄愤、夺银的要求，这可以说是"文生情"；刘唐因有泄愤、夺银的要求，而追打雷横，从而为吴用的出场做了铺垫。刘唐与雷横厮打正酣，正不知如何收场，此时吴用来了。吴用相劝不下，才有机会与闻讯赶来的晁盖相识，这便是"情生文"。由此可知，所谓"情"主要是作品中人物的性格、思想和情感；所谓"文"主要是指情节的前呼后引，跌宕摇曳。所谓"千丈游丝，絮花粘草之妙"。虽然前者引导着后者，但后者同样也规范着前者。"文"的形式特征对情感的展现具有一种可塑性，使抽象的性格变得形象化。"文"的变化多姿，既映射了人物的思想情感，同时

（接上页）铜、大理石中，而是体现在激发美感的形式中：韵律、色彩、线条和布局以及具有立体感的造型。"参见［德］卡西尔《人论》，甘阳译，上海译文出版社1985年版，第196页。

① 金圣叹：《贯华堂第五才子书水浒传》（上），周锡山编校《金圣叹全集》，万卷出版公司2009年版，第43页。

② 同上书，第195页。

又推动故事情节的发展,具有形式符号的型构功能。

最后,金圣叹强调"文"之形式符号的功能意义。过去很长一段时间以来,我们仅仅把金圣叹的"文心观"视为一种"表现论",定性为"抒情的文艺"①"自我表现的文学"②。这在某种程度上说,是对金圣叹文学观的一种误解。金圣叹说:"临文无法,便成狗嗥。"③ 金圣叹认为文学绝非仅仅是表现情感,而且还要如何表现情感,把情感还原为语言符号的事实。他的"文心观"带有形式美学的性质。正如苏珊·朗格所说:"一个艺术家表现的是情感,但并不是象一个发牢骚的政治家或象一个正在大哭或大笑的儿童所表现出来的情感。艺术家将那些在常人看来混乱不整的和隐蔽的现实转变成可见的形式。"④ "情生于文"或"文生情"意在为作者的情感及生命感受寻找到一个可见的形式。金圣叹不同于传统的道学家,嗜谈理性,文以载道,无视情感的存在,实际上有着对情感的恐惧;他也不同于所谓唯情论者,视情感为文学的内容,强调有"情"就有"文",从而无视文辞的存在。他重视情感,绝非累乎"文"之形式,又重视"文"之形式,也绝非累乎"情",从而使文情关系借形式得以同构。在金圣叹看来,文学创作绝不是仅仅写情感本身,更重要的是寻找情感表现的符号形式。正如卡西尔所认为的那样:"艺术确实是表现的,但是如果没有型构它就不可能表现。而这种型构过程是在某种感性媒介物中进行的。"⑤ 所谓型构就是把艺术所要表现的意念、情感,通过特定的感性媒介物加以客观化、形式化,使之变得具体可感。金圣叹强调"情生于文",他打破了传统有"情"便有"文"的惯用思路,确立了无"文"也无"情"的一种格局。文是情必不可少的中介,从而表征了文学形式本身的价值和意义。

---

① 韩庭棕:《金圣叹的几个主要的文艺观》,《西北论衡》1937年第1期。
② [美]王靖宇:《金圣叹的文学观》,见王靖宇《〈左传〉与传统小说论集》,北京大学出版社1989年版,第114页。
③ 金圣叹:《贯华堂第六才子书西厢记》,周锡山编校《金圣叹全集》,万卷出版公司2009年版,第55页。
④ [美]苏珊·朗格:《艺术问题》,滕守尧等译,中国社会科学出版社1983年版,第25页。
⑤ [德]卡西尔:《人论》,甘阳译,上海译文出版社1985年版,第186页。

第三节　文与事：文作为形式符号对事的型构

金圣叹的"文心观",不仅涉及"文""情"比照,而且还涉及"文""事"对举,并且在这种对举中,金圣叹进一步确证了"文"作为形式符号的美学价值。所以有必要对"文""事"的内涵及其相互关系进行——探析。这既可以让我们弄清文学与一般历史著作的区别,而且还可以让我们廓清文学与史传文学的界限,进而寻找到文学之所以成为文学的"文学性"[①] 所在。

金圣叹多次提到"文""事"二分,但是他对"文""事"的具体内涵并没有明确的界定。这也导致了后来理解的诸多异议。有的把"文"视为"艺术形象",把历史著作中的"事"视为"历史上的事实",把小说中的"事"视为"故事情节"[②];有的把历史上或现实中本有的事件叫作"事",把作家的描写叙述看作"文"[③];有的认为"文"除了"文章"之意外,还有两重含义:一重是作品的文学性,一重是作者的文学修养、创作意向[④];有的认为"事"指文中的义理行迹,"文"是指文中的文学特性[⑤];有的把"事"称作故事,而把"文"称作细节描写[⑥]。以上诸位学者的理解都颇有道理,但他们多元的理解也给我们把握"文"和"事"的内在含义带来了困难。为了更准确地把握"文""事"的内涵,我们必须结合金圣叹的评点实践及其历史语境来加以阐释。金圣叹说:

[①]　文学性是由俄国形式主义批评家、结构主义语言学家罗曼·雅各布森提出,是指文学文本有别于其他文本的独特性。雅各布森认为"文学研究的对象并非文学而是文学性,即那种使特定作品成为文学作品的东西"。在雅各布森看来,如果文学作品仅仅关注文学作品的道德内容和社会意义,那是舍本逐末;文学形式所显示的与众不同的特点才是文学理论应讨论的重点。雅各布森进一步指出,文学性主要存在于作品的语言层面,其实现就在于对日常语言进行变形、强化,甚至歪曲。参见赵一凡等主编《西方文论关键词》,外语教学与研究出版社2006年版,第592页。

[②]　叶朗:《中国小说美学》,北京大学出版社1982年版,第61页。

[③]　王先霈、周伟民:《明清小说理论批评史》,花城出版社1988年版,第260页。

[④]　陈洪:《金圣叹传论》,天津人民出版社1996年版,第183页。

[⑤]　林岗:《明清之际小说评点学之研究》,北京大学出版社1999年版,第90页。

[⑥]　白岚玲:《才子文心》,北京广播学院出版社2002年版,第129—130页。

尝怪宋子京官给椽烛，修《新唐书》。嗟乎！岂不冤哉！夫修史者，国家之事也；下笔者，文人之事也。国家之事，止于叙事而止，文非其所务也。若文人之事，固当不止叙事而已，必且心以为经，手以为纬，踌躇变化，务撰而成绝世奇文焉。如司马迁之书，其选也。马迁之传伯夷也，其事伯夷也，其志不必伯夷也；其传游侠、货殖，其事游侠、货殖，其志不必游侠货殖也。进而至于《汉武本纪》，事诚汉武之事，志不必汉武之志也。恶乎志？文是已。……岂有稗官之家，无事可纪，不过欲成绝世奇文以自娱乐，而必张定是张，李定是李，毫无纵横曲直，经营惨淡之志者哉？则读稗官，其又何不读宋子京《新唐书》也！①

某尝道《水浒》胜似《史记》，人都不肯信，殊不知某却不是乱说。其实《史记》是以文运事，《水浒》是因文生事。以文运事，是先有事生成如此如此，却要算计出一篇文字来，虽是史公高才，也毕竟是吃苦事。因文生事即不然，只是顺着笔性去，削高补低都由我。②

通过以上引文，我们可以看到金圣叹是通过双向比较来对"文""事"关系进行阐释：一是通过文史《史记》与官史《新唐书》比较，来寻绎《水浒传》《史记》区别于一般史学著作的文学特性，从而确证"文"作为形式符号的审美规范作用；二是通过纯文学的《水浒传》与作为史传文学的《史记》相对照，来寻绎《水浒传》区别于《史记》的虚构性特质，从而确证"文"作为形式符号的生成机制。金圣叹循此思路，论证了"文"区别于史的审美特性。

一 为文计不为事计：文贵于史的新格局

从《水浒传》《史记》与一般历史学著作比较中，金圣叹论证了作为审美形式的"文"，是文学区别于史学著作的重要特质。金圣叹选择的比较对象是由欧阳修、宋祁编纂的《新唐书》。由于他们崇尚散体古文，反对骈文，因而《新唐书》多用概括叙述法，其文颇简，给人一种晦涩之

---

① 金圣叹：《贯华堂第五才子书水浒传》（上），周锡山编校《金圣叹全集》，万卷出版公司2009年版，第413页。
② 同上书，第16页。

感。这一点显然与《旧唐书》不同。《旧唐书》虽然编造粗糙，重复时见，互有脱节，但由于作者崇尚骈文，对形式的追求超过了对史实的重视，叙述较为详尽，因而颇显文采。金毓黻曾引用前人的材料对这种情况予以说明："（曾）公亮进书表，称其事增于前，其文省于旧，而刘安世《元城语录》，则谓事增文省，正《新唐书》之失。"① 相比之下，《新唐书》是"事增文省"，以事重而以文为轻。《新唐书》这种"不简于事而简于文"的弊病常为后人所讥。王世贞说："《晋书》《南北史》《旧唐书》，稗官小说也。《新唐书》，赝古书也。……与其为《新唐书》之简，不若为《南北史》之繁。"② 既然《新唐书》"不简于事而简于文"，难怪金圣叹拈出《史记》《水浒传》与之相比，其用意何在，已心知肚明。

（一）其所追求的目标不同，文学追求"文"，史学追求"事"。《新唐书》所关注的是国家之事，其目的是"止于叙事而止"，这一点非文人所务。而《史记》《水浒传》所关注的是文人之事，其目的是"志乎文"，以文为本。在这方面施耐庵和司马迁不谋而合，志趣相投。所谓"叙事真与史公无二"③ "用笔真如司马入庞家，不复辩其谁宾谁主"④。《新唐书》所用的叙述形式只是就事说事，强调实用的价值，而《史记》《水浒传》则是以文叙事，强调"文"的审美价值。这正构成了《史记》《水浒传》与《新唐书》的区别所在。《水浒传》第二十七回写武松被押送到"安平寨"牢营，初来乍到，既不送礼，本应挨打，反而处处受优待，似乎有点反客为主之势。整个文情恣肆汪洋，非世间所有：

> 连叙管营逐日管待，如云："一个军人，托着一个盒子，看时，是一大旋酒，一盘肉，一盘子面，又是一大碗汁。晚来，头先那个人，又顶一个盒子来，是几般菜蔬，一大旋酒，一大盘煎肉，一碗鱼羹，一大碗饭。不多时，那个人又和一个人来，一个提只浴桶，一个提一桶汤，送过浴裙手巾，便把藤簟铺了，纱帐挂起，放个凉枕，叫

---

① 金毓黻：《中国史学史》，商务印书馆2003年版，第144页。
② 王世贞：《艺苑卮言》卷三，转引自丁福保辑《历代诗话续编》，中华书局1983年版，第1001页。
③ 金圣叹：《贯华堂第五才子书水浒传》（上），周锡山编校《金圣叹全集》，万卷出版公司2009年版，第341页。
④ 同上书，第406页。

声安置。明日，那个人又提桶面汤，取漱口水，又带个待诏篦头，绾髻子，裹巾帻。又一个人，将个盒子，取出菜蔬下饭，一大碗肉汤，一大碗饭。吃罢，又是一盏茶。搬房后，那个人又将一个提盒，看时，却是四般果子，一只熟鸡，又有许多蒸卷儿，一注子酒。晚间，洗浴乘凉。"如此等事，无不细细开列，色色描画。尝言太史公酒帐肉簿，为绝世奇文，断惟此篇足以当之。①

通过比较，我们可以发现是否有"文"应是区别文学与一般历史著作的根本所在。就历史而言，就事论事，质实而已；就文学而言，文采飞扬，动人耳目，沁人心脾，质待文也。

（二）就"文"与"事"的相互关系而言，"文"固然离不开"事"，但作为一种形式规范，是规定"事"之所以成为美的根本所在。"事"是指客观存在的历史事实，"文"是指包括语言文采、结构布局、人物刻画、细节描写等在内的审美形式规范。金圣叹说："马迁之书，是马迁之文也。马迁书中所叙之事，则马迁之文料也。……盖孔子亦曰：其事则齐桓晋文，其文则史。其事则齐桓晋文，若是乎事无文也。其文则史，若是乎文无事也。其文则史，而其事亦终不出于齐桓晋文，若是乎文料之说，虽孔子亦早言之也。呜呼！古之君子，受命载笔，为一代纪事，而犹能出其珠玉锦绣之心，自成一篇绝世奇文。"② 在这里，"文料"是指历史或现实中实有之事，是作家创作"文"的材料，它的组织与表现必须服从"文"的规律。"文料"只有经过"文"的染化，才能成一种美文。文人叙事绝对不同于一般史家的叙事，处处为实有的人和事所限制，只求实实在在的客观叙述，而排除对文学性的追求。为了追求绝世奇文，文人叙事不止于叙事，而是应有充分的创作自由。正如金圣叹所说："是故马迁之为文也，吾见其有事之巨者而檃括焉，又见其有事之细者而张皇焉，或见其有事之阙者而附会焉，又见其有事之全者而轶去焉，无非为文计，不为事计也。"③ 文人对历史之事，可以隐括、张皇、附会、剪裁，通过"纵横曲直、惨淡经营"的形式化处理，使所叙之事呈现为美的形态。正所

---

① 金圣叹：《贯华堂第五才子书水浒传》（上），周锡山编校《金圣叹全集》，万卷出版公司2009年版，第401—402页。
② 同上书，第413页。
③ 同上书，第413页。

谓"为文计不为事计"。司马迁对史实的态度不同于其他历史学家的态度，不是以历史事件的时间或空间顺序进行叙述，而是在叙述过程中以文学性为标准对史实进行一系列的处理而使之艺术化。只有当历史的人和事取得一个艺术性的形式时，才能成为一部文学作品。在金圣叹看来，"文料"本身是无言自美的，欲要成为美，作家必须摆脱真人真事的限制，考虑到文人之事的特殊性，创造适合于文学艺术特点的艺术形式。此时作为客体的史事已退居次要地位，并成为一种背景，而文学性则凸显为一种前景。所以，在文和事的关系上，文是主，事是宾。文学是为文而事，历史是为事而事。对此金圣叹结合具体的评点做了说明。《水浒传》第二十八回批点说：

> 如此篇，武松为施恩打蒋门神，其事也；武松饮酒，其文也。打蒋门神，其料也；饮酒，其珠玉锦绣之心也。故酒有酒人，景阳冈上打虎好汉，其千载第一酒人也。酒有酒场，出孟州东门，到快活林十四五里田地，其千载第一酒场也。酒有酒时，炎暑乍消，金风飒起，解开衣襟，微风相吹，其千载第一酒时也。酒有酒令，无三不过望，其千载第一酒令也。酒有酒监，连饮三碗，便起身走，其千载第一酒监也。酒有酒筹，十二三家卖酒望竿，其千载第一酒筹也。酒有行酒人，未到望边，先已筛满，三碗既毕，急急奔去，其千载第一行酒人也。酒有下酒物，忽然想到亡兄而放声一哭，忽然恨到奸夫淫妇而拍案一叫，其千载第一下酒物也。酒有酒杯，记得宋公明在柴王孙庄上，其千载第一酒杯也。酒有酒风，少间蒋门神无复在孟州道上，其千载第一酒风也。酒有酒赞，"河阳风月"四字，"醉里乾坤大，壶中日月长"十字，其千载第一酒赞也。酒有酒题，"快活林"，其千载第一酒题也。凡若此者，是皆此篇之文也，并非此篇之事也。如以事而已矣，则施恩领却武松去打蒋门神，一路吃了三十五六碗酒，只依宋子京例，大书一行足矣，何为乎又烦耐庵撰此一篇也哉？甚矣，世无读书之人，吾未如之何也。①

---

① 金圣叹：《贯华堂第五才子书水浒传》（上），周锡山编校《金圣叹全集》，万卷出版公司2009年版，第413—414页。

在金圣叹看来，此处的"事"很简单，指的是"施恩领却武松去打蒋门神，一路吃了三十五六碗酒"，而"文"则是指"武松饮酒"以及与此相关的系列形式安排。如果按照欧阳修、宋祁《新唐书》的方式去写此"事"，只要三下五除二，大书一行即可。以此观之，司马迁撰写《史记》、施耐庵撰写《水浒传》纯属多此一举。但是，如果按照司马迁、施耐庵的撰写方式来写此"事"，则需要强化对"文"的布置与增设。金圣叹认为武松醉打蒋门神不在于打，而在于如何打，在于酒后如何打，在于醉后如何打。《水浒传》的精彩之处在于设置了对"酒人""酒场""酒时""酒令""酒监""酒筹"等一系列的场面描写和细节描写，从而较好地折射出人物的语言、动作、心理、性格等特点。更为重要的是，施耐庵又能将这些诸种细节与场面组合起来，展示了打的变化过程，延缓了读者的接受过程，从而使武松醉打蒋门神这一事变得摇曳生姿，波澜起伏，文采灿烂。可见，金圣叹所言的"事"是一种素材，而"文"则是通过结构化的方式对素材加以处理而生成自成系统的文本世界。金圣叹认为"文"的价值不在于对"事"的实在内容的把握，而在于对"事"的曲折多致的描绘，以强调语言形式和篇章结构对事的型构功能。正如卡西尔所说："艺术家正是在物理世界和情感世界之外，创造一个新的领域——造型的、建筑的、音乐的形式领域，旋律和节奏的领域。艺术的符号特性就在于其构型的形象形式。"[①] 文学艺术不是对外部世界的单纯摹写，而是具有一种构形的力量。"包括艺术在内的所有的艺术符号，都不是对一个现成的给予的实在的简单复写，它是导向对事物和人类生活得出客观见解的途径之一。艺术不是对实在的摹写，而是对实在的发现。"[②]就此，金圣叹在《西厢记》"酬简"一折批语中进一步做了说明："借家家家中之事，写吾一人手下之文者，意在于文，意不在于事也。"[③] 创作的目的不是为了叙述生活事实，而是为了创造"文"这一形式系统。金圣叹认为男女性爱本是人人必有之事，符合天经地义，无所谓鄙秽不鄙秽。如果鄙秽的话，《国风》又何必写之呢？因为文学创作的动机不是为了再现某种客观的现实或事实，而是为了表现作者所具有的一种文性，即审美型构。

---

① [德] 卡西尔：《人论》，甘阳译，上海译文出版社1985年版，第186页。
② 同上书，第182页。
③ 金圣叹：《贯华堂第六才子书西厢记》，周锡山编校《金圣叹全集》，万卷出版公司2009年版，第214页。

然而有些假道学家，即"冬烘先生，乳臭小儿"，在鉴赏《西厢记》时，却把此事视为鄙秽，究其原因在于只关心男女之事，以道德论之，而根本不问文章之所在。在金圣叹看来，如果有意于此事，则应不避鄙秽。如果有意于文，则不应视为鄙秽。正所谓"意在于文，意不在于事也。意不在事，故不避鄙秽；意在于文，吾真不曾见其鄙秽"。金圣叹的这段话准确阐明了文学形式与描写生活素材的关系。对文学创作来说，其目的就是把生活素材转化为审美形式。它是"借家家家中之事，写吾一人手下之文"，把男女之事所引起的欲望升华为对形式的审美观照，从而让读者得到审美的快乐与享受。

金圣叹对"文""事"内涵及其关系的论述使我们很容易联想到俄国形式主义对"材料"与"程序"[1]的论述。在俄国形式主义者看来，所谓"材料"包含两个方面的内容：一是指本事、母体、思想、情感等材料，二是指语言材料。这显然要比金圣叹所言的"事"要宽泛得多。他们认为"程序"不单单指手法或技巧，而且还指能使作品产生艺术性的一切艺术安排和构成方式。这既涉及对材料诸如语音、形象、情感、思想方面的选择、加工和合理安排，又涉及对节奏、语调、韵律、排偶以及词的用法方面的精心组织，同时还涉及叙述技巧、结构配量和布局方式等方面的程式要求。就材料与程序的关系而言，俄国形式主义者力主程序的主导地位。托马舍夫斯基强调："任何艺术都使用取自自然界的某种材料。艺术用其特有的程序对这一材料进行特殊的加工；结果是自然事实（材料）被提升到审美事实的地位，形成艺术品。"[2]俄国形式主义者认为艺术家正是以特有的"程序"，才使各种材料转化为审美对象，从而组合成艺术品。如果没有"程序"的介入，原始的材料将会像一盘散沙，难以唤起人们审美的感受。从这个意义上说，什克洛夫斯基力主"艺术就是程序总和"的观点。金圣叹所言的"文"与俄国形式主义所言的"程序"有异曲同工之妙。双方在对待"材料"和"事"的态度上，都偏重于"程序"和"文"的主导功能。在他们看来，"程序"与"文"在强化文学作品的文学性方面，的确起着关键性的作用。他们对"程序"与"文"

---

[1] [俄] 什克洛夫斯基：《关于散文理论》，转引自方珊《形式主义文论》，山东教育出版社1999年版，第49页。

[2] [俄] 日尔蒙斯基：《诗学的任务》，转引自方珊主编《俄国形式主义文论选》，生活·读书·新知三联书店1989年版，第213页。

的共同重视在文学批评中可谓意义重大。他们改变了过去一味重内容而轻形式的传统作风，是对内容决定形式二元论的一种反驳。不过，金圣叹的"文"与"事"之关系与什克洛夫斯基的"程序"和"材料"之关系尽管有相通的一面，但他们之间仍存在着不少的差别。俄国形式主义者虽然也注意到了材料的差别性和选择性对作品审美效果的意义，但由于过分地强调了"程序"的决定作用，其程序观仍带有"程序"决定一切的片面性。什克洛夫斯基认为文学作品不是材料，而是材料的比，是一种纯粹的形式①；艾亨鲍姆主张用艺术形式消灭内容。这些反叛的话语不免带有过激的特点。与之相比，金圣叹所论文与事的关系，无论是"以文运事"的实事也好，还是"因文生事"的虚事也好，"事"仍然发挥着其应有的意义和作用，它没有完全成为形式本身，或被形式所消解。同时形式主义者在"程序"如何发挥功能上却语焉不详，而金圣叹的"文"与"事"在强调"文"的形式规范时，并没有忽略"文"的生成机制，凸显了艺术家在"运"和"生"方面的独具匠心与苦心经营，折射出艺术家的个性风格及审美理想。正所谓"因文运事""因文生事"。

当然，金圣叹对"文"与"事"的分析，也具有不可忽视的历史意义。众所周知，中国上古时期，史官是中国文化的主要掌管者，一切文化都在它的笼罩之下，致使形成了"文史不分""史贵于文"的传统。龚自珍说："史之外，无有言语焉；史之外，无文字焉；史之外，无人伦品目焉。"② 在如此强大的文化语境下，常常是"以史范文"，"文学性"遂被遮蔽。而小说的命运更加悲惨，不但被视为"小道"，而且被训斥为"于可观者"之外。对此夏志清说：

> 中国古典小说……它与现代西方小说的不同，不仅因为它对小说形式的注重方面与西方小说相比差之甚远，还因为它代表了一种不同的小说观念。现代读者把小说看作是虚构，其真实性惟有通过作者以精密证明才能得到体现。在中国的明清时代，如同西方与之相应的时代一样，作者与读者对小说里面的事实都比对小说本身更感兴趣。……他们相信故事和小说不能仅仅作为艺术品而存在；无论怎样

---

① ［俄］什克洛夫斯基：《罗扎诺夫》，转引自方珊《形式主义文论》，山东教育出版社1999年版，第83页。

② 龚自珍：《古史钩沉论二》，《龚自珍全集》，上海人民出版社1975年版，第21页。

加上寓言性的伪装，它们只有作为真实才能证明自己的价值。它们得负起象史书一样教化民众的责任。[1]

但是这种情况在金圣叹那里并不适用。金圣叹提出的"事为文料"说，意在强调文学作品的价值不在于"事"，而在于"文"。他是把文学作品当作文学本身来对待，强调了文学的审美特性。体现在文学批评上，他把"文法"理论运用到文学解读过程中，重视小说本身的人物塑造、情节安排、结构布局、语言技巧等形式特征，这可以说是一种形式化的文学批评。金圣叹对"文"的倚重，从文体特性上改变了过去"史贵于文"的传统，形成了"文贵于史"的新格局。小说绝非是六经之辅，补史之遗，传道之具，而是一种具有形式自律的审美形态。

二 因文生事：文学生成的虚构性机制

从《水浒传》《史记》的比较中，我们可以看出"志乎文"是《史记》《水浒传》旨在追求的形式化审美共相。所谓"《水浒传》方法，都从《史记》出来，却有许多胜似《史记》处。若《史记》妙处，《水浒》已是件件有"[2]。毋庸讳言，《水浒传》与《史记》确实有许多相通之处。所谓"寓言稗史，亦史也"[3]。在金圣叹看来，无论在视点转换、制造悬念方面，还是在人物描写方面，《水浒传》都借用了《史记》文法。如《水浒传》第八回"大闹野猪林"一节，写鲁达从树上跳下，把两个公差惊呆。这种从鲁达的视角来描写林冲的手法实是从司马迁《项羽本纪》"诸侯皆从壁上观"点化而来。难怪金圣叹说："盖如是手笔，实惟史迁有之，而《水浒》乃独与之并驱也。"[4] 第二十七回写武松发配孟州牢，不但没有遭吃杀威棒，反而是好酒好肉，逐日款待。金圣叹认为这种手法也与《史记》有相通之处。所谓"太史公酒帐肉簿，为绝世奇文，断惟

---

[1] ［美］夏志清：《中国古典小说史论》，胡益民等译，江西人民出版社2001年版，第13—14页。

[2] 金圣叹：《贯华堂第五才子书水浒传》（上），周锡山编校《金圣叹全集》，万卷出版公司2009年版，第15页。

[3] 同上书，第37页。

[4] 同上书，第135页。

此篇足以当之"①。第三十三回写秦明被花荣打得落花流水，恼羞成怒："看他写大怒，越怒，怒极，怒坏，怒挺胸脯，怒气冲天，转怒，怒不可当，怒喊，越怒，怒得脑门都粉碎了，全用史公章法。"②《水浒传》与《史记》的这种"互文"关联充分体现了二者自身应有的文学特质。这一点恰恰构成了与一般史书的差异。然而《史记》毕竟是史书，占主导的仍是历史话语。因此，在同为文学的情况下，二者还有着相异性。所以，金圣叹又认为《水浒传》"有许多胜似《史记》处"。这主要体现在作为形式符号"文"的生成机制上以及创作主体性不同向度的追求上。如果说司马迁的《史记》在对事的处理上，用的是再现性想象的话，那么施耐庵的《水浒传》用的则是虚构性想象。一是"以文运事"，一是"因文生事"。

（一）文学世界的虚构性

金圣叹对文学世界的虚构性多有认知。他说："《水浒》胜似《史记》，人都不肯信，殊不知某却不是乱说。其实《史记》是以文运事，《水浒》是因文生事。以文运事，是先有事生成如此如此，却要算计出一篇文字来，虽是史公高才，也毕竟是吃苦事。因文生事即不然，只是顺着笔性去，削高补低都由我。"③"以文运事"和"因文生事"虽同时强调"文"，但二者之间仍存在根本性的不同。一是所面对的对象不同。作为史传文学的《史记》和作为小说的《水浒传》，虽然都言"事"，但所言的"事"各有其事。司马迁所写的"事"是"先有事生成如此如此"的实有之"事"，面对的是一种经验事实；而施耐庵所言的"事"是一种想象的事，面对的是一种虚构之"事"，二者之间有本质性不同。二是主体的运作方式不同。史传文学是一种"运"的方式，虽然可以通过"隐括""张皇""附会""轶去"等方式处理事实，但不能改变事实，是以文学之法撰写历史，史笔与文笔交互使用。《史记》虽然不像一般历史著作那样，为事而事，但其主体性的发挥还是受到很大程度的限制。既要服从"文"的规律，又不要违背历史真实，并能依据"文"的内部规律来处理和经营材料，从而使得主体能够借助对事件的叙述体现出一定的文学性。

---

① 金圣叹：《贯华堂第五才子书水浒传》（上），周锡山编校《金圣叹全集》，万卷出版公司2009年版，第401—402页。

② 同上书，第482页。

③ 同上书，第16页。

在这方面，司马迁的确表现出较高的艺术才能，难怪金圣叹把《史记》视为一部才子书。但是，由于《史记》所写的事件毕竟是史实，因而创作主体的自由发挥显然要受到极大的限制，所谓"毕竟是吃苦事"。相比之下，小说艺术则不同，它是一种"生"的方式。它并不依循实录史实的原则，而是按照艺术的成规和审美的规律，即所谓的"笔性"，来对艺术的各种材料进行加工。其中的增删减补完全可以依据主体的虚构来裁决，即所谓的"都由我"。小说创作主体因此获得了巨大的创造自由度。对于史传文学与小说艺术之间的这种区别，钱锺书说得非常清楚：

> 虽云左史记言，右史记事，大事书策，小事书简，亦只谓君廷公府耳。初未闻私家置左右史，燕居退食，有珥笔者鬼瞰狐听于傍也。上古既无录音之具，又乏速记之方，驷不及舌，而何其口角亲切，如聆謦欬欤？或为密勿之谈，或乃心口相语，属垣烛隐，何所据依？如僖公二十四年介之推与母偕逃前之问答，宣公二年鉏麑自杀前之慨叹，皆生无旁证，死无对证也……盖非记言也，乃代言也，如后世小说、戏剧中对话独白也。……史家追叙真人真事，每须遥体人情，悬想事势，设身局中，潜心腔内，忖心度之，以揣以摩，庶几入情合理。盖与小说、院本之臆造人物、虚构境地，不尽同而可相通。[1]

钱锺书对历史与文学的联系与区别做了透彻的阐释。一方面，文学与历史可以不分，可以互证。所谓"诗具史笔""史蕴诗心"。另一方面，文学毕竟不同于历史，虽然史传文学可以"遥体""悬想"，但还是不能超越历史事实的樊篱，必须做到合情合理。而小说艺术则不同，可以"臆造"，可以"虚构"，可以充分自由地发挥创作主体性，从而建构独立自足的审美世界。因此，"以文运事"与"因文生事"有着明显之别。"以文运事"面对的是已存在的实有之事，而"因文生事"面对的是不存在的虚构之事，"以文运事"强调主体对现成材料的再现性想象，"因文生事"强调对未知材料的虚构性想象。"以文运事"先事而文，是文对事的施加，"因文生事"是先文而事，是文对事的生创。

---

[1] 钱锺书：《管锥编》，中华书局1984年版，第164—166页。

所以,《史记》与《水浒传》虽然都隶属于文学系统,但在主体性的发挥程度上有着不同的运作机制。能否进行虚构,这是史传文学与小说艺术的一大区别。

针对小说的虚构性,金圣叹在《水浒传》的评点中多次谈道:"《宣和遗事》,具载三十六人姓名,可见三十六人是实有。只是七十回中许多事迹,须知都是作书人凭空造谎出来。如今却因读此七十回,反把三十六个人物都认得了。任凭提起一个,都似旧时熟识,文字有气力如此。"①"此处为一部大书提纲挈领之处,晁盖为一部大书提纲挈领之人,而为头先是一梦,可见一百八人、七十卷书,都无实事。"② 尽管《宣和遗事》有些事实隐迹,但七十回的许多事迹却是作家"凭空造谎"的产物。《水浒传》第十九回写林冲拥立晁盖为山寨之主后,忽然思念在京师的妻子。派喽啰打听后,方知妻子已被高太尉威逼亲事,自缢身亡。至此,金圣叹批道:"颇有人读至此处,潸然落泪者,错也。此只是作书者随手架出、随手抹倒之法,当时且实无林冲,又焉得有娘子乎哉?不宁惟是而已,今夫人之生死,亦都是随业架出、随业抹倒之事也。"③ 小说所写之事之人,既可以"随手架出""随业架出",也可以"随手抹倒""随业抹倒",可以说是作者自由运作的结果。作者根本不受事实的限制,可以凭空虚构,编织故事,塑造人物。这正是"因文生事"。因此,金圣叹对于那些不懂艺术特征、以是否符合历史事实苛求小说的人,毫不留情地加以讽刺。《水浒传》第七十回回评说:"若夫其事其人之为有为无,此固从来著书之家之所不计,而奈之何今之读书者之惟此是求也?"④ 他认为《史记》不如《水浒传》,《三国演义》更不如《水浒传》。因为"《三国》人物事体说话太多了,笔下拖不动,辗不转,分明如官府传话奴才,只是把小人声口,替得这句出来,其实何曾自敢添减一字。"⑤《三

---

① 金圣叹:《贯华堂第五才子书水浒传》(上),周锡山编校《金圣叹全集》,万卷出版公司2009年版,第16页。

② 同上书,第196页。

③ 同上书,第283页。

④ 金圣叹:《贯华堂第五才子书水浒传》(下),周锡山编校《金圣叹全集》,万卷出版公司2009年版,第989页。

⑤ 金圣叹:《贯华堂第五才子书水浒传》(上),周锡山编校《金圣叹全集》,万卷出版公司2009年版,第15页。

国演义》之所以受金圣叹的批评，其原因正在于它涉及的事实太多，主体运作没有太多的自由，"笔下拖不动，趸不转"，材料不是为"文"服务，而是"文"和主体成了材料的奴隶。"因文生事"则不然，作品中的事件是根据艺术表现的需要虚构出来的，充分表现了艺术主体的自由创造性。

(二) 文学虚构性的文化渊源

金圣叹认为小说的虚构性与创作主体的自由发挥息息相关，其关键在于主体之"心"的运作与高扬。金圣叹说："施耐庵以一心所运，而一百八人各自入妙者，无他，十年格物而一朝物格。"[①] "若文人之事，固当不止叙事而已，必且心以为经，手以为纬，踌躇变化，务撰而成绝世奇文焉。"[②] 金圣叹在主体之心上做足了文章，特别偏爱"心"字，所谓"才子文心""锦心绣口""珠玉锦绣之心""耐庵匠心"，等等，其用意在于凸显作者文心的想象力和虚构才能。

金圣叹之所以如此凸显作者之"心"及其虚构才能，实受益于他对佛学"因缘生法"的深层理解。他以佛理证文理，以佛心论人心，从而进一步阐释小说虚构性的文化渊源。在文学评点中，金圣叹多次提到"因缘生法"。《水浒传·序三》说："忠恕，量万物之斗斛也。因缘生法，裁世界之刀尺也。"[③] "耐庵作《水浒》一传，直以因缘生法，为其文字总持，是深达因缘也。"[④] "因缘生法"是佛教宇宙观非常重要的命题之一，也是佛教哲学对客观现象存在的一种解释。"因"指事物生灭的主要条件。"缘"指起辅助作用、外在作用的条件。"因缘"指一切事物和现象所依赖的原因和条件。"生"就是依条件而生起。"法"是指事物、现象本身。"因缘生法"就是主张一切事物和现象的生灭过程，都是因缘聚散和合的结果。事实上，"因缘生法"涉及了佛学哲学最基本的义理"缘起"问题。"缘起"就是各个因素在一定条件下的聚合，其中内在的事物产生的因果关系具有永恒的普遍性和绝对性。其经典性提法是"此有固

---

① 金圣叹：《贯华堂第五才子书水浒传》（上），周锡山编校《金圣叹全集》，万卷出版公司2009年版，第7页。

② 同上书，第413页。

③ 同上书，第7页。

④ 金圣叹：《贯华堂第五才子书水浒传》（下），周锡山编校《金圣叹全集》，万卷出版公司2009年版，第785页。

彼有，此生故彼生；此无故彼无，此灭故彼灭"①。金圣叹的批点显然受到佛教"因缘生法"思想的影响，并把它视为其阐释文学虚构性的主要理论支点。金圣叹说："圣叹之为是言也，有二故焉：其一，教天下以慎诸因缘也。佛言：一切世间皆从因生。有因者则得生，无因者终竟不生。不见有因而不生，无因而反忽生；亦不见瓜因而豆生，豆因而反瓜生。是故如来，教诸健儿，慎勿造因。"② 有关"因缘生法"的认识，可谓见仁见智，佛家各派存有各种不同的观点和看法。③ 不过对金圣叹来说，他主要接受了龙树中观学派思想，汲取了瑜伽行派"唯识论"以及华严宗的有关看法。

第一，世间虚空假有与小说世界虚构的暗合。金圣叹多次提到龙树

---

① 《杂阿含经》卷十二，转自郭良鋆《佛陀和原始佛教思想》，中国社会科学出版社1997年版，第186页。

② 金圣叹：《贯华堂第六才子书西厢记》，周锡山编校《金圣叹全集》，万卷出版公司2009年版，第43页。

③ 释迦牟尼有感于人生的痛苦，并为了追求永超苦海的极乐，提出了"业感缘起"论，即"十二因缘说"。所谓"业感缘起"就是将世间的一切现象和有情众生的生死流转，都视为由众生的业因相感而缘生，凸显善有善报、恶有恶报的观念，强调了为善去恶的重要性。部派佛教时期，缘起论有进一步发展。其理论关注点由侧重人生扩大到了整个宇宙观。认为不仅人生现象，而且整个宇宙的一切现象，都是缘起而生。不过由于对释迦牟尼缘起论悟解的不同，结果此时就这个问题出现了截然对立的作答。一是上座部各派的看法，认为一切现象都是实有，因为它们的产生都是有条件而生；一是大众部各派的看法，认为一切现象都是空、虚无。到了龙树时期，他认为单说有或无的缘起论是不全面的，它应该是有和无的统一，并加以调和，创立了印度中观学派。"三是偈"便是龙树中观论的最基本的理念和经典意义之所在，是驳斥"空观"和"实有"执迷不悟的重要依据。"三是偈"首先认为一切缘起都是无自性的。"众因缘生法"是讲缘起。而缘起之法包含两个方面：一是无自性即空，"我说即是空"。这个空是存在于认识之中的，可用语言来表达，所以说"我说"。所谓"法"是指事物现象本身不仅是一种存在的形式，同时也是一种变化发展的状态。无所谓空和不空。因此仅仅认为法是实有是不够的。二是应知道诸法还是一种假名，即"亦为是假名"。如果一味说空，世界诸种一切就不存在，所以还有假名。假名即假设、假使的意思，用语言文字表示的概念，用思想来表示就是识。对缘起之法既要看到无自性空的一面，又要看到假设实有的一面。既不着有也不着空，这就是龙树的中道观。万法皆因缘和合而生，本无自性，更无实体，其本性是空，因而都是虚幻不实的假象。正所谓"心境俱空"。但虚幻并不是"虚无"不存在，而是一种不可言说的存在。若否定因缘和合的假有，那就是"恶趣生"了。继中观学派，瑜伽行派则从"三界唯心，万法唯识"出发，提出"阿赖耶识缘起"，更从哲学思辨的角度，发展了缘起论。该派认为既然有缘起就不可能绝对的空无，实际上世间万法都离不开"识"，都是识的变现。正所谓"境空识有"。一切现象都只存于认识之中，认识只是心意识的分别作用，构成了"唯识论"。

第一章 文心论

之学。《水浒传》第五十五回总评说:"或问曰:然则耐庵何如人也?曰:才子也。何以谓之才子也?曰:彼固宿讲于龙树之学者也。讲于龙树之学,则菩萨也。菩萨也者,真能格物致知者也。"① 龙树之学讲缘起,既不着有又不着空,是一种中道观。其"三是偈"代表了他"缘起性空"最基本的理论观念。《中论·观四谛品》说:"众因缘生法,我说即是空,亦为是假名,亦是中道义。"世界的一切皆因缘和合而生,本无自性,更无实体,其本性是空,因而都是虚幻不实的假象。受其影响,金圣叹讲空讲有,但并不执着于两端,而是空有相待,互相彰显。金圣叹说:

> 今人以手拍桌,随拍得响,响从十方四面来,借手桌因缘而成响。其实手着桌处一些子地,并无有响,故响响不穷。人身,众缘和合而成,中间并无些子是我,愚夫妇妄认有我,犹妄认手桌相着处有响也。惟无有我,故生生不穷。大千微尘,以不守自性故,不做定一法。不做定一法,故无所不有。无所不有,故响是大千本事,只是以手桌为机关,非手桌能生响也。但能明乎机关处,无物可生,便是歇息机关之法,非一事不作之谓也。小乘不知此旨。②

金圣叹认为之所以形成响声,正是因为手桌因缘条件临时凑合而生成的声音。但就其内在的本质而言,这种声响并不是永远不变的存在。离开手桌的临时凑合,就无法出现。"大千一切,皆因缘所生法"③。因此,世间万物都没有固定不变的本质,一切现象都是虚幻不实的假有。正如《西厢记·惊梦》所云:"世间虚空,本自不有,业力机关,和合即有。"④ 就是包括主体在内的"我"也不例外,同样也是虚幻不实的存在。

---

① 金圣叹:《贯华堂第五才子书水浒传》(下),周锡山编校《金圣叹全集》,万卷出版公司2009年版,第785页。
② 金圣叹:《小题才子书》,周锡山编校《金圣叹全集》,万卷出版公司2009年版,第259页。
③ 同上书,第250页。
④ 金圣叹:《贯华堂第六才子书西厢记》,周锡山编校《金圣叹全集》,万卷出版公司2009年版,第254页。

金圣叹说："今日之我，与明日之我，就是没有相干底。"① "我固非我也：未生以前，非我也；既去以后，又非我也。然则今虽犹尚暂在，实非我也。"② 世间万物并没有固定的属性，都在发生变化。在一定时刻的事物，其实已非这一事物。作为主体的我，也并不是一个事实的存在。"已往之吾，悉已变灭。不宁如是。吾书至此句，此句以前已疾变灭。"③ 在金圣叹看来，世界上的一切事物和现象都是相对依存的关系，一种假借的概念或名相，而其本身并没有独立的实体或自性。"世间一切有为，无细无钜，只是因缘生法。"④ "呜呼！世界之事亦犹是矣"，一切皆恍如梦中。那么，文学创作作为世界之一事，又何尝不是如此呢？"因缘生法"为文学作品的虚构性提供了一种新视点。金圣叹《水浒传》第十三回回评云：

> 一部书一百八人，声色烂然，而为头是晁盖先说做下一梦。嗟乎！可以悟矣。夫罗列此一部书一百八人之事迹，岂不有哭，有笑，有赞，有骂，有让，有夺，有成，有败，有俯首受辱，有提刀报仇，然而为头先说是梦，则知无一而非梦也。大地梦国，古今梦影，荣辱梦事，众生梦魂，岂惟一部书一百八人而已，尽大千世界无不同在一局，求其先觉者，自大雄氏以外，无闻矣。真蕉假鹿，纷然成讼，长夜漫漫，胡可胜叹！⑤

金圣叹以因缘生法、一切皆空的假有思想来解释小说的虚构性特征，深得文学文本之秘。如《水浒传》十五回写梁中书派杨志押送生辰纲，杨志向梁中书叙述了从大名府到京师必经的险要之地。这些地方有些需实写，有些需虚写，对此金圣叹在评点中一一标出："经过的是紫金山

---

① 金圣叹：《小题才子书》，周锡山编校《金圣叹全集》，万卷出版公司2009年版，第234页。
② 金圣叹：《贯华堂第六才子书西厢记》，周锡山编校《金圣叹全集》，万卷出版公司2009年版，第4页。
③ 金圣叹：《贯华堂第五才子书水浒传》（上），周锡山编校《金圣叹全集》，万卷出版公司2009年版，第21页。
④ 金圣叹：《唱经堂第四才子书杜诗解》，周锡山编校《金圣叹全集》，万卷出版公司2009年版，第116页。
⑤ 金圣叹：《贯华堂第五才子书水浒传》（上），周锡山编校《金圣叹全集》，万卷出版公司2009年版，第191页。

（虚）、二龙山（实）、桃花山（实）、伞盖山（虚）、黄泥冈（实）、白沙坞（虚）、野云渡（虚）、赤松林（实）。"随后金圣叹又总结道："数出八处险害，却是四虚四实，然犹就一部书论之也，若只就一回书论之，则是七虚一实耳。"① 金圣叹一反小说实录历史之论，充分肯定艺术虚构和想象的价值与功能。文学创作应该"虚中有实，实中有虚"，甚至"七虚一实"。文学艺术的意义正在于作者善于制造幻象，让读者获得真假难辨的审美愉悦。《水浒传》第十八回写何涛率五百官兵、五百公人前来围剿梁山，写起来犹如深秋败叶，聚散无力。而晁盖率梁山好汉不过五人抵抗，写起来却犹如千军万马，奔腾驰骤。作者之所以写得妙笔生花，不可理喻，实得力于作者虚构的结果。"凡若此者，岂谓当时真有是事，盖是耐庵墨兵笔阵，纵横入变耳。"②

第二，心生万法与小说虚构的绾合。龙树之学讲中观，既不能执有，又不能执空，而是"双遣两非"，把有、空皆否定掉，这才是中道。但这样做仍有空诸一切之嫌，甚至连佛家所追求的"涅槃"境界也有被空掉的可能。所以金圣叹评点文学又借鉴了瑜伽行派"唯识论"的观点。金圣叹《语录纂》卷之二说：

> 何者是识？意虽疾速变灭，而其余影必且尚留，是名为识。识者，记也，谓前法影响灭不及，故犹记在此也。意者心之相，识者意之影。心本无相，动而为相，即是界。意本无影，留而为影，即是世。故意是实地，识是天德。既是天德，必无无识之意。人死由于意死，而今世受生之识，即是前世临死一意之余影。识未灭顷便得受生，则死生之际，不越一刻，信已。约心，直如龟毛兔角，不过是章句中所立之名字；约意，虽是实法，然只一刹那，曾不见菩萨能于此中建立道场，亦不见凡夫能于此处流浪生死。是则心之与意，并与汝无涉，当知汝今惟是识耳。（《唯识论》，龙树大师所造）③

---

① 金圣叹：《贯华堂第五才子书水浒传》（上），周锡山编校《金圣叹全集》，万卷出版公司2009年版，第220页。
② 同上书，第263页。
③ 金圣叹：《小题才子书》，周锡山编校《金圣叹全集》，万卷出版公司2009年版，第245页。

此段引述中，金圣叹把"唯识论"视为龙树所造，显然是错误的，但也表明他受唯识论的影响却是事实。继中观学派之后，无著菩萨从"三界唯心，万法唯识"出发，提出"阿赖耶识缘起"，发展了缘起论，创立了唯识学。该派认为既然有缘起，就不可能有绝对的空无。世间万法都离不开"识"，都是识的变现。一切现象都只存于认识之中，认识只是心意识的分别作用。金圣叹说：

> 因于识，缘于意，谓之男女搆精，遂成今日大千世界，故圣人目男女之事为一大事因缘。然识是前法之真影，意是后来之实法。此二从来双宿双飞，云何分析得开？但不使之搆精，则为大事因缘已毕。盖因缘有三：一谓小乘初教，以识为因，以意为缘，而不提起心字。此是凡夫因缘，在所必破，以必破故，名为苦切因缘，亦名刀杖因缘。二谓方等中教，以一大千分为两半，一半是千红万紫，一半是寂绝忘离。以寂绝忘离之心，等于千紫万红之意，不须破坏意，而意竟是心。是则不提起识，又假立一心，而以意为因，心为缘，故此名为虚妄因缘，亦名楼阁因缘。三谓大乘后教，以意为因，识为缘，意因如母，识缘如子，要使常忆其母，不复妄有他缘，是为母子因缘。既云母子，自无搆精之事矣。当知《法华经》为穷子故，父长者密遣二人，正遣因与缘也。①

"心意识"是唯识论对人的认识和精神活动所做的一种高度概括。因而素有"八识心王"之说。所谓"八识心王"，是指人的精神活动主要由眼、耳、鼻、舌、身、意、末那、阿赖耶这八种识来构成。根据心理活动的层次，八识又可分为识、意、心。《成唯识论》说："集起名心，思量名意，了别名识，是三别意。"其中，"识"是指前六识，是对现象世界的认识，具有了知识别的功能；"意"是指第七识"末那识"，是意识的根本，其功能是生出自我意识，形成烦恼所在，具有以我为执的特征。"阿赖耶识"是心之根本。既是前七识存在的前提，又是一切事物赖以产生和变化的最终根据，是人生和世界的本体。因其不生不灭，犹如寄寓着

---

① 金圣叹：《小题才子书》，周锡山编校《金圣叹全集》，万卷出版公司2009年版，第247—248页。

善恶的种子，因而会带来三界轮回、生死不断。正因为如此，才有"三界唯心，万法唯识"之说。在这里，金圣叹追踪溯源，辨毫晰微，较好地论述了心意识与因缘生法的关系，从而凸显出心识的价值与功能。金圣叹认为小乘佛教，以识为因，以意为缘，忽视了"心"之价值，所讲因缘是一种绝因破缘；大乘中观以意为因，以心为缘，但忽略了识。虽然假立一心，但终归是虚妄因缘。唯独大乘后教，以意为因，以识为缘，二者构成了母子姻缘。金圣叹对姻缘生法的理解，一方面继承了唯识论重"识"的思想，大千国土之所以被感知而存在，是"识"在起作用的结果。而"识"则是"意"的留影。"一切众生，本具佛性，一切佛觉，亦本是识"①。正所谓"识者，记也，谓前法影响灭不及，故犹记在此也。意者心之相，识者意之影。"另一方面，他又融合了天台宗、华严宗、禅宗等大乘后教重视本心的思想。金圣叹说："业从惑生，惑因识有。识依不觉，不觉依心。维摩诘云：'随其心净，则佛土净。'心从本是净，只为你不能清，故不净。渟去渣滓曰清，盖心所以不清者，为住色住声香味触法，故应知色声等尘，本无有住。《法华》云：'香风吹萎花，更雨新好者。'他已一路簌新簌新下去，则我此心，亦应一路簌新簌新下去。"②这一段既点出金圣叹受《维摩经》"净心"思想的影响，又点出他受《法华经》"一念三千"心法融合思想的影响。《法华经》是天台宗最为倚重的佛教经典，金圣叹援引、化用《法华经》的文字有二十多处③，其影响可见一斑。金圣叹说："圣人本怀，只为大千入涅槃，不为我一人成佛，何以故？涅槃平等，则是真成佛；但我一人，则是假。入涅槃，只是入心境界。成佛，在意上成，以无功用道，任运流入萨婆若海，不过以意求入心境界耳。故约意，大千是万佛世界；约心，则是一片涅槃境界也。……当知求成是初心，求入是毕竟心。"④在金圣叹看来，世间万物皆为虚空，

---

① 金圣叹：《小题才子书》，周锡山编校《金圣叹全集》，万卷出版公司2009年版，第249页。

② 同上书，第244页。

③ 吴正岚教授以表格的形式对金圣叹引用和论及佛典的频率进行了统计，认为金圣叹佛学思想以台禅为主，兼容华严宗、唯识宗等各家各派。参见吴正岚《金圣叹评传》，南京大学出版社2006年版，第212页。

④ 金圣叹：《小题才子书》，周锡山编校《金圣叹全集》，万卷出版公司2009年版，第244—245页。

一切都是心识的结晶，一切都是心造的幻影。对于小说创作而言，同样也是一个虚空的世界。其中人物情景无所不空，皆是作者心造的投写。对此，金圣叹引用了《华严经》的话语做了进一步阐释。《水浒传》第五回夹批云："耐庵说一座瓦官寺，读者亦便是一座瓦官寺；耐庵说烧了瓦官寺，读者亦便是无了瓦官寺。大雄先生之言曰：'心如工画师，造种种五阴；一切世间中，无法而不造。'圣叹为之续曰：'心如大火聚，坏种种五阴；一切过去者，无法而不坏。'今耐庵此篇之意则又双用，其意若曰：'文如工画师，亦如大火聚，随手而成造，亦复随手坏。如文心亦尔，见文当观心；见文不见心，莫读我此传。'"① 金圣叹所引大雄先生之言正是华严宗的唯心偈，语出自《华严经》的《夜摩天宫菩萨说偈品》："心如工画师，画种种五阴，一切世界中，无法而不造。如心佛亦尔；如佛众生然。心佛及众生，是三无差别。诸佛悉了知，一切从心转。若能如是解，彼人见真佛。心亦非是身，身亦非是心。做一切佛事，自在未曾有。若人欲求知，三世一切佛，应当如是观：心造诸如来。"华严宗主张"一切世间中，莫不由心造"。心不但可以造物质世界，也可以造精神世界；不但可以造五浊恶界，也可以造清净庄严的佛国净土；不但可以造苦恼的凡夫众生，也可以造福德圆满的诸佛菩萨。正如《华严经·十地品》所说："三界虚妄，但是心作。"华严宗认为客观世界的一切都是主观精神的产物，可以心造，也可以心灭。所谓"心生则种种法生，心灭则种种法灭"。对于小说创作来说，同样可以"随业架出，随业抹倒"。所谓"业"，就是指人的心识活动。通过这一中介，可以"凭空造谎"，创造出小说世界的"无数奇观""咄咄怪事"，读之令人"骇绝常情，拓开文胆"。金圣叹曾这样评价《水浒传》"鲁智深火烧瓦官寺"一节：

> 吾读瓦官一篇，不胜浩然而叹。呜呼！世界之事亦犹是矣。耐庵忽然而写瓦官，千载之人读之，莫不尽见有瓦官也。耐庵忽然而写瓦官被烧，千载之人读之又莫不尽见瓦官被烧也。然而一卷之书，不盈十纸，瓦官何因而起，瓦官何因而倒，起倒只在须臾，三世不成戏事耶？又摊书于几上，人凭几而读，其间面与书之相去，盖未能以一尺

---

① 金圣叹：《贯华堂第五才子书水浒传》（上），周锡山编校《金圣叹全集》，万卷出版公司2009年版，第105—106页。

也。此未能一尺之间，又荡然其虚空，何据而忽然谓有瓦官，何据而忽然又谓烧尽，颠倒毕竟虚空，山河不又如梦耶？呜呼！以大雄氏之书，而与凡夫读之，则谓香风萎花之句，可入诗料。以北《西厢》之语而与圣人读之，则谓"临去秋波"之曲可悟重玄。夫人之贤与不肖，其用意之相去既有如此之别，然则如耐庵之书，亦顾其读之之人何如矣。夫耐庵则又安辩其是稗官，安辩其是菩萨现稗官耶？一部《水浒传》，悉依此批读。①

其中瓦官寺的出现与消失都是施耐庵主观意识的产物，都是凭空杜撰的幻影，"随手而起者仍随手而倒"，完全打破了现实生活逻辑的限制，客观上激发了读者想象的艺术真实感。从这个意义上说，"一部书皆从才子文心捏造而出，愚夫则必谓真有其事"②。

第三，"格物""忠恕"与小说虚构世界的塑造。

"因缘生法"是以"假有"的形式呈现了一个虚幻不实的世界。正如《大乘大义章》所说："诸法无名，假与施名，故曰假名。"这个世界似有，是因为"因缘和合，无法不有"；这个世界似无，是因为由偶然因缘所产生的一切，都是不真实的、虚假的。离开这种因缘，任何事物都是无自性，所以是虚空。金圣叹认为这个以"假名"呈现的世界，既千奇百怪，又虚空不实，显然与文学的虚构世界形成了异质同构。那么作为作家，究竟采取何种方式才能游运内心，去营造一个本质虚幻而又给人以真实效果的艺术世界？

金圣叹以"因缘生法"为总持，援引儒家的"格物""忠恕"之说，进一步来阐释小说虚构之理。金圣叹说：

> 施耐庵以一心所运，而一百八人各自入妙者，无他，十年格物而一朝物格，斯以一笔而写百千万人，固不以为难也。格物亦有法，汝应知之。格物之法，以忠恕为门。何谓忠？天下因缘生法，故忠不必学而至于忠，天下自然，无法不忠。火亦忠，眼亦忠，故吾之见忠；

---

① 金圣叹：《贯华堂第五才子书水浒传》（上），周锡山编校《金圣叹全集》，万卷出版公司2009年版，第99页。

② 金圣叹：《贯华堂第五才子书水浒传》（下），周锡山编校《金圣叹全集》，万卷出版公司2009年版，第504页。

钟忠，耳忠，故闻无不忠。吾既忠，则人亦忠，盗贼亦忠，犬鼠亦忠。盗贼犬鼠无不忠者，所谓恕也。夫然后物格，夫然后能尽人之性，而可以赞化育，参天地。今世之人，吾知之，是先不知因缘生法。不知因缘生法，则不知忠。不知忠，乌知恕哉？①

因缘生法，一切具足。是故龙树著书，以破因缘品而弁其篇，盖深恶因缘；而耐庵作《水浒》一传，直以因缘生法，为其文字总持，是深达因缘也。夫深达因缘之人，则岂惟非淫妇也，非偷儿也，亦复非奸雄也，非豪杰也。何也？写豪杰、奸雄之时，其文亦随因缘而起，则是耐庵固无与也。或问曰：然则耐庵何如人也？曰：才子也。何以谓之才子也？曰：彼固宿讲于龙树之学者也。讲于龙树之学，则菩萨也。菩萨也者，真能格物致知者也。②

金圣叹以"因缘生法"为世界观，以"格物"为方法论，以"忠恕"为具体门径，层层深入，详细阐释了作家创作的虚构性特征和功能。在金圣叹看来，作家欲使其"文亦随因缘而起"，须"深达因缘"，而"深达因缘"又须"格物致知"，而"格物致知"又须"以忠恕为门"。因此，"格物""忠恕"遂成为虚构小说世界的具体方法与手段。在这里，金圣叹将外来佛教的"因缘生法"观与本土儒家的"格物""忠恕"、老庄的身与物化、王阳明的以心为本等思想汇通起来，互阐互释，直指小说虚幻世界的创造与生成。

"格物"原是儒家哲学中研究事物道理的一个概念。最早见于《礼记·大学》："致知在格物，格物而后知至，知至而后意诚，意诚而后心正，心正而后身修，身修而后家齐，家齐而后国治，国治而后天下平。"③"格物"作为修身齐家治国平天下的重要环节，其基本内涵是指通过对"物"本身的认识，达到对"物"之理的把握。南宋朱熹对此有所发挥，要求从"格物"到"物格"，"随处体认天理"，从而达到"即物穷理"的境界。朱熹说：

---

① 金圣叹：《贯华堂第五才子书水浒传》（上），周锡山编校《金圣叹全集》，万卷出版公司2009年版，第7页。
② 金圣叹：《贯华堂第五才子书水浒传》（下），周锡山编校《金圣叹全集》，万卷出版公司2009年版，第785页。
③ 朱熹：《四书章句集注》，中华书局2015年版，第3页。

所谓致知在格物者，言欲致吾之知，在即物而穷其理也。盖人心之灵莫不有知，而天下之物莫不有理，惟于理有未穷，故其知有不尽也。是以大学始教，必使学者即凡天下之物，莫不因其已知之理而益穷之，以求至乎其极。至于用力之久，而一旦豁然贯通焉，则众物之表里精粗无不到，而吾心之全体大用无不明矣。此谓物格，此谓知之至也。①

到了明代，王阳明强调"心外无理，心外无事，心外无物"②，对"格物"进行了更为大胆的创造性转换，将带有认识论意义的"格物"命题转换成伦理学意义上的道德体验命题。他主张"格物"不应外求，而应反求诸心，格正人心，从而达到致良知的目的。所谓"格物是止至善之功，既知至善，即知格物矣。"王阳明的"格物"建立在心宇宙本体上，注重一种切己体察、求其放心的心理体验，追求一种"以天地万物为一体，欣合和畅，原无间隔"的"至乐"境界。正如王阳明《自乐》诗所云："闲观物态皆生意，静悟天机入窅冥，道在险夷随地乐，心忘鱼乐自流形。"金圣叹的"格物"更多地吸纳了王阳明的观点，他把"格物"放在了"因缘生法"的"假有"基础之上，从而将"格物"由道德命题转化成美学命题，视"格物"为作家文学体验和文学创造的门径。金圣叹说："十年格物而一朝物格"。他对"格物"的理解有几点值得思考：一是"格物"建立在"因缘生法"基础上，不能超越"心识"之矩。金圣叹说："常住佛性中，无法不备……圣人身通六艺，非物物而格之，只是识得'矩'字耳。神农尝药草，纵能尝草，岂能尝病？他不过辨上下前后左右，是温是热是凉是寒等，某病宜如此，某病又宜如彼，自然有各种药物来应他。所谓'闭门造车，开门合辙'也。"③金圣叹认为"格物"不是"物物而格之"，而是"识矩"，所谓"纵能尝草，岂能尝病"。什么是"矩"？他说："心无方，是大圆觉海；意有方，有上下前后左右，是曰矩。"④"孔子曰：'不逾矩'。因缘只有三副。上下一双，前

---

① 朱熹：《四书章句集注》，中华书局2015年版，第7页。
② 王阳明：《传习录》，广州出版社2008年版，第10页。
③ 金圣叹：《小题才子书》，周锡山编校《金圣叹全集》，万卷出版公司2009年版，第251—252页。
④ 同上书，第243页。

后一双，左右一双。凡夫也具三双，圣人也不过三双。譬如骰子，具足六面，世间万变万化，皆从此出。"①"矩"是通过主观精神来把握客观世界所遵循的"因缘生法"总则，正所谓"菩萨者，真正格物致知者也""天下之格物君子，无有出施耐庵先生右者"。"识矩"就是以己之心去格物，去体认因缘生法之原理，即通过主体的感受、情感、想象、体悟，通晓万事万物生灭变化过程以及人情物理之微妙。就此而言，金圣叹才强调"从心所欲而不逾矩"。二是"格物"强调物我合一的幻化体验。金圣叹说："况其周流天涯，曾与万变徘徊，迫于退老故乡，复遭四时侵逼。因而随物宛转，既各得其本情，加之纵心往还，遂转莹其玄照。"②在金圣叹看来，"格物"既要"随物以宛转"，见出事物的本然性情，又要"纵心往还"，鉴照万物事理之神妙。为此金圣叹提出"亲动心"说：

> 非淫妇定不知淫妇，非偷儿定不知偷儿也。谓耐庵非淫妇非偷儿者，此自是未临文之耐庵耳。夫当其未也，则岂惟耐庵非淫妇，即彼淫妇亦实非淫妇；岂惟耐庵非偷儿，即彼偷儿亦实非偷儿。……若夫既动心而为淫妇，既动心而为偷儿，则岂惟淫妇、偷儿而已；惟耐庵于三寸之笔，一幅之纸之间，实亲动心而为淫妇，亲动心而为偷儿，既已动心，则均矣，又安辨泚笔点墨之非入马通奸，泚笔点墨之非飞檐走壁耶？③

"亲动心"是指在艺术构思中，作者要设身处地，身临其境，充分发挥想象力，将自己的全部身心与所描写的对象融合在一起，全面透彻地把握人情物理，完全依照人物事物的特点去运作。这里的"均"就是庄子所讲的"天地与我并生，而万物与我为一"④的状态。庄子说："天地虽大，其化均也；万物虽多，其治一也。"⑤就审美意义而言，"均"是指物

---

① 金圣叹：《小题才子书》，周锡山编校《金圣叹全集》，万卷出版公司2009年版，第251页。
② 金圣叹：《贯华堂选批唐才子诗》，周锡山编校《金圣叹全集》，万卷出版公司2009年版，第50页。
③ 金圣叹：《贯华堂第五才子书水浒传》（下），周锡山编校《金圣叹全集》，万卷出版公司2009年版，第785页。
④ 陈鼓应：《庄子今注今译》，中华书局1983年版，第71页。
⑤ 同上书，第295页。

我不分、物我合一的"物化"[①]境界。此时，作家才能体察一切事物的精妙隐微，才能洞悉人物的灵府奥秘，其创作才能得心应手，运用自如，创造出生动曲折的故事情节、栩栩如生的人物性格。金圣叹这种物我一体、万物齐一的境界远绍庄周梦蝶，中接赵孟頫解衣踞地，近受王阳明"君来看花日，花色一时明"物化思想的影响。金圣叹常用人花互融表示这一物化状态："人看花，花看人。人看花，人销陨在花里边去；花看人，花销陨到人里边来。"[②]金圣叹还以"设身处地"说，描述小说创作过程中物我幻化的状态。如《水浒传》第十八回写林冲水寨大火并，施耐庵虽未经历火并王伦之情景，但却能设身处地地加以忖度推想："此处若便立起，却起得没声势，若便踢倒桌子立起，又踢得没节次。故特地写个'坐在交椅上'写，直等骂到分际性发，然后一脚踢开桌子，抢起身来，刀亦就势掣出。有节次，有声势，作者实有设身处地之劳也。"[③] 无论是"亲动心"，还是"设身处地"说，都灌注了创作主体虚构想象的心理体验。施耐庵写豪杰并非真做豪杰，写偷儿并非真去做小偷，写淫妇并非真去淫乱，而是需要揣摩、体验、想象，从心识物我两忘中，幻化出豪杰、小偷、淫妇的性情特点，塑造逼真传神的人物形象。同样施耐庵写武松打虎，断然没见过"活虎正搏人"的场面。今施耐庵将武松打虎写得生动

---

① 实际上这是金圣叹对庄周梦蝶、赵孟頫解衣踞地、王阳明物化境界的进一步拓展。金圣叹多次提到庄周梦蝶寓言。评权德舆诗"南宗长老知心法，东郭先生识化源"说："后解，忽然请两位原梦先生妙。《华严经》云：'心如画工师，造种种五阴。一切世间中，无法而不造。'此南宗长老之所知也，《南华经》云：'庄周梦为蝴蝶，栩栩然蝴蝶也。及其觉，蘧蘧然周也。不知周之梦为蝴蝶与，蝴蝶之梦为周欤？周与蝴蝶则必有分。此东郭先生之所识也。末句请得原梦人后，竟随簪佩入朝，妙绝、妙绝。'"评张谓《西亭子言怀》说："看他写到看景知山，闻声识水。一二属史，尽捐叮畦。则不知山水之为我，我之为山水，自之为他，他之为我；一之为多，多之为一。所谓休乎天钧，嗒焉尽丧，是先生们之杜德机也。"评温庭筠《伤李处士》说："《南华》第二正指蝴蝶物化一段。"他评《水浒传》第二十二回武松打虎一节："传闻赵松雪好画马，晚更入妙。每欲构思，便于密室解衣踞地，先学为马，然后命笔。一日管夫人来，见赵宛然马也。今耐庵为此人，想亦复解衣踞地，作一扑、一掀、一剪势耶？"《语录纂》卷二还说过："人看花，花看人。人看花，人销陨在花里边去，花看人，花销陨到人里边来。"这与王阳明《传习录》里的一首偈颂有同工之妙："君未看花时，花与君同寂；君来看花日，花色一时明。"

② 金圣叹：《小题才子书》，周锡山编校《金圣叹全集》，万卷出版公司2009年版，第252页。

③ 金圣叹：《贯华堂第五才子书水浒传》（上），周锡山编校《金圣叹全集》，万卷出版公司2009年版，第271页。

形象，悬念四起，"作一扑、一掀、一剪势"，实为"解衣踞地"、想象虚构的产物。正所谓"处处设身处地而后成文"①。三是"格物"强调作家文学体验的独创性。"十年格物而一朝物格"。一方面要求作家"入乎其内"，对于宇宙人生善于观察体验，按照自然天性，去体悟万物的"故有生气"，描摹人物性格，幻化与所描写的对象融为一体。所谓"必有重视外物之意，故能与花鸟共忧乐"。另一方面要求作家"出乎其外"，能排斥名利欲望等障碍，凝神静观，澄怀味象，从而创造出个性俱足的"故有高致"的人物形象，完成从"格物"到"物格"的豁然贯通，实现从量变到质变的飞跃。所谓"必有轻视外物之意，故能以奴仆命风月"。因此，"格物"的最终目的不仅仅是追求作家与所描对象的契合无迹，更重要的是与对象保持适当的距离，在更高的层面上塑造人物。所谓"盖心清如水，故物来毕照"②。既能展示人物意象的特殊性，还能写出人物的普遍性，从而得到读者的普遍共鸣。所以，金圣叹认为《水浒传》一方面写"一百八个人性格，真是一百八样"。另一方面也强调"任凭提起一个，都似旧时熟识"。金圣叹之所以称武松为"典型"，③ 正是因为武松具有"写豪杰便是豪杰"的普遍特质。

在强调"十年格物而一朝物格"的基础上，金圣叹又提出"格物之法，以忠恕为门"的观点，从而将格物与忠恕联系在一起。他说："格物之法，以忠恕为门。何谓忠？天下因缘生法，故忠不必学而至于忠，天下自然无法不忠。……盗贼犬鼠无不忠者，所谓恕也。夫然后格物。""忠恕"原是孔子用来阐述儒家伦理道德的命题，语见《论语·里仁》："曾子曰：'夫子之道，忠恕而已矣'。"唐孔颖达疏《中庸》云："忠者，内尽于心；恕者，外不欺物。恕，忖度其义于人。"宋代朱熹注解《里仁》云："尽己之谓忠，推己之谓恕。""忠"是指忠实诚恳，尽心为人，"恕"是推己及人，将心比心。这些构成了"忠恕"的基本含义。只是到了明代，因受王阳明心学影响，金圣叹对"忠恕"进行创造性转换："盖

---

① 金圣叹：《贯华堂第五才子书水浒传》（上），周锡山编校《金圣叹全集》，万卷出版公司 2009 年版，第 267 页。

② 金圣叹：《贯华堂第五才子书水浒传》（下），周锡山编校《金圣叹全集》，万卷出版公司 2009 年版，第 877 页。

③ 金圣叹：《贯华堂第五才子书水浒传》（上），周锡山编校《金圣叹全集》，万卷出版公司 2009 年版，第 458 页。

忠之为言中心之谓也。喜怒哀乐之未发，谓之中；发而为喜怒哀乐之中节，谓之心；率我之喜怒哀乐自然诚于中，形于外，谓之忠。知家国、天下之人率其喜怒哀乐无不自然诚于中，形于外，谓之恕。知喜怒哀乐无我无人无不自然诚于中，形于外，谓之格物。"① 他对"忠恕"的理解有两点值得注意：一是为"忠恕"注入了自然性情的新内涵。"忠"就是内心自我性情的自然表达，是对真实自我个性的一种体现；"恕"就是以己个性之情感推及和体认天下人个性之情感。"格物"就是以己之心揣摩和开悟天下人个性之情感，并使之充分地表达出来。正所谓"能尽人之性，而可以赞化育，参天地"。对于文学创作而言，"忠恕"就是设身处地地去体验五彩缤纷的人情物理，把握各种人物性格千姿百态的特点及其产生的条件，使之人各其人，物各其物，异彩纷呈。其意义在于凸显人物个性的千变万化，追求人物情感的本真流露，从而使人物描写万面不同，各自入妙。金圣叹之所以高度赞美《水浒传》百看不厌，究其根本原因在于："《水浒传》写一百八个人性格，真是一百八样。若别一部书，任他写一千个人，也只是一样；便只写得两个人，也只是一样。"②"《水浒传》只是写人粗卤处，便有许多写法。如鲁达粗卤是性急，史进粗卤是少年任气，李逵粗卤是蛮，武松粗卤是豪杰不受羁靽，阮小七粗卤是悲愤无说处，焦挺粗卤是气质不好。"③ 每个人物都有自己的"性情""气质""形状""声口"，正可谓"人异其心""物异其致"④。《西厢记》之所以动人心弦，正在于把独一无二的自然人情物理"向天下人心里偷取出来"，使之成为"天下万世人人心里公共之宝。"⑤二是将"忠恕"与"因缘生法"联系起来。金圣叹说："不知因缘生法，则不知忠。不知忠，乌知恕哉？……忠恕，量万物之斗斛也。因缘生法，裁世界之刀尺也。施耐庵左手握如是斗斛，右手持如是刀尺，而仅乃叙一百八人之性情、气质、形

---

① 金圣叹：《贯华堂第五才子书水浒传》（下），周锡山编校《金圣叹全集》，万卷出版公司2009年版，第606页。

② 金圣叹：《贯华堂第五才子书水浒传》（上），周锡山编校《金圣叹全集》，万卷出版公司2009年版，第16页。

③ 同上书，第16—17页。

④ 金圣叹：《唱经堂第四才子书杜诗解》，周锡山编校《金圣叹全集》，万卷出版公司2009年版，第101页。

⑤ 金圣叹：《贯华堂第六才子书西厢记》，周锡山编校《金圣叹全集》，万卷出版公司2009年版，第19页。

状、声口者，是犹小试其端也。"① 金圣叹强调"忠恕"要以"因缘生法"为指导，要化身入境去体察体悟人情物理的千差万别及其偶然机缘。天下人之所以千奇百怪、无所不有，实为不同的因缘千变万化所致。金圣叹说：

> 是人生二子而不能自解也。谓其妻曰：眉犹眉也，目犹目也，鼻犹鼻，口犹口，而大儿非小儿，小儿非大儿者，何故？而不自知实与其妻亲造作之也。夫不知子，问之妻。夫妻因缘，是生其子。天下之忠，无有过于夫妻之事者；天下之忠，无有过于其子之面者。审知其理，而睹天下人之面，察天下夫妻之事，彼万面不同，岂不甚宜哉！②

就是一对夫妻所生之子，虽是"眉犹眉也，目犹目也，鼻犹鼻，口犹口"，但是"大儿非小儿，小儿非大儿"，他们也会各依其面目而彼此互异。在金圣叹看来，作家要想创造出富有个性的人物形象，必须弄通人物生存的原因条件及其人物之间的因果关系。不是作者强制人物，而是人物的因缘关系指挥着作者。正所谓"写豪杰、奸雄之时，其文亦随因缘而起，则是耐庵固无与也"。作者只要能左手握"忠恕"之斗斛，右手持"因缘生法"之刀尺，就能创造出丰富多彩、千奇百姿的文学虚构世界。

金圣叹借用佛学的"因缘生法"，经过儒学"格物""忠恕"的创造性阐释，旨在强调世间人生的空幻性特征，但这种空幻性又是人之心造的幻影，从而使大千世界的空幻不实性与小说的虚构性达到异质同构。因此，金圣叹以佛学"假有"思维方式观照文学世界，正好楔入了小说的虚构性特征。正所谓"未必然之文，又必定然之事，奇绝妙绝"。③ 在这个问题上他比别人论述得更清楚、更系统、更全面。这对当时小说究竟姓"实"还是姓"虚"的含混状态，无疑做了进一步的澄清。

综上所论，通过"文""事"关系的梳理与阐释，我们可以看到金圣叹是从形式符号和主体的虚构性两个方面加以界定小说世界的特质。正所

---

① 金圣叹：《贯华堂第五才子书水浒传》（上），周锡山编校《金圣叹全集》，万卷出版公司2009年版，第7—8页。

② 同上书，第8页。

③ 同上书，第328页。

谓"千古妙文,不是当时实事"①。金圣叹评点《惊艳》一折中说:

> 今夫提笔所写者古人,而提笔写古人之人为谁乎?有应之者曰:我也。圣叹曰:然,我也。则吾欲问此提笔所写之古人,其人乃在十百千年之前,而今提笔写之之我,为信能知十百千年之前,真曾有其事乎,不乎?乃至真曾有其人乎,不乎?曰:不能知。不知,而今方且提笔曲曲写之,彼古人于冥冥之中,为将受之乎,不乎?曰:古人实未曾有其事也。乃至古亦实未曾有其人也。②

文学文本不是简单地对现实加以模仿,而是要对现实加以偏离,通过主体的虚构甚至幻想,从中发现某种结构性关系和形式组合,来编织一个自我丰足的封闭体系。苏珊·朗格说:"文学是一种灵活多变、具有可塑性的艺术。它从世界的各个角落,从生活的各个侧面获得其主题。它创造了环境,创造了事件、思想行为和人物。……它要求的是一个关于世界的幻象,一个可知觉感受的历史幻想。"③ 文学就是构造一种完全活生生、可感觉的生活幻象,并且使这种幻象获得一种具体而明晰的形式。金圣叹"因文生事"说的提出,标志着对小说世界的新认知。因此,文学世界是作家对现实世界的特殊表达,这个虚构的世界并不指称给定的事实,而是指称非给定的现实。它好像格式塔心理学的"底—图"关系那样,图像和背景发生了分离,也好像俄国形式主义"陌生化"那样,颠覆了人们对日常生活的习惯化、自动化,重新构造出对现实的新奇感受。正是从这个意义上说,韦勒克、沃伦特别强调:"艺术作品就被看成是一个为某种特殊审美目的服务的完整的符号体系或符号结构。"④ 金圣叹的"因文生事"既强调"文"的形式结构特征,又强调"文"的虚构世界,体现了对文学本体世界的独特认知,从而确证文学文本是一个自主的形式系统。

---

① 金圣叹:《贯华堂第六才子书西厢记》,周锡山编校《金圣叹全集》,万卷出版公司2009年版,第113页。
② 同上书,第49页。
③ [美]苏珊·朗格:《情感与形式》,滕守尧等译,中国社会科学出版社1986年版,第360页。
④ [美]韦勒克、沃伦:《文学理论》,刘象愚译,生活·读书·新知三联书店1984年版,第147页。

第二章

文 辞 论

　　一个真正的文学批评家，既要懂得文学是什么，又要懂得语言学是什么。二者的结合方能展现出文学艺术的独特魅力。罗曼·雅各布森说："对语言的诗歌功能充耳不闻的语言学家和对语言学毫无兴趣、对其方法一无所知的阅读者，均为不合格的诗歌批评者。"① 如果以此标准来衡量金圣叹的话，我们认为他是一个合格的文学批评家。他从事文学批评首先从语言学角度入手，去确定语言在文学创作和作品中所占的分量。金圣叹说："横、直、波、点、聚，谓之字，字相连，谓之句，句相杂，谓之章。"② 一部作品总是因字生句，积句成篇，积篇成章，是字词句的有机融合。这种有机融合的精严与否在很大程度上决定着作品能否流传。为此金圣叹强调："盖天下之书，诚欲藏之名山，传之后人，即无有不精严者。何谓之精严？字有字法，句有句法，章有章法，部有部法，是也。"③ 在金圣叹看来，文学作品是语言的统一体，语言构成了文学真正重要的东西。基于这样的想法，金圣叹在文学评点中对文辞特别重视，在辨析字法句法的基础上，对汉语言的审美功能做了进一步的开拓。

第一节　字法句法及其语言审美功能的寻绎

　　作为文学批评家，金圣叹对汉字的审美功能有着深刻的感悟和解

---

① ［俄］罗曼·雅各布森：《语言学与诗学》，转引自［美］罗伯特·休斯《文学结构主义》，刘豫译，生活·读书·新知三联书店1989年版，第34页。
② 金圣叹：《贯华堂第六才子书西厢记》，周锡山编校《金圣叹全集》，万卷出版公司2009年版，第15页。
③ 金圣叹：《贯华堂第五才子书水浒传》（上），周锡山编校《金圣叹全集》，万卷出版公司2009年版，第8页。

读。他以禅解易，以庄释儒，对《周易》有着浓厚的兴趣，撰写了《通宗易论》《语录纂》《随手通》等著作。在这些著作中，他对汉字的起源、汉字的造字方法原则有着独到的理解和生动的解说。其中对"元"字的解析颇具诗情画意。他认为"元"字上半字，不是一、二的"二"字，而是"双钩空处"，大致相当《老子》的"当其无，有车之用"，其间"黑然无形，萧然无事，失然无意，寂然无声"，代表一种"静"，"无敢借，无能转"。而"元"字下半字，"象形如口吐气也，谐声为原初之'原'，愚袁切也。故人或言元气，或言春气，或言气机，或言化机，皆下半字也。""元"下半字代表着"万物之母"，是一种"感而遂通"，是一种动。"元"字上半与下半的有机组合，形象化地展示了"元"之有意味的象征。"有'元'字，则不必更有'原'字也。何也？会意同作始也。然有'元'字又必有'原'字者，盖元为天地流行之所自来；而原者，穷泉之所出而至于岩下也。元者，无心顺形之始也；原者，有心逆寻之始也。"① 在金圣叹看来，"元"字作为一种具象符号，通过借象、拟象、组合、会意等方式，展示了符号结构与人的心灵之间的异形同构。特别是其上半字与下半字两个意象符号的叠加组合，使静态的形式具有了动态的张力，形成了一种内在的节奏感。通过意象并置来显示整体意念，这就为人的生命活动提供了一种创造的空间，造字者凭情遣字，用字者迁情入字。"元"字代表着一元之始，万物复苏之义。金圣叹通过对《周易》这种据字立论的阐发，深刻感悟到汉字所具有的审美力度，从而使他进一步在文学评点中自觉不自觉地对汉语言的字法、句法有所偏爱。金圣叹强调创作"所争只在一字半字之间"，并寄言"普天下同学锦绣才子，切须学如此人，此方是大丈夫"②。

一 字法的内涵及其审美价值

就字法而言，主要指词语运用方面的技巧和规律。他所提到的字法大

---

① 金圣叹：《小题才子书》，周锡山编校《金圣叹全集》，万卷出版公司2009年版，第272页。

② 金圣叹：《贯华堂第六才子书西厢记》，周锡山编校《金圣叹全集》，万卷出版公司2009年版，第268页。

致有"叠字法""实字法""虚字法""句字对"①"添字法""减字法"②等。金圣叹特别重视练字，力主"用字精妙"③，要有"一字一珠"之感④。他说："唐律诗未易看也。有诗八七五十六字，字字皆有原故，如龙鳞遍身，鳞鳞出雨。有诗八七五十六字，只得一字二字是其原故，如龙鳞爪万变，却只为一珠。"⑤ 字作为文学作品的基本媒介，寄予着作者丰富的思想与情感，字字相连而无一字虚设。在小说评点中，金圣叹同样也重视"字法"，进一步探索小说语言运用的方法、技巧和规律。他特别重视词语锤炼，强调一字之用的微妙差别。《水浒传》第一回史文龙大闹史家村，施耐庵写道："史进轻舒猿臂，款扭狼腰，只一挟，把陈达轻轻摘离了嵌花鞍，款款揪住了线搭膊，只一丢，丢落地。"金圣叹在每一句下面都夹批"字法"⑥二字，旨在提醒此处用字之妙，说明两人交战，史进何等轻盈优美，干净利落。又如潘金莲初见武松时，开口闭口不忘添加"叔叔"二字，如"叔叔万福""叔叔来这里几日了""叔叔青春多少""若得叔叔这般雄壮，谁敢道个不字"等，一路尊称不已。然而直到某一日潘金莲招待武松，饮酒之中，几番撩拨，递上大半盏酒给武松，忽然说道："你若有心，吃我这半盏儿残酒。"在此金圣叹批道："已上凡叫过三十九个'叔叔'，至此忽然还作一'你'字，妙心妙笔。"⑦ 此一"你"字便活化淫妇由假正经到失态的微妙心理变化。《水浒传》第二回写道："鲁达听得，跳起身来，拿着那两包臊子在手里，睁眼看着郑屠说道'洒家特地要消遣你！'把两包臊子劈面打将去，却似下了一阵的'肉雨'。"

---

① 金圣叹评张谔《延平门高斋亭子应岐王教》"花源药屿凤城西，翠幕纱窗莺乱啼。昨夜葡萄初上架，今朝杨柳半垂堤"诗云："花源药屿，即高斋亭子。翠幕纱窗，则高斋亭子中间最深曲处也。其对法，花源与药屿对，翠幕与纱窗对，谓之当句字对。"见金圣叹《贯华堂选批唐才子诗》，周锡山编校《金圣叹全集》，万卷出版公司2009年版，第128页。

② 金圣叹：《天下才子必读书》，周锡山编校《金圣叹全集》，万卷出版公司2009年版，第107页。

③ 金圣叹：《贯华堂选批唐才子诗》，周锡山编校《金圣叹全集》，万卷出版公司2009年版，第112页。

④ 同上书，第190页。

⑤ 同上书，第64页。

⑥ 金圣叹：《贯华堂第五才子书水浒传》（上），周锡山编校《金圣叹全集》，万卷出版公司2009年版，第47页。

⑦ 同上书，第342页。

金圣叹夹批道："'肉雨'二字，千古奇文。"①《水浒传》第十九回写道："黄安把船尽力摇过芦苇岸边，却被两边小港里钻出四五十只小船来，船上弩箭如雨点射将来。黄安就箭林里夺路时，只剩得三四只小船了。"于此金圣叹批道："字法之奇者，如'肉雨'、'箭林'、'血粥'等，皆可入谐史。"②"肉雨""箭林"二词，形象生动，新奇别致，借此来形容打之猛、箭之多，极富想象力。在金圣叹看来，成功地运用文字，可以收到事半功倍的效果。相反，拙劣地运用文字，则事倍功半。《水浒传》第六十四回写张顺要杀妓女李巧奴，夜晚"张顺悄悄开了房门，趓到厨下，见一把厨刀油晃晃放在灶上"。至此金圣叹批道："'油晃晃'只三字，便活写出娼妓人家厨下。俗本误作'明晃晃'，便少缺多少色泽，且与下文口卷不合也。"③娼妓人家，宴饮不断，菜刀自然油晃晃，而非明晃晃。金圣叹认为词语的锤炼还应与题旨情境达到同构，否则一字之差，效果迥异。因此，金圣叹在文学评点中，非常注意个别文字的使用，常常注意其微妙的变化。他讲究字妙、字奇、字佳，并循此津梁，由浅入深，探其堂奥。

第一，叠字法。叠字法是指在创作诗歌或楹联时，将两个相同的字或词组成的词句运用于联语创作的方法。叠字的运用往往能使音律和谐，对称工整，语义丰富，便于表情达意，具有很强的语言艺术魅力。评苏颋《奉和春日幸望春宫》"东望望春春可怜，更逢晴日柳含烟。宫中下见南山尽，城上平临北斗悬"诗说："七字中，凡下二'望'字，二'春'字。此比沈龙池，却是又一样叠字法，想来唐人每欲以此为能也。"④作者巧妙运用皇帝行宫"望春宫"之名，望望、春春，不连而叠，既能音节响亮，又能语义双关。"东望望春"，既是说向东望望春宫，又是向东眺，望见绵绵春色，一词兼语，别有所指。下联"更逢晴日柳含烟"紧接上句，写天气晴空万里，春色含情，春色可爱，适合春游，正合圣意。

---

① 金圣叹：《贯华堂第五才子书水浒传》（上），周锡山编校《金圣叹全集》，万卷出版公司2009年版，第63页。
② 同上书，第285页。
③ 金圣叹：《贯华堂第五才子书水浒传》（下），周锡山编校《金圣叹全集》，万卷出版公司2009年版，第918页。
④ 金圣叹：《贯华堂选批唐才子诗》，周锡山编校《金圣叹全集》，万卷出版公司2009年版，第122页。

一"晴"字，既指天气晴朗，又指含情脉脉，耐人寻味。这种叠字的运用也是唐人的惯用手法，不过也是各有千秋，各呈其妙。评沈佺期《龙池》："龙池跃龙龙已飞，龙德先天天不违。池开天汉分黄道，龙向天门入紫微"诗云："看他一解四句中，凡下五'龙'字，奇绝矣；分外又下四'天'字，岂不更奇绝耶！后来只说李白《凤凰台》，乃出崔颢《黄鹤楼》，我乌知《黄鹤楼》之不先出此耶？细玩其落笔，先写'龙池'二字，三四承之，便写一句池，一句龙，已是出色精严矣。乃因一二详写玄宗起兵定难，入缵大统，前是跃龙，后是飞龙。跃龙是'先天'，飞龙走'天不违'。龙外又连用二'天'字者，于是索性亦于三四中亦再加'天汉'、'天门'二'天'字，以多添气色。如此纵横跳跃，彼《凤凰台》不足道，我正恐《黄鹤楼》，殊未抵其一半气力也！"① 前四句中凡下五"龙"字，四"天"字，二"池"字，可谓极尽叠字之能事，字多叠而毫无累赘之感，读来玲珑圆润，清新自然。通过此手法，向帝王朝圣和歌功颂德，显示出帝王的蓬勃气象。金圣叹进一步认为李白《凤凰台》和崔颢《黄鹤楼》的叠字方法实出于沈佺期《龙池》的架构方法，并且李白和崔颢之作远逊于沈氏气力，可谓别具慧眼。

第二，实字法。金圣叹非常重视实字法，在文学评点中特别强调名词、动词、形容词、数词等实字的审美功能与价值。金圣叹对唐七律的起承转合关系以及难易程度做出了自己的判断。一般而言，唐人和明清诗人认为七律八句中三四五六句最难，但金圣叹却认为一二句颇为关键，所谓"一二定全诗皆定，岂直三四定而已哉。"② 对五六句的"转"也强调气顺而有力，犹如"象王回身"③。正在这种"起承转合"关系中，金圣叹分析和发掘出"实字"的审美意义。如崔颢有《行经华阴》诗云："岧峣太华俯咸京，天外三峰削不成。武帝祠前云欲散，仙人掌上雨初晴。河山北枕秦关险，驿树西连汉畤平。借问路旁名利客，无如此处学长生。"对此金圣叹评点说：

写"岧峣太华"，看他忽横如杠大笔，架出"俯咸京"之三字。

---

① 金圣叹：《贯华堂选批唐才子诗》，周锡山编校《金圣叹全集》，万卷出版公司2009年版，第109页。
② 同上书，第62页。
③ 同上书，第251页。

"咸京"者，即下解路旁千千万万名利之客，所谓钻头不入，拔足不出，半生奔波，一世沉没之处。其处本不易俯，而今判之曰"俯"，则其为太华之岧峣，也略可得而仿佛也。"天外三峰"句，正画"俯"字也。言三峰到天，天已被到，而峰犹不极，故曰"天外"。"削不成"之为言，此非人工所及。盖欲言其削成，则必何等大人，手持何器，身历何处，而后乃今始当措手。此三字与上"俯咸京"三字，皆是先生脱尽金粉章句，别舒元化手眼，真为盖代大文，绝非经生恒睹也。至于三四，只是承上三峰，自言是日正值云散而晴，故得了了见之。如此三四一联，乃只为了了得见三峰之故。唐人何有中四句诗哉。

此五六连笔，真如象工转身，威德殊好。盖欲切诫路旁之不须复至咸京，而因指点太华之北枕西连，则有秦关汉畤。当时两朝何等富贵，而今眼见尽归乌有，则故不如天外三峰之永永常存也。如此五六一联，又只为指点路旁之故。唐人律体，真是大开大阖。①

此诗描写崔颢途经华阴时所见华山三峰雄奇险峻、壮美瑰丽的景色，抒发了诗人对奔走名利者的不耻以及对学道求仙的向往之情。金圣叹认为一二句写远景，"忽横如杠大笔"，起句不凡，抓住"俯咸京""天外三峰""削不成"等实字，以华山之高峻和三峰之飘逸，暗含神工胜于人力，出世高于追名逐利之意；三四句只是承接二句，写晴雨时的景色，烘托而已；五六句思接千载，浮想联翩，即景生感，秦关汉畤何等辉煌，富贵繁华何等得意，而今化为乌有，"故不如天外三峰之永永常存也"，此句隐含倦于风尘退隐山林之意，因此"转"犹如"象王转身"。七八句绾合前文，导出"何如学长生"的诗旨。争名夺利不如隐居山林，求仙学道，以寻求长生不老。关于"转"的运用，金圣叹通过对大量唐律诗的总结，认为唐律的五六句多用"秋""晚"二实字。金圣叹说："唐人律诗，三四承上一二，固各写题所应写也，至五六始多感也矣。感者必言'秋'，必言'晚'。""唐律诗三四五六，多用'秋'字'晚'字者，若在五六，则是转调高唱，以生七八之感也，其在三四，只是平写现景，以

---

① 金圣叹：《贯华堂选批唐才子诗》，周锡山编校《金圣叹全集》，万卷出版公司 2009 年版，第 154—155 页。

证一二之事也。虽同只得二字，而句体乃极不同。不信，但试取三四之用'秋'、'晚'字者，强欲与之结之，看可下得结语否。"① 所谓"深秋帘幕千家雨，落日楼台一笛风""高树有风闻夜磬，远山无月见秋灯""雨余古井生秋草，叶尽疏林见夕阳"，等等。在金圣叹看来，唐诗"秋""晚"不但具有悲凉的实在意义，而且在转调高唱方面，具有关键作用。正如元杨载《诗法家数·律诗要法》所言："两联最忌同律，颈联转意要变化，须多下实字。字实则自然响亮而句法健。"

第三，虚字法。字法问题始终是金圣叹所关注的一个重要方面，始终显现着对"字法"穿透力的认知。其中最使金圣叹感兴趣的莫过于对"虚字"的运用和评价。在散文中，他特别提到"矣""遂""也""而""亦""耶""乎"等字法。评汉文帝《赐尉佗书》说："文字只要从一片心地流出，便正看，侧看，横看，竖看，具有种种无数美妙。任凭后来何等才人。含毫沈思，直是临模一笔不得也。通篇家人父子语，只临了'王亦受之，毋为寇患矣'，一'亦'字，一'矣'字，是稍露皇帝风力。"② 评《蓝尹亹告子西修德》："叹是何等沉忧。看他只用二'矣'字解之，曰'无患吴矣'，曰'吴将毙矣'。此是用'矣'字法也。选此文，只为此二'矣'字写得入神。""此'矣'字，与前'无患吴矣''矣'字，是一口气语，写出不必为意，一片飘然逸态。"③ 楚国子西临朝哀叹，深感吴国阖闾强大，其子夫差有过之无不及，两人都打败了自己的军队，表达了他对国家安危的深忧。但蓝尹亹说阖闾时代节俭爱民，夫差却奢侈虐民，吴国已经不能击败楚国。不必担心，贵在修德。如果楚国能修德，吴国必败。两个"矣"，表现出不必哀叹深忧的飘然逸态。在诗歌评点中，金圣叹也常常提到虚字运用的精彩之处，如"从来""岂是""犹""方""已""亦""自""岂"等字法。如韦应物《宴李录事》诗云："与君十五侍皇闱，晓拂炉香上赤墀。花开汉苑经过处，雪下骊山沐浴时。近臣零落今犹在，仙驾飘飘不可期。此日相逢思旧日，一杯方喜已成悲。"金圣叹后解说："'方喜已悲'，'方'、'已'字妙。言宴李诚喜，

---

① 金圣叹：《贯华堂选批唐才子诗》，周锡山编校《金圣叹全集》，万卷出版公司2009年版，第74—75页。
② 金圣叹：《天下才子必读书》，周锡山编校《金圣叹全集》，万卷出版公司2009年版，第417页。
③ 同上书，第80页。

而思旧实悲,此喜固不能敌此悲矣。"① "方"字代表刚刚开始,"已"字代表一种完成。二字的运用使喜与悲之间有了变化的过程,形成了一种张力,反映出零落之人相见时悲喜交加的复杂心情。在金圣叹看来,虚字虽然没有实际的词汇意义,但却承担着表情达意的语言功能。

所谓"虚字"是与"实字"相对而言的一类词。对此古人一般有两种看法:一种是将我们今天所说的名词、动词、形容词、数词等看作实字,而将今天我们所说的连词、语气词等看作虚字;一种是只将名词看作实字,其余全视为虚字,如《马氏文通》。②但此处我们取第一种看法。除去名词、动词、形容词、数词之外,本身并不具有独立意义而必须附带其他词才有意义的词,都可称之为虚字。在对其运用上,中国古代评论者大致有三种态度:一种是肯定实字,否定虚字,如黄庭坚说:"诗句中无虚字方雅健"③;一种是肯定虚字,否定实字,如楼昉《崇古文诀》卷一评李斯《上秦始皇逐客书》:"中间两三节一反一复,一起一伏,略加转换数个字而精神欲出,意思欲明,无限曲折变态,谁谓文章之妙不在虚字助词乎";一种是对实字虚字皆有肯定,如南宋罗大经《鹤林玉露》甲编卷六"诗用字"说:"作诗要健字撑拄,要活字斡旋。"对金圣叹来说,他并不否认"实字"的价值,但他更倾向于对"虚字"的偏爱。

金圣叹对"虚字"的重视,没有过多的理论性总结,他重在用,而且是活用。更重要的是他已认识到"虚字"虽意义缥缈空茫,但恰当运用仍可以从中见出运势之美,从而达到"虚能为实"的理想境界。金圣叹说:"一诗也,有人读之而喜,有人读之而悲者,则一诗通身写喜,而其中间乃于不意之处,却悄然安得一字。又安得者是一虚字,而一时粗人读之,以不觉故,于是遂喜,细人读之,则恰恰注眼射见此字,因而遂更悲也。"④首先,虚字妙在有力。虚字的运用,常常遭到讥议。许多文论家认为,虚字在句子中的掺入,导致语句的弱化,意义的虚渺。但事实并非如此。正如明代费经虞《雅伦》所言:"用虚字要沉实不浮"。如果我

---

① 金圣叹:《贯华堂选批唐才子诗》,周锡山编校《金圣叹全集》,万卷出版公司 2009 年版,第 207 页。
② 参见向熹主编:《古汉语知识辞典》,四川人民出版社 1988 年版,第 63 页。
③ 《苕溪渔隐丛话》前集卷五十引《诗眼》,清乾隆杨佑启耘经楼依宋重刊本。
④ 金圣叹:《贯华堂选批唐才子诗》,周锡山编校《金圣叹全集》,万卷出版公司 2009 年版,第 64 页。

们结合金圣叹的评点,可以看到虚字并不虚,而带有着实的味道。例如《孟子四章》第一章:"孟子见梁王。王曰:'叟!不远千里而来,亦将有以利吾国乎?'孟子对曰:'何必曰利?亦有仁义而已矣'。"对此金圣叹批道:

> 看梁王口中有一个"亦"字,孟子口中连忙也下一个"亦"字,真是眼明手疾。盖梁王"利吾国"三字,全是连日耳中,无数游谈人说得火热语。今日忽地多承这叟下顾,少不得也是这副说话,故不知不觉,口里便溜出这一字来。孟子闻之,却是吃惊:奈何把我放到这一队里去!我得得千里远来,若认我如此,我又那好说话?遂急忙于仁义字上也下他一个"亦"字。只此一个字,早把自己,直接在尧、舜、禹、汤、文、武、周公、孔子之后也。看他耳朵里,箭锋直射进去,舌尖上,箭锋直射出来,是何等精灵,何等气魄!后来经生,只解于"利"字、"仁义"字,赤颈力争,却全不觑见此二个字。梁王口中一个"亦"字,便把孟子看得等闲;孟子口中一个"亦"字,便把自己抬得郑重。梁王"亦"字,便谓孟子胸中抱负,立谈可了;孟子"亦"字,便见自己一生所学,迂迟难尽。只这两个"亦"字,锋针不对,便已透露王道不行,发愤著书消息。①

在这里金圣叹一反经生只见实字不见虚字的做法,因为他们只看到了文字的主旨内容,而没有瞥见虚字所应具有的审美形式内涵。两个"亦"字虽为同一个字,但对于不同的人物来说,又各怀枢机。前一个"亦"字,表明梁王所谓的"仁义"对于"利国",不过了了,没有什么可谈之处;后一个"亦"字,表明孟子的"仁义"是自己一生所重,可以富国强民。两两对比中显示出孟子满腹王道、难行天下的个中消息。所以,"亦"字就作为虚字的表面来看,似乎显得薄弱,但就所表现的意蕴来看,又颇为劲健。正所谓"一字之复,功莫大焉"。杜甫有《孤雁》诗曰:"孤雁不饮啄,飞鸣声念群。谁怜一片影,相失万重云。望尽似犹见,哀多如更闻。野鸦无意绪,鸣噪自纷纷。"金圣叹对后半首评云:

---

① 金圣叹:《天下才子必读书》,周锡山编校《金圣叹全集》,万卷出版公司2009年版,第468页。

"孤雁已去，犹云似见如闻；野鸦当面，却如满眼钉刺：后半首之妙如此。野鸦可恨，不在'纷纷'，正在'自'字，看它目中全无孤雁。"①安史之乱，杜甫流落他乡，亲朋离散天各一方。自己无时不思念亲人团圆共享天伦，又无时不盼望与朋友重逢共叙友情。该诗正是托意于孤雁，以寄无限之情思。首联写失群孤雁不饮不啄，飞鸣不止，寓兄弟朋友分离之痛苦。颔联写孤雁孤到极处。颈联写孤雁思念同伴之哀情。尾联以野鸭无聊的鸣噪为反衬，映射当时的处境，表现出作者对世俗小人的厌恶。但金圣叹认为此诗的妙处不在于实字，而在于"自"这个虚字。表明野鸭不但鸣噪纷纷，喊喊喳喳，而且还目中无人，缺乏任何同情感，显得极为自私。一个"自"字，从反面体现了作者对它们厌恶至极。因此虚字可以运虚为实，在适当的情况下显示它的力度美和强健美。正如清代诗论家管世铭在《读雪山房唐诗序例》中评价杜诗所云："转从虚字出力。"② 其次，虚字妙在有韵。这里所谓的"韵"就是虚字所体现出来的缓急高低、抑扬顿挫和节奏韵律。从虚字的形成来看，汉语一部分的虚字是与语气的自然呼吸有直接关系。其中许多就是由发声词、收声词和语间助词转化而来。明代唐顺之《董中锋侍郎文集序》讲得好：

> 喉中以转气，管中以转声。气有湮而复畅，声有歇而复宣。阖之以助开，尾之以引首，此皆发于天机之自然，而凡为乐者，莫不能然也。最善为乐者，则不然。其妙常在于喉管之交，而其用常潜于声气之表。气转于气之未湮，是以湮畅百变，而常若一气；声转于声之未歇，是以歇宣万殊，而常若一声。使喉管声气，融而为一，而莫可以窥，盖其机微矣。然而其声与气之必所转，而所谓开阖首尾之节，凡为乐莫不皆然者，则不容异也。使不转气与声，则何以为乐？使其转气与声，而可以窥也，则乐何以为神？有贱工者，见夫善为乐者之若无所转，而以为果无所转也，于是直其气与声而出之，戛戛然一往而不复，是击腐木湿鼓之音也。③

---

① 金圣叹：《唱经堂第四才子书杜诗解》，周锡山编校《金圣叹全集》，万卷出版公司2009年版，第148页。
② 郭绍虞主编：《清诗话续编》，上海古籍出版社1983年版，第1551页。
③ 唐顺之：《董中锋侍郎文集序》，转引自郭绍虞《中国文学批评史》下，百花文艺出版社1999年版，第208页。

唐顺之以乐为喻说明了汉语语气的重要性。所谓畅或宣，是用语气词之时，所谓湮或歇，是不用语气词之时。这正是汉语言所独有的特征。正如清代袁仁林《虚字说》所云："凡书文发语、语助等字，皆属口吻。口吻者，神情生气也。当其言事言理，事理实处，自由本字写之；其随本字而运以长短、疾徐、死活、轻重之声，此无以实字见也，则有虚字托之，而其声如闻，其意自见。如虚字者，所以传其声，声传而情见焉。"[1] 所以我们对文章和语句气韵的把握和触摸，必须通过对虚字的感同身受，才能加以实现。金圣叹在文学评点中已注意到这些虚字在提高文章表达效果方面的作用。他认为"虚字"的妙用可以有一种"押句""押脚"的价值。评贾谊《治安策》："天下殽乱，高皇帝与诸公并起，非有仄室之势，以豫席之也。一'也'押句。诸公幸者，乃为中涓，其次厪得舍人，材之不逮至远也。二'也'押句。高皇帝以明圣威武，即天子位，割膏腴之地，以王诸公，多者百余城，少者乃三四十县，德至渥也。三'也'押句。"[2] 评《战国策·惠公说文王驰葬期》说："此篇写事最详悉，最密致，最委婉顿折，不必更论。至于读之，觉其娉婷婀娜，另饶别样意态者，则以多用'矣'、'也'字押脚也。"[3] 所谓"押句""押脚"就是把表达语气的虚字放在句子末尾，以展示句子行气运势的功能。贾谊《治安策》一文把三个"也"并置，整个句子形成了一种排荡之势，可谓如海似潮。《战国策·惠公说文王驰葬期》一文把"矣""也"放在句末，并在全文中加以兼用，便形成一种委婉曲折、起伏有致的荡漾之势。因此虚字在斡旋句子转折和承接句子环节时可具有点清眉目的作用。葛兆光说："靠着虚字的产生，语言才能清晰而且传神，有了虚字的插入，诗歌就能传递细微的感受，凭着虚字的铺垫，句子才能流动和舒缓，虚字在诗歌里的意义是，一能把感受讲得很清楚，二能使意思有曲折，三能使诗歌节奏有变化。"[4] 复次，虚字妙于有味。味对作品而言就是韵外之致、象外之象、味外之旨；对读者而言就是品尝不已，回味无穷。来鹏《鄂渚除夜抒怀》诗云："鹦鹉洲边夜泊船，昏灯愁客对凄然。难归故国干戈

---

[1] 袁仁林：《虚字说》，中华书局1989年版，第128页。
[2] 金圣叹：《天下才子必读书》，周锡山编校《金圣叹全集》，万卷出版公司2009年版，第153页。
[3] 同上书，第110页。
[4] 葛兆光：《汉字的魔方》，辽宁教育出版社1999年版，第164页。

后，欲告何人雨雪天。箸拨冷灰书闷字，手摊寒席去孤眠。今年又是无成事，明日春风更一年。"除夕之夜，昏灯独客，好不凄然；拨灰书闷，摊席难眠，多么苦闷。雨雪无告，只好自抒：年复一年，清苦依然。待到明年又怎样呢？所以金圣叹说："七八，今年无成，妙在'又是'字；明日春风，妙在'更'字。'又'字知其前已不止今年，'更'字知其后亦未必明年也。"① "又""更"字，隐含着值得反复回味的东西，它可让你测之无穷，究之益深。在金圣叹看来，虚字并非一无所有，而是曲径通幽，引人入胜。最后，"实字"能够转实为虚，具有"虚字"的功能。杜甫《漫兴九首》其中有四句诗："肠断春江欲尽头，杖篱徐步立芳洲。癫狂柳絮随风舞，轻薄桃花逐水流。"金圣叹分解说："此言春竟去矣，诚乃流光疾甚也。妙于不说春欲尽，却说江欲尽。实字只作虚用，从来少此妙笔。'徐步立芳洲'，意欲留春，少作盘桓，乃前日不欲其来则偏要来，且偏莺花纷纷齐来，今日不欲其去则偏要去，且偏桃柳纷纷尽去，可厌也，可恨也！看此一首，便是第一首之后半。《庄子·达生篇》云：'生之来不可却，其去不能止，悲夫！'正暗用此意，作二诗耳。"② 杜甫五律《龙门》诗云："龙门横野断，驿树出城来。气色皇居近，金银佛寺开。往来时屡改，川陆日悠哉。相阅征途上，生涯尽几回。"金圣叹前解说道："三四十字，说尽上京人。生小野里，骤尔观光上国，惊心骇嘱，神明都丧，实有此景。'气色''金银'作虚字用，非写皇居佛寺壮丽，正写行人目光眩惑。谚云'一日卜杭州，三年说不了'，为此十字也。"③ 金圣叹认为不能处处用实字，因为实字意义实在，所以实字过多，往往导致诗歌的质实板重。因此实字运用的理想境界是实字反虚。只有如此，诗歌才能空灵多致，摇曳生姿。正如明代费经虞《雅伦》卷二十二所言："用实字要转移流动。"在金圣叹看来，实的东西可以转化为虚的东西，这便是实字用法的最高境界。

在金圣叹看来，每一个字在整个诗篇中都承担着自己应有的审美功能和价值。他说："七言律诗八七五十六个字，便是五十六座星辰。一座一

---

① 金圣叹：《贯华堂选批唐才子诗》，周锡山编校《金圣叹全集》，万卷出版公司2009年版，第388页。

② 金圣叹：《唱经堂第四才子书杜诗解》，周锡山编校《金圣叹全集》，万卷出版公司2009年版，第101页。

③ 同上书，第57页。

座，皆有自家职掌，一座一座又有大家联络。岂可于其中间，忽然孛一妖星，非但无所职掌，乃至无其着落。"① 由于文学语言既不同于科学文本的语言，也不同于日常生活对话式的语言，所以它往往带有某种程度上的偏离性、含混性。为此，要善于从平常的用语中发现它的奇特性。金圣叹说："律诗一起、一承、一转、一合，只是四句，每句只用七字，视之甚似平平无异，然其中间则有崎岖曲折，苦辣酸甜，其难万状，盖曾不听人提笔濡墨伸腕便书者也。"② 对于解读而言，金圣叹要求读者能注意到文学文本在用词方面的美学规律和技巧。金圣叹对许浑的《登故洛阳城》有二解：

"禾黍离离半野蒿，昔人城此岂知劳。水声东去市朝变，山势北来宫殿高。"前解：若云"昔人城此岂知今日"，其辞便大径露。今只云"岂知劳"，彼惟不知今日，故不自以为劳也，便得无数含咀不尽：哭昔人亦有，笑昔人亦有，吊昔人亦有，戒后人亦有。三四便承"城此""此"字。水声山势，是登者瞪目所睹，市朝宫殿，是登者冥心所会。虚实离即之外，真是绝世妙文。

"鸦噪暮云归古堞，雁迷寒雨下空壕。可怜缑岭登仙子，独自吹笙醉碧桃。"后解：上"市朝""宫殿"，俱从故城周遭虚写。此"古堞""空壕"方写故城也。"鸦噪""雁迷"妙，将谓写满眼纷纷，却正写空无一人。七"可怜"字，满怀欲说仍住，却反接一缑岭仙人，曰"独自吹笙"。绝世妙文，岂余子所得临摹乎？"③

金圣叹从字句细处入手，前解重解"岂知劳"，语意含蓄朦胧，值得玩味。三四句一动一静，写出了历史沧桑的变迁及其思考。后解从"鸦噪""雁迷"入手，见出冷清凄凉的沉重感。正当作者心情悲凉之时，"可怜"二字，引出一个"独自吹笙"、自由自在、不知人世苦乐盛衰的天上仙子。该诗就是在这种动静结合、虚实相生中生创出美的意蕴。

---

① 金圣叹：《贯华堂选批唐才子诗》，周锡山编校《金圣叹全集》，万卷出版公司 2009 年版，第 64 页。
② 同上书，第 63 页。
③ 同上书，第 342—343 页。

二　句法的内涵及其审美价值

金圣叹非常注重句子的结构方法或组织方法。他所言的句法既涉及句子的组合模式，又涉及对句子结构进行创造时的具体方法和技巧。在诗歌评点中，金圣叹倡言："凡读诗，且须辨其句法。"①明确提出"细玩句法"②。主要涉及倒装、对仗、抑扬、映带、跳脱、倒转、衬句、双关等句法。金圣叹认为诗歌之所以写得笔势矫悍，神力无量，关键在于众多句法的灵活运用。王建《早春午门西望》云："百官朝下午门西，尘起春风满御堤。黄帕盖鞍呈过马，红罗缠项斗回鸡。馆松枝重墙头出，渠柳条长水面齐。惟有教坊南草色，古城阴处冷凄凄。"金圣叹赞扬"尘起春风满御堤"为"句法最好"，然而令人遗憾的是"向来只误读作'风起尘香满御堤'耳！"③金圣叹认为百官退朝，人多马扬，故用"尘起"。而"春风"喻之为光辉。"尘起春风"既贴切又夸张，展现出百官留恋行乐场面的深层心理。金圣叹还认为三四句也非常妙，不写百官之人，反而写鸡写马。如此的类比烘托，反映出鸡马尚有得时之日而人反却失时的意蕴。**如倒装**，他称赞杜甫的诗句"听猿实下三声泪"为"句法倒装"，称"织女机丝虚夜月，石鲸鳞甲动秋风"两句"一样奇妙"④，称"红豆啄余鹦鹉粒，碧梧栖老凤凰枝"为"句法奇甚"⑤。**如抑扬**，评杜甫《更题》"只应踏初雪，骑马发荆州。直怕巫山雨，真伤白帝秋"云："踏雪犹肯，岂怕遭雨？盖暗指杨氏之祸，几及乘舆，创甚痛深，觉至今犹心动也。有'巫山雨'，所以有'白帝秋'；至伤'白帝秋'，而后怕'巫山雨'，晚矣。二句抑扬入妙。"⑥**如映带**，杜甫《三绝句》其中第三首云："殿前兵马虽骁雄，纵暴略于羌浑同。闻到杀人汉水上，妇女多在官军中。"金

---

① 金圣叹：《贯华堂选批唐才子诗》，周锡山编校《金圣叹全集》，万卷出版公司2009年版，第382页。
② 金圣叹：《唱经堂第四才子书杜诗解》，周锡山编校《金圣叹全集》，万卷出版公司2009年版，第127页。
③ 金圣叹：《贯华堂选批唐才子诗》，周锡山编校《金圣叹全集》，万卷出版公司2009年版，第233页。
④ 金圣叹：《唱经堂第四才子书杜诗解》，周锡山编校《金圣叹全集》，万卷出版公司2009年版，第151页。
⑤ 同上书，第159页。
⑥ 同上书，第184页。

圣叹认为劈头提出"殿前兵马"四字，直截了当，不再避讳汉唐部队和突厥少数民族部队一样都是暴虐强盗的事实。"虽""略"二字虽对汉唐军队有点曲折回护之意，但毕竟忍不住矣。下二句，便直用第一绝中的第四句"杀人更肯留妻子"，破作两句，合二分之。这并非是一种重复，而是前后交互映带之句法。**如跳脱**，杜甫《晓发公安数月憩息此县》前四句："北城击柝复欲罢，东方明星亦不迟。邻鸡野哭如昨日，物色生态能几时？"金圣叹引用他的朋友王道树的话说："'北城'句还在床上；'东方'句，直出门前矣。二句之跳脱如此。"①在散文小说评点中金圣叹同样强调句法的分析，如"长短句"②"补注法"③"层叠法"④"句法倒转"⑤，等等。但在文学评点中，金圣叹最感兴趣的还是"不完全句法"和"无字句法"。

第一，不完全句法。不完全句法就是当别人的一句话未有说完之时，便插入了他人的话语，从而使一句话搁在两边，自行中断。这种方法也称"夹叙法"。金圣叹在评点《左传·齐桓下拜》中说："……曰：'天子有事于文、武，使孔赐伯舅胙……'本与下'以伯舅耋老'句连文，只因

---

① 金圣叹：《唱经堂第四才子书杜诗解》，周锡山编校《金圣叹全集》，万卷出版公司2009年版，第192页。

② 《左传·子产坏晋馆垣》："士文伯让之，曰：'敝邑以政刑之不修，寇盗充斥'，'寇盗充斥'，为客设馆垣之故也；'政刑不修'，又寇盗充斥故也。长句法，累累而详如此。"《郑伯克段于鄢》："公曰：'制，岩邑也，虢叔死焉，他邑唯命。'一路写庄公，俱是含毒声。其辞音节甚短。……公曰：'不义不昵，厚，（句。）将崩。'含毒如此，人自不觉。庄公语，段段音节甚短。"见金圣叹《天下才子必读书》，周锡山编校《金圣叹全集》，万卷出版公司2009年版，第48、17页。

③ 金圣叹评点《左传·宫之奇谏假道》曰："'且虞能亲于桓、庄乎？其爱之也'，句法妙，谓之补注法。若顺笔写之，则将云：'且晋爱虞，能过于桓、庄乎？'"见金圣叹《天下才子必读书》，周锡山编校《金圣叹全集》，万卷出版公司2009年版，第22页。

④ 金圣叹评《左传·巫臣忧宫城》曰："只是一意，层叠说出四句，一句紧一句，写尽机警人目动股栗，而彼笨伯方惛然不知。"见金圣叹《天下才子必读书》，周锡山编校《金圣叹全集》，万卷出版公司2009年版，第39页。

⑤ 金本第二回、第六回、第十四回均提到"句法倒转"。如第六回："见一条大汉……口里自言自语说道：'不遇识者，屈沉了我这口宝刀。'林冲也不理会，只顾和智深说着话走。那汉又跟在背后道：'好口宝刀，可惜不遇识者！'林冲只顾和智深走着，说得入港。"金圣叹评之为"句法倒转"，见金圣叹《贯华堂第五才子书水浒传》（上），周锡山编校《金圣叹全集》，万卷出版公司2009年版，第63、119、205页。

齐侯下拜，遂隔断，此古人夹叙法也。"① 在《水浒传》中，为了要表现人物说话时的情态，为了要使一件事叙述得生动传神，常常使用不完全的句子。金圣叹在《水浒传》第五回总评中已做了说明："此回突然撰出不完全句法，乃从古未有之奇事。如智深跟丘小乙进去，和尚吃了一惊，急道：'师兄请坐，听小僧说。'此是一句也。却因智深睁着眼，在一边夹道：'你说！你说！'于是遂将'听小僧'三字隔在上文，'说'字隔在下文，一也。智深再回香积厨来，见几个老和尚，'正在那里'怎么，此是一句也，却因智深来得声势，于是遂于'正在那里'四字下，忽然收住，二也；林子中史进听得声音，要问姓甚名谁，此是一句也，却因智深斗到性发，不睬其问，于是'姓甚'已问，'名谁'未说，三也。凡三句不完，却又是三样文情，而总之只为描写智深性急，此虽史迁，未有此妙矣。"② 这种"不完全句法"突破日常语句的模式，以一种陌生化的手段，表现了鲁智深的性急神态以及对方的恐惧心理。同时，它也是一种形式美。"不完全句法"使两种不同的声音加以重叠交织，给读者带来了听觉上的"复调"之美，从而增强了作为时间艺术的小说叙事的空间感。更奇怪的是，金圣叹把字当成句来读，这也是"不完全句法"的一种奇特表现。《水浒传》第四十四回当潘巧云和裴如海调情弄性时，被石秀发现。石秀"便揭起布帘，撞将出来。那贼秃连忙放茶，便道：'大郎请坐。'这淫妇便插口道：'这个叔叔，便是拙夫新认义的兄弟。'那贼秃虚心冷气，连忙道：'大郎贵乡何处，高姓大名？'石秀道：'我么？姓石，名秀，金陵人氏。'"金圣叹在"石""秀""氏"下，都注上一个"句"字，并且在这十个字下，又批道："十个字作四句，咄咄骇人。"在这里，字成了句的省略或者字要做句读。通过对其中语气的仔细揣摩，我们可以感受到石秀咄咄逼人、盛气凌人的"拼命三郎"之形象，瞬间能够跃然纸上。

第二，无字句法。无字句法主要是通过以有衬无或直呈其无的形式来展示无字句处的魅力，即"无"背后隐含着丰厚的意蕴。就第一种形式而言，金批《水浒》第三十回曾谈道：武松从飞云浦回到张督监

---

① 金圣叹：《天下才子必读书》，周锡山编校《金圣叹全集》，万卷出版公司2009年版，第23页。

② 金圣叹：《贯华堂第五才子书水浒传》（上），周锡山编校《金圣叹全集》，万卷出版公司2009年版，第100页。

家,"武松在胡梯口听,只听得蒋门神口里称赞不了,只说:'亏了相公与小人报了冤仇,再当(二字妙,将有字衬出无字处。)重重的报答恩相!'"①"再当"一句之所以妙,正在于它留下了一个语意空白,它不仅透露出蒋门神为报私仇已对张督监行过贿赂,而且为了重谢还暗示再送。金圣叹批点《孟子》在读到"五十步笑百步"之时说道:"此喻之奇绝妙绝,却在无字句处……夫孟子以'战'喻,岂以'走'喻哉!慧眼人自觑见。观五十步与百步,均不尽心于战,则知梁王与邻国,均不尽心于民。夫尽心之道则何如。"金圣叹一语道破孟子之喻"全不尽心"的用意所在。就第二种情况而言,金圣叹在对杜甫《羌村三首》的评点中已注意到这种"无字处"。"群鸡正乱叫,客至鸡斗争。驱鸡上树木,始闻叩柴荆。父老四五人,问我久远行。手中各有携,倾榼浊复清。"对此金圣叹有解曰:"父老一问,直得无言可对。何也?先生远行,专为普天父老。今榼中清浊酒味如此,然则父老欲问我,只须各自问:特地出门五年、十年,而俾父老耕地无人。羞杀也,愤杀也!先生妙笔,全在无字处如此。从来人读此以为平平。"② 榼中酒味清浊不一,已暗隐着战争给百姓带来的艰难。正所谓"苦此酒味薄,黍地无人耕。兵革久未息,儿童尽东征"。但作者又"致君尧舜上""穷年忧黎元",对其灾难,也是无能为力。面对着慰问之盛情,是何等滋味!只能是"艰难愧深情",无言以对。在金圣叹看来,文学创作的最高目的并不在于以实就实,而是空诸一切,心无挂碍,追求一种着意虚无、崇尚空灵的审美精神。正所谓"古人佳处,当不在言语间也"。《水浒传》第三十五回写宋江被酒家用蒙汗药麻翻被李俊救醒后,书中有这样一段描写:"(宋江)渐渐醒来,光着眼,看了众人立在面前,又不认得。只见那大汉教两个兄弟扶住了宋江,纳头便拜。宋江问道:'是谁?我不是梦中么?'只见卖酒的那人也拜。宋江道:'这里正是那里?不敢动问:二位高姓?'那大汉道:'小弟姓李,名俊……这个卖酒的……人尽呼他做"催命判官"李立。这两个兄弟,是此间浔阳江边人……'两个也拜了宋江四拜。"紧接着金圣叹批道:"凡三段写拜,乃其妙处,

---

① 金圣叹:《贯华堂第五才子书水浒传》(上),周锡山编校《金圣叹全集》,万卷出版公司2009年版,第439页。
② 金圣叹:《唱经堂第四才子书杜诗解》,周锡山编校《金圣叹全集》,万卷出版公司2009年版,第70页。

恰在无文字处，盖文字之难知如此。"① 这里的"无文字处"究竟有何意思？依据金圣叹的提示，三段写拜主要活画了宋江被麻醉后初醒时的神态。这种"既不答，又不扶"的描述正好活画出宋江"初醒"的状态。这一点正是金圣叹通过细心体会才领略到的。

金圣叹的"无字句法"让我们联想到新批评"ambiguity"的概念用法。"ambiguity"这一概念译法很多，或译为"晦涩"，或译为"含混"，或译为"多意"，或译为"暧昧性"，或译为"复义"，或译为"朦胧"。这恰恰说明了它本身内涵的复杂性。燕卜荪在《含混七型》中给它下的定义是："任何语义上的差别，不论如何细致，只要它能使用一句话有可能引起不同的反应"，就同含混有关。作为一种诗歌技巧，它旨在表明一个单词或表现手法的运用，可以表示两种或更多的不同意思以及情感或态度。在此基础上，他总结了"含混"的七种类型。

> 第一型是"说一物与另一物相似，但它们却有几种不同的性质都相似"；第二型是"上下文引起数义并存，包括词义本身的名义和语法结构不严密引起的多义"；第三型是"两个意思，与上下文都说得通，存在于一词之中"；第四型是"一个陈述语的两个或更多的意义互相不一致，但能结合起来反映作者一个思想综合状态"；第五型是"作者一边写一边才发现他自己的真意所在"；第六型是"陈述语字面意义累赘而且矛盾，迫使读者找出多种解释，而这多种解释也相互冲突"；第七型是"一个词的两种意义，一个含混语的两种价值，正是上下文所规定的恰好相反的意义"。②

燕卜荪所言的"含混七型"在金圣叹所评的一首诗歌中可以找到，并且有数种类型同时混用，但很难与金圣叹所言的"无字处"对上号。这是因为中国古代的"无字处"可谓更幽深绵缈，难以穷尽，具有多层次性和不确定性的审美特点。它小至可以为有，大至可以为无，甚至直通人道。如果从中国文化的角度来看，它正是对老庄之"无"和禅宗之

---

① 金圣叹：《贯华堂第五才子书水浒传》（下），周锡山编校《金圣叹全集》，万卷出版公司 2009 年版，第 509 页。

② 王先霈、王又平主编：《文学批评术语词典》，上海文艺出版社 1999 年版，第 289 页。

"空"思想的体现。燕卜逊的含混七型基本局限于技巧层面上,而金圣叹的"无字处"则是指向一种境界。同时,金圣叹的这种"无字处",完全可以用空白的形式出现,所具有的张力更大更强烈。因而更令人观之不畅,思之有余。金圣叹说:"文章之妙,都在无字句处,安望世人读而知之!"①"无字句法"通过特定语境的设置,丰富了文学语言的诗性内蕴,强化了文学语言的审美效果,提供了一条探索文学作品艺术魅力的途径。正如雷蒙德·查普曼所说:"文学作品不同于非文学作品,它的遣词造句难以预测,使人捉摸不透,这也正是文学激动人心、地位重要的原因。"②

第二节 汉语言诗性的审美开拓

汉语言文字的创造是一个型构、命名、表达概念的过程。就其本意来说,它虽非是艺术品,但却具有艺术的特性。无论其创造构思方式还是其形体构成特点,都或多或少地带有艺术的韵味。对于这种具有艺术特质的文字,我们可以称之为"诗性文字"。③事实上,中国古代文学评点的产生与这种文字的"诗性"关系密切。由于汉语言文字是一种单音表意体系,其语法结构相对简洁,同时还由于中国古典文学抒情传统源远流长,耽于炼字炼句,推崇警句警策,讲究诗眼文眼,所有这些使得评点与文学文本相结合。于是评点家在他们认为精彩的字、词、句旁边或圈或点或批。因此,评点本身便意味着对汉语诗性的抉发和拓展。

金圣叹在文学评点中对汉语言的"诗性智慧",已有精到的理解。他在《随手通》中对中国汉语言"有字之字"和"无字之字"的解析已触

---

① 金圣叹:《贯华堂第五才子书水浒传》(下),周锡山编校《金圣叹全集》,万卷出版公司2009年版,第843页。

② [英]雷蒙德·查普曼:《语言学与文学》,王士跃、于晶译,春风文艺出版社1988年版,第87页。

③ 意大利历史学家维柯认为整个"新科学"的建构都是以发现"诗性智慧"为前提,"诗性智慧"是处于人类历史前夜的原始野蛮人所特有的一种智力功能,即"没有推理的能力,却浑身是强旺的感觉力和生动的想象力"。主要体现为想象性的类概念和以已度物的隐喻。维柯认为"最初各民族都用诗性文字来思想……用象形文字来抒写"。无疑汉语言文字作为象形文字,最能折射出这种"诗性智慧"。见[意]维柯《新科学》,朱光潜译,人民文学出版社1987年版,第158、429页。

及汉语言文字的诗性魅力,所谓"出仓帝之手者,皆有字之字也;若藏伏羲之心者,乃无字之字也"①。他对"虚字"的分析,折射出汉语言文字由板重到流畅、由劲健到摇曳的诗性变化。但现在的问题是究竟如何使汉语言文字走向诗化呢?在这方面金圣叹又做了有益的探索。他认为所谓街谈巷说、童歌妇唱等"家常语"②"本色言语"③固可以入文,但它本身并不是文学,只有经过妙手的点化增饰,惨淡经营,方成绝代至文。在批改《水浒传》《西厢记》时,金圣叹之所以批评俗本语言啰唆臃肿,"叠床架屋",意在提示文学作品虽用语言来写成,但并非用语言写成的都是文学作品。由"螺蛳蚌蛤"式的非诗性语言变成"天仙化人"式的诗性语言,必须经过作家创造性拓展。具体来说,有四种途径。

一 以少总多的简约美

简约之美本是古代文学家和文论家的审美追求。究其原因一方面是与汉语言简洁的文字形体及语法结构有关,另一方面也与中国文化中占主导地位的诗思"言不尽意"相关。这些使得中国人可用少量的词语、句子来传达更多的意思,在尽可能地省略句中的附加成分后,确实会使语言变得非常经济,作品也随之呈现出简约性。但为了达到这一审美效果,文学家不得不对所使用的语言进行超越。其主要途径有"以言去言""立象尽意"和"得意忘言"。④实际上,在金圣叹的文学评点中都已有体认和实践。所谓"以言去言",就是通常拈出一些互相矛盾对立的用语,来折射人物的复杂心态。杜甫《奉陪郑驸马韦曲二首》有诗云:"韦曲花无赖,家家恼杀人。绿尊须尽日,白发好禁春。石角钩衣破,藤枝刺眼新。何时占丛竹,头戴小乌巾?野寺垂杨里,春畦乱水间。美花多映竹,好鸟不归山。城郭终何事,风尘岂驻颜。谁能共公子,薄暮欲俱还?"针对这首诗,金圣叹认为前四句皆为"诳语",写初到韦曲家后,恃老放颠,目之

---

① 金圣叹:《小题才子书》,周锡山编校《金圣叹全集》,万卷出版公司 2009 年版,第271页。

② 金圣叹:《贯华堂第五才子书水浒传》(下),周锡山编校《金圣叹全集》,万卷出版公司 2009 年版,第786页。

③ 金圣叹:《唱经堂第四才子书杜诗解》,周锡山编校《金圣叹全集》,万卷出版公司 2009 年版,第230页。

④ 曹顺庆:《中国古代文论话语》,巴蜀书社 2001 年版,第144页。

所见，一切都不是好语，老大不耐烦，几欲离去。后四句多为好语，野寺垂杨，春畦乱水，美花好鸟岂能没留恋之心？否定之后又有肯定。正所谓"此诗定须二首，一首必说不尽。"① 所谓"立象尽意"就是常捕捉文学作品的飞动意象，去感悟诗中所体现的人生感受。如杜甫《曲江二首》云："一片花飞减却春，风飘万点正愁人。且看欲尽花经眼，莫厌伤多酒入唇。江上小堂巢翡翠，苑边高冢卧麒麟。细推物理须行乐，何用浮名绊此身。"金圣叹认为该诗着意写花，带出酒字。上半部分，看花吃酒，良辰美景，本为赏心乐事，可因飞花由初飞到乱飞，由乱飞再到飞将尽，不免惜春之意泛起，忧愁之事顿生。酒本最可厌，而此时作者叮嘱"莫厌"，不惜酒多伤身，其目的是为"花欲尽"。"细思老人眼中，物候惊心，节节寸寸，全与少年相异，真为可悲可痛！"② 作者层层写花，曲曲折折，有销魂摄魄之感。下半部分，小堂翡翠，不过小鸟，而今现存，筑巢于此，生意繁忙；高冢麒麟，虽是大官，而今安在？沉冥黄土，一片荒凉。细推天然物理，示警后人应及时行乐，可是人为何又要用浮名绊住此身呢？浮名与行乐该何去何从？细细品味，寓无数悲痛感悟于诸多意象之中。所谓"得意忘言"就是金圣叹经常标举的"无字处""虚实即离""镜花水月""空中妙文"等话语，通过不言之言的方式来点逗人生事理。杜甫《铜瓶》诗云："乱后碧井废，时清瑶殿深。铜瓶未失水，百丈有哀音。侧想美人意，应悲寒鏊沉。蛟龙半缺落，犹得折黄金。"杜甫所写的铜瓶是一种宫中汲水器。"乱后碧井废"，独作一句，以说明久沉废井，新出世间。然就此打住"却追想碧井之未废时，井上则有深殿，殿中则有美人；美人则转出'百丈'，'百丈'则出'哀音'。铜瓶此时为清时致用，人受其福，知有何限，却又不写铜瓶如何汲水，只轻轻用'百丈有哀音'五字。想到铜瓶用时，分明镜花水月相似。从来实写，不如虚写，有若是也。""上解用镜花水月之笔，写铜瓶用时；此解又用镜花水月之笔，写铜瓶失时，亦只轻轻将美人点染，而铜瓶入水已不言自尽。'蛟龙半缺落，犹得折黄金'者，久沉井底，剥蚀不无，然旷世遗宝，不可恒有，其价犹得以黄金相准折也。"③ 写铜瓶，不直接写之，而是通过

---

① 金圣叹：《唱经堂第四才子书杜诗解》，周锡山编校《金圣叹全集》，万卷出版公司2009年版，第94—95页。
② 同上书，第90页。
③ 同上书，第95页。

虚写，七曲八折，使读者转见清空轻脱之至，遂有镜花水月之美。"镜花水月"作为佛典用语，借以说明世间万物无常虚幻的特性。移之论诗，旨在说明诗中景物不必实求，应该简约含蓄，意在言外，追求一种空灵淡远之美。以上所言，表明金圣叹崇尚对语言的简约之美，希望通过对遣词造句实施一种"以少总多"的方式，达到辞约义丰、言近旨远的审美境界。

二 自铸伟辞的新奇美

中国古代文学家和文论家在讨论关于"文"和"言"的关系问题时，大致有两种看法：一种主张"言"和"文"合一，要求用即时所说的白话直接入文，如王充《论衡·自纪》所说的"文犹语也"命题，袁宏道《论文》所言的"口舌代心"观点。但这种观点隐含着因太口语化而导致诗意丧失的一种危险。另一种观点是主张"文"和"言"相分，主张多袭用古人语言，符合"简古""古雅"的要求。但这种也暗含着堕入拾人牙慧的危险。究竟用古语呢，还是用当时说的话呢？在这个问题上，金圣叹通过文学评点告诉我们，文学语言既不排斥日常口语，也不排斥古人用语，但都必须经过师心自造，化俗为雅，化古为新，追求一种新奇之美。

金圣叹特别反对"俗笔"，主张新奇陌生。要求少用熟语，主张自创新语。在《水浒》《西厢》评点中，遇到作者自创有味的字句之时，便在上面批上"新语""奇语"以及"此语未经人说，为之绝倒"之类的评语。而对于那些陈旧用滥的语言，则嗤之以鼻，并讥之为"丑语""口臭"[1]。金圣叹反对用熟语套语，力主创造新语。金圣叹对杜甫《游龙门奉先寺》评价说："诗题中自标'游'字，诗必成于宿后。如是，便将浅人游山，一切皮语、熟语、村语，掀剥略尽，然后另出手眼，成此新裁。"[2] 对采用古人用语，要求师心自用，点铁成金，而不要点金成铁。他强调"换古之妙"，应是"出神入化"[3]。对于前人的作品，只要能悟

---

[1] 金圣叹：《贯华堂第六才子书西厢记》，周锡山编校《金圣叹全集》，万卷出版公司2009年版，第269页。

[2] 金圣叹：《唱经堂第四才子书杜诗解》，周锡山编校《金圣叹全集》，万卷出版公司2009年版，第45页。

[3] 金圣叹：《贯华堂第五才子书水浒传》（下），周锡山编校《金圣叹全集》，万卷出版公司2009年版，第877页。

出许多文法，引而伸之，触类张之，同样可以创出"异样高妙的体气，异样变换的笔法"。金圣叹在评杜甫的《越王楼歌》时，将它与王勃的《滕王阁》、李峄的《越王楼》相比较，以见出杜甫在语言和句式的不凡之处。王勃《滕王阁》诗云："滕王高阁临江渚，佩玉鸣鸾罢歌舞。画栋朝飞南浦云，珠帘暮卷西山雨。闲云潭影日悠悠，物换星移几度秋。阁中帝子今何在？槛外长江空自流。"李峄《越王楼》诗云："越王曾牧剑南州，因向城隅建此楼。横玉远开千峤雪，暗雷下听一江流。"杜甫《越王楼歌》诗云："绵州州府何磊落，显庆年中越王作。孤城西北起高楼，碧瓦朱甍照城郭。楼下长江百丈清，山头落日半轮明。君王旧迹今人赏，转见千秋万古情。"针对这三首诗，金圣叹认为王勃的《滕王阁》诗，可谓千古杰作，纵使王勃再出，也无能为力。正如李白所说"眼前有景道不得，崔颢题诗在上头"，虽负气使酒，也只好束手避路。王勃之后，谁敢复写？可是杜甫则不然，凭其眼力、胆气和笔力，熟视王勃之诗，深感仍有开拓未尽，发挥不到之处。金圣叹评价说：

> 于是偶借《越王楼》，换题不换诗，随手檃括，别成妙句，却于篇初弃割二句十四字，不便写楼，反写绵州州府。夫楼，为宾朋宴游之地；府，为代君牧民之所。若使诗人不说州府，便说有楼，即令后之读者，其谓越王何等人。此亦只是《论语》"禹，吾无间"烂熟语，写来便成高奇磊落之句，便是子安尽力开拓之所不到。篇后又弃割一句七字，不止写得今人不见前人，直写到后人又不见今人，便是子安尽力发挥之所未尽。小儒不知者，或谓先生此歌便与子安一副机杼，以为赞叹先生已极，殊不知子安诗在当时，已是家弦户歌，岂有先生不知，却得机杼暗同？先生正是全取其诗，从头劈削，通身翻洗。试取对照读之，便见两诗脱胎换骨，转凡作圣，异样奇怪，不止是青蓝之事而已。①

金圣叹认为杜诗《越王楼歌》之所以能超越王勃的《滕王阁》诗，不仅在于杜甫构思上的突破，而且还在于语言上的创新，能够做到"脱

---

① 金圣叹：《唱经堂第四才子书杜诗解》，周锡山编校《金圣叹全集》，万卷出版公司2009年版，第116—117页。

胎换骨"，师其意而不师其辞。诸如"州府磊落"与"碧瓦朱甍"互相映衬，要胜过"栋飞朝云，帘卷暮雨"，因为后者不善命辞。"楼下长江百丈清，山头落日半月明"要比"物换星移"含蓄蕴藉，并"字字鬼气侵人"。"君王旧迹今人赏，转见千秋万古情"句，"不惟于王诗外，添出千秋万古语，且将王诗'不见帝子'，'翻作'转见'后人'"，笔下确有一种不让古人的气色。至于李偓的诗，"便与不曾作诗何异"！

在金圣叹看来，文学的语言总是要超越日常庸俗的语言之上，以一种新异别致的方式，给读者带来震惊式的美感。他往往强调一字之奇，一字之妙。《水浒传》第三回写鲁智深去铁匠铺打禅杖，一上来就要一百多斤重的。铁匠说就是关王刀也只有八十一斤，如何使得动？结果鲁智深顺水推舟，就打八十二斤重的禅杖。此时铁匠说："师父，肥了……"用一个"肥"字去形容一个禅杖的轻重可谓罕见，绝对是对平常习惯化的偏离。金圣叹批点道"字法奇绝"。评点《战国策》"孟尝君使公孙弘观秦王"说："通篇奇秀，奇在秀，秀又在奇。使人之观奇，昭王先闻奇，欲愧以辞奇，好三等人奇，笑谢奇，连说无数客字寡人字奇。"① 金圣叹所说的"奇"指出了《战国策》在用字、用笔方面出乎意料、别具匠心的妙处。金圣叹在这里反复强调一个"奇"字，要求自创新格，奇异多变。其目的在于超越日常语言的言说方式，打破惯例，偏离常轨，从而把读者从陈词滥调中解放出来，唤起人对事物的审美感受，充分展示人的诗意的丰富感觉。从这个角度来看，金圣叹所言的"奇"带有"陌生化"的意蕴。金圣叹所言的这种"奇"，如果用什克洛夫斯基的话来说，意即文学语言总是实用语言的反面，是一种对现实的普通语言"陌生化"和"疏离化"的结果，最终目的是"使语言的构造变得可以感觉到"。② 如果用穆卡洛夫斯基的话来说就是"突出"，"诗的语言的功能在于最大限度地把言辞'突出'。……它不是用来为交流服务的，而是用来突出表达行为、语言行为本身。""其基本特征是出人预料、标新立异、不同凡响。"③ "突出"就是使词语在一般背

---

① 金圣叹：《天下才子必读书》，周锡山编校《金圣叹全集》，万卷出版公司2009年版，第100页。

② [俄] 什克洛夫斯基：《诗学》，转引自巴赫金《文艺学中形式主义方法》，邓勇、陈松岩译，漓江出版社1989年版，第120页。

③ [捷] 穆卡洛夫斯基：《标准语言与诗的语言》，转引自伍蠡甫、胡经之主编《西方文艺理论名著选编》，北京大学出版社1986年版，第416—417页。

景中凸显出来，占据前景的位置，从而引起读者的注意。

三 整齐一律的对称美

与印欧民族的语言形式相比，汉语是一种非常特殊的语言。就语音而言，古汉语单音节占优势，对音节的要求相对简单，不像西方语言受多音节限制。因此，古汉语容易构成音节整齐的对称。就语法而言，汉语词法缺少形态变化，讲究词性的不定性、多义性，不像西语那样，名词有性、数、格的变化，动词有时、态、式的不同。因此，汉语语法弹性强，有些句子完全不用虚词，甚至连动词都不用，可以采用列锦的方式，并置名词组成句子。就外在形态而言，汉语是一种方块字。它的单体和合体的结构规则，虽然在原则上是以表意为主，但没有走上拼音化的道路，一个复音词总是由两个以上的单字来构成。因此，汉语单音节方块字的逐个排列成文必然趋向整齐、均衡、对称。汉语言本身的这种特点为汉语言讲究对称美创造了条件。

相比之下，金圣叹对中国古代汉语言自身所具备的对称美，虽然没有作理论上的语言学探索，但他却把这一审美意识灌注到了具体的文学评点之中。《水浒传》第二十七回有这样一段话："武松便把上半截衣裳脱下来，拴在腰里，把那个石墩一抱，轻轻地抱将起来；双手把石墩只一撇，扑地打下地时一尺深。众囚徒见了，尽皆骇然。武松再把右手去地里一提，提将起来，望空只一掷，掷起去离地一丈来高；武松双手只一接，接来轻轻地放在原旧安处。"此一段是写施恩让武松搬一块三百五十斤重的石墩。从总体来看，武松搬石墩分前后两部分，按金圣叹的说法是前"一半"和后"一半"，其结构大致是对称的，有一种整齐的美。就局部而言，后一半还运用了顶真和反复手法，有一种整齐复沓之美。此处金圣叹予以眉批云："看他'提'字与'提'字顶针，'掷'字与'掷'字顶针，'接'字与'接'字顶针。又看他两段，一段用'轻轻地'三字起，一段用'轻轻地'三字止。"[1] 除此之外，他还经常提到"句法倒转"，实质上也是讲究整齐一律的对称美。《水浒传》第六回写林冲遇人卖刀："见一条大汉……口里自言自语说道：'不遇识者，屈沉了我这口宝刀。'

---

[1] 金圣叹：《贯华堂第五才子书水浒传》（上），周锡山编校《金圣叹全集》，万卷出版公司2009年版，第408页。

林冲也不理会，只顾和智深说着话走。那汉又跟在背后道：'好口宝刀，可惜不遇识者！'林冲只顾和智深走着，说得入港。"对这段话，金圣叹用"句法倒转""句法亦倒转"①加以评之。这种句法倒转，主要是一种错综手法，它强化了行文的对称之美，在反说正说的对比和反复中，体现了宝刀不遇的情形。在散文评点中，金圣叹特别强调这种对称之美。《战国策》"田需论轻重"记载管燕得罪了齐王，呼吁其手下能否与他一起奔赴诸侯那里，结果默然无应。管燕非常悲痛。此时田需回答说："士三食不得餍，而君鹅鹜有余食；下宫糅罗纨曳绮縠，而士不得以为缘。"② 对这句话，金圣叹称为"倒对法"。这种句法既整齐一致，又对立对比，通过这种形式遂把"财者，君之所轻；死者，士之所重"的意蕴加以同构，展示对称和谐的美学效应。金圣叹认为唐人"裙拖六幅湘江水，鬓挽巫山一段云"就是用的此法。在诗歌评点中，金圣叹更倾心的是对偶、对仗之美。对韩愈的评价，传统上一般都认为韩愈的功劳在于"文起八代之衰"，止于散形文字。但金圣叹认为韩愈对对仗对偶的运用也功不可没。韩愈的《左迁至蓝关示侄孙湘》"一封朝奏九重天，夕贬潮州路八千。欲为圣明除弊事，肯将衰朽惜残年！云横秦岭家何在？雪拥蓝关马不前。知汝远来应有意，好收吾骨瘴江边。"金圣叹评前两句说："一二不对也，然为'朝'字与'夕'字对，'奏'字与'贬'字对。'一封'、'九重'字与'八千'字对，'天'字与'潮州路'字对，于是诵之，遂觉极其激昂。谁谓先生起衰之功，止在散行文字。"③ 开阖动荡，笔势纵横，其妙处正在于所具有的对仗之美。高适《重阳》："节物惊心两鬓华，东篱空绕未开花。百年将半仕三已，五亩就荒天一涯。岂有白衣来剥啄，一从乌帽自欹斜。真成独坐空骚首，门柳萧萧噪暮鸦。"对于前四句，金圣叹予以前解："二之东篱花绕，此即一之惊心节物也。何故节物惊心？可惜青青好鬓，比来遽成二毛，今日又见此花，便是岁行复尽故也。三四承之。看他只是年老、宦拙、家贫、路远四语，却巧用'百'字、'三'

---

① 金圣叹：《贯华堂第五才子书水浒传》（上），周锡山编校《金圣叹全集》，万卷出版公司2009年版，第119页。

② 金圣叹：《天下才子必读书》，周锡山编校《金圣叹全集》，万卷出版公司2009年版，第99页。

③ 金圣叹：《贯华堂选批唐才子诗》，周锡山编校《金圣叹全集》，万卷出版公司2009年版，第262页。

字、'五'字、'一'字四数目字,练成峭语,读之使人通身森森然。写花用'未开'二字妙,言我已垂垂欲老,彼方得得初开,两边对映,便成异彩。"① 评杜甫《孤雁》"孤雁不饮啄,飞鸣声念群。谁怜一片影,相失万重云"说:"'飞鸣'、'饮啄'四字,本皆雁事,一分便成两妙句。三四正写'相失',却硬下'谁怜'二字作孤雁心事,真是奇笔。如此封仗,且非唐人数能,何况后来!"② 在金圣叹看来,对偶或对仗这种方式借着形式整齐和音节和谐,可以使内容表达鲜明、深刻、有力,极富匀称美、音乐美。金圣叹所言"两边对映,便成异彩",就是上下两句互相对偶,两两相对,在不平衡中取得某种平衡。特别是当异质的乃至反对的东西加以对照时,这种平衡就被打破,因而诗句就产生了张力,造成一种特殊的审美效果。从现代心理学的角度来看,这便是"异质同构"③。对偶或对仗的上下两部分当它们作为孤立的形式时并没有什么意义,然而当它们组合在一起时,便获得了"整体大于各部分之和"的新质。正如鲁道夫·阿恩海姆所说:"一切艺术形式的本质,都在于它们能够传达某种意义。任何形式都传达一种远远超出形式自身的意义。"④ 诗人公木对此体悟得更为深刻:"中国文字由于是单音节语,字数整齐的句子,音节也整齐。音节的节拍节奏非常整齐这一特点,和印欧语的表现无论如何也是不同的。一字有一字平上去入的抑扬,偶数的句末押韵,平仄的组合在诗中特别严格。严守二、四不同和二、六对的原则。而且二句相互关系恰如阴阳相合黏着在一起。同时汉字主要是象形文字,可以使人通过直观,

---

① 金圣叹:《贯华堂选批唐才子诗》,周锡山编校《金圣叹全集》,万卷出版公司2009年版,第151页。

② 金圣叹:《唱经堂第四才子书杜诗解》,周锡山编校《金圣叹全集》,万卷出版公司2009年版,第148页。

③ "异质同构"由格式塔心理学学派代表人物鲁道夫·阿恩海姆提出。《艺术与视知觉》主张每当外部事物和艺术形式中体现的力的式样与人类某种情感生活中包含的力的式样达到同形或同构时,就会激起一种对称、均衡、协调等类似的审美经验,这就是异质同构。在《视觉思维》一书中认为道家思想为其学说提供了依据。阿恩海姆说:"中国道家学派和阴阳学派思想家们就认为,感性世界中处处有宇宙各种力的相互侵入。这种宇宙之力既支配着星球和季节的变化,也支配着人世间各种细小的事物和事件。"见[美]阿恩海姆《视觉思维》,光明日报出版社1986年版,第45页。

④ [美]鲁道夫·阿恩海姆:《艺术与视知觉》,滕守尧译,中国社会科学出版社1987年版,第6页。

直觉领悟对照之美。而且，对偶表现不仅具有形式美、韵律美，同时，由于内容的并列、类似、对照，富于变化，因而和形式美一起创造了高度的表现美。"① 从这个意义上说，对偶或对仗绝非仅仅是一种词语的排列组合，而是一种具有美学效果因素的结构。

四 错落有致的参差美

同一要素，只是机械的反复不能成为节奏韵律，反而使人厌烦。由不同的要素相加，其反复始能升华为节奏韵律。因此，文学的语言并不能单纯地讲究整齐一律，否则就会导致句子的刻板直叙，单调乏味。正如宋代李耆卿《文章精义》所说"文章须有数行齐整处，须有数行不齐整处"。金圣叹在文学评点中，力主错综变化的参差美，极讲参差与严整的辩证法。他在评点《战国策·赵威后问齐使》时说："前一气连出三'无恙耶'，中又三次散出三'无恙耶'，后又特变作一'尚存乎'，又两结'何以至今不'，两结'何为至今不'。又逐段各结'是养其民者也'，'是息其民者也'，'是率其民出于孝情者也'，'是率其民出于无用者也'。章法越整齐，越参差；越参差，越整齐。真为奇绝之文。"② 金圣叹总评《国语·敬姜教子逸劳》云："极参差，极严整，极径直，极曲折。读其参差，须学其严整；读其径直，须学其曲折。"③ 评点柳宗元《上大理崔大卿应制举启》云："通篇斜风斜雨，枝干离披文字，乃细细分之，却是两扇对写到底。于极严整中故作恣意，于极恣意中故就严整，真乃翰墨之奇观也。"④ 金圣叹认为整齐美固然给人匀称和谐之感，但也容易陷于板滞不通之泥淖，所以需要富有流动感的参差美来加以协调。其中长短句的交错使用、径直与曲折的相间跌宕，都会带来句子笔法的严整与参差之美。金圣叹评点《左传·商臣弑父本末》说："写子上语是四句，妙于错落；写潘崇语是一句，妙于轻巧；写江芈语，是三句，一句一字，一句二字，一句十一字，妙于径露；写商臣语，是三句，二句二字，一句一

---

① 转引自［日］古田敬一《中国文学的对句艺术》，李淼译，吉林文史出版社1989年版，第4页。

② 金圣叹：《天下才子必读书》，周锡山编校《金圣叹全集》，万卷出版公司2009年版，第101页。

③ 同上书，第72页。

④ 同上书，第323页。

字，妙于磋辣。不过五七行文字，其间无变不极。"① 在金圣叹看来，文章贵在曲折有致，文字须讲究有张有弛，有奇有正，极富参差错落之美。既像动听的一曲交响乐，又像一幅优美的山水画。在《西厢记》评点中，金圣叹特别重视这种语言形式之美。其中红娘有一段唱词："一个糊涂了胸中锦绣，一个淹渍了脸上胭脂。【油葫芦】一个憔悴潘郎鬓有丝，一个杜韦娘不似旧时，带围宽过了瘦腰肢。一个睡昏昏不待观经史，一个意悬悬懒去拈针黹；一个丝桐上调弄出离恨谱，一个花笺上删抹成断肠诗；笔下幽情，弦上的心事：一样是相思。【天下乐】这叫做才子佳人信有之。"对此金圣叹批点道："连下无数'一个'字，如风吹落花，东西夹堕，最是好看，乃寻其所以好看之故，则全为极整齐、却极差脱，忽短忽长，忽续忽断，板板对写，中间又并不板板对写故也。"② 在金圣叹看来，这段话既有一种整齐美，又有一种参差美，它们之间的交错运行，便形成了"风吹落花，东西夹堕"的语言形式之美。同时，我们在参差与整齐的交替中又感受到声韵和谐，抑扬有致，动静有节的音乐美。

总之，金圣叹对字法句法的重视及其对汉语言诗性的开拓，是对文学艺术走向自觉的进一步提升。从中国文学发展史的角度来看，文学的自觉不仅意味着主体自身的自觉，而且还意味语言本身的自觉。长期以来，我们只是习惯于把魏晋南北朝时期的"诗缘情"对先秦两汉时期的"诗言志"的突破视为文学的自觉，而完全忽略了从"诗缘情"到文学讲究字法句法的语言自觉。无论是魏晋六朝对"文采"的追求，隋唐五代对"诗格"的崇尚，还是宋代的"辨句法"，文论家对文学语言的认识不断加深，对语言的艺术特性愈加敏感。他们细细品味语言的精微，触摸语言的蛛丝马迹，以领略语言文字所带来的魔力。到明清时期，字法句法理论得到了可持续性发展。特别像金圣叹这样的文学评点家，从具体的字法句法入手来评价作品，将语言形式的分析与作品的审美效果结合在一起，揭开了文学作品神秘的面纱。这一探索，实际上强化了文学语言的本体功能。文学语言绝不是仅仅再现物象和抒情达意的工具，而是具有独立价值和意义的审美存在。文学作品首先是作为独特的语言现象而存在，其文学

---

① 金圣叹：《天下才子必读书》，周锡山编校《金圣叹全集》，万卷出版公司2009年版，第32页。
② 金圣叹：《贯华堂第六才子书西厢记》，周锡山编校《金圣叹全集》，万卷出版公司2009年版，第161页。

性正存在于文学的语言形式之中。所以中国的字法句法理论包括金圣叹在内的具体实践，是中国古代文论家对文学本性的进一步探索，是对文学语言自身功能的进一步强化与拓展。同时金圣叹的语言批评，也对我们当下的文学批评家提出了一个挑战。一个不懂本民族语言的文学批评家绝非是个好的文学批评家，离开语言之路，难以进入文学审美存在之家。正如雷蒙德·查普曼所言："文艺批评要具有持久的生命力，恰恰需要语言学的某些方法。"[1]

---

[1] [英]雷蒙德·查普曼：《语言学与文学》，王士跃、于晶译，春风文艺出版社1988年版，第7页。

第三章

章 法 论

一部文学作品，总有一个条理秩序。既要"言之有物"，又要"言之有序"。叙事讲究先后，抒情追求婉转，说理偏重次第。只有依照一定的序次关系，文学创作才能最终形成文学文本。就此而言，西方人常以"结构"视之，而中国人则以"章法"目之。在文学评点中，金圣叹常引而用之，用以凸显文学结构形式的审美价值。

金圣叹对"章法"相当重视。无论是诗歌散文评点，还是小说戏曲评点，都运用得相当醒目。据不完全统计，金圣叹在《唱经堂第四才子书杜诗解》评点中，使用"章法"一词十三次；在《贯华堂选批唐才子诗》评点中，使用"章法"一词二十次；在《贯华堂第六才子书西厢记》评点中，使用"章法"一词六次；在《天下才子必读书》评点中，使用"章法"一词二十三次；在《小题才子书》评点中，使用"章法"一词六次；在《贯华堂第五才子书水浒传》评点中，使用"章法"一词也多达八十三次。金圣叹每每提到"章法"一词，多用"极奇""奇绝""妙绝""极大""严整"等词语赞之。评王维《和太常韦主簿五郎温汤寓目》诗云："看好山水，眼中须有章法；述好山水，口中须有章法。如此一解四句，便是右丞满胸章法。其为画家鼻祖，其无故而然乎！"[1] 评李颀《寄綦毋三》诗云："题是'寄綦毋三'，诗却为綦毋三讽切朝堂，此一最奇章法也。"[2] 评欧阳修《踏莎行》词云："前半是自叙，后半是代家里叙，章法极奇。"[3] 评《左传·晋使吕相绝秦》一文说："饰辞驾罪

---

[1] 金圣叹：《贯华堂选批唐才子诗》，周锡山编校《金圣叹全集》，万卷出版公司2009年版，第140—141页。
[2] 同上书，第161页。
[3] 金圣叹：《唱经堂第四才子书杜诗解》，周锡山编校《金圣叹全集》，万卷出版公司2009年版，第229页。

何足道，止道其文字，章法句法字法，真如千岩竞秀，万壑争流，而又其中细条细理，异样密致，读万遍不厌也。"① 评《西厢记》说："最前《惊艳》一篇谓之生，最后《哭宴》一篇谓之扫。盖《惊艳》已前，无有《西厢》；无有《西厢》，则是太虚空也。若《哭宴》已后，亦复无有《西厢》；无有《西厢》，则仍太虚空也。此其最大之章法也。"② 评《西厢记·酬韵》说："未来之前，已去之后，两作见神捣鬼之笔，以为章法。"③《水浒传》第五十七回"三山聚义打青州，众虎同心归水泊"夹批说："八字极写呼延，下文以两扇文字应之，章法严整。"④《水浒传》第五十三回"入云龙斗法破高廉，黑旋风下井救柴进"夹批云："前劫寨，所以为一箭地也，此又劫寨，所以免明日之再战也。然两文对立，亦便借作章法矣。"⑤ 第六十九回"没羽箭飞石打英雄，宋公明弃粮擒壮士"回批云："读一部七十回，篇必谋篇，段必谋段，之后忽然结以如卷如扫，如驰如撒之文，真绝奇之章法也。"⑥《水浒传》第七十回"忠义堂石碣受天文，梁山泊英雄惊噩梦"夹批云："一部大书以石碣始，以石碣终，章法奇绝。"⑦ "以诗起，以诗结，极大章法。"⑧ 在金圣叹看来，所谓的"章法"，有时是指叙述中句子运用的技巧、句子的呼应等，有时是指章节之内的组织与结构安排，有时是指章与章之间的组织结构，有时是指一部作品的整体结构布局。张世君将之概括为"起结章法""遥对章法""板定章法"⑨。总之，对金圣叹来说，章法大可以论及一部书之谋篇布局，中可论及篇与段的衔接与映照，小到几句话之间的呼应对比，有时

---

① 金圣叹：《天下才子必读书》，周锡山编校《金圣叹全集》，万卷出版公司2009年版，第39页。

② 金圣叹：《贯华堂第六才子书西厢记》，周锡山编校《金圣叹全集》，万卷出版公司2009年版，第199页。

③ 同上书，第83页。

④ 金圣叹：《贯华堂第五才子书水浒传》（下），周锡山编校《金圣叹全集》，万卷出版公司2009年版，第816页。

⑤ 同上书，第763页。

⑥ 同上书，第979页。

⑦ 同上书，第990页。

⑧ 同上书，第997页。

⑨ 张世君：《明清小说评点叙事概念研究》，中国社会科学出版社2007年版，第315—324页。

甚至为一个字。所有这些足见金圣叹对"章法"的偏爱之甚。

金圣叹对"章法"的重视，并不是空穴来风，他是在承继南宋以来古文评点和时文评点传统的基础上，将"文章学"的"章法"概念以及书画、堪舆、兵法等术语①运用到文学评点之中，注重于文学艺术规律和写作技能的抉发与总结，侧重于对文本结构线索、谋篇布局、勾连转换等叙事环节的细读与呈示。诸如南宋吕祖谦《古文关键》、楼昉《崇古文诀》、谢枋得《文章轨范》、真德秀《文章正宗》及明代武之望《举业卮言》、归有光《文章指南》、董其昌《文诀九则》，对其文学评点产生了较大的影响。明代归有光《文章指南》已标举"章法"一语，用于文章批点，并总结出六十六则文章做法，如引事论事则、前后照应则、总提分应则、结束括应则等。王骥德《曲律》设有"章法"专章，以强调创作和欣赏戏曲都要布局谋篇。其《曲律·章法》说：

> 作曲，犹造宫室者然。工师之作室也，必先定规式，自前门而厅、而堂、而楼，或三进、或五进、或七进，又自两厢而及轩寮，以至廩庾、庖湢、藩垣、苑榭之类，前后、左右、高低、远近，尺寸无不了然胸中，而后可施斤斫。作曲者，亦必先分段数，以何意起，何意接，何意作中段敷衍，何意作后段收煞，整整在目，而后可施结撰。此法，从古之为文、为辞赋、为歌诗者皆然；于曲，则在剧戏，其事头原有步骤；作套数曲，遂绝不闻有知此窍者，只漫然随调，逐句凑拍，掇拾为之，非不间得一二好语，颠倒零碎，终是不成格局。②

---

① 关于"章法"概念文学评点的文化渊源关系，张世君教授的《明清小说评点叙事概念研究》（中国社会科学出版社 2007 年版）和杨志平博士的《中国古代小说文法论研究》（齐鲁书社 2013 年版）分别做了较为详尽的分析。张著系统清理和界定明清小说评点叙事概念，主要讨论了间架、一线穿、脱卸、戏曲、书法、绘画、字法、句法、章法等概念，分析明清小说评点叙事概念的中国建筑结构意识、戏曲段落意识、书法笔意识、绘画图像意识、语言学修辞意识与中国文化的关系、时间性与空间性特性等，意在强调明清小说评点叙事概念的中国特色。杨著主要清理了百年以来的小说文法研究史，着重对小说文法论的来源及其自身流变进行了比较深入的梳理，探讨小说文法论与书画理论、堪舆理论、兵法理论以及与文章学的渊源关系，并进一步评判了小说文法论的价值。

② 王骥德：《曲律》，湖南人民出版社 1993 年版，第 121—122 页。

各家所论"章法",从根本上说就是指文本整体而有序的结构布局。这无疑给金圣叹从事文学评点提供了丰厚的资源。

"工欲善其事,必先利其器"。金圣叹进一步将"章法"这一利器运用到小说评点中,驾轻就熟,得心应手。与以往的评点相比,金圣叹对"章法"的理解更细密、更深入。一方面对章法结构的局部与表层作细观妙察,以见出结构各个部分的纹理之妙。另一方面又对章法结构的整体与深层作远观深究,以见出结构的内在底蕴。正如读解杜诗《秋兴八首》时所言"解分而诗合"。既要强调部分之妙,又要见出整体之美。"道他是连,却每首断;道他是断,却每首连"①。结构主义文论大师托多洛夫说:"阅读是一种本文空间的旅行,这种旅行的路线不止限于依次阅读字母——自左向右,自上而下……相反,阅读还会把本文的临近片段分开,把相关的片断连接,本文的空间组成,即非线性的组成,正是依赖于这一过程。"②金圣叹对文学文本具有极强的穿透能力,他读《水浒传》七十回,只用一目俱下,便知其两千余纸,只是一篇文字;读《西厢记》只是一章,只是一句,只是一字,是一个"无"字。他像西方结构主义大师那样审视文学文本。一方面要"断",在其起承转合之中,见出贯通连接、转换呼应、对比映照的丰富多彩。另一方面又要"连",在对文本作整体观照的基础上,去寻绎隐藏在表层结构之下的深层结构,以期发现对全人类的心理都行之有效的思维构成原则。金圣叹说:"故篇中凡写梁中书加意杨志处,文虽少,是正笔;写与周谨、索超比试处,文虽绚烂纵横,是闲笔。夫读书而能识宾主旁正者,我将与之遍读天下之书也。"③梁中书何以对杨志可爱有加,并做正笔来写?实际上是为后文生辰纲这一惊天大事做铺垫,究其主要原因在于他有重托于杨志之意。这种读书原则实际上隐含着对文本表层和深层结构的追踪。就其表层而言,章法结构可谓千奇百怪,五彩缤纷;就其深层而言,可谓如出一辙,千篇一律。这些便构成了金圣叹解读章法

---

① 金圣叹:《唱经堂第四才子书杜诗解》,周锡山编校《金圣叹全集》,万卷出版公司2009年版,第148页。

② [法]托多洛夫:《结构主义诗学》,转引自佟景韩《结构——符号学文艺学》,文化艺术出版社1994年版,第34页。

③ 金圣叹:《贯华堂第五才子书水浒传》(上),周锡山编校《金圣叹全集》,万卷出版公司2009年版,第181页。

的特点。

第一节　相间：章法结构的表层分析

　　中国古代文论家常常以颇具特色的建宅、缝衣之喻来阐释文学的章法。刘勰说："何谓附会？谓总文理，统首尾，定与夺，合涯际，弥纶一篇，使杂而不越者也。若筑室之须基构，裁衣之待缝缉矣。"①李渔说："至于'结构'二字，则在引商刻羽之先，拈韵抽毫之始。如造物之赋形，当其精血初凝，胞胎未就，先为制定全形，使点血而具五官百骸之势。尚先无成局，而由顶及踵；逐段滋生，则人之一身，当有无数断续之痕，而血气为之中阻矣！工师之建宅亦然。基址初平，间架未立，先筹何处建厅，何方开户，栋需何木，梁用何材，必俟成局了然，始可挥斤运斧。"②"编戏有如缝衣，其初则以完全者剪碎，其后又以剪碎者凑成。剪碎易，凑成难。凑成之工，全在针线紧密。一节偶疏，全篇之破绽出矣。"③

　　无论是刘勰的"附会"，还是李渔的"结构"论都是指文学作品的"章法"结构，其目的在于"造物赋形"。清代纪晓岚说："附会者，使通篇相附而会于一，即后来所谓章法也。"④金圣叹对"章法"的认识同样承续着中国古代文论的这一传统。他说："有全锦在手，无全锦在目；无全衣在目，有全衣在心；见其领，知其袖；见其锦，知其帔也。夫领则非袖，而襟则非帔，然左右相就，前后相合，离然各异，而宛然共成者，此所谓裁之说也。"⑤金圣叹认为文学文本是一个由各个部分精巧组合的完整有机体，犹如一件衣服是由领子、袖子、前襟和后帔合成的。从章法结构的表层来看，文学文本的结构必须具有复杂性和变化性，讲究各种各样

---

①　刘勰：《文心雕龙·附会》，转引自陆侃如、牟世金《文心雕龙译注》，齐鲁书社1982年版，第288页。
②　李渔：《闲情偶寄》，转引自郭绍虞《中国历代文论选》第3册，上海古籍出版社1982年版，第270页。
③　同上书，第272页。
④　转引自王元化《文心雕龙创作论》，上海古籍出版社1979年版，第261页。
⑤　金圣叹：《贯华堂第五才子书水浒传》（上），周锡山编校《金圣叹全集》，万卷出版公司2009年版，第3页。

的组合关系，以表现丰富多彩的意蕴；从章法结构的深层来看，文学文本的各个部分要求首尾一贯，表里一致，形成一个天衣无缝的和谐整体。其总的原则是"杂而不越"，既能从单一中见出复杂，又能从杂多中见出整一，正所谓"驱万途于同归，贞百虑于一致"。这一点有些类似结构主义式的操作。结构主义研究事物，往往把事物视为一个系统，然后进一步分析该系统，由此区分出表层结构和深层结构的二元对立模式，最后把后者视作一切事物的普遍原则。罗兰·巴特说："结构主义活动包括两种典型的操作过程：分割与排列。"[1] 结构主义者往往采用分割与排列的原则来重构对象，以探讨事物表层结构与深层结构的互动关系。格雷马斯也说："必须区分两个不同的表达和分析层次：一个是叙述的表面层次，在这一层次，叙述过程通过语言实质表达并受其特定的要求所约束；另一个是内在层次，它象一个共有的结构主干，在表达之前叙述性就在此存在并得到组织。"[2] 凭着这种分析方法，结构主义对文学批评产生了巨大的反响，并取得了相当可观的成绩。

  基于结构主义文学批评方法论的启迪，我们对金圣叹章法论的认识更深了一步。在金圣叹看来，章法既看重结构中各个部分在不同位置所具有的审美功能，又强调结构内部的同一性关系。《水浒传》的章回与章回之间，不是线形的直接连接，而是一种结构的贯通和转换。金圣叹说："盖昔者之人，其胸中自有一篇一篇绝妙文字，篇各成文，文各有意，有起有结，有开有阖，有呼有应，有顿有跌，特无所附丽，则不能以空中抒写。故不得已旁托古人生死离合之事，借题作文。彼其意：期于后世之人，见吾之文而止，初不取古人之事得吾之文而见也。"[3] 对《水浒传》第三十回评价说："一篇十来卷文字，回环踢跳，无句不钩，无字不锁。"[4] 针对章法结构中的这种多样组合，金圣叹做了透彻的分析。他不是像结构主义那样依据现代语言学模式来分析，而是通过中国传统辩证法的"相间"

---

[1] ［法］罗兰·巴特：《结构主义活动》，转引自怀宇《罗兰·巴特随笔选》，百花文艺出版社1995年版，第295页。

[2] ［立］格雷马斯：《叙述语法的组成部分》，转引自张寅德编选《叙述学研究》，中国社会科学出版社1989年版，第96页。

[3] 金圣叹：《贯华堂第五才子书水浒传》（上），周锡山编校《金圣叹全集》，万卷出版公司2009年版，第477页。

[4] 同上书，第442页。

分布来观照，来见出文学文本的表层结构，如虚与实、避与犯、疏与密、主与宾、关锁与照应，等等。金圣叹对这种"相间"之法也做了较为细致的论述："秋云之鳞鳞，其细若縠者，縠以有无相间成文，今此鳞鳞之间，则仅是有无相间而已也耶？人自下望之，去云不知几十百里，则见其鳞鳞者，其间不必曾至于寸，若果就云量之，诚未知其为寻为丈者也。今试思：以为寻为丈之相去，而仅曰有无相间焉而已，则我自下望之，其为妙也，决不能以至是。今自下望之而其妙至是，此其一鳞之与一鳞，其间则有无限层折，如相委焉，如相属焉。所谓极微，于是乎存，不可以不察也。"① 金圣叹认为好的文章应是"相间"之美，并能从中发现无限层折的极微妙处。《水浒传》第二十六回回评说：

张青述鲁达被毒，下忽然又撰了一个头陀来，此文章家虚实相间之法也。然却不可便谓鲁达一段是实，头陀一段是虚。何则？盖为鲁达虽实有其人，然传中却不见其事；头陀虽实无其人，然戒刀又实有其物也。须知文到入妙处，纯是虚中有实，实中有虚，联绾激射，正复不定。②

文学之美正来自虚中有实，实中有虚，虚实相间。正如刘熙载所说："章法之相间，如反正、浅深、虚实、顺逆皆是。"③ "相间"就是要使成对而又相反的各种因素互相交替，构成变化流动的统一体。因此，欲求章法的变化规律，必须到这些离合、缓急、虚实、顺逆、擒纵、反正、远近、曲直等处去探求，正可谓"欲穷律法之变，必先于是求之"④。

从文学评点的历史渊源来看，金圣叹的"章法"概念承继了二元辩证相间的特点，犹如阴阳鱼图一样，你中有我，我中有你，不断往复循环。二元之间的和谐组合，便呈现出章法结构之美。金圣叹评李斯《谏逐客书》夹批云："如此文字，不知其为顺，为倒，为连，为断，为正，

---

① 金圣叹：《贯华堂第六才子书西厢记》，周锡山编校《金圣叹全集》，万卷出版公司2009年版，第77页。
② 金圣叹：《贯华堂第五才子书水浒传》（上），周锡山编校《金圣叹全集》，万卷出版公司2009年版，第389页。
③ 刘熙载：《艺概·诗概》，上海古籍出版社1978年版，第181页。
④ 同上书，第73页。

为喻，为整，为散，总是先秦笔墨如此"；评韩愈《获麟解》云："一篇，只是一正，一反；再一正，再一反"；评苏轼《留侯论》夹批云："看他连作三起，笔皆劲甚；连作三落，又皆抒缓"；评王安石《同学一首别子固》夹批云："一详一略，参差入妙。"在评点《水浒传》时，金圣叹总结出系列文法，如倒插法、夹叙法、草蛇灰线法、大落墨法、绵针泥刺法、背面铺粉法、弄引法、獭尾法、正犯法、略犯法、极省法、极不省法、欲合故纵法、横云断山法、鸾胶续弦法、移云接月、禹王金锁、间架、一线穿、脱卸、正文、闲文、虚实、有无、主宾，等等。这些文法命名看似有些凌乱，但实则隐含着对二元对立、相反相成篇章结构的认知。"草蛇灰线法"讲究故事情节的连续，而"横云断山法"则讲究故事情节的断开；"背面铺粉法"重在对所描主要对象做烘托描写，而"大落墨法"则重在对所描对象浓墨重彩，直接描写。诸如弄引法与獭尾法、正犯法与略犯法、极省法与极不省法皆可视为金圣叹二元互补"相间"原则在文学评点中的具体运用。在此，我们只结合"避犯""缓急""伏应"三对范畴加以说明之。

一 避犯：同中有异的重复美

从审美接受的角度来看，文学文本中的人物、情节和景物最好不要雷同、重复。正所谓"日新而不腻，频见则不美"。但是因生活经验、艺术修养的限制，文学文本中又常常会见到故事类型相同或相似的叙述。法国叙事学大师热奈特把这种情况称之为叙事频率。他说："我所谓的叙事频率，即叙事与故事之间的频率关系（或更简单地说，重复关系），至今很少受到小说批评家和理论家的关注。然而这却是叙述时间性的基本方面之一。"[1] 而金圣叹将它称之为"犯"，并且通过"避"与"犯"的辩证处理，来解决小说中叙事重复与不可重复的两难困境。为此，金圣叹在评点《水浒传》时提出"正犯法"和"略犯法"。

第一，正犯法。正犯法是指在情节主要部分相似的情况下，作者能把情节的具体过程及具体内容写得毫不雷同。金圣叹说："有正犯法。如武松打虎后，又写李逵杀虎，又写二解争虎；潘金莲偷汉后，又写潘巧云偷

---

[1] ［法］热奈特：《论叙述文话语》，转引自张寅德《叙述学研究》，中国社会科学出版社1989年版，第224页。

汉；江州城劫法场后，又写大名府劫法场；何涛捕盗后，又写黄安捕盗；林冲起解后，又写卢俊义起解；朱仝、雷横放晁盖后，又写朱仝、雷横放宋江等。正是要故意把题目犯了，却有本事出落得无一点一画相借，以为快乐是也。真是浑身都是方法。"① 金圣叹认为正犯法是作者故意将题目造成重复，但写起来又千差万别，无一点一画相借。这无疑是对作者文才的极大挑战。同样是劫法场，同样是惊险之至，但侧重点不一样。"大名府劫法场"是有预有谋，惊险重在曲折紧张；"江州劫法场"是难以预料，重在瞬间激荡。二者各有千秋，各有所长。金圣叹说："六日之内而杀宋江，不已险乎？六日之内杀宋江，而终亦得劫法场者，全赖吴用之见之早也。乃今独于一日之内而杀卢俊义，此其势于宋江为急，而又初无一人预为之地也。呜呼！生平好奇，奇不望至此；生平好险，险不望至此。奇险至于如此之极，而终又得劫法场，才子之为才子，信也！"② 再如《水浒传》第十八、十九回写何涛、黄安率官兵与梁山好汉的水战描写，同样非常典型地体现了这一技法。金圣叹对此做了具体评价：

> 此书笔力大过人处，每每在两篇相接连时，偏要写一样事，而又断断不使其间一笔相犯。如上文方写过何涛一番，入此回，又接写黄安一番，是也。看他前一番，翻江搅海，后一番，搅海翻江，真是一样才情，一样笔势。然而读者细细寻之，乃至曾无一句一字偶尔相似者。此无他，盖因其经营图度，先有成竹藏之胸中，夫而后随笔迅扫，极妍尽致，只觉干同是干，节同是节，叶同是叶，枝同是枝……此书写何涛一番时，分作两番写；写黄安一番时，也分作两番写，固矣。然何涛却分为前后两番，黄安却分为左右两番。又何涛前后两番，一番水战，一番火攻；黄安左右两番，一番虚描，一番实画。此皆作者胸中预定之成竹也。夫其胸中预定成竹，既已有如是之各各差别，则虽湖荡即此湖荡，芦苇即此芦苇，好汉即此好汉，官兵一样官兵，然而间架既已各别，意思不觉都换。此虽悬千金以求一笔之犯，

---

① 金圣叹：《贯华堂第五才子书水浒传》（上），周锡山编校《金圣叹全集》，万卷出版公司 2009 年版，第 18 页。

② 金圣叹：《贯华堂第五才子书水浒传》（下），周锡山编校《金圣叹全集》，万卷出版公司 2009 年版，第 872 页。

且不可得，而况其有偶同者耶！①

同样是写官兵来捉拿梁山好汉，一是写何涛，一是写黄安。作战的环境、双方，如湖荡、芦苇、好汉、官兵、前后都差不多，但其写法又迥然不同。虽然都是做两番写，何涛是一番写水战，一番写火攻，属于前后两番；而黄安则是一番实写，一番虚描。两两相对，才情笔势极妍尽致，无一字一句偶尔相似。整体言之，"干同是干，节同是节，叶同是叶，枝同是枝"，事件的轮廓基本相似；局部言之，其间的"偃仰斜正，各自入妙，风痕露迹，变化无穷"，又各不相同。正所谓"写一样事""不使其间一笔相犯"。可见才子匠心独运。

第二，略犯法。略犯法是指构成情节某一因素的相犯或局部的相犯。其目的是通过部分的相犯，写出整体的不同。"有略犯法。如林冲买刀与杨志卖刀，唐牛儿与郓哥，郑屠肉铺与蒋门神快活林，瓦官寺试禅杖与蜈蚣岭试戒刀等是也。"② 金圣叹对"林冲买刀与杨志卖刀"的章法布局又做了进一步阐释：

> 今观《水浒》之写林武师也，忽以宝刀结成奇彩；及写杨制使也，又复以宝刀结成奇彩。夫写豪杰不可尽，而忽然置豪杰而写宝刀，此借非非常之才，其亦安知宝刀为即豪杰之替身，但写得宝刀尽致尽兴，即已令豪杰尽致尽兴者耶？且以宝刀写出豪杰，固已；然以宝刀写武师者，不必其又以宝刀写制使也。今前回初以一口宝刀照耀武师者，接手便又以一口宝刀照耀制使，两位豪杰，两口宝刀，接连而来，对插而起，用笔至此，奇险极矣。即欲不谓之非常，而英英之色，千人万人，莫不共见，其又畴得而不谓之非常乎？又一个买刀，义一个卖刀，分镳各骋，互不相犯，固也；然使于赞叹处，痛悼处，稍稍有一句、二句，乃至一字、二字偶然相同，即亦岂见作者之手法乎？今两刀接连，一字不犯，乃至譬如东泰西华，各自争奇。呜呼！特特挺而走险，以自表其"六辔如组，两骖如舞"之能，才子之称，

---

① 金圣叹：《贯华堂第五才子书水浒传》（下），周锡山编校《金圣叹全集》，万卷出版公司2009年版，第281页。

② 同上书，第18页。

岂虚誉哉！①

同是英雄，林冲因买刀而落寇，杨志因卖刀而落草。通过宝刀的局部相犯，使林冲和杨志之间建立起一种对比联想的中介关系。由宝刀折射出林、杨二位英雄的身世、遭遇、胸襟等多个层面，在对照中刻画出二位英雄的悲剧性格。

无论是"正犯法"，还是"略犯法"，虽然重复的程度不同，都旨在追求情节重复中的变化多样，强调同中有异。这种"避与犯"既不同于热奈特所言的"单一性叙事"，也不同于所言的"重复性叙事"，同时还不同于所言的"综合性叙事"②。金圣叹所张扬的是一种犯而不犯、犯中求避的章法布局观念，强化了类似事件之间的映射与对比。他在《水浒传》第十一回总评中这样说道：

> 吾观今之文章之家，每云我有避之一诀，固也，然而吾知其必非才子之文也。夫才子之文，则岂惟不避而已，又必于本不相犯之处，特特故自犯之，而后从而避之。此无他，亦以文章家之有避之一诀，非以教人避也，正以教人犯也。犯之而后避之，故避有所避也。若不能犯之而但欲避之，然则避何所避乎哉？是故行文非能避之难，实能犯之难也……将欲避之，必先犯之。夫犯之而至于必不可避，而后天下之读吾文者，于是乎而观吾之才、之笔矣。……而吾之才、之笔，为之踌躇，为之四顾，恚然中窾，如土委地，则虽号于天下之人曰："吾才子也，吾文才子之文也。"彼天下之人，亦谁复敢争之乎哉？故此书于林冲买刀后，紧接杨志卖刀，是正所谓才子之文，必先犯之者，而吾于是始乐得而徐观其避也。③

---

① 金圣叹：《贯华堂第五才子书水浒传》（上），周锡山编校《金圣叹全集》，万卷出版公司2009年版，第171页。

② 热奈特依据事件和语句的有无重复，将叙事频率分为单一性叙事、重复性叙事和综合性叙事三种类型。单一性叙事是指讲述一次性发生过的事或讲述若干次发生过若干次的事，重复性叙事是指讲述若干次发生过一次的事，综合性叙事是指讲述一次发生过若干次的事。参见王先霈、王又平主编《文学批评术语词典》，上海文艺出版社1999年版，第316—317页。

③ 金圣叹：《贯华堂第五才子书水浒传》（上），周锡山编校《金圣叹全集》，万卷出版公司2009年版，第171页。

"犯"是人物、情节、场面的重复、雷同,而"避"则是指有意避开重复、雷同,二者之间构成了辩证统一的关系。既不会有绝对的"避",也不会有绝对的"犯",而是犯中有避,避中有犯。因此,对于金圣叹而言,最富有挑战性的文学创作不是一味求避,而是以犯求避,做到敢于求犯。所谓"将欲避之,必先犯之""犯之而后避之,故有所避也"。只有如此,方是才子的大手笔。"才子之文,必先犯之者,而吾于是始乐得而徐观其避也"。以犯求避、犯中求避的关键在于必须"犯之而至于必不可避"。既然相犯,必须犯到不可加以回避的程度。凭此来寻找出文学的相避之处、独异之处。金圣叹《水浒传》第六十八回总评说:"此书每欲作重叠相犯之题,如二解越狱,史进又要越狱,是其类色。忽然以'月尽'二字,翻空造奇,夫然后知极窘蹙题,其中皆有无数异样文字,人自无才不能洗发出来也。"① 第四十八回写解珍解宝越狱,第六十八回写史进越狱。同样是越狱,同样是由顾大嫂相救,可谓属于"重叠相犯之题""极窘蹙题"。但是前者营救一举成功,后者却因史进误听二十九日为"月尽夜"而未能如愿,随后便生出"无数异样文字"。同样是被押送,林冲被押送和卢俊义被押送,无论在情节上还是在细节上都极为相似,几乎达到了雷同化的地步。作者何以冒如此之风险呢?金圣叹解释道:"最先上梁山者,林武师也;最后上梁山者,卢员外也。林武师,是董超、薛霸之所押解也;卢员外,又是董超、薛霸之所押解也。其押解之文,乃至于不换一字者,非耐庵有江郎才尽之日,盖特特为此,以锁一书之两头也。董超、薛霸押解之文,林、卢两传,可谓一字不换;独至于写燕青之箭,则与昔日写鲁达之杖,遂无纤毫丝粟相似,而又一样争奇,各自入妙也。才子之为才子,信矣!"② 这两处之所以重复,其匠心独运在于文本结构上的照应,所谓"锁一书之两头"。金圣叹在夹批中又进一步解释说:"奇之甚,妙之甚。一路偏要写得与林冲传一样,乃全不差一字,然后转出燕青救主来,却与鲁达救林冲,并无毫厘相犯,所谓'不辞险道,务臻妙境'也。"③ 显然,金圣叹所言的"犯"和"避"不是为犯而犯,而是为了变化多端,各具特色。看似犯而实不犯,看似重复而实不重复,其中隐

---

① 金圣叹:《贯华堂第五才子书水浒传》(下),周锡山编校《金圣叹全集》,万卷出版公司2009年版,第967页。
② 同上书,第872页。
③ 同上书,第880页。

含着极强的辩证精神。

从现代叙事学的角度来看,"正犯法"与"略犯法"是对叙述频率的探索。注重同中有异正是它的本质特点。在叙述那些有着故事类型相同和相似的事件时,应力求重复中求得变化,并在对比中显示各自的差异。近看之,各自争奇斗艳;遥看之,又照耀生色。正所谓"东泰西华,各自争奇"。"避与犯"的章法布局意在提示文人才子应该更好地从单调的生活节奏中去发现新奇而独到的结构之美,不断升华自己的艺术创造才能,以创造"绝世奇文以自娱"。

二 缓急:张弛有度的节奏美

节奏是事物运动的属性之一,是一种有规律的、连续进行的完整运动形式。大自然中既有春秋代序的时间节奏,又有潮涨潮落式的空间节奏;现实生活中既有风雨如晦的崇高式节奏,又有花明草媚的优美式节奏。节奏变化已成为事物发展的本原体现。与现实生活密切相关的文学艺术,亦复如此。但是文学文本中所呈现的节奏决不仅仅是对自然生活节奏的返照,而是在此基础上对其艺术创造的结果。从某种程度上说,节奏已成为文学艺术的魂魄。因此,一个文学艺术家应特别讲究章法的结构布局,注意行文的详略疏密,布控场面的转换间隔,来造成情调各异的叙事节奏,从而不断适应读者的审美要求。对此金圣叹别有心会。他以园林布局喻文,多次提到戏剧结构的节奏问题。他认为戏剧结构犹如观光赏景,有时需要"洞天福地"一类的大景观,犹如绘画中的"大落墨",有时也需要"一桥一树"一类的小风景,犹如"闲笔"。大景观自有奇观,小风景不乏微妙。二者只有参差错落,相得益彰,才能形成一种"轻重得宜"[①]的和谐节奏。如《西厢记》"请宴"就起着小风景的作用。在它的前后有两场大戏,一场是破贼,一场是赖婚,可谓"大波大浪"、"大哭大笑",属于重大场面。但如果直接连起来,势必过分紧张,让读者喘不过气来,难于接受。于是乎便设计了"请宴"过场戏,虽属"至轻至淡",但却能起到"缓缓随笔而行"调节氛围的功能。普救寺解围后,为感激张生救莺莺有功,红娘奉老妇人之命请张生前去赴宴。这本是张生梦寐以求的好

---

① 金圣叹:《贯华堂第六才子书西厢记》,周锡山编校《金圣叹全集》,万卷出版公司2009年版,第120页。

事，理应急行而走。谁知作者转急为缓，反写其张生顾影自怜、迟迟不动的神影，诸如问红娘自己打扮得如何、席上有没有小姐、夫人用什么来招待，表现出张生兴高采烈、得意洋洋的酸味神态。所谓"文魔秀士，风欠酸丁"。这种明修栈道、暗度陈仓的延宕缓写，既是"寺警"惊恐万分的余波荡漾，也是"赖婚"风起云涌的开端。在金圣叹看来，文学文本的各个部分之间并不是平均用力，哪些地方详写，哪些地方略写，还是应该讲究节奏，讲究韵律，其中涉及如何处理好缓急关系问题。具体来说，主要有两种方式：

第一，以缓急相间的方式表现叙事节奏。缓就是情节场面的松弛和舒缓，急就是情节场面的紧张和强烈。文学创作中，故事情节的展开，人物行动的推移，往往表现为动静急缓，盈虚消长。因此，如何恰当地处理缓急的分分合合、升降起伏，是增加叙事节奏强度的重要艺术手段。对此，金圣叹解读极为细密，主要概括为两种技法，即"獭尾法"和"羯鼓解秽法"。金圣叹说："有'獭尾法'。谓一段大文字后，不好寂然便住，更作余波演漾之。如梁中书东郭演武归去后，知县时文彬升堂；武松打虎下岗来，遇着两个猎户；血溅鸳鸯楼后，写城壕边月色等是也。"①《水浒传》第三十九回写梁山好汉劫法场救宋江一幕，宋戴二人午时三刻便要斩首，情况十分危急，但作者却不慌不忙，娓娓道来。先写打扫法场、孔目判斩等，次写众人打扮宋戴二人、吃长休饭、喝永别酒；再写宋戴二人被推向法场，一个面南而坐，一个面北而坐；接着写知府已到只等午时三刻；就在这关键时候，作者笔锋一转，又介绍其东西南北四对人马。对此金圣叹评价说："偏是急杀人事，偏要故意细细写出，以惊吓读者。盖读者惊吓，斯作者快活也。"②"獭尾法"是一种由急入缓的变奏处理，这种技法一方面使整个叙述节奏鲜明，快慢相宜，具有整体之感。另一方面也能使接受者的悬念心理横生，激发审美期待，从而获得一种特定的审美效应。金圣叹《水浒传》第二十三回回评云："上篇写武二遇虎，真乃山摇地撼，使人毛发倒卓。忽然接入此篇，写武二遇嫂，真又柳丝花朵，使人

---

① 金圣叹：《贯华堂第五才子书水浒传》（上），周锡山编校《金圣叹全集》，万卷出版公司2009年版，第18页。

② 金圣叹：《贯华堂第五才子书水浒传》（下），周锡山编校《金圣叹全集》，万卷出版公司2009年版，第566页。

心魂荡漾也。"① 在金圣叹看来，这种技法既可以让读者体验到情节描写由急入缓叙事节奏的变化，又可以感受到作品由崇高境界向优美境界的突转，给读者带来惊喜交加、摇惑不定的审美体验。

与"獭尾法"相比，"羯鼓解秽法"是一种由缓入急的叙事技法。其形成自有一段历史渊源。"羯鼓"本是羯族人用的一种乐器。"羯鼓解秽"一语最早见于中唐南卓《羯鼓录》："上性俊迈酷不好琴，曾听弹琴，正弄未及毕，叱琴者出曰：'待诏出去！'谓内官曰：'速召花奴，将羯鼓来，为我解秽！'"② 唐明皇让几个歌女献乐，操《空山无愁》之曲，他们都是低声吟唱，皇帝"悒悒不得畅"，便叫"'花奴，取羯鼓速来，我快欲解秽！'便自作《渔阳掺挝》，渊渊之声，一时栏中未开众花，顷刻尽开。"③ 所以，"羯鼓解秽"又称"花奴鼓声""羯鼓催花"或"羯鼓洗秽"。金圣叹灵心妙用，移来论文，视之为一种叙事技法。金圣叹《示警》总评云："文章有羯鼓解秽之法……此言莺莺闻贼之顷，法不得不亦作一篇，然而势必淹笔渍墨，了无好意。作者既自折尽便宜，读者亦复干讨气急也。无可如何，而忽悟文章旧有解秽之法，因而放死笔、捉活笔，斗然从他递书人身上凭空撰出一莽惠明，以一发泄其半日笔尖呜呜咽咽之积闷。"④《西厢记》叙写莺莺听说贼兵围寺，一筹莫展，心情极为郁闷，沉寂压抑，速度缓慢。这段情节之后，忽然转换笔墨，惠明无畏出场，仗义送信，铿锵有力，地动山摇，自吐胸中郁闷，收有"羯鼓解秽"之乐。金圣叹将这种戏剧节奏喻为"冷热相济"。《水浒传》第二十四回写"王婆计啜西门庆，淫妇药鸩武大郎"，金圣叹点评道："写淫妇心毒，几欲掩卷不读，宜疾取第二十五卷快诵一过，以为羯鼓洗秽也。"⑤ 西门庆、潘金莲奸夫淫妇，毒杀武大郎，道德败坏，天理难容。小说描写至此，实属沉闷压抑，难以畅舒。而第二十五回旋写武松斗杀西门庆、潘金莲，以

---

① 金圣叹：《贯华堂第五才子书水浒传》（上），周锡山编校《金圣叹全集》，万卷出版公司2009年版，第337页。
② 南卓：《羯鼓录·乐府杂录·碧鸡漫志》，古典文学出版社1957年版，第5页。
③ 金圣叹：《贯华堂第六才子书西厢记》，周锡山编校《金圣叹全集》，万卷出版公司2009年版，第102页。
④ 同上书，第102—103页。
⑤ 金圣叹：《贯华堂第五才子书水浒传》（上），周锡山编校《金圣叹全集》，万卷出版公司2009年版，第361页。

此祭奠亡兄，正义伸张而人生大快。读者郁积之感顿时得以疏解。所谓"羯鼓解秽法"就是将前面一段情绪低沉或节奏缓慢的描写转换成情绪高昂或节奏迅疾的叙写，通过前后鲜明的对比，将读者从沉寂的心境转向舒畅的心境，给人耳目一新之感。

第二，以设置"间隔"或"间架"来制造节奏。间隔是形成节奏的基本条件。山脉的连绵不断在于波峰波谷的高低起伏，音乐的抑扬顿挫在于节拍的快慢连断，文学的错落有致在于行文的断续藏露。所有这些间隔都造成了一种新鲜别致的节奏。金圣叹把这种"间隔"称之为"横云断山法"或"间架"。金圣叹说："有横云断山法。如两打祝家庄后，忽插出解珍、解宝争虎越狱事；又正打大名城时，忽插出截江鬼、油里鳅谋财倾命事等是也。只为文字太长了，便恐累坠，故从半腰间暂时闪出，以间隔之。"①"横云断山法"原是中国绘画的一种重要技法，即以山间弥漫的云雾将山横着截断。金圣叹移之用作文学的一种叙事章法，意指在完整故事的叙述中插入另一个故事，略作中断间隔，变换新的场景，从而使情节波澜起伏。《水浒传》三打祝家庄是梁山好汉的一场重头戏，前后涉及三章。前两场打得可谓"墨无停兵，笔无住马"。如果再接着写打下去，不免节奏平板、缺少变化，有"累赘"之感。于是作者笔锋却徒然一转，忽然插入"解珍解宝双越狱"一回，叙述解氏兄弟的家世、遭遇，并引出连襟乐和、孙立等人，经过孙立等人劫牢投奔梁山，之后才续上主干情节，再接写"宋公明三打祝家庄"。正所谓"从半腰间暂时闪出，以间隔之"。"间隔"的介入虽然中断了故事情节，但却打破了叙事的沉闷，造成了跌宕起伏的节奏，从而增强了故事的接受效果。正所谓"明断暗续""阳断而阴连"。

间隔之法有时也指"间架"。作为一个建筑术语，本指房屋建筑的结构。张世君说："'间'指空间的间隙、距离，在文本叙事中用以表达情节发展出现的障碍和曲折。'架'指空间的围合框架，在文本叙事中用以表述情节线索的错综复杂。'间'与'架'合成为'间架'一词，在空间范围内表现为一个有限定的房屋构架概念，它在文本叙事中成为小说评

---

① 金圣叹：《贯华堂第五才子书水浒传》（上），周锡山编校《金圣叹全集》，万卷出版公司2009年版，第19页。

点理论的结构概念。"① 金圣叹移来喻指小说叙事的结构安排。他在"王婆贪贿说风情"时批道:"前妇人勾搭武二一篇大文,后便有武二起身分付哥嫂一篇小文。此西门勾搭妇人一篇大文,后亦有王婆入来分付奸夫淫妇一篇小文。耐庵胸中,其间架经营如此,胡能量其才之斗石也。"② 所谓"间架经营"就是指在叙事段落的跌宕处,增加或插入一段情节,从而隔在叙事事件的中间,有意造成叙事的中断或曲折。与"横云断山法"相比,"间架经营"不是一种处理较长事件之间的大断,而是从小处着眼处理一个单元事件的小断。《水浒传》第三回写鲁智深大闹五台山,两番使酒性。"最难最难者,于两番使酒接连处,如何做个间架。若不做一间架,则鲁达日日将惟使酒是务耶?且令读者一番方了,一番又起,其目光心力亦接济不及矣。"③ 这两番使酒的精彩片段之间,插入一段专门谈论饮酒过失的闲文,就是一个"间架",正所谓"酒能成事,酒能败事"。两番使酒之间之所以做个"间架",其意义在于既可以力避叙事"两头大,中间小"的结构失衡,也可以力避人物塑造"为酒是务"的性格偏颇。当然,更为重要的是力避叙事的单调平直,勿使读者"目光心力亦接济不及"。金圣叹说:

> 不文之人,见此一段,便谓作书者借此劝戒酒徒,以鲁达为殷鉴。吾若闻此言,便当以夏楚痛扑之。何也?夫千岩万壑,崔嵬突兀之后,必有平莽连延数十里,以舒其磅礴之气;水出三峡,倒冲滟滪,可谓怒矣,必有数十里迤逦东去,以杀其奔腾之势。今鲁达一番使酒,真是捶黄鹤,踢鹦鹉,岂惟作者腕脱,兼令读者头晕矣。此处不少息几笔,以舒其气而杀其势,则下文第二番使酒,必将直接上来,不惟文体有两头大、中间细之病,兼写鲁达作何等人也。④

在金圣叹看来,"间架"作为一种章法结构,不仅仅讲究长短比例的

---

① 张世君:《明清小说评点叙事概念研究》,中国社会科学出版社 2007 年版,第 53—54 页。
② 金圣叹:《贯华堂第五才子书水浒传》(上),周锡山编校《金圣叹全集》,万卷出版公司 2009 年版,第 354 页。
③ 同上书,第 69 页。
④ 同上书,第 77 页。

和谐，而且还讲究张弛疾徐的节奏调配，同时还注意到读者接受的审美心理感受。正所谓"以舒其气而杀其势"。毛宗岗《读三国志法》说："盖文之短者，不连叙则不贯串，文之长者，连叙则惧其累坠，故必叙别事以间之，而后文势乃错综尽变。"①

三 伏应：瞻前顾后的衔接美

叙事的本质在于对事物运动过程的转述，但这种转述并不是恢复一种自然的连接，而是通过歪曲时间来达到某些美学的目的。正如克里斯蒂安·麦茨所说："叙事作品的功能之一即是把一个时况兑现在另一个时况中。"② 所以故事中事件的先后顺序和文本中这些事件的线性布局之间的关系，已构成了文本中叙事结构的重要方面。对此杨义先生说："结构之所以为结构，就在于它为人物故事以特定形式的时间和空间的安排，使各种叙事成分在某种秩序中获得恰如其分的编排配置。"③ 因此，时序是结构形成的要素之一，其微妙之处正在于它按照作者对世界的审美观照，重新安排现实世界中的时空顺序，从而制造了叙事顺序和现实顺序有意味的差异。

金圣叹是一位对叙事时序极为敏感的评点家。他在文学评点中总结出诸多文法，如"倒插法""夹叙法""草蛇灰线法""鸾胶续弦法""伏线""飞针走线""细针婉线"，等等。这些文法不仅涉及诸多真实故事或虚构故事线性排列问题，而且还涉及"故事时况"与"叙事时况"之间连接、对比、映照等交错关系问题。因此，如何处理好叙事过程中伏笔与照应的辩证关系已成为金圣叹最为关注的焦点。一方面讲究穿针引线，要求各个叙事单元衔接自然，天衣无缝，呈现出浑然一体之美。另一方面讲究瞻前顾后，做到彼此相伏，前后相因，呈现出关联呼应、千变万化之妙。正如金圣叹所说："如线贯华，一串固佳，逐朵又妙。"④ 与其他文学经典相比，《水浒传》的叙事难度较大，所叙情节纷繁，所写人物众多，一百单八将啸聚山林，逼上梁山，确有"千条群龙，一齐入海"的宏大气势。但如何使

---

① 罗贯中：《毛宗岗批评本三国演义》，岳麓书社2005年版，第7页。
② [法] 克里斯蒂安·麦茨：《论电影的措事作用》，转引自张寅德编述《叙事学研究》，中国社会科学出版社1989年版，第94页。
③ 杨义：《中国叙事学》，人民出版社1997年版，第61页。
④ 金圣叹：《唱经堂第四才子书杜诗解》，周锡山编校《金圣叹全集》，万卷出版公司2009年版，第46页。

他们成为一个富有变化而又合乎逻辑的有机整体，的确需要在叙述时序上颇费一番斟酌。金圣叹一方面要求布局谋篇，神理贯穿，整体有序。所谓"有全书在胸而后下笔著书""一部七十回一百有八人轮回搁叠于眉间心上"。另一方面还要求前后呼应，左右逢源，变化无穷。所谓"左右相就，前后相合""东穿西透，左顾右盼"。张竹坡说："盖其书之细如牛毛，乃千万根共具一体，血脉贯通，藏针伏线，千里相牵。"[①] 在这方面，金圣叹主要从事件叙事和人物叙事两个层面进行了有益的探索。

第一，事件的整体贯通。小说叙事既要讲究单个事件的脉络沟通，首尾照应，又要讲究不同事件之间的衔接与黏合。就此，金圣叹特别拈出"草蛇灰线法""鸾胶续弦法"。关于"草蛇灰线法"，金圣叹解释道："有草蛇灰线法。如景阳冈勤叙许多'哨棒'字，紫石街连写若干'帘子'字等是也。骤看之，有如无物。及至细寻，其中便有一条线索，拽之通体俱动。"[②] "草蛇"，是指蛇行草上所留下的痕迹；"灰线"是指用筐担灰时泄漏于地上的灰土。二者都时隐时现，若断若连。金圣叹移来论证小说，主要是指把同一个故事连接贯穿的一种技法。其意义在于强调某一物件或语词在文本中反复出现以及由此形成贯穿照应的审美效果。金圣叹在评点《水浒传》中所提到的十八次"哨棒"、十六次"帘子"、三十八次"笑"、三十九个"叔叔"、三十次"春云"、十一次"只见"，等等，指的就是这种技法。金圣叹之所以强调此种叙事方法，究其原因不外乎有二：一是强调整体贯穿作用。作为一个叙事单元，需要一线贯穿，使之成为沟通脉络、衔接首尾的纽带。否则没有它，行文血脉就无法贯通，整个叙事难以"通体俱动"。如紫石街连写十八次"帘子"就是一个典型例证。武松打虎归来，武大陪武松回到紫石街家，武松第一次闯进潘金莲的视线，此时就对"帘子"作了隐隐约约的两次交代："只见帘子开处，一个妇人初到帘子下应到"。第三、四次写"帘子"是武松独自回家后，潘金莲在帘下等待武松、笑迎武松，点明"帘子"是个招风惹草的地方。武松眼明心细，感知灵敏，出门去东京时，便嘱咐哥哥迟出早归，第五次写到早下"帘子"、早闭门。"帘子"六、"帘子"七，写武大、潘金莲除帘子、收帘子，天长日久

[①] 兰陵笑笑生：《张竹坡批评金瓶梅》，齐鲁书社1987年版，第11页。
[②] 金圣叹：《贯华堂第五才子书水浒传》（上），周锡山编校《金圣叹全集》，万卷出版公司2009年版，第18页。

就形成一个习惯。正是有了这一连串的交代，才为"帘子"八、"帘子"九潘金莲把叉竿打在西门庆头巾上埋下了伏笔，可谓斗笋合缝，巧妙无迹。自此以后，"帘子"十、十一、十二、十三、十四成了西门庆、潘金莲勾搭偷情的见证。"帘子"十五写何九叔验尸，怀疑武大中毒而死，"帘子"十六武松归来，发现武大灵位。至此，"帘子"这条线索时断时续，若有若无，将各个头绪贯通一体，完结整个一大段叙事。二是强调前有伏笔、后有照应的起结贯索之美。如"宋江怒杀阎婆惜"一节，金圣叹特地以三十次"春云"二字将事件的连接与起结组合在一起，大致从宋江资助阎婆惜母子的"春云渐展"开始，直到宋江杀阎婆惜"春云三十展"为止。对此金圣叹评价道："此下一篇，自讨婆惜直至杀婆惜，皆是借作宋江在逃楔子。所以始于王婆，终于王公，始于施棺，终于施棺。"① 因此，"草蛇灰线法"既可以让我们看到整个事件发展的来龙去脉，又可以看到各个事件的呼应关联，给人以均衡稳定、相映生辉之美感。

"鸾胶续弦"一语见于东方朔《十洲记》或《汉武帝外传》。传说西王母把凤喙和麟角熬成胶，黏性无比，献给汉武帝。汉武帝弓断之后，用此胶粘结，终日射不断，故名"续弦胶"。金圣叹援引此喻，旨在说明将相隔很远的两个故事或线索合并一起的一种叙事技法，即"鸾胶续弦法"。金圣叹说："有鸾胶续弦法。如燕青往梁山泊报信，路遇杨雄、石秀，彼此须互不相识，且由梁山泊到大名府，彼此既同取小径，又岂有止一小径之理？看他便顺手借如意子打鹊求卦，先斗出巧来，然后用一拳打倒石秀，逗出姓名来等是也。都是刻苦算得出来。"② 《水浒传》第六十一回有两条故事线索：一条是梁山方面派杨雄、石秀下山打听卢俊义的消息，最后演至石秀单身劫法场一幕；一条是燕青救卢俊义不得，无奈投奔梁山泊。如何把这两条线索连接在一起呢？于此施耐庵设计了一个小小的插曲。燕青去梁山报信，没有盘缠，饥渴无奈，只好借一枝弓箭，打鹊问卦。结果喜鹊带箭而走，燕青追赶到山冈下，此时正遇杨雄、石秀赶来，出现了不打不相识的情节。无巧不成书，两个相距很远的事情连接在一起了，犹如弓的两头粘在一块。这样的衔接既出意料之外，又尽在情理之

---

① 金圣叹：《贯华堂第五才子书水浒传》（上），周锡山编校《金圣叹全集》，万卷出版公司2009年版，第287页。

② 同上书，第19页。

中，同时还隐含着一种对照之美。正如金圣叹所言："如此交卸过来，文字便无牵合之迹，不然，燕青恰下冈，而两人恰上冈，天下容或有如是之巧事，而文家固必无如是之率笔也。"①

第二，人物的整体贯通。《水浒传》一百单八将，上山之前各自营生，一盘散沙，有着截然不同的遭遇和命运。如果按部就班，自然列写，无异于贩夫"唱筹量米"，最终导致"迸走散落，无可罗拾"的局面。因此要使这么多"孽龙"式的人物相互认识、相互纠结，作者必须"为之踌躇，为之经营"，通过重建叙事的方式，"别构一奇"，方能弥合贯通，井然有序。"当其一百八人，犹未得而齐齐臻臻，悉在山泊之初，此时譬如大珠小珠，不得玉盘，迸走散落，无可罗拾。……作者于此，为之踌躇，为之经营，因忽然别构一奇，而控扭鲁、杨二人，藏之二龙，俟后枢机所发，乘势可动，夫然后冲雷破壁，疾飞而去。"②为此金圣叹提出"禹王金锁法""移云接月法"。

"禹王金锁法"是将不同空间中的人物，通过上串下联加以贯通，从而使故事情节更加波澜起伏，引人入胜。金圣叹认为各位好汉均为"孽龙"，必须得用索子拴在一起，再用金锁锁扣。所谓"金锁"或为人物或为器具；所谓"贯索"是指在结构上穿针引线的次要人物。《水浒传》第十六回，作者以林冲为媒介，以曹正为穿针引线者，将鲁达和杨志扭结在一起，这就是"禹王金锁法"。鲁智深与杨志素昧平生，二人根本不相识，但如何相会？的确需要一番良苦用心。于是作者先写杨志与曹正相遇。杨志失陷了生辰纲，走投无路，身无分文，因赖酒帐遇到了林冲的徒弟曹正。二人相谈投机，曹正遂指点杨志投靠二龙山，此处已点出"林冲"这一媒介。因为杨志先前在梁山伯与林冲交过手，现在又要去投奔林冲，再次点出"林冲"这一媒介。所以在攻打二龙山时，杨志偶然得知鲁智深不仅是自己的关西同乡，而且与林冲也是生死之交，又点出"林冲"这一媒介。于是二人一见如故，同心协力，共同演出一场双夺宝珠寺的大戏。这样借"林冲"这把金锁拴住了杨志与鲁智深，而曹正实为"贯索之蛮奴"。正如金圣叹所说："林冲实不在此书中，而忽然生出

---

① 金圣叹：《贯华堂第五才子书水浒传》（下），周锡山编校《金圣叹全集》，万卷出版公司 2009 年版，第 881 页。

② 金圣叹：《贯华堂第五才子书水浒传》（上），周锡山编校《金圣叹全集》，万卷出版公司 2009 年版，第 233 页。

曹正自称林冲徒弟，于是杨志自述遇见林冲；鲁达又述遇见林冲，一时遂令林冲身虽不在，而神采奕奕，兼使杨、鲁二人，遂得加倍亲热，不独以同乡为投分也。此譬如二龙性各不驯，必得禹王金锁，方得制之一处。今杨志、鲁达如二孽龙，必不相能，作者凭空以林冲为之金锁，而又巧借曹正以为贯索之蛮奴。"① 武松与鲁达的结识也是如此。《水浒传》第三十回写武松杀了张团练一家，欲寻找个去处逃脱罪过。他们来到张青、孙二娘的十字坡。因官司吃得紧，无奈张青推荐到二龙山宝珠寺，投鲁智深与杨志入伙。于是以禅杖、戒刀为金锁，以张青、孙二娘为"贯锁奴"，完成二龙山聚义，实现主要人物情节的对接。金圣叹说："夫武松之于鲁达，亦复千里二龙，遥遥奔赴，今欲锁之，则仗何人锁之，复用何法锁之乎？欲藏下张青夫妇，以为贯索之蛮奴，而反以禅杖戒刀为金锁。"② 金圣叹"禹王金锁"之法实际上是把部分好汉衔接在一起，相互绾合，相互推进。鲁智深、杨志和武松各有传奇，各有故事，三者当初并不关联，今却先后同聚二龙山中，可谓"文心照耀""奇绝横极"。正如金圣叹所说："作者之胸中，夫固断以鲁、杨为一双，锁之以林冲，贯之以曹正；又以鲁、武为一双，锁之以戒刀，贯之以张青，如上所云矣。然而其事相去越十余卷，彼天下之人，方且眼小如豆，即又乌能凌跨二三百纸，而得知其文心照耀，有如是之奇绝横极者乎？故作者万无如何，而先于曹正店中凭空添一妇人，使之特与张青店中仿佛相似，而后下文飞空架险，结撰奇观，盖才子之才，实有化工之能也。"③

"移云接月法"是将不同时间中的故事主角暗中偷换，趁势由某人物故事转入另一人物故事，从而实现人物的巧妙转换。《水浒传》第四十二回写戴宗寻找公孙胜，途中结识杨林，一起来到蓟州城，恰遇杨雄被一批地痞围殴厮打，石秀路见不平，出手相救。戴林二人仰慕石秀英雄侠义，并邀同饮，劝其加盟梁山泊。石秀正要诉诸衷肠、接受建议时，杨雄却是带领二十多个人，来寻石秀报恩。戴林二人因见官府来人，便悄悄退去。就此金圣叹批曰："移云接月之笔。人但知接下之疾，岂夫料此文乃直兜翠屏山后耶？"戴宗寻访公孙胜的线索就此中止，随

---

① 金圣叹：《贯华堂第五才子书水浒传》（上），周锡山编校《金圣叹全集》，万卷出版公司2009年版，第237页。
② 同上书，第238页。
③ 同上书，第234页。

后立即转入"杨雄醉骂潘巧云，石秀智杀裴如海"的正面叙事。金圣叹将这种情节转换和连接之法，称之为"移云接月之笔"。金圣叹还把这种技法称之为"偷笔"或"脱卸"。"卸去戴、杨，交入杨、石，移云接月，出笔最巧。子弟少时读书，最要知古人出笔，有无数方法：有正笔，有反笔，有过笔，有沓笔，有转笔，有偷笔。上五法易解。所谓偷笔，则如此文是也。盖一路都是戴宗作正文，至此，忽趁势偷去戴宗，竟入杨雄、石秀正传。所谓移云接月，用力不多而得便至大。"①所谓偷笔就是趁势暗中转换人物与情节，迅捷自然，毫不牵强，让读者不知不觉中加以接受。"杨雄领众人来，只为卸去戴宗之地耳。戴宗既已卸去，便并卸去众人，行文亦有'狡兔死，走狗烹'之法也。""前借二十余人，所以走戴宗也。"② 金圣叹之所以极力推崇"移云接月"这种技法，无疑具有形式美的审美价值。一是人物情节转换的自然巧妙，不着痕迹。无论是"偷去戴宗"，还是"卸去戴宗"，都是强调行文过渡、主角转换的自然而然，"用力不多而得便至大"。否则，"别起事端"，容易引起读者的警觉和注意，势必影响甚至损伤小说的审美效果。金圣叹说："文章妙处，全在脱卸。脱卸之法，千变万化，而总以使人读之，如神鬼搬运，全无踪迹，为绝技也。只如上回已赚得朱仝，则其文已毕，入此回，正是失陷柴进之正传。今看他不更别起事端，而便留李逵做一关捩，却又更借朱仝怨气，顺手带下，遂令读者深叹美髯之忠，而竟不知耐庵之巧。"③ 二是烘云托月，顺风接花。"移云接月"的根本目的还是推出新主角出场，进一步推动故事情节的发展。如果说"转出杨雄、石秀"是"月"，那么"卸去戴宗"则是"云"，其作用在于铺垫陪衬而已。金圣叹说："生出戴宗寻取公孙，别开机扣，便转出杨雄、石秀一篇锦绣文章，乃至直带出三打祝家无数奇观。而此一回，则正其过接长养之际也。"④

在金圣叹看来，叙事绝非是一种自然时序的简单推进，而是避犯、缓急、伏应等诸多因素在"相间"中实现了艺术化的衔接、转换、对照、

---

① 金圣叹：《贯华堂第五才子书水浒传》（下），周锡山编校《金圣叹全集》，万卷出版公司2009年版，第630页。
② 同上书，第630页。
③ 同上书，第731页。
④ 同上书，第623页。

锁合。他在有意打破时间叙事的线性因果关系，变循序渐进的历时性叙事为跳跃性的共时性叙事，把不同空间场景并置在一起，使历时性叙事立体化。正如浦安迪所说："'事'在中国的叙事传统里，并不是一个真正的实体。在中国古代的原型观念里——动与静、体与用、事与无事之事等等——世间万物无一不可以化分成一对对彼此互含的观念，然而这种原型却不重视顺时针方向作直线的运动，而却在广袤的空间中循环往复。"① 因此，中国古典小说不是侧重故事前后统贯的时间的统一性，而是更强调事与事之间的空间布展与关联。正所谓"前后穿射，斜飞反扑"。② 这一点与西方的形式观明显不同。法国汉学家于连也深有感悟地说："中国美学所强调的，不论是诗或是画——这两者来自同样的原则——便是不让经验分裂于内、外、情、景的两极——视觉经验和内在体验，所有的真实形象活动都生自于两者的遇合和互动。"③ 这一特点从根本上说受惠于传统文化阴阳"相间"的辩证思维。

第二节 阴阳：章法结构的深层分析

金圣叹"相间"式的章法结构，一方面使文学作品外在形式千变万化，摇荡生姿。另一方面又使文学作品的内在节奏张弛有度，贯通一体。诸多"相间"二元范畴之间，由于上下左右流动与呼应，形成了不同的张力，从而呈现为一个完整的生命有机体。正如金圣叹所说："左右相就，前后相合，离然各异，而宛然共成者。"④ 那么形成这种有机整体的内在动因究竟是什么？对此，诸多现代学人进行了尝试性探讨。有的把它视为"平行"⑤；有的把它视为"互涵"⑥；有的把它视为"对行"⑦。以

---

① ［美］浦安迪：《中国叙事学》，陈珏译，北京大学出版社1996年版，第47页。
② 金圣叹：《贯华堂第五才子书水浒传》（上），周锡山编校《金圣叹全集》，万卷出版公司2009年版，第389页。
③ ［法］弗朗索瓦·于连：《本质或裸体》，林志明、张婉真译，百花文艺出版社2007年版，第47页。
④ 金圣叹：《贯华堂第五才子书水浒传》（上），周锡山编校《金圣叹全集》，万卷出版公司2009年版，第3页。
⑤ ［加］华劳娅·吴：《平行：关于金本〈水浒传〉的批评话语》，《通俗文学评论》1997年第3期。
⑥ ［美］浦安迪：《中国叙事学》，陈珏译，北京大学出版社1996年版，第60页。
⑦ 杨义：《中国叙事学》，人民出版社1997年版，第9页。

上各位学者对金批文本"深层结构"的探讨是有启发性的，无疑为我们研究金圣叹的章法结构论提供了一种思路。但是他们所提出的"深层结构"说仍有进一步深究细推的余地。无论是"平行"说、"互涵"说，还是"对行"说，基本上还只是阐释了文本的外在形态或"表层结构"，大致相当于我们上面所言及的"避犯""缓急""伏应"等"相间"层面。至于其内在生命结构还需进一步深究。

托多洛夫说："作品只是作为抽象结构的表现形式，仅仅是结构表层中的一种显现，而对抽象结构的认识才是结构分析的真正目的。因此，'结构'这个概念，在这种情况下只具有逻辑意义而没有空间感。"[①]金圣叹在对文本结构表层纹理进行观照的同时，还对文学文本深层结构做了宏观的透视。金圣叹说："凡人读一部书，须要把眼光放得长。如《水浒传》七十回，只用一目俱下，便知其二千余纸，只是一篇文字。中间许多事体，便是文字起承转合之法，若是拖长看去，却都不见。"[②] 金圣叹把一部"两千余纸"的小说视为"一篇文字"，表现出对小说"精严"结构的深层追问。金圣叹的这一形式美学思想在《西厢记》的评点中表现得更为突出：

> 横、直、波、点、聚，谓之字，字相连，谓之句，句相杂，谓之章。儿子五六岁了，必须教其识字。识得字了，必须教其连字为句。连得五六七字为句了，必须教其布句为章。布句为章者，先教其布五六七句为一章，次教其布十来多句为一章；布得十来多句为一章时，又反教其只布四句为一章，三句为一章，二句乃至一句为一章。直到解得布一句为一章时，然后与他《西厢记》读。
>
> 子弟读《西厢记》后，忽解得三个字亦能为一章，二个字亦能为一章，一个字亦能为一章，无字亦能为一章。[③]

在金圣叹看来，文学文本的结构不仅是一个相互关联的整体，而且还

---

① ［法］托多洛夫：《叙事体的结构分析》，胡亚敏译，《文学研究参考》1987年第3期。
② 金圣叹：《贯华堂第五才子书水浒传》（上），周锡山编校《金圣叹全集》，万卷出版公司2009年版，第15页。
③ 金圣叹：《贯华堂第六才子书西厢记》，周锡山编校《金圣叹全集》，万卷出版公司2009年版，第15页。

是一个等级层深的结构体系。正如罗兰·巴特所说:"理解一部叙事作品,不仅仅是弄懂故事的展开,也是辨别故事的'层次',把叙事'线索'的横向连接投射到一根垂直的暗轴上。读一部叙事作品,不仅仅是一个词一个词地读下去,也是一个层次一个层次地读下去。"① 金圣叹读得更为精细,更重要的是还要读出"深文隐蔚"。金圣叹说:"行笔似最萧散,却是最精细文字。其中有惜墨如金之法,逐段逐句逐字细细读,当自得之。"② "细察其中间,有无数脱卸,无数层析,无数渲染,无数照应,节节连络,处处合沓。"③ 金圣叹在文学评点中表现出奇绝横极的本领,能够凌跨二三百纸张,得知文心照耀。如果说结构主义仅把文学作品视为"一个大句子"④的话,那么在金圣叹这里则把文学文本视为"一字",甚至"无字"。

  若是字,便只是字;若是句,便不是字;若是章,便不是句。岂但不是字,一部《西厢记》,真乃并无一字;岂但并无一字,真乃并无一句。一部《西厢记》,只是一章。
  若是章,便应有若干句;若是句,便应有若干字。今《西厢记》不是一章,只是一句,故并无若干句,乃至不是一句,只是一字,故并无若干字。《西厢记》其实只是一字。⑤

  更有趣的是,金圣叹竟把这"一字"或"无字"与道家和禅宗之"无"联系起来,显现出金圣叹从华夏民族的文化心理结构对文学文本"深层结构"追寻的努力。在金圣叹看来,只有从这个层面入手,我们才能透过林林总总、杂乱无章的文学表象,衍生出文本的内在规律。金圣叹博学多才,对儒释道多有涉猎,并且能做到互阐互识、互比互照。"凡一

---

① [法]罗兰·巴特:《叙事作品结构分析导论》,转引自《符号学美学》,辽宁人民出版社1987年版,第114页。
② 金圣叹:《天下才子必读书》,周锡山编校《金圣叹全集》,万卷出版公司2009年版,第364页。
③ 同上书,第334页。
④ [法]罗兰·巴特:《叙事作品结构分析导论》,转引自张寅德编选《叙事学研究》,中国社会科学出版社1989年版,第6页。
⑤ 金圣叹:《贯华堂第六才子书西厢记》,周锡山编校《金圣叹全集》,万卷出版公司2009年版,第15页。

切经史子集、笺疏训诂，与夫释道内外诸典，以及稗官野史、九彝八蛮之所记载，无不供其齿颊，纵横颠倒，一以贯之，毫无剩义。"① 金圣叹所言的"深层结构"有着更深层的文化背景，可以说与其所浸染的易学思想、道家文化以及禅宗思想密不可分。

一 拆而为两、叩其两端与"相间"章法的生成

金圣叹对《周易》十分感兴趣，其族兄金昌说："从之学《易》二十年不能尽其事。"② 据廖燕《金圣叹先生传》说："尤喜讲《易》，《乾》《坤》两卦多至十万余言。"从金圣叹的《通宗易论》《语录纂》《随手通》中可以看出，他对"易理"有着深刻的领悟和理解。"《乾》《坤》，大父母也。十六句卦落墨，四十八字卦设色。先把《乾》、《坤》两卦摆作红氍，乃天地之全局。"③ 整个天地无非是乾坤二卦的推演，"刚柔刻刻互用"，成就了"天地之道"。金圣叹在《通宗易论》中对《周易》的整个"义例"及其"易理"做了透彻的分析。金圣叹认为"一阴一阳之谓道"是《周易》哲学最本质的东西，无论是在八卦、六十四卦的卦形符号象征中，还是在卦爻辞的哲理喻示中，都集中体现了这一思想特色。以"阴""阳"两种对立的符号为要素，先叠成八卦：乾（天）、坤（地）、震（雷）、巽（风）、坎（水）、离（火）、艮（山）、兑（泽）。八卦正是阴阳相互交叠、错杂组合的结果。此后，八卦两两相重而出现六十四种卦爻式的象征符号，即六十四卦形。金圣叹说："'天地定位，山泽通气，雷风相薄，水火不相射'，总之曰'八卦相错'，固知此非八卦之文，乃十六卦之文也。天地一双，以至山泽、雷风、水火，共成四双，乃即六十四卦之文也。八卦相错有十六，相荡有四十八，合成六十四，而实则以十六卦为圆图、方图之经纬。方图，伏羲卦也；圆图，文王卦也。十六卦为句卦，余四十八卦为字卦。"④ 在对《周易》整个体系的观照中，金圣叹

---

① 廖燕：《金圣叹先生传》，张国光校注《金圣叹批本西厢记》，上海古籍出版社1986年版，第311页。
② 金圣叹：《唱经堂第四才子书杜诗解》，周锡山编校《金圣叹全集》，万卷出版公司2009年版，第41页。
③ 金圣叹：《小题才子书》，周锡山编校《金圣叹全集》，万卷出版公司2009年版，第225页。
④ 同上书，第203页。

不但发现卦与卦之间两两相对、相辅相成的对待关系，而且还发现爻与爻之间款款相连、遥遥相对的呼应关系。金圣叹说："其中有楼阁卦（千楼万阁，重重涉入）。有光影卦（光光相属，影影相注）。苟不明于圣人楼阁辨才，光影笔法，徒然读此卦不通彼卦，是则名为槔槔卦而矣。"① 在金圣叹看来，这种"阴阳对待"的关系是《周易》哲学文化的精髓。正如朱熹《朱子语类》所说："天地之间，无往而非阴阳；一动一静，一语一默，皆是阴阳之理。"

金圣叹对"阴阳对待"原理的认识还受益于老庄哲学。他多次引用老庄的哲学语言及典故，并以《庄子》为"手眼"解读《西厢记》②。《老子》云："道生一，一生二，二生三，三生万物。万物负阴而抱阳，冲气以为和。""有无相生，难易相成，长短相交，高下相倾，音声相和，前后相随。"《庄子·天下篇》说："《易》以道阴阳。"老庄所讲这种相反相成、物极必反的思想智慧，实际上是与《周易》所言的双构性思维密切相通。更有趣的是，金圣叹借用《论语》之话语来进一步说明凡事皆有两端对待的思想。《语录纂》云："《鲁论》只是'叩其两端'，故谓之论。两端，乃段绢一疋，两头卷到中心，非两疋也。车轮、鸟翼之谓两，乃彼此一合相，不作二字解。'学而不思'，'思而不学'；'博我以文，约我以礼'；'识大''识小'、宗庙百官等，总是'叩其两端'。若非两端，即是异端。"③ 何谓"两端"？侯外庐先生说："'两端'的本义应是矛盾的概念。历来的注疏家对于'两端'一词多不得其解，只有焦循首先道破了此中的精义。他说'凡事皆有两端……'"④ 金圣叹也可以说是道破"此中精义"之人。他以画卦为例提出了"天地之间，无非两者"的命题。"重取前画，拆而为两，此亦非伏羲之独断也，乃一切万物自然之事相也。草木两瓣，人身两窍，天地之间，无非两者。夫何故？中间者，天地之路。"⑤ 这种"拆而为两"的思想正道出了事物的共相。表

---

① 金圣叹：《小题才子书》，周锡山编校《金圣叹全集》，万卷出版公司2009年版，第197页。
② 金圣叹：《贯华堂第六才子书西厢记》，周锡山编校《金圣叹全集》，万卷出版公司2009年版，第12页。
③ 金圣叹：《小题才子书》，周锡山编校《金圣叹全集》，万卷出版公司2009年版，第239页。
④ 侯外庐：《中国思想通史》第1卷，人民出版社1957年版，第183页。
⑤ 金圣叹：《小题才子书》，周锡山编校《金圣叹全集》，万卷出版公司2009年版，第270页。

面看来，中国人好像喜欢把一切事物都分为"两端"，但因为受"知其两端而用之"中庸思想的影响，并不追求二者之间的对立，而是强调二者之间的彼此相因、交融互摄、旁通统贯。钱穆说："中国人观念，主张心与物相通，动与静相通，内与外相通。相通可以合一，合一仍可两分。既不能有了心没有物，也不能有了物没有心。心与物看来相反，实际是相成的。"[①] 正所谓"中间者，天地之路"。

作为儒家第一经的《易经》与作为道家第一经的《老子》，都充满着两极对立共构的原理。"一阴一阳之谓道"同样隐含着极为深刻的形式美学思想。虞翻《周易集解》引："乾阳物，坤阴物，纯乾纯坤之时未有文章；阳物之坤，阴物入乾，更相杂成六十四卦，乃有文章，故曰'文'。"后来的刘熙载《艺概·文概》也说："《易传·系传》：'物相杂故曰文。'《国语》：'物一无文。'徐锴《说文通论》：'强弱相成，刚柔相形，故于文'人爻'为'文'。'《朱子语类》：'两物相对待故有文，若相离去便不成文矣。'为文者，盍思文之所由生也？"这种观念既是自然界万象的普遍原理，也是中国人共有的思维方式。《易》的阴阳原理已构成他们世界观的基础，浸透到日常生活的底层，并业已成为他们文学表现的方式。文学之所以称之为文学正是得力于"阴阳对待"的形式建构。《周礼》注云"丽，偶也"，徐上瀛《溪山琴况》云"丽者，美也"。"阴阳对待"之道无所不在、无所不包，深谙此道的金圣叹将它运用于文学，相互阐释，相互发明。金圣叹以"避犯""缓急""伏应"等"相间"范畴来说明章法结构的特点，正是对"阴阳对待"深层结构的具体运用，从而以结构之技呼应着结构之道，以结构之形暗示着结构之神。所以，这种双构性思维影响了金圣叹对文本结构的看法：文学之美正体现在这种阴阳对待之中。

二 物不终穷、虚无空幻与《水浒》《西厢》文本的"腰斩"

关于"腰斩"《水浒传》的原因，学者们一般都是结合当时社会动荡的历史背景以及目前的有关政治形势，多从思想动机的层面去探讨。或持一种否定说，认为金圣叹是反动文人，诬蔑农民起义；或持一种肯定说，认为是张扬农民起义；或持一种矛盾说，认为维护与反对统治阶级、否定

---

① 钱穆：《中华文化十二讲》，东亚图书股份公司1985年版，第109页。

与肯定农民起义兼而有之①。而对金圣叹腰斩《西厢记》的评价亦多从思想内容方面加以论述②。或视为增强了悲剧性，凸显了反封建、反礼教、求自由的主题；或认为削弱了戏剧冲突、人物性格、主题思想，不符合古代爱情戏大团圆结局赖以产生的社会基础和文化背景。以上无论是对《水浒》腰斩的评价，还是对《西厢记》腰斩的评价，不能说没有道理，但总起来说缺乏对金圣叹腰斩《水浒》《西厢》中深层文化结构的透彻审

---

① 对于《水浒传》的腰斩，整个20世纪主要是围绕两个层面进行的。一是就金圣叹是否删改过《水浒传》展开争论，主要有两种观点：1. 肯定说。以胡适、鲁迅、俞平伯、郑振铎、王齐洲等为代表，认为金圣叹删改过（见胡适《〈水浒传〉考证》，易竹贤编《胡适论中国古典小说》，长江文艺出版社1987年版，第180页；鲁迅《中国小说史略》，上海古籍出版社1998年版，第94页；俞平伯《论〈水浒传〉七十回古本之有无》，《小说月报》1927年第19卷第4期；郑振铎《中国文学论集》上册，开明书店1947年版；王齐洲《金圣叹腰斩〈水浒传〉无可怀疑——与周岭同志商榷》，《江汉论坛》1998年第8期）。2. 否定说。以罗尔纲、周岭等为代表，强调金圣叹没删改过《水浒传》（见罗尔纲《水浒传原本和著者研究》，江苏古籍出版社2000年版，第111—141页；周岭《金圣叹腰斩〈水浒传〉说质疑》，《文学评论》1998年第1期）。二是在腰斩《水浒传》的原因和目的上，主要有三种观点：1. 否定说。认为腰斩《水浒传》就是反对农民起义，主要以胡适、公盾、马蹄疾、刘大杰等为代表（见胡适《〈水浒传〉考证》，易竹贤编《胡适论中国古典小说》，长江文艺出版社1987年版，第180页；公盾《不要美化封建反动文人——谈评价金圣叹的两个问题》，《新建设》1963年第7期；马蹄疾《关于金圣叹腰斩〈水浒〉问题》，《新建设》1963年第8期；刘大杰《金圣叹的文学批评》，《中华文史论丛》第三辑，中华书局1963年版，第154页）。2. 肯定说。腰斩《水浒传》就是支持农民起义，主要以宋云彬、易名、张国光为代表（见宋云彬《谈水浒传》，《文艺月报》1953年第3期；易名《从"哭庙案"看金圣叹》，《光明日报》1962年3月24日；张国光《金圣叹是封建反动文人吗?》，《新建设》1964年第4期）。3. 矛盾说。主要代表人物有傅懋勉、刘大杰、章培恒等。既有同情农民起义的方面，又有痛恨农民起义的方面，呈现出亦此亦彼的矛盾心态（见傅懋勉《关于评价金圣叹的问题》，《文汇报》1962年9月28日；刘大杰、章培恒《金圣叹的文学批评》，《中华文史论丛》第3辑）。

② 金批《西厢记》是入清以后最为流行的版本，但对他删改评点的功过是非，却一直聚讼纷纭。主要是围绕两个方面加以展开：一是金圣叹是否删改过《西厢记》。或认为金圣叹并未进行"革新"，他所进行的"革新"都是明刊本中的流行体例。（见蒋星煜《金圣叹对西厢记的体例作出"革新"吗?》，《文学评论丛刊》1988年总30辑）；或认为《金西厢》优越于《王西厢》，认为他的改动颇有思想价值和美学价值（见张国光《有比较才有鉴别——〈金西厢〉优于〈王西厢〉》，《文学评论丛刊》1979年第3期）。二是对金圣叹截取第五本的做法持以不同看法。1. 肯定说。凸显了反封建反礼教、争取恋爱婚姻自由的主题，强化了悲剧的震撼力（见张国光《有比较才有鉴别——〈金西厢〉优于〈王西厢〉》，《文学评论丛刊》1979年第3期；徐朔方《论〈西厢记〉》，《光明日报》1954年5月10日）。2. 否定说。强调第五本的收煞与其他四本是一个有机的整体，与戏剧冲突、人物性格、主题思想、抒情风格相协调（见吴国钦《西厢记艺术谈》，广东人民出版社1983年版，第128—130、65页）。

视。实际上，如果我们能把对《水浒》《西厢》的评价与他对儒道释文化的阐释结合起来，我们深感到《周易》的"物不可以终穷"论、老庄的"有无"观以及佛教的梦幻观所形成的"前理解"对金圣叹的腰斩起着巨大的制衡作用。

第一，《周易》的"物不可以终穷"论。从整体来看，《周易》的六十四卦是一个无往不复的系统。其中《序卦》就将易卦排列成相互推挽的生命循环过程。所谓"泰者，通也。物不可以终穷，故受之以否。""剥者，剥也。物不可以终尽，剥穷上反下，故受之以复。""恒者，久也。物不可以久居其所，故受之以遁。"在《周易》的思想中，万事万物都有难以终尽的过程。六十四卦之所以以乾坤卦为开始，以既济、未济卦作结，正是《周易》恒久不已、变化之道的归结。《既济》卦作为第六十三卦，旨在借"涉水已竟"喻"事已成"，含有完美成功之意。而紧接着的六十四卦《未济》，则借"未能济渡"喻"事未成"，含有事物未必有绝对成功的哲理。《序卦》认为六十四卦以乾坤卦为生命之始、以未济卦为末，象征着生命尚未穷尽，事业尚未完成，当复而反之的寓意。据此金圣叹又做了进一步的阐释：

> "原始反终"，虽两件，只要你原始。一切众生，只为不曾原始，所以昏昏过日子。你若原始，那个始便应时在你面前翻筋头反作终。粗粗原，他粗粗反；渐原渐反；究竟原，他究竟反。……"终"左"系"，是绳，不是丝。三股麻绞转来，已成绳了，还只要绞，以无限之力，绞易尽之绳。绳去不得了，绞也绞不去了，麻之为麻，已连底冻，故从绳从冬。世间底事，一定有个住手，你不肯住，他住起来便了不得。逆寻泉出之处曰原。反象大垂手之形。原始原到花上露之一刻，还不是始，直到原到前世断命时节。……终之一刻极要紧，世间事体，无不把终来起头底，始来结局底。①

在金圣叹看来，世间万事万物都具有一种无穷无尽性。"'号物之数有万'，万非数也。壶蜂飞起时，上上下下，前前后后，左左右右，再数

---

① 金圣叹：《小题才子书》，周锡山编校《金圣叹全集》，万卷出版公司2009年版，第229页。

它不尽。"①"万"字绝非仅仅是一个数词，而是一个无限的象征。就空间而言，天地无限大。《语录纂》云"天地之大无处不到""无穷无尽"。《随手通》说："二'元'为天，吾则不知其于乎起，乌乎尽也。"② 就时间而言，同样无限绵延，是一种"'不能尽之无常'精义。"③《语录纂》进一步通过《周易》中的"既济""未济"卦来说明时空的不可穷尽的特点。"《未济》接不着《既济》底，不是圣人既终，乃有《未济》。当凡夫未终，已有《未济》了，只是圣人到《既济》，乃与《未济》相应。"④ 金圣叹这种道之无穷、终而不止的看法，实际上体现着《周易》流行反复、生生不已的生命观念。他正是以这种观念来腰斩《水浒》《西厢》，其目的正着眼于未来生命的发展而非终结。对于以"惊梦"而不以"团圆"作结，金圣叹又做了哲理性的联想："《周易》六十四卦之不终于既济，而终于未济；《春秋》二百四十二年之不终于十有二年冬，而终于十有三年春；《中庸》三十三章之不终于'固聪明圣智达天德者'，而终于无数诗曰诗云；《大悲阿罗尼》之不终于'娑啰娑啰悉唎悉唎苏嚧苏嚧'，而终于十四娑婆诃也。"⑤ 其中对于《春秋》的终结，金圣叹又解释道："'大衍之数五十，其用四十有九'，故鲁隐公之元，实平王之四十九。二百四十二年，始于己未，讫于庚申，约《既济》、《未济》之义。（已为《既济》，未为《未济》。）宜止于己未冬，而经止庚申春者，乃先师更展一年，以尽未来际也。"⑥ 这种止于未完成的结构方式给人们提供了联想天地和人生之道的广阔空间，给文本提供的不是非此即彼的单一性，而是值得深思的多义性朦胧境界。

第二，庄禅的"有无"观。金圣叹以《庄子》手眼批点《水浒》

---

① 金圣叹：《小题才子书》，周锡山编校《金圣叹全集》，万卷出版公司2009年版，第251页。
② 同上书，第273页。
③ 金圣叹：《贯华堂选批唐才子诗》，周锡山编校《金圣叹全集》，万卷出版公司2009年版，第143页。
④ 金圣叹：《小题才子书》，周锡山编校《金圣叹全集》，万卷出版公司2009年版，第253页。
⑤ 金圣叹：《贯华堂第六才子书西厢记》，周锡山编校《金圣叹全集》，万卷出版公司2009年版，第259页。
⑥ 金圣叹：《小题才子书》，周锡山编校《金圣叹全集》，万卷出版公司2009年版，第258页。

《西厢》，其对老庄文化最深切者莫过于对"有无"的彻悟。老庄哲学的核心是"道"。《老子》说："有物混成，先天地生。寂兮寥兮，独立而不改，周行而不殆，可以为天下母。吾不知其名，字之曰道。"《庄子·渔父》说："道者，万物之所由也。……故道之所在，圣人尊之。"在老庄看来，"道"是一种视之无形，听之不闻，不可言说，无从把握却又无所不在，在冥冥默默之中支配万事万物的力量，是宇宙本体的最高概括。其根本特征在于"虚无"。《老子》说："道之为物，惟恍惟惚。惚兮恍兮，其中有象，恍兮惚兮，其中有物。""无状之状，无象之象，是谓恍惚。""天地万物生于有，有生于无。"老庄认为"虚无"是无形无为的绝对精神，是认识的根本，宇宙的本质。《老子》说："三十辐共一毂，当其无，有车之用；埏埴以为器，当其无，有器之用。凿户牖以为室，当其无，有室之用。"老子认为车辐中间的空白，器皿中间的虚处，房子四壁围成的空间，是真正起作用的地方。这种"无"从表面上看是"空诸所有"，而实质上却是"无中生有"。《庄子·知北游》说："昭昭生于冥冥，有伦生于无形。"从这样的本体论出发，老庄认为"无"是美的最高境界，它是"听之不闻其声，视之不见其形"。万物之美都应在虚空中才能蓬勃生长。针对老庄的"无"论，金圣叹又进一步引入了禅家的"赵州无字"公案，以作互证。据《五灯会元》记载："问：'狗子还有佛性也无？'师曰：'无'。"[1] 宋僧慧开的《无门关》选录此公案，并加以解说：

> 无门曰：参禅须透祖师关，妙悟要穷心路绝。祖关不透，心路不绝，尽是依草附木精灵。且道如何是祖师关？只者一个无字，乃宗门一关也，遂目之曰：禅宗无门关。透得过者，非但亲见赵州，便可与历代祖师把手共行，眉毛厮结，同一眼见，同一耳闻，岂不庆快！莫有要透关底么？将三百六十骨节，八万四千毫窍，通身起个疑团，参个无字，昼夜提撕，莫作虚无会，莫作有无会；如吞了个热铁丸相似，吐又吐不出，荡尽从前恶知恶觉，久久纯熟，自然内外打成一片，如哑子作梦，只许自知。[2]

---

[1] 普济：《五灯会元》，中华书局1984年版，第204页。
[2] 魏道儒释译：《禅宗无门关》，东方出版社2017年版，第16页。

禅宗所讲的"无"主要有两层意思：一是所谓"无"，不是虚无之无，也非有无之无，所谓"莫作虚无会，莫作有无会"。简言之，这个"无"是超越一切是非、对立以及名言概念的神秘宗教本体，是一种无差别的自由境界，"无"即佛，即真如。二是要参透这个"无"字，关键在于"妙悟要穷心路绝"。所谓"穷心路绝"，就是打破种种世俗见解，了断是非、有无、善恶分别之类的烦恼。正如"吞了个热铁丸相似，吐又吐不出，荡尽从前恶知恶觉"。也就是说，欲想成佛，必须在心灵上破除现象世界有、无之分的执着而引向对最高本体"无"的妙悟。只有经过这样的心灵路程，真如本性才会活跃起来。以此而论，道家和禅宗在追求"无"的最高境界方面显然构成了某种相通性。金圣叹正是利用"赵州无字"公案和老庄之"无"来说明文学作品的空灵境界，注重有无相生、虚实相成的辩证和合，着力于"无"对"有"的支配作用。在金圣叹看来，"无"并不是一种虚空，而是隐含着一种"生生不穷"的力量，它是"有"的另一种形式。《随手通》释"仁"字说："果实者两瓣为人，然此徒象其形，又岂知其中有无形者，是能生生不穷，故傍用'元'字之上半，会意也。"①《语录纂》说："'无声无臭'，声臭已是虚空法，并虚空无有。然而才言无有，大千已无不有，故曰'至矣'。"② 金圣叹依据老子"当其无，有车之用"的哲理，推导出山水名胜奇妙之处也必在于"当其无"之处，然后依次又推导出天下锦绣才子深念不忘的"当其无，有文之用"的至理名言。"普天下及后世锦绣才子，将欲操觚作史，其深念老氏当其无有文之用之言哉？"金圣叹强调的是虚写，而不是实写。"圣叹每云，不会用笔者，一笔只作一笔用，会用笔者，一笔作百十来笔用"③，并认为"自古至今无限妙文，必无一字是实写。"④ 金圣叹在《水浒传》的序言中将艺术作品分为"圣境""神境""化境"三种境界，而将"心之所不至手亦不至焉"的"化境"推为最高境界。他说："心之所至手亦至焉者，文章之圣境也。心之所不至手亦至焉者，文章之神境也。

---

① 金圣叹：《小题才子书》，周锡山编校《金圣叹全集》，万卷出版公司2009年版，第274页。

② 同上书，第249页。

③ 金圣叹：《贯华堂第六才子书西厢记》，周锡山编校《金圣叹全集》，万卷出版公司2009年版，第66页。

④ 同上书，第93页。

心之所不至手亦不至焉者，文章之化境也。夫文章至于心手皆不至，则是其纸上无字、无句、无局、无思者也，而独能令千万世下人之读吾文者，其心头眼底乃窅窅有思，乃摇摇有局，乃铿铿有句，乃烨烨有字。"[1] 金圣叹的"化境"说既揭示了文学创作过程中作家"无"的微妙心理，又指出了文学文本中"无文字"的用笔之妙。在金圣叹看来，文学作品不仅注重"有声""有色"的艺术表现，而且更要通过"有声""有形""有色"的艺术表现，传达出那"无声""无形""无色"的艺术深层境界。从这个意义上说，"《西厢记》是一个'无'字。"基于这种认识，我们认为金圣叹在删改《水浒传》《西厢记》中分别巧设卢俊义"惊噩梦""草桥店惊梦"，正是"当其无，有文之用"思想的体现。它还进一步预示着事业的未来走向，给读者留下了究之不尽、测之欲深的想象空间。

第三，佛学的"梦幻"观。金圣叹"自幼学佛"，"以禅学入门，即以禅学为归宿，故谈禅诸文，靡不三藏贯彻。"[2] 金圣叹于佛最为深切者莫过于对"梦"的理解。究其原因就在于梦与佛法有着难解难分的关系。何谓佛？《佛地论》云："于一切法、一切种相，能自开觉。亦开觉一切有情。如睡梦觉醒、如莲花开，故名佛。"《智度论》云："佛名为觉。于一切无明睡眠中最初觉故。"《大乘义》云："无名昏寝事等如睡。智慧一起，朗然大悟，如睡得寤。故名为觉。既能自觉，复能觉他。觉行穷满，故名为佛。"何谓法？《金刚经》说："一切有为法，如梦幻泡影，如露亦如电，应作如是观。"何谓僧？《行事钞》说："四人已上，能御圣法，辨得前事，名之为僧。"就佛性而言，佛、法、僧是一体化的，并且在如梦如幻的境界中最能觉醒、最能呈示。正如《金刚经》所说："诸佛身金色，百福相庄严。闻法为人说，常有示好梦。"世间虚空，人生如梦。人生于梦幻之中方能解脱，领悟佛法大义。对这种虚无的人生观，金圣叹的理解颇为深刻。其《随手通》说：

---

[1] 金圣叹：《贯华堂第五才子书水浒传》（上），周锡山编校《金圣叹全集》，万卷出版公司2009年版，第3页。
[2] 金圣叹：《小题才子书》，周锡山编校《金圣叹全集》，万卷出版公司2009年版，第358页。

> 且也甚欲说实,而都不知实则何在也。谓实又别在,则非实也。说实则必云实现见在此。夫实现见在此,吾则知之,非众人之所及也。今欲众人的知实乃现见在此,则非起大权道必无由。且也实现见在此,知之固难,若夫知之而祈到之,则尤难也。且也众人未知有实,则不得已告之曰"实",若真知曰实,又真到于实,当是时又讵真有实,又讵真名"实"哉。且也此固实也,而众人惘然莫知其为实,是诚大错;乃此固无有实也,而吾嗷嗷然必号之曰"实",又岂非大错!①

金圣叹认为大地山河,古往今来,圣贤豪杰,凡夫俗子,无非是一场子虚乌有之梦,根本不存在真实真相。一切事物,皆为"假有"。面对人世的沧桑与虚幻,金圣叹形成了一种悲凉空幻的人生观:"古之君子,才不可以终恃,力不可以终恃,权势不可终恃,恩宠不可终恃;盖天下之大,曾无一事可以终恃,断断如也。"②

金圣叹认为世事无常,人生虚妄,一切皆如梦幻。他这种如梦如幻的悲寂心态为他"腰斩"《水浒传》《西厢记》提供了文化视点。

> 一部书一百八人,声色灿然,而为头是晁盖先说做下一梦。嗟乎!可以悟矣。夫罗列此一部书一百八人之事迹,岂不有哭,有笑,有赞,有骂,有让,有夺,有成,有败,有俯首受辱,有提刀报仇,然而为头先说是梦,则知无一而非梦也。大地梦国,古今梦影,荣辱梦事,众生梦魂,岂惟一部书一百八人而已,尽大千世界无不同在一局。求其先觉者,自大雄氏以外,无闻矣。真蕉假鹿,纷然成讼,长夜漫漫,胡可胜叹!③

金圣叹截取《水浒传》七十回成书,并且在结尾加上卢俊义"惊恶梦",正是力求使新的结构与他对佛法世界意义的理解相吻合。"晁盖七

---

① 金圣叹:《小题才子书》,周锡山编校《金圣叹全集》,万卷出版公司2009年版,第267页。
② 金圣叹:《贯华堂第五才子书水浒传》(上),周锡山编校《金圣叹全集》,万卷出版公司2009年版,第451页。
③ 同上书,第191页。

人以梦始,宋江、卢俊义一百八人以梦终,皆极大章法。"① 金圣叹对于《西厢记》的"腰斩"也采取了同样的方式。他把佛教如梦如幻的大义视为《西厢记》的"立言之志":"吾闻周礼:岁终,掌梦之官,献梦于王。夫梦可以掌,又可以献,此岂非《西厢记》第十六章立言之志也哉。"由于第十六章是整部《西厢记》之"结",所以也是全部《西厢记》的"立言之志":"《西厢》一十五章……等事哉!自归于佛,当愿众生,体解大道,发无上心;自归于法,当愿众生,深入经藏,智慧如海;自归于僧,当愿众生,统理大众,一切无碍。"② 金圣叹认为整个《西厢记》都在贯穿着一个"梦"字,体现着一种梦幻过程。金圣叹说:

> ……我又再细细察之,而后知其填词虽为末技,立言不择伶伦,此有大悲生于其心,即有至理出乎其笔也。今夫天地,梦境也;众生,梦魂也。无始以来,我不知其何年齐入梦也;无终以后,我不知其何年同出梦也。夜梦哭泣,旦得饮食;夜梦饮食,旦得哭泣。我则安知其非夜得哭泣,故旦梦饮食,夜得饮食;故旦梦哭泣耶?何必夜之是梦,而旦之独非梦耶?③

在金圣叹看来,"第一章无端而来,则第十五章亦已无端而去",皆是因"梦"一字。如果说《西厢记》前十五章不过是"如睡""如睡梦",那么至第十六章方"得寐""觉醒",所谓"入梦是状元坊,出梦是草桥店"。金圣叹认为这便是《西厢》最大的构局,也是《西厢》最本质的意蕴。金圣叹说:"盖《惊艳》已前,无有《西厢》;无有《西厢》则是太虚空也;若《哭宴》以后,亦复无有《西厢》;无有《西厢》则仍太虚空也。此其最大之章法也。"④ 金圣叹认为世界本来空无一物,人生现世最终也必然归于虚无。即使最美好的爱情也是昙花一现。这一章法结构强化了"人生一世,草木一秋"的悲凉感受。正如汝善思惟大师所

---

① 金圣叹:《贯华堂第五才子书水浒传》(下),周锡山编校《金圣叹全集》,万卷出版公司2009年版,第996页。

② 金圣叹:《贯华堂第六才子书西厢记》,周锡山编校《金圣叹全集》,万卷出版公司2009年版,第259页。

③ 同上书,第253页。

④ 同上书,第199页。

言:"一切众生,最苦离别,最难离别,最重离别,最恨离别。……终亦不得,不离别时,自此一别,一切都别,萧然闲居,如梦还觉,身心轻安,不亦快乎。"① 世间情欲皆从无中生有,最后终将归于无,从而获得彻底解脱。

"一阴一阳之谓道"。"道"总括万物之原,"阴阳"推究万物化生之理,"八卦"统摄万物秩序,"五行"涵盖万物性能。"《易》道广大,无所不包",由其衍生出的天地人共生共感的宇宙模式带有"原型"的性质。荣格往往把"原型"与"道"连接起来,以寻找它们的相通性。荣格说:"在中国古代的哲学里,我们可以看到同样的思想。理想的状态被称作道,它就是天地之间的完美和谐……阴和阳两极对立统一的原则,正是一种原型意象。这种原始的意象至今存在。"② 在荣格看来,"道"之所以与"原型"相沟通,不但是因为二者之间无所不在,历时恒久,而且是因为二者之间存在着一种共时的整体性,即整体状态中包含着一切。道与原型一样,作为原初的状态,具有蕴含一切又能幻化为一切的潜能。美国学者史华兹视"道"为一个"整体性的宇宙秩序和社会秩序的概念",具有"包含一切的秩序"的意义③。李约瑟说:"中国人的科学或原始科学思想认为:宇宙内有两种基本原理或'力',即阴与阳,此一阴阳的观念,乃是得自于人类本身性交经验上的正负投影;另外,还有构成一切实体及其演变程序的五种元素,即所谓'五行'。"在李约瑟看来,中国人是"'关联式的思考'方式","概念与概念之间并不互相隶属或包涵,它们只在一个'图样'(Pattern)中平等并置;至于事物之相互影响,亦非由于机械的因之作用,而是由于一种'感应'(induction)。"④ 这种"图样"既具有无限的概括力和涵盖面,又具有概念图式的原型性质;既具有程式化之特色,又有演义性之功能。这样就从根本上熔铸了中国古代艺

---

① 金圣叹:《贯华堂第六才子书西厢记》,周锡山编校《金圣叹全集》,万卷出版公司2009年版,第242页。
② [德]荣格:《分析心理学的理论与实践》,成穷、王作虹译,生活·读书·新知三联书店1998年版,第129页。
③ [美]史华兹:《古代中国的思想世界》,程刚译,江苏人民出版社2004年版,第190—195页。
④ [英]李约瑟:《中国古代科学思想史》,陈立夫译,江西人民出版社1990年版,第6页。

术家凭此掌握世界的心理欲求和构形能力。正如卡西尔所说："艺术家的眼光不是被动地接受和记录事物的印象，而是构造性的，并且只有靠着构造活动，我们才能发现自然事物的美。"① 据此而言，《周易》阴阳对待的思维、老庄相辅相成的有无观以及佛教梦幻观，经过历史的积淀和传承已经成为华夏民族天性中最为深层的精神语言和心灵代码。作为一种"诗性智慧"，它不仅是形成结构的能力，也是使人的本性服从于结构要求的能力，从而为一切在手的素材赋予形式。对于文学艺术而言，正是通过这个结构活动所体现的秩序去整理世界、重塑世界。不但可以把客观事物按照重要性予以排列组合，而且把它融合为一个独立自足的有机体。金圣叹在从事文学评点时，便把这一"诗性智慧"幻化为避与犯、缓与急、伏笔与照应、主与宾、虚与实等二元对立的世界。它们之间相互承接、相互转折、相互组合、相互贯穿，形成了井然有序的整体世界，金圣叹从中发现了一种对比、映衬、起伏、呼应等"有意味的形式"②。这些正是使文学作品结构富于参差变化、波澜曲折、比例协调等生命感的秘密之所在。

---

① ［德］恩斯特·卡西尔：《人论》，甘阳译，上海译文出版社1985年版，第192页。
② 英国文艺批评家克莱夫·贝尔强调艺术作品的基本性质就在于它是"有意味的形式"。作品的各部分、各素质之间的独特方式的排列、组合起来的形式或关系是"有意味"的，它主宰着作品，能够唤起人们的审美情感。见［英］克莱夫·贝尔《艺术》，马钟元、周金环译，中国文联出版社1984年版，第7页。

第四章

分 解 论

金圣叹作为一个伟大的文学批评家,不仅揭示了文学作品的诸多规律,而且还赋予读者以重要的主体地位。其评点以文本为核心,既沟通了与作者的交流,又沟通了与读者的对话,架构起从创作到文本、再从文本到读者的桥梁。正如袁无涯所说:"书尚评点,以能通作者之意,开览者之心也。"[1] 同样,金圣叹将批评家、作家、读者融为一体,其解读实现了多种声音的交汇。清代赵时揖曾这样评价金圣叹的评点:

从来解古人书者,才识不相及,则意不能到;意到矣,而不能洋洋洒洒尽其意之所欲言,则其意终不明。诚未有若贯华先生之意深而言快也。先生为一代才子,而乐取古才子之当其意者解其书。盖先以文家最上之法,迎取古人最初之意,畅晰言之,而其意一无所遁。得是法以读书,而书无不可读矣。诗之推杜工部也,夫人知之也。然不知杜诗之佳,则虽极尊誉之,而老杜似未乐也。解杜诗者日益众,知杜诗者日益寡。自先生解杜,而杜可乐矣,而读杜诗者皆乐矣。先生之解杜,若杜呼先生而告之曰:"仆之意有若是焉。"不然,何意之隐者、曲者、窈渺然其远者,先生皆得观见而悉数之耶?乃先生意之所及,实有老杜意之所不能及,令人惊喜舞蹈,遂觉老杜原有此意,遂谓先生确为老杜后身。夫先生所解书,无不尽合古人之意,先生又安得有如许后身哉?[2]

---

[1] 袁无涯:《忠义水浒全书·发凡》,转引自朱一玄、刘毓忱编《水浒传资料汇编》,百花文艺出版社1984年版,第148页。

[2] 赵时揖:《贯华堂评选杜诗序》,转引自周采泉《杜集书录》,上海古籍出版社1986年版,第480页。

在赵时揖看来，金批不但可以"悉数"作者隐曲窈渺之意，而且还生发拓展作者未及之意。他解读杜诗，既可以使"杜可乐"，也可使"读杜者皆乐"。这的确抓住了金批解读的独特之处。作文难，知文尤难。文学解读实属不易，自始至终面临着作者语意闳深和读者难尽其藏的矛盾。正如钱锺书先生所说："言言之人句斟字酌，慎择精研，而受言之人往往不获尽解，且易曲解，而滋误解。"① 但对金圣叹来说，其解读似乎已摆脱了此种困境。究其原因在于他"以文家最上之法，迎取古人最初之意，畅晰言之，而其意一无所遁"。金圣叹的文学评点既能紧扣文本，以文法穿透，"畅晰言之"，又能直射千古，深得古人之用心，还能开览者之心，令其快乐。金圣叹之所以能如此成功，实得力于他的"分解论"。

金圣叹之所以高度重视分解，究其原因既是对长期以来"不可解"传统的反驳，也是对唐诗过于偏重"中四句"的矫枉过正。金圣叹说：

> 诗非异物，只是一句真话，弟近日所以决意欲与唐律诗分解也。弟见到世人说到真话，即开口无不郁勃注射者，转口无不自寻出脱、自生变换者。此不论英灵之与懵懂，但是说到真话，即天然有此能事，天然有此平吐出来一句，连忙收拾一句；又天然必是二句，必不是一句。今唐律诗正复如此。前解，便是平吐出来之一句，所谓郁勃注射之句也；后解，便是连忙收拾之一句，所谓自寻出脱，自生变换之句也，所谓真话也。然不与分解，却如何可认？②

金圣叹将作诗的表情达意与平时人的说话方式相类比，认为二者有相通之处。平常说话有话头、有话尾，有平吐出来之一句，必然有变换收拾之一句，前后相连相分、相续相转，其中自有一番起承转合。优秀的诗歌也复如此。正所谓"今弟分唐律诗之前后二解，正即说话人之话头话尾也"③。在金圣叹看来，诗歌犹如人之心头"一句真话"，有起有结，其中自有"郁勃注射之句"，也必有"自寻出脱、自生变换之句"。当作者文思泉涌，挥笔著文之时，眼底胸前，自然平添无数高深曲折。"今限之以

---

① 钱锺书：《管锥编》，中华书局1999年版，第406页。
② 金圣叹：《贯华堂选批唐才子诗》，周锡山编校《金圣叹全集》，万卷出版公司2009年版，第58页。
③ 同上书，第59页。

八句，而彼仍得极尽其眼底胸前之无数高深曲折者，只赖分前分后，则虽一寸之阔之纸，而实得以恣展其破空之行故也。如曰不分，则是令之眼底胸前所有高深曲折，悉不得以少伸也。"①金圣叹认为对诗歌进行分解，具有天然的合理性，因为作诗也像说话一样，符合"一句真话"言说之方式。同时诗歌分解也具有充分的必然性，因为只有通过分解，才能弄清作品的结构谋篇、行文用意。金圣叹说："弟念唐诗实本不宜分解，今弟万不获已而又必分之者，只为分得前解，便可仔细看唐人发端，分得后解，便可仔细看唐人脱卸，自来文章家最贵是发端，又最难是脱卸。若不与分前后二解，直是急切一时指画不出。故弟亦勉强而故出于斯也。"②诗歌的最大章法在于一起一结，贵在发端，难在脱卸。如果不予分解，遑而论之，其中的奥秘自然难以清晰地把握。因此，金圣叹的分解论打破了诗不可解的迂腐说辞，揭开了诗歌的神秘面纱。

金圣叹主张"分解"，也绝不是无病呻吟，而是对症下药，自有很强的针对性。自唐以来，出于对中间两联平仄对仗的严格要求，就形成了唐律诗偏重中间四句、而对首联尾联着意较少的错误认识。"承问加意只做中间四句，其弊何自而起。弟生既晚，亦何从知？以意揣之，则疑正是唐人自起。"③在《秋兴八首》中，金圣叹又做了进一步的解释：

> 诗本以八句为律，圣叹何得强为之分解？须知圣叹不是好肉生疮，正是对病发药。唐制八句，原止二句起，二句承，二句转，二句合，为一定之律。从以前后二联，可以不拘，而中四句，必以属对工致为选，因而后人互相沿习，从竞纤巧，无关义旨。至近代作诗，竟以中四句为身，而头上倒装两句为起，尾上再添两句为结。夫人莫不幼而闻、长而以为固然。自提笔摇头，初学吟哦，以及倨坐捻髭，自雄诗伯，莫不以为此断断不易之体。抑岂知三四之专承一二，而一二用意高拔，比三四较严，五六转出七八，而七八含蓄渊深，比五六更切。宁可以起结二字，抹却古人无数心血耶？圣叹所以不辞饶舌，特为分解。罪我者，谓本是一诗，如何分为二解；知我者，谓圣叹之分

---

① 金圣叹：《贯华堂选批唐才子诗》，周锡山编校《金圣叹全集》，万卷出版公司2009年版，第61页。
② 同上书，第57页。
③ 同上书，第63页。

解，解分而诗合。世人之涸解，解合而诗分。解分前后，而一气混行；诗分起结，而臃肿累赘。①

金圣叹之所以强调分解，旨在纠正"中四句"破坏律诗整体意象之美的错误。他认为律诗八句之间的内在关系是三四专承一二，五六转出七八，前四句与后四句之间是意脉贯通的整体。正所谓"解分而诗合"。一二句意旨高拔，而三四句则严整精巧，可谓有张有弛；五六句稍疏意旨，而七八句则含蓄渊深，可谓相得益彰。"殊不晓离却一二，即三四如何得好，不到七八，即五六如何得好耶。且三四五六，初亦并不合成一群，三四自来只是一二之羡文，五六自来只是七八之换头。"②金圣叹在强调首联与颔联、颈联与尾联之间的密切关系时，更加凸显出首联与尾联的起结功能。因此，金圣叹的分解说旨在纠偏化弊，强调解读的整体效果。

何谓分解？金圣叹评杜诗《赠李白》说："唐人诗，多以四句为一解。故虽律诗，亦必作二解。若长篇，则或至作数十解。夫人未有解数不识，而尚能为诗者也。如此篇……分作三解，文字便有起有转，有承有结。从此虽多至万言，无不如线贯华，一串固佳，逐朵又妙。自非然者，便更无处用其手法也。"③金圣叹的分解一是重"解数"、重细读。分解就是根据诗歌的结构关联与意蕴神理，将诗歌分为前后两解、多解，甚至几十解。如《杜诗解》根据语义关联灵活分解，或二解，或三解，或四解，或数解，最多者为《北征》达三十五解。金圣叹的分解还具有细读、分析、评价之意。金圣叹在与徐增的信中曾解释道："'解'之为字，出《庄子·养生主》篇所谓'解牛'者也。彼唐律诗者有间也，而弟之分之者无厚也。以弟之无厚，入唐律诗之有间，犹牛之謋然其已解也。"④庖丁解牛，自然神运，顺其牛之纹理，导其牛之空隙，以其"无厚"之刀，

---

① 金圣叹：《唱经堂第四才子书杜诗解》，周锡山编校《金圣叹全集》，万卷出版公司2009年版，第161页。

② 金圣叹：《贯华堂选批唐才子诗》，周锡山编校《金圣叹全集》，万卷出版公司2009年版，第60页。

③ 金圣叹：《唱经堂第四才子书杜诗解》，周锡山编校《金圣叹全集》，万卷出版公司2009年版，第46页。

④ 金圣叹：《贯华堂选批唐才子诗》，周锡山编校《金圣叹全集》，万卷出版公司2009年版，第56页。

入其经络之间，道"进乎技"，从而获得踌躇满志的效果。金圣叹的分解不满足于点悟式批评，从唐诗的"有间处"入手，进一步弘扬细读式批评，注重对文本结构做精细解剖。二是重视起承转合。金圣叹说："承问唐'律诗'之'律'字，此为'法律'之'律'，非'音律'之'律'也。自唐以前初无此称。特是唐人既欲以诗取士，因而又出新意，创为一体、二起、二承、二转、二合，勒定八句，名曰'律诗'。……此政如明兴之以书义取士也。……创为一体，一破、一承、一开、四比。……夫唐人之有律诗之云，则犹明人之有制义之云也。"① 在金圣叹看来，分解不只是细读，所谓"分解岂细事哉"，更重要的是要分析诗句之间的起承转合关系。他所寻找的不是音律之"律"，而是法律之"律"，所谓"除起承转合，更无文法。除起承转合，亦更无诗法也。"② 三是重视文本经典化的形式功能。金圣叹对文本的评点，分肌析理，细微详透，以见出八股文法的形式微妙。这种美学化的解读确立了"六才子书"的经典地位。

金圣叹以"庖丁解牛"来喻文学作品"分解"之事，颇得文学解读之秘。分解者凭借自己的审美感受能力和认识能力，通过对文本语言、结构经络、意象系统的内在剖析，达到对作品意蕴的把握。在金圣叹看来，所谓"分解"就是通过对文学作品语言、结构、意象关系的细心体味和精微分析，来领悟文本精神意蕴和艺术匠心的一种解读方式。具体而言，金圣叹"分解论"涉及文学解读中的三个基本方面：一是文本的向心式细读；二是八股文法解读与文本世界美的呈示；三是形式眼光观照与文本的经典化。

第一节　文本的向心式细读

文学评点作为中国古代颇具特色的一种批评模式，其首创者虽不是金圣叹，但作为集大成者却非他莫属。他承继宋明时期的评点方法，创制了更加完备的文学评点形式。首先是序，接着是读法，然后是总评，最后是夹批或眉批，乃至删改。诸种因素的组合构成了一个由宏观到微观、由表层到深层、以文本为指向的向心式批评。金圣叹以文本为中心，鞭辟入

---

① 金圣叹：《贯华堂选批唐才子诗》，周锡山编校《金圣叹全集》，万卷出版公司2009年版，第57页。

② 同上书，第64页。

里，抉隐发微，详尽阐释文学作品的语言和结构要素，阐明各要素在冲突和张力基础上所展现的有机统一。金圣叹文学评点的一个最大特点就是"细"，颇有新批评大家做派。他从最细微处入手，斟酌每一个词，琢磨其中含义，解悟言外之旨。他特别注重句与句之间的各种微妙联系，注意词语、句型、语气、各种修辞与意象的组织方式，进而揭示出作品整体的形式特征。

当我们打开金圣叹所评点的文学文本时，不难发现，其中"细"字是一个复现率极高的字眼。就诗歌而言，强调"细玩"①"细寻"②"细细看之"③；就小说而言，标举"细细详察"④"细细看去"⑤；就戏曲而言，重视"细细读之"⑥"精切读之"⑦；就散文而言，讲究"细读"⑧"细细玩味之"⑨。从中我们可以看出，金圣叹文学评点非常重视细读。他多次用"词频"统计的方法来对文本进行解读，如《水浒传》一共点出十八次"哨棒"，十六次"帘子"，三十八次"笑"，三十九个"叔叔"，三十展"春云"，十一次"只见"；评点欧阳修《醉翁亭记》使用了二十一个"也"字。金圣叹经常寻找文本所隐含的蛛丝马迹，以此来尽观作者的隐曲窈渺之意。因此，细读构成了金圣叹文本解读学的一个重要特色。

一 细读的内涵及其操作

金圣叹在进行批点时，始终不脱离具体的文学文本，对文学文本有一

---

① 金圣叹：《唱经堂第四才子书杜诗解》，周锡山编校《金圣叹全集》，万卷出版公司2009年版，第127页。

② 金圣叹：《贯华堂选批唐才子诗》，周锡山编校《金圣叹全集》，万卷出版公司2009年版，第128页。

③ 同上书，第72页。

④ 金圣叹：《贯华堂第五才子书水浒传》（上），周锡山编校《金圣叹全集》，万卷出版公司2009年版，第150页。

⑤ 同上书，第224页。

⑥ 金圣叹：《贯华堂第六才子书西厢记》，周锡山编校《金圣叹全集》，万卷出版公司2009年版，第78页。

⑦ 同上书，第18页。

⑧ 金圣叹：《天下才子必读书》，周锡山编校《金圣叹全集》，万卷出版公司2009年版，第65页。

⑨ 同上书，第28页。

种强烈的沉醉感。生活在明末清初的金圣叹已对事功失去了兴趣，他把全部的精力投入著书立说中来，并把它作为自己的名山事业。金圣叹说："古来至圣大贤，无不以其笔墨为身光耀……彼《庄子》、《史记》，各以其书独步万年。"① 由于这种强烈的主体意识，金圣叹时常能够与诸才子书日夜无间。这样，金圣叹能够凭着心灵的投入，通过积极的想象和情感的体验，埋头于文学文本的细读分析。他说："一部书，有如许缠缠洋洋无数文字，便须看其如许缠缠洋洋，是何文字，从何处来，到何处去，如何直行，如何打曲，如何放开，如何捏聚，何处公行，何处偷过，何处慢摇，何处飞渡，至此一事，直须高阁起不复道。"② 金圣叹的这种文本解读，不太注重文本究竟说了什么，而关键在于文本是如何说的。他要求批评家必须透过字里行间去反复揣摩玩味，去把握文学文本的美韵之所在。正如美国批评家古尔灵所说："（1）要细读就必须对文本中的词、对这些词的所有直接意义和内涵意义有相当的敏感。（2）掌握了作品中个别词语的意思之后，还要找出结构和模式，即词与词之间的相互关系。（3）必须辨认的还有语境。"③ 例如，《水浒传》第六十一回写卢俊义因仆人李固告发，被缉拿到留守司梁中书面前，"李固和贾氏也跪在侧边"。对此金圣叹批道："俗本作'贾氏和李固'，古本作'李固和贾氏'。夫'贾氏和李固'者，犹似以尊及卑，是二人之罪不见也；'李固和贾氏'者，彼固俨然夫妇焉。然则李固之叛，与贾氏之淫，不言而自见也。先贾氏，则李固之罪不见，先李固，则贾氏之罪见，此书法也。"④ 对金圣叹的这一段评点，国学大师钱穆颇有感慨：

我年幼时读至此，即知叙事文不易为，即两人名字换了先后次序乃有如许意义不同。后读《史记·赵世家》："于是召赵武程婴，遍拜诸将。遂反与程婴赵武攻屠岸贾。"此即在两句一气紧接中，前一

---

① 金圣叹：《贯华堂第五才子书水浒传》（上），周锡山编校《金圣叹全集》，万卷出版公司 2009 年版，第 8 页。
② 金圣叹：《贯华堂第六才子书西厢记》，周锡山编校《金圣叹全集》，万卷出版公司 2009 年版，第 11 页。
③ 王先霈、王又平主编：《文学批评术语词典》，上海文艺出版社 1999 年版，第 272 页。
④ 金圣叹：《贯华堂第五才子书水浒传》（下），周锡山编校《金圣叹全集》，万卷出版公司 2009 年版，第 876 页。

句称赵武程婴，因晋景公当时所欲介绍见诸将者，自以赵孤儿为主，故武当先列。后一句即改称程婴赵武，因赵武尚未冠成人，与诸将同攻屠岸贾，主其事者为程婴，非赵武，故婴当先列。可见古人下笔，不苟如此。《水浒》虽易读，然亦有此等不苟处。若非我先读圣叹批，恐自己智慧尚见不及此等不苟之所在。①

钱穆先生之所以能发现《史记》的"不苟处"，实得力于金圣叹评点的互文式细读之功。这也正好印证了金圣叹的一句话："《水浒传》方法，都从《史记》出来。……若《史记》妙处，《水浒》已是件件有。"②《水浒传》第三十七回写宋江和戴宗请李逵到浔阳江琵琶亭喝酒，按礼数三人已排好了座位，并摆好了上色好酒。刚开了个头，李逵便先声夺人说道："酒把大碗来筛，不耐烦小盏价吃。"此时金圣叹夹批道："不得做主，又来做客，在世人便有无数殷勤周致之语，今偏写得朴至慷慨，政不辨其谁主谁客，妙哉，至于此乎！李逵传妙处，都在无字句处，要细玩。"③ 所谓"无字句"，就是言外之意。李逵的言语正表现出李逵率直质朴，不拘礼节之美。金圣叹始终能将自己的艺术感受乃至曲折的认识过程，全部如实地传达给读者。他能把读者带进评点对象所提供的境界之中，跟他一起把握真髓，领悟奥秘。《西厢记·赖简》红娘送张生到莺莺门外，当红娘说"你且潜身曲栏边，他今背立湖山下"这两句话时，金圣叹评曰：

> 妙绝妙绝！昨与一友初看，谓此句是红娘放好张生，此友人便大赏叹，谓其是妙事、妙人、妙情、妙态也。今日圣叹偶尔又复细看，却悟此句乃是红娘放好自家。盖昨日止因一简，便受无边毒害，今若适来关门，而反放入一人，安保双文变诈多端，不又将捉生替死，别起波澜乎？故因特命张生且复少停。得张生少停，而红娘早已抽身远去，便如此耸身云端，看人厮杀者，成败总不相干矣。谚云："千年

---

① 钱穆：《中国文学论丛》，生活·读书·新知三联书店2002年版，第145—146页。
② 金圣叹：《贯华堂第五才子书水浒传》（上），周锡山编校《金圣叹全集》，万卷出版公司2009年版，第15页。
③ 金圣叹：《贯华堂第五才子书水浒传》（下），周锡山编校《金圣叹全集》，万卷出版公司2009年版，第538页。

被蛇咬，万年怕麻绳"，真是写绝红娘也。①

《闹简》一折实写红娘将书简送与莺莺，没想到好心当成驴肝肺，被莺莺训斥一顿，无端受到冤屈。而《赖简》一折又写红娘成人之美，为张生约会莺莺创造了条件和机会，但这次红娘聪明，为接受上次教训，脱卸而去，意在与我无关。为了真正让读者理解红娘的这一特定举动，金圣叹首先写他与友人初看时的认识，似乎表面上是"红娘放好张生"，次写他"又复细看"后的新领悟，而实质上是"红娘放好自己"。这种细而又细的解读，进一步彰显出红娘聪慧机敏的特点。金圣叹独具慧眼，往往能够相当精辟地阐发作品的内涵。

金圣叹的细读既重视对字法、句法的细读，也重视对章法的细读。其用意在于要紧紧扣住文本的字法、句法、章法等细微处去理解意义。特别是对文本本身要作详尽的分析与诊断，通过对作品的张力、反讽等复杂关系来透视文本的意义。否则就会"文文相生，莫测其理"②。金圣叹一方面注意到文本周严缜密、通圆无隙的精严性，另一方面又注意到文本千波百折、跌宕多姿的流动性。就整体而言，文学作品是一个充满生气的有机体。事物只有在整体中才能呈现其美。孤零零的或单一的事物绝不会产生美，正所谓"匪和弗美"。但是，一部文学作品的结构在整体状况下呈现为统一性时，其内部并非是铁板一块，而是内涵灵动多致，充满着虚实、离合、反正、先后等形成的矛盾和冲突。针对这些复杂性关系，金圣叹在文学评点中也做了精微而地道的细读与分析。

第一，"势"中的"张力"关系。"张力"本为物理学名词，是指互补物、相反物和对立物之间的冲突或摩擦。英美新批评代表性人物退特将其引入诗学领域。所谓张力是指作品内在构成各要素在有机结合协调与平衡而产生的审美效应。退特说："我提出张力（tension）这个名词。我不是把它当作一般比喻来使用这个名词的，而是作为一个特定名词，是把逻辑术语'外延'（extension）和'内涵'（intension）去掉前缀形成的。我所说的诗的意义就是指它的张力，即我们在诗中所能发现

---

① 金圣叹：《贯华堂第六才子书西厢记》，周锡山编校《金圣叹全集》，万卷出版公司2009年版，第190页。

② 同上书，第192页。

的全部外展和内包的有机体。"① 不过遗憾的是，退特对于如何生成"张力"的内在机制似乎语焉不详。就此，倒是高友工、梅祖麟两位教授根据雅各布森"诗歌对等原理"予以进一步的解释和说明。雅各布森说：

> 特别值得一提的是，任何一首诗所不可或缺的内在特征是什么呢？要回答这个问题，我们必须回忆一下用于语言行为的两种排列模式：选择与组合。如果一段话的主语是"孩子"，说话者会在现有的词汇中选择一个多少类似的名词，如 child（孩子）、kid（儿童）、youngster（小伙子）、tot（小孩），所有这些词汇在某个特定方面相对等；接着，在叙述这个主题时，他可以选择一个同类谓语——如 sleeps（睡觉）、dozes（打瞌睡）、nods（打盹）、naps（小睡）。最后，把所有选择的词用一个语链组合起来。选择在对等的基础上、在相似与相异、同义与反义的基础上产生的；而在组合过程中，语序的建立是以相邻为基础的。诗的作用是把对等原则从选择过程带入组合过程。②

雅各布森认为对等原则是突出诗歌信息最强有力的手段。诗的作用在于把对等原则从选择的过程带入组合的过程。如果这种对等关系藉以语法来表示，则构成逻辑性语言，主要是一种指称功能；如果这种对等关系藉以意象来表达，则构成一种隐喻性语言，主要是一种审美功能。高友工、梅祖麟将这一对等原理应用于中国唐代诗歌魅力的分析，给我们带来了新的启悟：当两个词一旦并置而藉以对等关系之时，便会产生一种新义。特别是当两个并置的成分表现为相似、相同或者相反、相异的关联时，便会导致张力的产生，从而使诗的自身力量得以凸显。因此，从这个意义上来说，退特要求诗歌的张力既倚重内涵，又倚重外延，是内涵和外延的有机结合。

相比之下，金圣叹对"张力"的理解显然不如"新批评"那么理性化，但在对诗作的分解和感悟中，也显示出自己评点的细密之处。特别是

---

① 赵毅衡编：《"新批评"文集》，中国社会科学出版社1988年版，第116页。
② 高友工、梅祖麟：《唐诗的魅力》，上海古籍出版社1989年版，第121页。

他对"势"的运用与评析，更能折射出"张力"的审美效果。金圣叹在文学评点中，多次提到"势"。例如"文势逶迤曲折之极"①"有山崩海立、风起云涌之势"②"伏线有劲弓怒马之势"③"笔墨抑扬以成文势"④"前解实生后解之势"⑤，等等。在金圣叹看来，"势"就是指作者在行文过程中所形成的一种离奇屈曲、腾挪跌宕的整体气势。金圣叹常常以龙势喻文，所谓"文势如龙赴海"⑥"两龙齐来入穴"⑦"文势如两龙夭矫"⑧"笔势之奇矫，虽虬龙怒走，何以喻之。"⑨"譬如空中之龙，东云见鳞，西云露爪"⑩"笔态犹如群龙戏于空中，一一鳞爪中间，皆有大风大雨大雷大电应时而集。"⑪作为中国文化的图腾象征，龙能显能隐，能细能巨，腾挪翻滚，蕴藏着一种变化之势。正如郭璞《葬书》所说："其行度之势，委蛇曲折，千变万化，本无定势。"法国汉学家余莲强调："在中国，龙势含义是最丰硕的象征之一。在龙最基本的含义之中，有许多都在说明创造性过程中势的重要性。譬如，每一种形状内涵的张力、以交替的方式来变化、永不竭进的改变、给予生气的能力等等，龙体在跃动之际，便同时代表这几层意思，它们也正好都是美学布置的特征。"⑫余莲认为龙代表了"形状里的潜能""以交替作用制作变化""无用无尽的变化使人难

---

① 金圣叹：《贯华堂第五才子书水浒传》（上），周锡山编校《金圣叹全集》，万卷出版公司2009年版，第256页。
② 金圣叹：《贯华堂第五才子书水浒传》（上），周锡山编校《金圣叹全集》，万卷出版公司2009年版，第272页。
③ 同上书，第186页。
④ 同上书，第391页。
⑤ 金圣叹：《唱经堂第四才子书杜诗解》，周锡山编校《金圣叹全集》，万卷出版公司2009年版，第97页。
⑥ 金圣叹：《贯华堂第五才子书水浒传》（下），周锡山编校《金圣叹全集》，万卷出版公司2009年版，第492页。
⑦ 同上书，第731页。
⑧ 金圣叹：《贯华堂第五才子书水浒传》（上），周锡山编校《金圣叹全集》，万卷出版公司2009年版，第138页。
⑨ 同上书，第77页。
⑩ 同上书，第136页。
⑪ 金圣叹：《天下才子必读书》，周锡山编校《金圣叹全集》，万卷出版公司2009年版，第119页。
⑫ 余莲：《势：中国的效力观》，卓立译，北京大学出版社2009年版，第128页。

以捉摸""使生命跃动的力量""'空虚'与'超出'都含有势的力量"①。对金圣叹来说，这种龙势应用到文学创作中，就是要除去平直之"矫"，追求曲折多变，形成文势，给人捉摸不定的审美效果。如《水浒传》第十五回写蔡京女婿梁中书委派杨志护送生辰纲一事，就极富龙势跳荡之美。第一段写杨志受恩于梁中书，不好推脱，不敢不去。第二段因护送生辰纲大摇大摆，招摇过市，杨志生怕出事，提出自己去不得可派其他精细英雄去，第三段去是可以，但因山路连连，盗贼蜂起，又提出条件：挑担打扮成商贩行货，依次又变可去得。第四段当梁中书又提出还有夫人送与府中宝眷的一担礼物时，杨志忽然提出又去不得。最后只有委任一纸领状，府中老都管都得言听计从，归他所管，方可成行。整个情节写得曲曲折折，反反复复。难怪金圣叹说："看他写杨志忽然肯去，忽然不肯去，忽然又肯去，忽然又不肯去，笔势夭矫，不可捉搦。"②

中国龙阳中有阴，阴中有阳，两极的交替变化，自然形成无穷无尽的龙势。金圣叹认为文势犹如龙势一样，其呈现也自有内在的生成机制。文学艺术家往往通过虚实、起伏、抑扬、前后环节的互补、交替、对立甚至相反等有效布置，从而使文学作品产生一种无形的潜能或张力。这就是我们常说的"作势""引势""蓄势"。主要包括五个层面：一是势见诸一起一伏之间。金圣叹评班固《汉楚异姓诸侯王表》云："为欲写汉兴之易，因先写前兴之难，一篇笔势，只是一伏一起。"③《水浒传》第十二回"急先锋东郭争功，青面兽北京斗武"，为什么梁中书十分爱惜杨志，每天形影不离？实际上这里是一条有劲弓怒马之伏线，它与下一步护送生辰纲之事，构成一伏一起之势。金圣叹说："夫梁中书之爱杨志，止为生辰纲伏线也，乃爱之而将以重大托之，定不得不先加意独提掇之。"④ 二是势见诸一起一结之间。杜甫《野人送朱樱》诗云："西蜀樱桃也自红，野人相送满筠笼。数回细写愁仍破，万颗匀圆讶许同。忆昨赐沾门下省，退

---

① 余莲：《势：中国的效力观》，卓立译，北京大学出版社2009年版，第128—136页。
② 金圣叹：《贯华堂第五才子书水浒传》（上），周锡山编校《金圣叹全集》，万卷出版公司2009年版，第218页。
③ 金圣叹：《天下才子必读书》，周锡山编校《金圣叹全集》，万卷出版公司2009年版，第264页。
④ 金圣叹：《贯华堂第五才子书水浒传》（上），周锡山编校《金圣叹全集》，万卷出版公司2009年版，第181页。

朝擎出大明宫。金盘玉箸无消息，此日尝新任转蓬。"此诗以"朱樱"为描写对象，采用今昔对比手法，前四句描写西蜀樱桃，体物精微，摹写工细。后四句写由野人送朱樱而引起对当年皇帝赐樱的回忆，抒写了作者忧时伤乱的感慨。起句"也自红"极妙，荡起回忆，颇有快乐之感；结句引发自己漂泊潦倒之悲。所以金圣叹评曰："唐人极有好起结。此诗起句奇绝，出自意外，遂宕成一篇之势。"① 三是势见诸一虚一实之间。杜甫有一首诗名叫《临邑舍弟（书至苦雨黄河泛溢堤防之患簿领所忧因寄此诗用宽其意）》，题目之长前所未有。按照实际情况来写，应该是"题先叙舍弟书至，次序苦雨河泛，次序领官忧患，次序寄诗慰之"，但是杜甫写诗时却有所调整，"诗则先序苦雨河泛，次序领官忧患，次序舍弟书至，次序寄诗慰之者"。那么作者为何作这样的安排呢？正如金圣叹所说："盖文字贵有虚实起伏，不如是便略无笔势矣"。金圣叹又进一步解释道："故第一解四句，先虚写积雨黄河必泛，妙在'闻到'字。第二解四句，先虚写舍弟适当此任，大是可忧，妙在'防川'字。先虚写得此二解，然后轻轻折笔到前日书至，遂令读者凭空见有无数层折。不尔便是一直帐，更无波折使人诵也。"② 四是势见诸抑扬跌顿之间。《水浒传》第八回写林冲与洪教头马上就打起来，此时柴进道："且把酒来吃着，待月上来也罢。"他才又说："二位教头较量一棒。"对此金圣叹评点说："写得好，'待月'是柴进一顿，'月上'仍是柴进一接，一顿一接，便令笔势踢跳之极。"③《西厢记》第三本《闹简》一节写红娘再次受莺莺之托去见张生，并且带着小姐交与她的任务——"传简张生"。结果红娘来回张生时，偏偏不及时拿出来，弄得张生死去活来，又哭又跪，酸态毕露。但一旦拿到书简，便欣喜若狂。金圣叹评点道："袖中回简，不惟来时不便取出，顷且欲去矣，犹不便取出，直至今欲去不去又立住矣，犹不便取出也。行文如张劲弩，务尽其势，至与几几欲绝，然后方肯纵而舍之，真

---

① 金圣叹：《唱经堂第四才子书杜诗解》，周锡山编校《金圣叹全集》，万卷出版公司2009年版，第114页。
② 同上书，第55页。
③ 金圣叹：《贯华堂第五才子书水浒传》（上），周锡山编校《金圣叹全集》，万卷出版公司2009年版，第141页。

恣心恣意之笔也。"① 这样一擒一纵、一抑一扬，令笔势变动，以成文势。五是势产生于对仗对偶之间。在同一章或间隔数章，因设置的故事相同、相近或者相反，从而引起审美的均衡对称感觉。金圣叹主张"行文要相形势"："读归家一节，要看他忽然生一张社长作波；却恐疑其单薄，又反生一王社长陪之：可见行文要相形势也。"② 如《水浒传》第三十四回写宋江和花荣引军前行探路。忽然先是一红衣少年领一百余人的红衣队伍出现，接着马上一白衣少年领一百余人的白衣队伍出现。对此，金圣叹评为："两扇一联""奇文奇格"③，具有对仗之效果。金圣叹在《水浒传》第四回指出：

> 鲁达、武松两传……故其叙事亦多仿佛相准。如鲁达救许多妇女，武松杀许多妇女；鲁达酒醉打金刚，武松酒醉打大虫；鲁达打死镇关西，武松杀死西门庆；鲁达瓦官寺前试禅杖，武松蜈蚣岭上试戒刀；鲁达打周通，越醉越有本事，武松打蒋门神，亦越醉越有本事；鲁达桃花山上，踏匾酒器，揣了，滚下山去，武松鸳鸯楼上，踏匾酒器，揣了，跳下城去。皆是相准而立，读者不可不知。④

在金圣叹看来，所谓"势"一方面是由虚实、起伏、抑扬、前后等环节的互补、对立或相反呈现的一种外在形态。另一方面又是一种弥漫张力、生命灌注的有机整体结构。正如金圣叹所说："左右相就，前后相合，离然各异，而宛然共成者"⑤"故古人用笔，一笔必作数十笔用。如一篇之势，前引后牵，一句之力，下推上挽，后首之发龙处，即是前首之结穴处，上文之纳流处，即下文之兴波处。东穿西

---

① 金圣叹：《贯华堂第六才子书西厢记》，周锡山编校《金圣叹全集》，万卷出版公司2009年版，第175页。

② 金圣叹：《贯华堂第五才子书水浒传》（下），周锡山编校《金圣叹全集》，万卷出版公司2009年版，第489页。

③ 同上书，第491页。

④ 金圣叹：《贯华堂第五才子书水浒传》（上），周锡山编校《金圣叹全集》，万卷出版公司2009年版，第87页。

⑤ 同上书，第3页。

透，左顾右盼，究竟支分派别，而不离乎宗。"① 在这方面，新批评所张扬的"张力"与金圣叹所言的"势"构成了某种契合。新批评大师瑞恰兹认为："诗是某种经验的错综复杂而又辩证有序的调和。"② 难怪瑞恰兹在其《美学原理》一书的始末都引用《中庸》的话语，其卷首引用朱熹题解语："不偏之谓中，不易之谓庸。庸者天下之定理。"③ 新批评认为所谓"张力"是诗歌的本质属性，它存在于诗歌内部各个层次上许多对抗因素之间。但是，新批评所主张的"张力"论其哲学基础是西方的对立统一哲学思想，而金圣叹所言的"势"，是建立在中国阴阳相统一的生命机体哲学基础之上，二者之间还是有本质区别的。如果说前者折射了西方实体主义的科学精神，其美学基础侧重于"冲突论"，那么后者更隐含着大气流行、万物共感的生命情调，其美学基础侧重于"中和论"。

基于这样的认识，金圣叹文学评点从势入手，有的放矢，颇见张力的精妙之处。如他对杜甫《旅夜书怀》一诗的评价特别精彩：

通篇是黑夜舟面上作，非偃卧篷底语也。先生可谓耿耿不寐，怀此一人矣。

"细草微风岸，危樯独夜舟。（写岸写樯。若卧篷底，不复知之。）星垂（奇。）平野阔，月涌（奇。）大江流。"

"独夜"者，舟上一夜之先生也。舟中若干人，烂漫睡久矣。星何故垂？以平野阔故，遥望如垂也。月何故涌？以大江流故，不定如涌也。夫平野阔则苍生何限，大江流则岁不我与。此二事，正自日日婴于怀抱，庶几独今夜暗中，无所触目，暂得一置耳。乃又以星垂月涌，警骇瞻瞩，还算出来，则何时始得不入于心哉！看他眼中但见星垂月涌，不见平野大江；心头但为平野大江，不为星垂月涌。千锤万炼，成此奇句，使人读之，咄咄呼怪事矣！

"名岂文章著，官应老病休。（'应'，殆应也，非宜应也。是愁语。非歇语。）飘飘何所似？天地一沙鸥。"

---

① 金圣叹：《唱经堂第四才子书杜诗解》，周锡山编校《金圣叹全集》，万卷出版公司2009年版，第227页。
② 转引自蓝仁哲《新批评》，《外国文学》2004年第6期。
③ 转引自孔帅《艾·阿·瑞恰兹与中庸之道》，《宁夏社会科学》2010年第6期。

丈夫一生学问，岂以文章著名？语势初欲自壮，忽接云：但老病如此，官殆休矣。看他一起一跌，自歌自哭，备极情文悱恻之致。夫天地大矣，一沙鸥何所当于其间？乃言一沙鸥，而必带言"天地"者，天地自不以沙鸥为意，沙鸥自无日不以天地为意，然则非咏天地带有沙鸥，乃咏沙鸥而定不得不带有天地也。小同大异，可与知者道耳。①

该诗首联点出一个"独"字，道出杜甫的孤独感。但这种孤独感是在充满着巨大张力的无限空间中加以展示的。金圣叹之所以称"星垂""月涌"为"奇"，是因为"星垂"有一种向下的力，而"月涌"有一种向上的力。在这两种巨大张力的挤压下，岂不见出苍穹下一个孤独无助的小我？同时更让金圣叹惊叹的是，该句中还交织着另外的力量即"平野阔则苍生何限，大江流则岁不我与"。平野宽阔，厚德载物，苍生何限之有？但又无处不有所限。长江流灌，无始无终，人也本该光阴无限，但却是人生有涯，岁不我与。身在草野，心忧苍生，虽然日日萦于怀抱，但是又爱莫能助，最终使自己纠缠于自我同社会家国的痛苦之中，"看他眼中但见星垂月涌，不见平野大江；心头但为平野大江，不为星垂月涌"。正因为此，金圣叹把这一颔联称为"千锤万炼，成此奇句"。颈联关键在于虚字"岂""应"字。一个"岂"字表明杜甫并不满足于因文章而出名，他的最高理想应是治国安邦，拯救苍生，但这毕竟只是一个理想而已。一个"应"字表明身为官宦，造福于民，有病则退，告老还乡，理属自然，但对于杜甫而言却并非如此，他的官却因论事而被罢。所谓"'应'殆应也，非宜应也"。这的确是一个不争的事实。现实与理想、自负与自讽又构成了一种冲突关系。尾联以沙鸥自喻，并与天地相映照、相摩擦。对于杜甫而言，不管"达"也好，"穷"也好，他总是兼善天下。只要是对得起天下，就问心无愧。话虽说如此，但又何其不公平也！正如金圣叹所言："乃言一沙鸥，而必带言'天地'者，天地自不以沙鸥为意，沙鸥自无日不以天地为意，言则非咏天地带有沙鸥，乃咏沙鸥而定不得不带有天地也。小同大异，可

---

① 金圣叹：《唱经堂第四才子书杜诗解》，周锡山编校《金圣叹全集》，万卷出版公司2009年版，第138页。

与知者道耳。"在这种"小同大异"的吸引和排斥中，表现了杜甫孤苦无依、凄怆绝望的辛酸。金圣叹对该诗的这种分析，可以说把握住了它的精微之处。

第二，"绵针泥刺"中的"反讽"意味。"反讽"是贯穿西方历史两千余年的文学批评范畴之一。既有古希腊罗马修辞反讽，又有德国浪漫反讽，还有新批评反讽以及后现代反讽。库顿说："反讽的基本性质似乎就是逃避定义；没有一个定义足以包容其性质的各个方面。"① 尽管反讽概念有些复杂，但其基本的内涵与类型还是相当明确的，从中可以寻觅其"家族相似"② 的基因。《牛津英语词典》对"反讽"做这样的解释："反讽就是语言所表达的含义实际指向相反的意义，或者事态似乎有意与某人愿望相反，从而达到幽默或强调的效果。"③ 西方文学批评将"反讽"艺术不断拓展，从言语修辞到诗歌文本再到小说叙事，其审美价值不断彰显，并业已成为各类文体的共同特征。英国文艺理论家 D. C. 米克认为，反讽是"一切叙事文学乃至诗歌不可或缺的、具有普遍有效性的修辞手段"④。

与之相比，金圣叹虽然没有提出"反讽"这一概念，但他却在承继中国传统史学"春秋笔法"的基础上，将"反讽"这一共性艺术形式更加娴熟地运用到小说叙事之中，获得了出其不意的审美效果。在文学评点中，金圣叹对"反讽"有多种称呼。所谓"春秋笔法"⑤ "《春秋》为贤者讳"⑥ "皮里阳

---

① A. Cuddun, *A Dictionary of Literary Terms*, Landon: Andre Deutsch, 1979, p. 338.
② "家族相似"是维特根斯坦反本质主义的纲领之一。他认为不存在语言的本质，各种语言游戏之间的"家族相似"只是一种错综复杂、重叠交错的"相似性"关联，正如同一个家族的成员之间一样，在身材、面相、眼睛头发的颜色、步态、脾气等方面具有各种各样的相似性，但却不存在每个家族成员都具有的决定其成为该家族成员的本质。"家族相似"的提出要求注重语言的多样性和个别性。见维特根斯坦《哲学研究》，陈嘉映译，上海人民出版社2001年版。
③ Judy Pearsall, ed. *The New Oxford Dictionary of English*, Oxford: Clarendon Press, 1998, p. 956.
④ [英] D. C. 米克：《论反讽》，周发祥译，昆仑出版社1992年版，第47页。
⑤ 金圣叹：《贯华堂第五才子书水浒传》（下），周锡山编校《金圣叹全集》，万卷出版公司2009年版，第801页。
⑥ 同上书，第703页。

秋"①"一笔一削"②"叙事微""用笔著"③"学史公笔"④"深文曲笔"⑤"绵针泥刺法"⑥"背面铺粉法"⑦"案而不断"⑧，等等。尽管金圣叹的"反讽"名目繁多，但其内在的精神意蕴与西方文论中的"反讽"类型有相通之处。任何文本语意的传达都是一个话语系统，自始至终离不开词、句、段、篇章的勾连与组合，同时也与特定的历史文化语境和读者接受息息相关。就文学而言，文本是言、象、意三要素由表及里构成的生命机体。曹魏时期著名玄学家王弼《周易略例·明象》云："夫象者，出意者也；言者，明象者也。尽意莫若象，尽象莫若言。言生于象，故可以寻言以观象；象生于意，故可以寻象以观意。意以象尽，象以言著。"接受者首先接触的是"言"，其次窥见的是"象"，最后才能意会到由"象"所暗示的"意"。三个层面相互依托，共同构成了整个文学作品。正如托名白居易的《金针诗格》所言："诗有三体：以声律为窍，以物象为骨，以意格为髓。"因此，从话语交流的角度来看，反讽不外乎言语反讽、意象反讽和意蕴反讽。对此金圣叹表现出极为细致的解读。

一是言语反讽。言语反讽旨在强调字面之义与所要表达意义的对立，具有"言在此而意在彼"的审美效果。这方面浦安迪已做了较为细密的探讨。浦安迪说："奇书文体的首要修辞原则，在于从反讽的写法中衬托出书中本意和言外的宏旨，语言的运用只是一种手段。"⑨言语反讽旨在通过字里行间寻找表里不一，从而发现语言外壳与真实

---

① 金圣叹：《贯华堂第五才子书水浒传》（上），周锡山编校《金圣叹全集》，万卷出版公司2009年版，第316页。
② 金圣叹：《贯华堂第五才子书水浒传》（下），周锡山编校《金圣叹全集》，万卷出版公司2009年版，第731页。
③ 同上书，第853页。
④ 同上书，第708页。
⑤ 同上书，第842页。
⑥ 金圣叹：《贯华堂第五才子书水浒传》（上），周锡山编校《金圣叹全集》，万卷出版公司2009年版，第18页。
⑦ 同上书，第18页。
⑧ 金圣叹：《贯华堂第五才子书水浒传》（下），周锡山编校《金圣叹全集》，万卷出版公司2009年版，第575页。
⑨ ［美］浦安迪：《中国叙事学》，北京大学出版社1996年版，第123页。

意指之间形成的强烈矛盾。金圣叹在批点中经常抓住关键词句或细节描写，诸如谐音、双关、曲笔对所写人物进行冷嘲热讽，既展示江湖义士的豪侠风采，也不避英雄失路的狼狈不堪。《水浒传》中诸多好汉各有本名、诨号，经过金圣叹的点评，几近挖苦讥笑，意趣盎然。《水浒传》中三阮各有一个诨名，依次是立地太岁、短命二郎、活阎罗，金圣叹对此有一妙解："合弟兄三人浑名，可发一叹。盖太岁，生方也；阎罗，死王也；生死相续，中间又是短命，则安得又不著书自娱，以消永日也！"① 金圣叹的分析入木三分，谐趣横生，隐喻三阮人生短暂、自寻快活的人生况味。叱咤风云的梁山好汉上山前或为盗贼，或为恶霸，大多都有鸡鸣狗盗之事，即使是上山后仍然作奸犯科，公然违背伦理道德，但英雄好汉的阴暗面难逃受到揶揄挖苦。如宋江开枷与戴枷的行径表现出宋江的虚假，"假李逵"出现的前后对比折射出李逵的残暴，能打死大老虎却失之于黄狗，从中不难反映出对武松滥杀无辜的惩治。颇有戏谑味道的是《水浒传》第四回"小霸王醉入金纱帐"一段，写小霸王的周通占山为王，强行迎娶刘太公之女，花和尚鲁智深路见不平，出手相助。鲁智深偷梁换柱，打扮成新娘，一场闹剧从此便拉开帷幕。一向被称为"大王"的周通被打得狼狈不堪，仓皇逃走。金圣叹抓住"大王"二字，有一番奇绝妙解："一路并不说出大王名姓，只用'大王'二字便生出许多妙语来。如引着大王句、大王摸进句、大王叫救句、劝得大王句、骑翻大王句、撇下大王句、大王扒出句、马欺大王句、驮去大王句，凡若干大王，犹如大珠小珠满盘迸落，盖自有'大王'二字以来，未有狼狈如斯之甚者也。"② 平时大王的威风凛凛与此时的尴尬境地形成了一种反差，产生出嘲讽和戏谑的审美效果。

二是意象反讽。意象反讽是指小说人物、情节等意象的对立以及在转换中因上下文语境的压力而产生的言义悖谬效果。主要分为两类：一是人物性格的对比与映衬所形成的反讽。金圣叹认为《水浒传》"所叙一百八人，人有其性情，人有其气质，人有其形状，人有其声口"，其关键在于《水浒传》有一种"非他书所曾有"的一套文法，即"背面铺粉法"。金

---

① 金圣叹：《贯华堂第五才子书水浒传》（上），周锡山编校《金圣叹全集》，万卷出版公司2009年版，第204页。

② 同上书，第90页。

圣叹说："有背面铺粉法。如要衬宋江奸诈，不觉写作李逵真率；要衬石秀尖刺，不觉写作杨雄糊涂是也。"在金圣叹看来，《水浒传》人物塑造自有其一套关联系统，包含主宾、映衬之关系。"一百八人中，独与宋江用此大书者，盖一百七人皆依列传例，于宋江特依世家例，亦所以成一书之纲纪也。"①"《水浒传》一个人出来，分明便是一篇列传。至于中间事迹，又逐段逐段自成文字，亦有两三卷成一篇者，亦有五六句成一篇者。"② 金圣叹借用司马迁《史记》"世家"③ "列传"④ "传"⑤ "正传"⑥ "合传"⑦ "小传"⑧ 等体例结构，人物之间既可以同类相聚，又可以异类相比。对此《水浒传》二十五回有一段妙批：

或问于圣叹曰："鲁达何如人也？"曰："阔人也。""宋江何如人也？"曰："狭人也。"曰："林冲何如人也？"曰："毒人也。""宋江何如人也？"曰："甘人也。"曰："杨志何如人也？"曰："正人也。""宋江何如人也？"曰："驳人也。"曰："柴进何如人也？"曰："良人也。""宋江何如人也？"曰："歹人也。"曰："阮七何如人也？"曰："快人也。""宋江何如人也？"曰："厌人也。"曰："李逵何如人也？"曰："真人也。""宋江何如人也？"曰："假人也。"曰："吴用何如人也？"曰："捷人也。""宋江何如人也？"曰："呆人也。"曰："花荣何如人也？"曰："雅人也。""宋江何如人也？"曰："俗人也。"曰："卢俊义何如人也？"曰："大人也。""宋江何如人也？"曰："小人也。"曰："石秀何如人也"？曰："警人也。""宋江何如人也？"曰："钝人也。"然则《水浒》之一百六人，殆莫不胜于宋江。然而此一百六人也者，固独人人未若武松之绝伦超群。然则武松

---

① 金圣叹：《贯华堂第五才子书水浒传》（上），周锡山编校《金圣叹全集》，万卷出版公司2009年版，第251页。
② 同上书，第16页。
③ 同上书，第251页。
④ 同上书，第16页。
⑤ 同上书，第477页。
⑥ 同上书，第484页。
⑦ 金圣叹：《贯华堂第五才子书水浒传》（下），周锡山编校《金圣叹全集》，万卷出版公司2009年版，第715页。
⑧ 同上书，第853页。

何如人也？曰："武松，天人也。"武松天人者，固具有鲁达之阔，林冲之毒，杨志之正，柴进之良，阮七之快，李逵之真，吴用之捷，花荣之雅，卢俊义之大，石秀之警者也。断曰第一人，不亦宜乎？①

以宋江为参照，可见出各个英雄的性格与心地；以各个英雄为参照，可见出武松的绝伦超群。其中"背面铺粉法"的反衬更能见出反讽的特点。如宋江"奸诈"之于李逵"天真"、石秀"精细"之于杨雄"直性"、秦明"性急"之于花荣"儒雅"。通过着力去写与其特征相反或相对的其他事物，相互映衬，从而使这一事物的特征更加鲜明。二是故事情节意象单元之间所形成的结构反讽。小说叙事过程中情节单元之间的安排可以形成一种矛盾或悖逆的反讽效果。金圣叹将之称为"绵针泥刺法"。金圣叹说："有绵针泥刺法。如花荣要宋江开枷，宋江不肯；又晁盖番番要下山，宋江番番劝住，至最后一次便不劝是也。笔墨外，便有利刃直戳进来。"②"绵针泥刺"就是将褒贬寓于叙事描写中，而不特别指出加以论断，正所谓"深文曲笔""褒贬固在笔墨之外"。《水浒传》第三十五回写宋江刺配江州，路过梁山泊，当时晁盖、吴用力劝宋江将解差杀掉，请宋江落草梁山。此时宋江说道："兄这话休题！这等不是抬举宋江，明明的是苦我。家中上有老父在堂，宋江不曾孝敬得一日，如何敢违了他的教训，负累了他？……因此，父亲明明训教宋江；小可不争随顺了，便是上逆天理，下违父教，做了不忠不孝的人在世，虽生何益？如不肯放宋江下山，情愿只就众位手里乞死！"③《水浒传》这段略写宋江不肯上山入伙，意在表明忠孝两全。但这与第三十三、三十四回大写特写宋江鼓动和帮助诸路豪杰投奔梁山的故事场面，显然构成了矛盾。通过对比讽刺，宋江的"假义""权诈"可谓"案而不断"，褒贬自现。正如金圣叹在四十回总评中所说："写宋江口口恪遵父训，宁死不肯落草，却前乎此，则收拾花荣、秦明、黄信、吕方、郭盛、燕顺、王矮虎、郑天寿、石勇等八个人，拉而归之山泊；后乎此，则又收拾戴宗、李逵、张横、张顺、李俊、李

---

① 金圣叹：《贯华堂第五才子书水浒传》（上），周锡山编校《金圣叹全集》，万卷出版公司2009年版，第371页。

② 同上书，第18页。

③ 金圣叹：《贯华堂第五才子书水浒传》（下），周锡山编校《金圣叹全集》，万卷出版公司2009年版，第506页。

立、穆弘、穆春、童威、童猛、薛永、侯健、欧鹏、蒋敬、马麟、陶宗旺等十六个人，拉而归之山泊。两边皆用大书，便显出中间奸诈，此史家案而不断之式也。"① 上下文之间的不同情景形成了不同的差序，凸显了对比反讽。

三是意蕴反讽。意蕴反讽是指在特定历史语境的压力下因读者多元阐释而呈现出两重性或者多重性的意义矛盾性。《水浒传》的世界是一个"众声喧哗"的世界，各种声音、各种思想既相互协调又相互对抗，呈现为一种"竞争的话语"②。明末清初，《水浒传》流行的版本主要有容与堂《李卓吾先生批忠义水浒传》（百回本）、袁无涯本《李卓吾评忠义水浒传》（百二十回本）与金圣叹本《贯华堂第五才子书水浒传》（七十回本）。三个版本在《水浒传》主题把握和人物形象评价上呈现出不同的风貌。特别是对"忠义"③的理解上呈现多元阐释。正如袁震宇、刘明今所说："李卓吾的《忠义水浒传序》（袁无涯本），将'忠义'理解为'忠'于国家、君王和朋友之间的讲'义气'，'忠义'是'忠'和'义'的结合，取义偏于'忠'。叶昼则正好相反（容与堂本）。他将'忠义'主要归于李逵、鲁达和武松等个性鲜明、反抗性特强的起义英雄，赞美他们的言行为'真忠义'……显然，叶昼是将'忠义'两字当偏义复合词来使

---

① 金圣叹：《贯华堂第五才子书水浒传》（下），周锡山编校《金圣叹全集》，万卷出版公司2009年版，第575页。
② ［美］艾美兰：《竞争的话语》，罗琳译，江苏人民出版社2005年版。
③ 袁无涯本认为宋江和梁山泊一百单八将都是大忠大义之人，其评价的主要标准是"忠义"。《水浒传》四十一回九天玄女对宋江说："宋星主，传入三卷天书，汝可替天行道，为主全忠仗义，为臣辅国安民，去邪归正。"对此袁本眉批道："数语是一部作传根本。"袁本对宋江的评价更是百般维护，所谓宋江"义气深重"、"生平以忠义为心"。《水浒传》五十回为使朱仝走投无路上山入伙，杀了知府最爱惜的小衙内，对此袁本还是站在保护立场上评价："朱仝是个整齐伶俐人，非用此古侠割爱之法，必不能入伙，又须知是重义怜才，不是勾人落草。"《水浒传》七十·回写李逵在菊花会上，公开反对宋江招安朝廷。宋江大怒，欲斩李逵。对此袁本有一段评价："公明一意招安，专心报国，虽李逵至谊，亦欲斩之。"袁本将宋江之"忠"放在了兄弟个人情谊之上。容与堂本评价梁山好汉和宋江的核心倾向虽是忠孝侠义，但主要是指兄弟之间的义气相助、肝胆相照。《水浒传》第二回写鲁智深去镇关西那里替金翠莲父女报仇，此时容本夹批道："真忠义"；第三十九回写梁山泊好汉劫法场救宋江，李逵赤裸裸抢板斧，单枪匹马一人拼死相救，于此容本眉批道："真忠义！真好汉！只消这一个也干得出来。"因此，袁本和容本袁对"忠义"有着不同的理解。见陈曦钟《水浒传会评本》，北京大学出版社1987年版，第780、1273、1366、89、741页。

用的,他侧重在'义','忠'在这里起修饰作用。"① 对"忠义"的理解上,袁本强调的是"大忠大义",而容与堂本则更强调起义兄弟真情相助之间的江湖义气。二者显然构成了不同的声音。与容与堂本、袁无涯本相比,金圣叹更是大刀阔斧,直接"削忠义而仍《水浒》"②,表现出迥然不同的"圣叹文字"。金圣叹将《水浒传》的"忠义"主题予以否决。一方面删削了《水浒传》中有关表现"忠义"的诗句及短语。另一方面又"腰斩"了《水浒传》的后四十回,并以卢俊义的噩梦为结尾,将一百单八将收捕处斩。同时还"独恶宋江",将宋江塑造成不忠、不义、不孝、权诈的盗魁。在金圣叹看来,梁山好汉并非忠义之士,而是一伙打家劫舍、占山为王的强盗。他们冲撞州府,抗拒官军,已犯下弥天大罪,理应被剿灭。只有这样,才有天下太平。金圣叹的这种删削不可谓不大胆,不可谓不标新立异,但他的这种解读并没有对《水浒传》的主题进行颠覆性的反转,反倒是引发出见仁见智的歧义性矛盾与反讽。当我们透过小说修辞,走进小说世界,仔细审查金圣叹对《水浒传》的评点,不难发现金圣叹的诸多矛盾处。第一,统治者之"忠义"与梁山好汉之不"忠义"之间的矛盾反讽。金圣叹站在"忠义"的对立面来阐释《水浒传》,提出自己的"忠义"观:"忠者,事上之盛节也;义者,使下之大经也。忠以事其上,义以使其下,斯宰相之材也。忠者,与人之大道也;义者,处己之善物也。忠以与乎人,义以处乎己,则圣贤之徒也。"③ 以金圣叹的"忠义"观来衡量水浒英雄必不忠义,有"海盗"之嫌。但是,如果以这种"忠义"观来衡量统治者,同样也是不忠不义。金圣叹《水浒传》"楔子"对赵宋江山的发迹与传承颇有一番质疑。当小说写到"自庚申年间受禅,开基即位,在位一十七年,天下太平,传位与御弟太宗"时,金圣叹批点说:"立乎元,指于宋,传位御弟,传疑也。"④ 赵匡胤"一条杆棒等齐身,打四百座军州都姓赵",陈桥兵变,黄袍加身,何谈周世宗禅让之美?赵匡胤死后传位二弟赵光义,结果赵光义杀死三弟赵光美和赵

---

① 袁霄宇,刘明今:《中国文学批评通史》(五),上海古籍出版社1996年版,第414—415页。

② 金圣叹:《贯华堂第五才子书水浒传》(上),周锡山编校《金圣叹全集》,万卷出版公司2009年版,第5页。

③ 同上书,第5页。

④ 同上书,第27页。

匡胤的两个儿子,传位于自己的儿子。这种违背誓约的攘夺以及骨肉相残,又何谈忠义?这其中"藏下一大部评话",必会引起"传疑"。因此,金圣叹又说:"且水浒有忠义,国家无忠义耶?夫君则犹是君也,臣则犹是臣也,夫何至于国而无忠义?此虽恶其臣之辞,而已难乎为吾之君解也。"① 君是昏君无道,臣为奸佞小人,上梁不正下梁歪,何谈什么忠义!第二,梁山起义好汉"盗"与"盗而有道"之间的矛盾反讽。金圣叹将一百单八人视为"强盗""豺狼虎豹",视宋江为"盗魁"② "权术"③ "权诈"④,列出宋江"十大罪状":"夫宋江之罪,擢发无穷,论其大者,则有十条。而村学先生犹鳃鳃以忠义目之,一若惟恐不得当者,斯其心何心也!"⑤ 由此出发,金圣叹对梁山好汉要"除灭盗贼",要"歼厥渠魁"。在七十回总评中透露出"灭盗"观:

  聚一百八人于水泊,而其书以终,不可以训矣。忽然幻出卢俊义一梦,意盖引张叔夜收讨之一案,以为卒篇也。呜呼!古之君子,未有不小心恭慎而后其书得传者也。吾观《水浒》洋洋数十万言,而必以"天下太平"四字终之,其意可以见矣。后世乃复削去此节,盛夸招安,务令罪归朝廷,而功归强盗,甚且至于哀然以"忠义"二字而冠其端,抑何其好犯上作乱,至于如是之甚也哉!⑥

  这显然是在批判梁山好汉的行为,将其造反视为大逆不道。不过从另一方面来说,金圣叹又对梁山好汉的行为大加赞赏,对他们的遭遇予以同情。《楔子》评点"本山虽有蛇虎,并不伤人"一语时说:"一部《水浒传》一百八人总赞。"对梁山好汉的重要人物称之为"豪杰""英雄""大人""天人"。赞美武松、鲁达、李逵等英雄的率直真性,称他们有

---

 ① 金圣叹:《贯华堂第五才子书水浒传》(上),周锡山编校《金圣叹全集》,万卷出版公司2009年版,第5页。
 ② 同上书,第249页。
 ③ 同上书,第252页。
 ④ 金圣叹:《贯华堂第五才子书水浒传》(下),周锡山编校《金圣叹全集》,万卷出版公司2009年版,第504页。
 ⑤ 同上书,第813页。
 ⑥ 同上书,第989页。

"菩萨心肠""豪杰至性,实有大过人者""是真汉子"。对林冲的悲惨遭遇有"一字千泪"之感,对阮小五的不幸遭遇,有"千古同悼之言"。特别是对宋江,金圣叹在骂其权诈、虚伪、"贼之首,罪之魁"的同时,也对宋江作为起义领袖的气质、才能、威信、对百姓的关怀有赞美之词,所谓"非常之人""非常之才"①。针对《水浒传》第十七回宋江私放晁盖一节,金圣叹一方面视宋江为"盗魁",强调"宋江而放晁盖,是必不能忠义者也"。另一方面又赏其私放晁盖的才智。所谓"宋江权术可爱""权术真正可爱""真乃人中俊杰,写得矫健可爱""其人如此,即欲不出色,胡可得乎?"②,等等。第三,"发愤著书"与"心闲弄笔"之间的矛盾反讽。金圣叹一方面说施耐庵是"发愤作书"③"怨毒著书"④,讲著书与政治有关。另一方面又说施耐庵"本无一肚皮宿怨要发挥出来,只是饱暖无事,又值心闲,不免伸纸弄笔,寻个题目,写出自家许多锦心绣口"⑤,又讲著书与政治无关。显然,两方面构成了某种程度上的反讽意味。金圣叹的"怨毒著书",可以说继承了司马迁"发愤著书"、韩愈"不平则鸣"、欧阳修"穷而后工"的文学社会批判功能传统,表现出对社会政治的隐忧和关心,所谓"虽在稗官,有当世之忧"。一方面表现出对梁山好汉所遭受不平的深切同情,所谓"此回,前半幅,借阮氏口痛骂官吏;后半幅,借林冲口痛骂秀才。其言愤激,殊伤雅道。然怨毒著书,史迁不免,于稗官又奚责焉"⑥。另一方面又不免担心把梁山好汉的造反说成忠义,以防后人纷纷效仿,势必会动摇皇权统治,所谓"诛前人既死之心者,所以防后人未然之心也"。金圣叹既要畅言愤激之情,又要不伤雅道,同时还强调"以文为戏""心闲试弄"。其著书究竟是在为统治者服务、为起义者打抱不平,还是在为个人的自娱自乐?正可谓"为此书者之胸中,吾不知其有何等冤苦,而必设言一百八

---

① 金圣叹:《贯华堂第五才子书水浒传》(下),周锡山编校《金圣叹全集》,万卷出版公司2009年版,第841页。
② 金圣叹:《贯华堂第五才子书水浒传》(上),周锡山编校《金圣叹全集》,万卷出版公司2009年版,第252—253页。
③ 同上书,第117页。
④ 同上书,第263页。
⑤ 同上书,第15页。
⑥ 同上书,第263页。

人，而又远托之于水涯"。① 因此，金圣叹删削《水浒》"忠义"之后，对《水浒》主题的理解并没有一锤定音，反而呈现出多元阐释的歧义性甚至矛盾，这显然构成了文本内在意蕴的反讽。

　　之所以造成金批《水浒传》主题歧义反讽的原因，实与金圣叹自身积淀而成的审美心理文化结构息息相关。金圣叹生活在明清易代之际，既受到晚明心学思潮的激荡，又受到实学回归思潮的夹裹，不免表现出进退两难的矛盾心态。金圣叹兼容儒道释三教，互阐互释，互渗互融。他有时心慕诸葛亮，希冀积极生活，建功立业，深情不改，表现出儒家入世的风范；有时追踪陶渊明，愤世嫉俗，狂放超逸，游戏功名，表现出道家隐世的风度；有时深达三乘，超然尘世，空旷悲寂，表现出佛家超世的风韵；有时迹近王阳明，随情任性，听任本心，表现出心学狂放的风姿。所有这些使他的政治观和社会观难免会出现这样或那样的矛盾与背反。作为一个封建异端，金圣叹特立独行，率性任情，内藏着一种鲜活的民本意识和自由思想。在君和民的关系上，强调民重君轻。他说："大君不要自己出头，要放普天下人出头；好民好，恶民恶，所谓让善于天。天者，民之谓也。故一个臣，亦不要自己出头，要放有技彦圣出头。"② 金圣叹倡导"庶民之议"，重视百姓的言论和心声。他说："记一百八人之事，而亦居然谓之史也何居？从来庶人之议皆史也。庶人则何敢议也？庶人不敢议也。庶人不敢议而又议，何也？天下有道，然后庶人不议也。今则庶人议也，何用知其天下无道？曰：王进去，而高俅来也。"③ "庶民不议"与"不敢议而又议"成了考见君主治理天下政治得失的依据。天下有道，政治清明，老百姓不会议论纷纷。天下无道，腐败昏暗，百姓就会怨声载道。因此作为天子来说，其职责至关重要："君子以为天子之职，在养万民；养万民者，爱民之命，虽蜎飞蠕动，动关上帝生物之心。君子之职，在教万民；教万民者，爱民之心，惟一朝一夕，必履霜为冰之惧。"④

---

　　① 金圣叹：《贯华堂第五才子书水浒传》（上），周锡山编校《金圣叹全集》，万卷出版公司2009年版，第25页。
　　② 金圣叹：《小题才子书》，周锡山编校《金圣叹全集》，万卷出版公司2009年版，第256页。
　　③ 金圣叹：《贯华堂第五才子书水浒传》（上），周锡山编校《金圣叹全集》，万卷出版公司2009年版，第37页。
　　④ 同上书，第13页。

而一旦失政，罪在朕躬。"然其实谁致之失教，谁致之饥寒，谁致之有才与力而不得自见？'万方有罪，罪在朕躬。'成汤所云，不其然乎！"① 他公然明言"乱自上出"，官逼民反，把农民的铤而走险直接归罪于统治者的失政。金圣叹在《水浒传》第一回里批道："开书未写一百八人，而先写高俅者，盖不写高俅，便写一百八人，则是乱自下生出；不写一百八人，先写高俅，则是乱自上作也。"② 金圣叹将批判的锋芒指向了统治阶层，直至最高君王，认为他们才是祸国殃民的始作俑者。

但是金圣叹毕竟生活在封建传统社会，其内在的封建正统思想还是难以消解。金圣叹删改《水浒》以"天下太平"四字起，"天下太平"四字结，实际上反映了他理想的政治观和社会观。金圣叹第七十回增改诗云："太平天子当中坐，清慎官员四海分。但见肥羊宁父老，不闻嘶马动将军。叨承礼乐为世家，欲以讴歌寄快文。不学西南无讳日，却吟西北有浮云。"在金圣叹看来，理想的社会形态应是天子、大臣、百姓能各司其职，各守其位，和平相处。天子有志天下太平，官员重在清廉忠诚，百姓贵在遵法守德。金圣叹说：

> 大千最妙之理，连圣人亦妙在里边，即此万物，即此妙理。一切万物，有不物者存。万物坏时，妙理不坏，这是一重象，曰"君臣也"。有此一副妙理，万物出生无穷，这又是一重象，曰"父子也"。不物者宰制万物，曰君臣。前一物出生后一物，曰父子。此物彼物，同在这里，曰"夫妇"。物虽有万，妙理则一，曰"昆弟"。彼不必舍彼而就我，我不必舍我而就彼，乌知此之非彼，乌知彼之非此，曰"朋友之交也"。约性而论，大千世界，纯是妙理；约修而论，君尊臣卑，父坐子立，是学问之事。③

金圣叹内心深处仍是根深蒂固的忠君意识，极力维护儒家的伦理道德秩序，表现出对君臣、父子、夫妇、昆弟、朋友之伦常的肯定。正是在这

---

① 金圣叹：《贯华堂第五才子书水浒传》（上），周锡山编校《金圣叹全集》，万卷出版公司2009年版，第13页。

② 同上书，第37页。

③ 金圣叹：《小题才子书》，周锡山编校《金圣叹全集》，万卷出版公司2009年版，第237页。

种意识的支配下，他又强调遵从封建秩序，反对"犯上作乱"。金圣叹说："盖好犯上，即是不孝弟；好作乱，即是不仁。不好犯上，即是孝弟；不好作乱，即是仁。故知只有不好犯上，不好作乱，是庶民实法，并无孝弟与仁之事也。"① 一方面要求"任天而成""率性而动"，主张各尽其性，大胆地赞美男女之间的必至之情，所谓"'遂万物之性'为成"②。另一方面又必须用礼加以规范，所谓"礼之可以防天下"③。总之，晚明心学思潮促成了金圣叹自由生命的狂放不羁，但内在的封建伦理意识又成为其自我生命力展示的牢笼。这种矛盾反映在文学评点上必然带来七十回《水浒传》主题阐释的歧义与反讽。

二 细读的文化透视

金圣叹评点文学始终不脱离文本本身，多不涉及文本之外的背景，而往往从字法、句法、章法入手，使读者抓住形象，进入意境。在对文学文本的解读中，他终于把美变成了可见的形式。这完全归功于金圣叹的细读之力。正如李渔所说："晰毛辨发，穷幽晰微。"④ 金圣叹的这种细读之力一方面得益于他是一个懂得艺术鉴赏的人，另一方面得益于唐宋以来文学批评重修辞重文法的细化语境。但更为重要的是，佛教所倡导的"极微论""那辗论"在文化层面上为他提供了"一花一世界，一沙一天国"的深观细究方式。

第一，极微论。极微，又作极微尘，极细尘，指物质（色法）分析到极小不可分的单位。"极微论"在印度古代哲学中早已存在，诸如顺世论、耆那教、胜论派、正理派、数论派，旨在论及世界物质构成问题，其争论延绵数百年。后被移入佛教，用以表达对世界本体与现象的认知。因"极微论"涉及色法、世界生成等核心问题，遂成为大小乘佛教争论的重要焦点。大小乘佛教虽然都承认"极微"的功能价值，但矛盾的核心在于"极微"究竟是实有还是虚空、可分还是不可分的问题。小乘佛教认

---

① 金圣叹：《小题才子书》，周锡山编校《金圣叹全集》，万卷出版公司2009年版，第202页。
② 同上书，第234页。
③ 金圣叹：《贯华堂第六才子书西厢记》，周锡山编校《金圣叹全集》，万卷出版公司2009年版，第143页。
④ 李渔：《闲情偶寄》，作家出版社1995年版，第73页。

为世界物质可以分至极微，小到不能再分。作为构成物质最小单位的极微，具有实在性、实有性。物质的长短、方圆、大小、颜色等呈现正是极微的聚合而成。整个大千世界也是皆由极微所组成。新有部著作《顺正理论》说：

> 有究竟处，名一极微。云何知尔？以可析法分析至穷，犹有余故。谓世现见，以余聚色，析余聚色，有细聚生，析析至穷，犹有余分，可为眼见，更不可析。如是聚色，不能析处，亦如粗聚，有可析理。谓彼可以觉慧分析，如以聚色析聚至穷，慧析至穷，应有余在，可为慧见，更不可析。此余在者，即是极微。是故极微，其体定有。此若无者，聚色应无，聚色必由此所成故。①

万物皆由极微而构成，极微的性质也决定了事物呈现的性质。《大毗婆沙论》卷十三说："若一极微非青者，众微聚集亦应非青。黄等亦尔……若一极微非长等形者，众微聚集亦应非长等形。"② 同时极微积聚也呈现出运动的方式，既可在运动中聚集而生成万物，也可在运动中毁灭万物。《大毗婆沙论》卷一百三十二："问聚色相击宁不散耶？答：风界摄持故，令不散。问岂不风界能飘散耶？答：有能飘散，如坏劫时。有能摄持，如成劫时。"③ 大乘佛教则不然，认为物体不是由极微聚合而成的，而是由识所变的结果。极微不是实有的，本质上只是佛教的假名而已。《成唯识论》卷一说：

> 然识变时随量大小，顿现一相，非别变作众多极微合成一物。为执粗色有实体者，佛说极微，令其除析，非谓诸色实有极微。诸瑜伽师以假想慧于粗色相。渐次除析，至不可析，假说极微。虽此极微犹有方分，而不可析。若更析之，便似空现，不名为色。故说极微是色边际。由此应知，诸有对色皆识变现，非极微成。④

---

① 《顺正理论》卷三十二，高楠顺次郎等编《大正新修大藏经》第29卷，1934年，第522页。
② 《大毗婆沙论》卷十三，高楠顺次郎等编《大正新修大藏经》第27卷，1934年，第64页。
③ 同上书，第683页。
④ 《成唯识论》卷一，高楠顺次郎等编《大正新修大藏经》第31卷，1934年，第4页。

极微不可再分，若再分下去就是"无"，就是"虚空"了。《楞严经》卷三说："汝观地性，粗为大地，细为微尘，至邻虚尘，析彼极微，色边际相。七分所成。更析邻虚，即实空性。阿难，若此邻虚，析成虚空，当知虚空出生色相……"① 大乘佛教强调万事万物建立在因缘生法观念之上，缘起性空，万物皆无自性，即使极微亦不例外，只不过是假有而已。小乘大乘佛教的极微观针锋相对，传入中土之后也多有争论。东晋鸠摩罗什与慧远曾在《大乘大义章》中借助"极微"的概念对世间色法生成及性质问题也进行了一场交锋。慧远一方面浸染小乘佛教，将"极微"作为构成万法的最基本的单位，认为是实有真有，称之为"实法有"。另一方面他又吸纳印度佛教中观学说，将"极微"视为由因缘和合而产生的世间万象，认为又是虚幻不实，称之为"因缘有"。因此，慧远强调"极微"是超越"有""无"之上的一种"非有非无"状态。第十五章《次问分破空并答》：

> 设令十方同分，以分破为空，分焉诎有。犹未出于色。色不可出故，世尊谓之细色非微尘。若分破之义，推空因缘有，不及实法故，推叠至于毛分尽，而复知空可也。如此，复不应以极微为假名。极微为假名，则空观不止于因缘有，可知矣。然则，有无之际，其安在乎？不有不无，义自明矣。②

鸠摩罗什以大乘中观本性空寂为本体论，彻底否定了"极微"的实有性，也驳斥了"不有不无"的存在状态。鸠摩罗什说："凡和合之法，则有假名，但无实事耳。""为破外道邪见及佛弟子邪论，故说微尘无决定相，但有假。"③ 万法都是由各种因缘和合而生，各种万象都是假名。佛法中从来没有"微尘"这个名词，甚至不说有极微、极细，也不存在"非有非无"的极微状态，佛法只说无常，一切"毕竟空"。"佛言：舍非有非无，亦如舍有无。一切法不受不贪，是我佛法。"④

金圣叹的"极微观"显然受到大小乘佛教"极微论"的影响，可谓

---

① 《楞严经》卷三，高楠顺次郎等编《大正新修大藏经》第19卷，1934年版，第117页。
② 《大乘大义章》第十四章，《大正藏》第45册，新文丰出版公司1983年版，第137页。
③ 同上。
④ 同上书，第138页。

兼及二者，有所折中。其极微观既言及小乘实之极微、色聚之微和凭想象而知的微尘，也不避大乘佛教所言的"析成虚空"。对此金圣叹进行了生动而形象的阐释。金圣叹说："夫娑婆世界，大至无量由延，而其故乃起于极微。以至娑婆世界中间之一切所有，其故无不一一起于极微。"① 金圣叹认为极微是构成万事万物的最小单位，是万事万物的缘由和起点。以极微的眼光来看待物质世界，方知世界乃是由无数层折及其延展而成。金圣叹说："今自下望之而其妙至是，此其一鳞之与一鳞，其间则有无限层折，如相委焉，如相属焉。所谓极微，于是乎存，不可以不察也。……诚谛审而熟睹之，此其中间之层折，如相委焉，如相属焉，必也一鳞之与一鳞真亦如有寻丈之相去。所谓极微者，此不可以不察也。"② 金圣叹以"轻云鳞鳞"之喻说明极微存在于不同的层面，近观之可以看到云之相近的极微，远观之可以看到云之相去的极微。其中展示出事物内部的无限延展和错落有致。正如金圣叹所说："殊不知一字一句一节，都从一黍米中剥出来也。"③ 这种"一黍米"之喻与小乘的"一粒谷"之喻有异曲同工之处。《大毗婆沙论》卷七十四说："若观假蕴应作是说，一极微是一界一处一蕴少分。若不观假蕴应作是说，一极微是一界一处一蕴。如人于谷聚上取一粒谷，他人问言汝何所取。彼人若观谷聚应作是答，我于谷聚取一粒谷。若不观谷聚应作是答，我今取谷。"④ 意在通过一谷粒（极微）自身来见出万物（谷聚）的层深曲折。金圣叹的"极微观"不但可以映现极微的细微层次，而且还能见出极微的运动变化过程。万事万物不能各自单独而生，只可彼此相依而俱生，这是一个聚合渐变的过程。金圣叹说："于无跗无萼无花之中，而欻然有跗，而欻然有萼，而欻然有花，此有极微于其中间，如人徐行，渐渐至远。……此一极微，不可以不察也。"⑤ 金圣叹又以"草木之花"之喻说明任何事物各层次之间并非是一

---

① 金圣叹：《贯华堂第六才子书西厢记》，周锡山编校《金圣叹全集》，万卷出版公司2009年版，第77页。

② 同上书，第77—78页。

③ 同上书，第78页。

④ 《大毗婆沙论》卷七十四，高楠顺次郎等编《大正新修大藏经》第27卷，1934年版，第384页。

⑤ 金圣叹：《贯华堂第六才子书西厢记》，周锡山编校《金圣叹全集》，万卷出版公司2009年版，第77—78页。

个彼此分离、孤立无依的状态，而是一个相互联系、相互发展的过程。金圣叹的这种极微聚合思想显然与小乘"色聚观"是一样的。更为重要的是，金圣叹的"极微观"，还发现极微之间的细微变化，甚至是隐隐约约存有一种无形的力量。极微之法，分之又分，损之又损，以至于虚无。这似乎又滑向了大乘佛教的"虚空"境界。金圣叹说："灯火之焰也，淡淡焉，此不知于世间，五色为何色也。吾尝相其自穗而上，讫于烟尽，由淡碧入淡白，此如之何其相际也；又由淡白入淡赤，此如之何其相际也；又由淡赤入干红，由干红入黑烟，此如之何其相际也。必有极微，于其中间，分焉而得分，又徐徐分焉，而使人不得分，此一又不可以不察也。"①金圣叹再以"灯火之焰"之喻，借佛学的微尘观来说明极微事物内部的细微变化，渐变之中又隐存极微。金圣叹游走于"得分"与"不得分"之间，既表现出对小乘佛教极微论实法的认可，又表现出对大乘佛教极微论空寂无形力量的认同。如果放而大之，从《西厢记》的整个章法情节组织来看，金圣叹"极微观"的空观更为明显。金圣叹认为《西厢记》一共十六章，最大的章法就是一个"无"字，用佛教的语言来说，就是"虚空"。金圣叹评曰：

> 若夫《西厢》之为文一十六篇，则吾实得而言之矣：有生有扫，生如生叶生花，扫如扫花扫叶。何谓生？何谓扫？何谓生如生叶生花？何谓扫如扫花扫叶？今夫一切世间太虚空中，本无有事，而忽然有之，如方春本无有叶与花，而忽然有叶与花，曰生。既而一切世间妄想颠倒，有若干事，而忽然远无，如残春花落，即扫花，穷秋叶落，即扫叶，曰扫。②

《西厢记》描写崔张的爱情故事，犹如花开花落、叶生叶落，最终复归于无。第一章《惊艳》写二人爱情故事的发生，即为"生"；第十五章《哭宴》写二人爱情故事的结束，即为"扫"。金圣叹说："盖《惊艳》已前，无有《西厢》；无有《西厢》，则是太虚空也。若《哭宴》已后，

---

① 金圣叹：《贯华堂第六才子书西厢记》，周锡山编校《金圣叹全集》，万卷出版公司 2009 年版，第 78 页。

② 同上书，第 199 页。

亦复无有《西厢》；无有《西厢》则仍太虚空也。此其最大之章法也。"①崔张爱情故事"有生有扫"，可谓大手笔，可谓"最大之章法"，极尽空幻之美。然而处于"生""扫"之间的爱情故事又可谓波澜起伏，跌宕多姿，极尽极微之妙。金圣叹用"此来彼来""三渐三得""二近三纵""两不得不然""实写空写"来概括。如"实写空写"一节，其中"实写"即为《酬简》一篇，"实写者，一部大书，无数文字，七曲八折，千头万绪，至此而一齐结穴，如众水之毕赴大海。"②《酬简》写得精彩绝伦，表明崔张的爱情经过无数艰难险阻，终成正果。其中"空写"即为《惊梦》一篇，也是《西厢记》的最后一篇，"空写者，一部大书，无数文字，七曲八折，千头万绪，至此而一无所用……凡此皆所谓《西厢》之文一十六篇，吾实得而言之者也。谓之十六篇可也，谓之一篇可也；谓之百千万亿文字总持悉归于是可也，谓之空无点墨可也。"③《惊梦》一篇，犹如楚人火烧阿房宫、庄惠快辨鱼乐，一切现实的热闹喧嚣、红尘的烦躁纷扰乃至爱情的缠绵火热，都只不过是一场虚幻的梦境而已。由此观之，金圣叹所言的极微既涉及事物的幽微妙密、层折多变，为小乘称道为实有，又涉及事物的缘起性空、因缘和合，一切极微都属幻象，为大乘称道为虚空。正如《般若波罗蜜多心经》所言"色即是空，空即是色"。

金圣叹认为大千世界无不表现为极微的聚合，又无不可以进行极微的分析。所谓"文章之事，通于造化"④。文学正是极微的一种体现。金圣叹说："人诚推此心也以往，则操笔而书乡党馈壶浆之一辞，必有文也；书人妇姑勃豀之一声，必有文也；书途之人一揖遂别，必有文也。何也？其间皆有极微。"⑤事情无论大小，既可呈现出层折错综之不同，又可见出层折渐变之转化，从中洞悉以小见大、以静制动、虚实相生的隐秘力量。海山方岳、洞天福地因其宏大固然可观可游，而一花一鸟、一草一木因其渺小，因同属造化之妙，同样可观可游。即使像送饭、吵架、道别这样的寻常小事，之所以值得操笔而书，之所以有文，其关键在于隐含着这

---

① 金圣叹：《贯华堂第六才子书西厢记》，周锡山编校《金圣叹全集》，万卷出版公司2009年版，第199页。
② 同上书，第200页。
③ 同上书，第201页。
④ 同上书，第64页。
⑤ 同上书，第78页。

种极微。所谓"文章之事,关乎至微"①。因此从接受的角度来看,就是要求读者面对文本,体察入微,明察秋毫,以"极微"的眼光,来发掘作者用笔之奥妙。所谓"今者止借菩萨极微之一言,以观行文之人之心"②。以"酬韵"为例,金圣叹将整章解析为十五小节,实际上包括四大层次,分别为张生等莺莺出现、张生与莺莺酬韵、莺莺离去张生落寞心境、张生憧憬与莺莺相聚时刻。而每个层次又包含若干小节,可谓层层相生,文文相生,极尽"极微"之秘。对"酬韵"一章,金圣叹这样评价:

> 上文《借厢》一章,凡张生所欲说者,皆已说尽。下文《闹斋》一章,凡张生所未说者,至此后方才得说。今忽将于如是中间,写隔墙酬韵,亦必欲洋洋自为一章。斯其笔拳墨渴,真乃虽有巧媳,不可以无米煮粥者也。忽然想到张、莺联诗,是夜则为何二人悉在月中露下,因凭空造出每夜烧香一段事,而于看烧香上,生情布景,别出异样花样。粗心人不解此苦,读之只谓又是一通好曲,殊不知一字一句一节,都从一黍米中剥出来也。③

其中最关键的一场就是第二大层张生和莺莺的酬韵。正当张生久等佳人姗姗来迟、心焦不安之时,莺莺出现了:"猛听得角门儿呀的一声,风过处衣香细生,踮着脚尖儿仔细定睛,比那初见时庞儿越整。"金圣叹认为这次写张生与莺莺相见,既不同于《惊艳》中的第一次春院瞥见,也不同于《闹斋》中的第三次斋堂近见,而是一种月下遥见。这种遥见不是实写,而是虚写,分别是写莺莺在声音听觉、衣香嗅觉、方向月明视觉中出现。于此金氏批道:"角门开后,不便写出莺莺,且更向暗中又空写一句。吾适言天云之鳞鳞,其间则有委委属属,正谓此等笔法也。"④莺莺出场,落落有次,莺莺之美,不言自明。其中曲曲折折,委委属属,见于言外,大有曲径通幽、引人入胜之美。紧接着是隔墙和诗,张生来到后花园内,偷看小姐烧香,随即吟诗一首:"月色溶溶夜,花阴寂寂春;如何

---

① 金圣叹:《贯华堂第六才子书西厢记》,周锡山编校《金圣叹全集》,万卷出版公司2009年版,第159页。
② 同上书,第77页。
③ 同上书,第78页。
④ 同上书,第80页。

临皓魄，不见月中人？"莺莺也随即和了一首："兰闺久寂寞，无事度芳春；料得行吟者，应怜长叹人。"张生与莺莺的隔墙和诗，其意义非同一般。这表明她们之间的爱情已由一见钟情进入了知音相赏的突破性阶段。如果说第一次瞥见是张生对莺莺身材和容貌的一见倾心，那么这次酬韵却是张生对莺莺心灵和才情的领悟与认同。其中潜藏着"轻丝暗縈，微息默度"之美。金圣叹说："设使张生不借厢，是张生不来，张生不来，此事不生；即使张生借厢，而莺莺不酬韵，是莺莺不来，莺莺不来，此事亦不生。今既张生慕色而来，莺莺又慕才而来，如是谓之两来，两来则南海之人已不在南海，北海之人已不在北海也；虽其事殊未然，然而于其中间，已有轻丝暗縈，微息默度，人自不觉，势已无奈也。"① 这里的"轻丝暗縈，微息默度"既包括情节的曲折回环，线索的错综变化，又包括情感的灵微隐秘，真可谓清晰细腻，淋漓尽致。正是在这个意义上说，金圣叹呼号："愿普天下锦绣才子，皆细细读之。"② 难怪周昂这样评价金圣叹："名家古文，多从最小最微处，写得分外出色。圣叹真得此道中三昧。"③

　　第二，那辗论。那辗，原为古代称为"双陆"的一种游戏术语。金圣叹在《西厢记·前候》总批中转述了其朋友双陆高手陈豫叔对"那辗"的理解：

　　　　今夫天下一切小技，不独双陆为然。凡属高手，无不用此法已，曰"那辗"。（吴音"奴"上声，"辗"上声）"那"之为言"搓那"，"辗"之为言"辗开"也。搓那得一刻，辗开得一刻；搓那得一步，辗开得一步。于第一刻、第一步，不敢知第二刻、第二步，况于第三刻、第三步也。于第一刻、第一步，真有其第一刻、第一步，莫贪第二刻、第二步，坐失此第一刻、第一步也。④

---

① 金圣叹：《贯华堂第六才子书西厢记》，周锡山编校《金圣叹全集》，万卷出版公司2009年版，第199—200页。

② 同上书，第78页。

③ 《酬韵》卷一之三，《此宜阁增订金批西厢》，清乾隆六十年此宜阁刊朱墨套印本，第55页。

④ 金圣叹：《贯华堂第六才子书西厢记》，周锡山编校《金圣叹全集》，万卷出版公司2009年版，第157—158页。

凡小技，必须与一人对作。其初，彼人大欲作，我乃那辗如不欲作。夫大欲作，必将有作有不及作也，而我之如不欲作，则固非不作也。其既彼以大欲作故，将多有所不及作，其势不可不与补作。至于补作，则先之所作将反弃如不作也。我则以那辗故，寸寸节节而作，前既不须补作，今又无刻不作也。其后，彼以补作故，彼所先作，既尽弃如不作，而今又更不及得作也。我则以不烦补作故，今反听我先作，乃至竟局之皆我独作也。①

所贵于那辗者，那辗则气平，气平则心细，心细则眼到。夫人而气平、心细、眼到，则虽一黍之大，必能分本分末，一咳之响必能辨声辨音。人之所不睹，彼则瞻瞩之；人之所不存，彼则盘旋之；人之所不悉，彼则入而抉剔，出而敷布之。一刻之景，至彼而可以如年；一尘之空，至彼而可以立国。②

从陈豫叔的体会中，我们可以理解"那辗"具有三层意思：一是"那"指搓那延缓，"辗"指展开宕去；二是作为一种游戏战法，在确立了目标之后，不是径直而取，而是迂回曲折，讲究"寸寸节节而作"；三是需要平心静气以细致的眼光去观察事物的精微及其变化，以待时机。所谓"虽一黍之大，必能分本分末；一咳之响，必能辨声辨音"。不难看出，"那辗"也是佛教"极微观"的一种体现和折射。金圣叹十分惊叹"那辗"之技，称之为奇法、妙法、秘法，视为"文章之妙门"，凭此可观"行文之法"③。

金圣叹重视"那辗"的审美功能是从文章制题的艺术谈起。受八股文法之影响，金圣叹特别重视制题艺术。一方面强调"未制文，先制题"④。另一方面又强调："盖制题以构文也。"⑤ 金圣叹说："凡作文，必有题。题也者，文之所由以出也。乃吾亦尝取题而熟睹之矣，见其中间全

---

① 金圣叹：《贯华堂第六才子书西厢记》，周锡山编校《金圣叹全集》，万卷出版公司2009年版，第158页。

② 同上。

③ 同上书，第159页。

④ 金圣叹：《贯华堂第五才子书水浒传》（下），周锡山编校《金圣叹全集》，万卷出版公司2009年版，第665页。

⑤ 同上书，第786页。

无有文。夫题之中间全无有文，而彼天下能文之人，都从何处得文者耶？吾由今以思，而后深信那辗之为功是惟不小。"① 在金圣叹看来，题目固然重要，但有了题目之后，如何使之有文布文更为重要。此时有没有"那辗"对文的形成来说至为关键。金圣叹说：

> 何则？夫题有以一字为之，有以三五六七乃至数十百字为之。今都不论其字少之与字多，而总之题则有其前，则有其后，则有其中间。抑不宁惟是已也，且有其前之前，且有其后之后，且有其前之后而尚非中间，而犹为中间之前；且有其后之前而既非中间，而已为中间之后，此真不可以不致察也。诚察题之有前，又察其有前前，而于是焉先写其前前，夫然后写其前，夫然后写其几几欲至中间，而犹为中间之前，大然后始写其中间。至于其后，亦复如是。而后信题固蹙而吾文乃甚舒长也；题固急而吾文乃甚纡迟也；题固直而吾文乃甚委折也；题固竭而吾文乃甚悠扬也。如不知题之有前、有后、有诸迤逦。而一发遂取其中间，此譬之以概击石，确然一声则遽已耳，更不能多有其余响也。盖那辗与不那辗，其不同有如此者。②

正如"双陆"游戏一样，文学创作在确立了题目之后，也要因题制文。不是直奔主题，立即道明，而是不即不离，前后腾挪，使整个故事张弛有度，生动曲折。金圣叹说："仆思文字不在题前，必在题后。若题之正位，决定无有文字。不信，但看《西厢记》之一十六章，每章只用一句两句写题正位，其余便都是前后摇之曳之。……知文在题之前，便须恣意摇之曳之，不得便到题；知文在题之后，便索性将题拽过了，却重与之摇之曳之。"③"摇之曳之"不是对所描写的人和事做直接描写，而是故意绕道而行，左盘右旋，上推下挽，极尽延宕曲折之妙。金圣叹以《前候》为例，具体详解了此篇七用"那辗"之妙：

---

① 金圣叹：《贯华堂第六才子书西厢记》，周锡山编校《金圣叹全集》，万卷出版公司2009年版，第158页。
② 同上书，第158—159页。
③ 同上书，第14—15页。

此篇如【点绛唇】、【混江龙】，详叙前事，此一那辗法也，甚可以不详叙前事也，而今已如更不可不详叙前事也。【油葫芦】双写两人一样相思，此又一那辗法也，甚可以不双写相思也，而今已如更不可不双写相思也。【村里迓鼓】不便敲门，此又一那辗法也，甚可以即便敲门也。【上马娇】不肯传去，此又一那辗法也，甚可以便与传去也。【胜葫芦】怒其金帛为酬，此又一那辗法也。【后庭花】，敬其不用起草，此又一那辗法也。乃至【寄生草】忽作庄语相规，此又一那辗法也。夫此篇除此数番那辗，固别无有一笔之得下也。①

整章的正题是红娘探病、张生寄简。就题目而言，不免"枯淡窘缩"，但是仅仅以"固蹙""固急""固直""固竭"的方式去叙事描写，则不免平直无味。不但人物的思想情感不能尽情表达，而且故事线索的前引后牵、伏笔照应也难以呈现。于是金圣叹反其意而用之，"题固蹙而吾文乃甚舒长也；题固急而吾文乃甚纡迟也；题固直而吾文乃甚委折也；题固竭而吾文乃甚悠扬也"。"明知山有虎，偏向虎山行"。金圣叹将这一主题"摇之曳之"七个层次：一是详叙前事。莺莺派红娘去看望张生，红娘边走边叙张生相救崔家的情义，感慨老妇人赖婚一事，致使崔张二人饱受相思之苦，此为红娘探病之由，可谓前引后牵。二是两人相思。才子佳人，相亲相爱，自有苦闷相思许多张致，此种缠绵悱恻反借红娘之口来体现，真可谓文情奇绝，笔墨奇观。三是不便敲门。红娘来到张生门前，不是直接敲门，而是将窗纸舔破，往内窥视。此举点画出红娘的调皮、张生的苦闷以及红娘对张生的怜爱，可谓一石数鸟，一片镜花水月。四是不肯传书。红娘以金钗敲门，向张生转达莺莺对他的思念，行文进入正题，本属常态。让人意想不到的是，张生竟借机苦央红娘传书递情，红娘不肯，生怕莺莺翻脸骂人，立即扯碎书简。此举既活画出红娘的灵慧过人，又为下文莺莺变脸发怒埋下了伏笔，可谓节外生枝，东穿西透。五是怒拒金帛。张生怕红娘不肯传书，急不择言，遂以金帛酬谢红娘，便遭红娘一顿斥骂。此举表现出红娘

---

① 金圣叹：《贯华堂第六才子书西厢记》，周锡山编校《金圣叹全集》，万卷出版公司2009年版，第159页。

"千斤重担,两肩独挑"的仁义情怀,可谓侠骨丹心,纯真一片。六是敬其不用起草。张生随即转变态度,真心哀求红娘可怜自己,红娘立即答应张生传书。张生动笔写信,红娘看他文思敏捷,一挥而就,敬佩有加。此举表面上是以红娘满意之眼来看张生,而实际上是以莺莺称心之眼来看张生,"一幅文字,便做三幅看也",可谓"异样妙文"。七是庄语相规。红娘以庄重严肃之语,层层规劝张生莫要沉浸在儿女情长之中,莫让成双成对的念头耽误了功名前程。最后红娘"满心满意,满口满语",保证"管教那人来探你一遭儿",从而真正完成正题的描情画物。整个故事"寸寸节节",迂回曲折,展现出红娘的热心聪慧、张生的深情执着以及莺莺的绵绵相思。从整个叙事来看,好像"狮子滚绣球"一般:"文章最妙,是先觑定阿堵一处,已却于阿堵一处之四面,将笔来左盘右旋,右盘左旋,再不放脱,却不擒住。分明如狮子滚球相似,本只是一个球,却教狮子放出通身解数,一时满棚人看狮子,眼都看花了,狮子却是并没交涉。人眼自射狮子,狮子眼自射球。盖滚者是狮子,而狮子之所以如此滚,如彼滚,实都为球也。"[①] 作者紧紧围绕"阿堵"这一主题,不断搓那,层层铺垫,抑扬结合,明断暗续,生出虚空荡漾、摇曳生姿的动人之美。

第二节 八股文法解读与文本世界美的呈示

金圣叹的"分解"常用八股文法解读,不但其朋友徐增言及于此,称道他解诗"不过是极论起、承、转、合诸法耳"[②],就连他自己,也直言不讳:"诗与文,虽是两样体,却是一样法。一样法者,起承转合也。"[③] 金圣叹以八股文法解读文本,其表现出来的八股气,常为后人所诟病。或斥之为误入"魔道",或讥之为"形式主义"。特别是经过20世纪初现代学人对八股文的大加挞伐后,人们对金圣叹的八股文读

[①] 金圣叹:《贯华堂第六才子书西厢记》,周锡山编校《金圣叹全集》,万卷出版公司2009年版,第13页。

[②] 徐增:《而庵诗话》,《清诗话》,上海古籍出版社1978年版,第433页。

[③] 金圣叹:《贯华堂选批唐才子诗》,周锡山编校《金圣叹全集》,万卷出版公司2009年版,第64页。

法避而远之，再也难正视听①。为了更好地理解金圣叹的八股文读法，有必要还原历史语境，做一些正本清源的工作，以论证它作为美学命题的合法性。在此基础上说明金圣叹八股解读的具体操作过程以及对文本世界美的呈示。

一 八股文体结构及其美学价值

八股文，是明清科举考试时规定的一种专门文体，是当时士子应制考试之作，故可称之为"制义"或"制艺"。因其命题往往以儒家经书为题，并以"四书"为主阐释经文义理，故又称为"经义"或"四书文"。作为时下流行的一种文体，因与唐宋以来的"古文"相对，故又称之为时文或时艺。又因其结构含有八条对偶排比长句，故又称之为"八股文"或"八比文"。按照明代焦循"一代有一代之所胜"①的文学史观念来看，八股文不愧为明代最具代表性的文体。郭绍虞说得好："我们假使于一切时代取其代表的文学，于汉取赋，于六朝取骈，于唐取诗，于宋取词，于元取曲，那么于明代无宁取时文。"② 一方面，明代八股文自有其个性，"专录其八股"，可谓文各有体，"别创一格"③。另一方面，明代八股文自有其共性，与各种文体相互借鉴、相互发明，可谓"文备众体"。焦循说："诗既变为词曲，遂以传奇小说谱而演之，是为乐府杂剧。又一变而为八股，舍小说而用经书，屏幽怪而谈理道，变曲牌而为排比。

---

① 五四运动兴起时，八股文便成为被攻击的对象。文言古文也被视为一路货色，"与八股家之所谓代圣贤立言者同一鼻孔出气"（见曾毅《与陈独秀书》，转自郑振铎编《文学论争集》，良友图书公司1935年版，第3页）。"以视八股试帖之价值，未必能高几何"（见陈独秀《文学革命论》，《陈独秀文章编》上册，生活·读书·新知三联书店1984年版，第173页）。瞿秋白说"八股原是蠢笨的产物"，并说"八股无论新旧，都在扫荡之列"（《〈伪自由书〉"透底"》，《鲁迅全集》第5卷，人民文学出版社1957年版，第83—85页）。这些言论因收在《鲁迅全集》里而对中国产生影响。毛泽东撰有《反对党八股》一文，此后凡沾八股者皆在否定之列。海外也有人认为："八股文，跟抽鸦片，缠小脚三者，同为毒害中华民族的痼疾。"（见曹聚仁《中国学术思想史随笔》，生活·读书·新知三联书店1986年版，第390页）。自从胡适、鲁迅批评金圣叹评点是"八股的流毒""八股的作法"以来，许多研究者便把"八股"与金圣叹连在一起，直到何满子先生写的《水浒概说》，还坚持说金圣叹的"艺术手法"，是"八股章法"（见何满子《水浒概说》，上海古籍出版社1993年版，第120页）。

① 焦循：《易余籥录》卷十五，光绪戊子夏德化李氏刊《木犀轩丛书》本。
② 郭绍虞：《中国文学批评史》，上海古籍出版社1979年版，第421—422页。
③ 吴梅：《顾曲麈谈》，《吴梅戏曲论文集》，中国戏曲出版社1983年版，第97页。

此文亦可备众体，史才、诗笔、议论。其破题、开讲，即引子也；提比、中比、后比，即曲之套数也。夹入领题、出题、段落，即宾白也。"① 因此，从八股文形成的历史渊源来看，八股文兼备古文、诗歌和戏曲等诸多文体游艺之所长，具有审美形式上的独特优势。

就八股文与诗歌的关系而言，诸多学者持八股源于"唐人试帖诗"一说，主张八股文的形成是受唐代律诗影响而致。毛奇龄《唐人试帖·序》云："世亦知试文八比之何所昉乎？……惟唐制试士改汉魏散诗而限以比语，有破题、有承题、有颔比、颈比、腹比、后比而然后结以收之。六韵之首尾，即起结也。其中四韵，即八比也，然则试文之八比，视此矣。"② 袁枚也说："时文八股，其流派实始于唐人应制之八韵应制诗。"③ 作为应试命题之作，八股文体的形成与确立，既吸收了律诗声律对偶之美，又汲取了律诗次第严整之美。正所谓"文之有八股，犹如诗之有律诗"。特别是本源于诗学的"起承转合"④说，又被移用到八股文之中。袁若愚说："时文讲法，始能学步；诗不讲法，即又安能学步乎？且起承转合四字，原是诗家章法，时文反为借用。"⑤ 李树滋《石樵诗话》说："今俚儒教人作文，必曰起承转合。不知四字乃言诗，非言文也。范德机《诗法》：作诗有四法，起要平直，承要舂容，转要变化，合要渊永。其移以入时文，应自明人始。"⑥ 当然八股文一旦确立之后，反过来也对明清诗文的写作产生过一定的影响。钱锺书《谈艺录》第七十二则"诗与时文"引用王士禛《池北偶谈》等一些话语，以证八股文对诗歌的影响。所谓"时文虽无与诗古文，然不解八股，即理路终不分明"⑦。他们认为要工于诗，必先工于八股文，旨在强调二者之间的潜通暗合之处。

---

① 焦循：《易余籥录》卷十五，光绪戊子夏德化李氏刊《木犀轩丛书》本。
② 毛奇龄：《西河合集序》卷二十九，转引自梁章钜《试律丛话》卷一，上海书店出版社2001年版，第512页。
③ 袁枚：《答戴敬咸进士论时文》，《袁枚全集》第5册，江苏古籍出版社1993年版，第50页。
④ 从现存文献看，作为诗学问题的起承转合之说，最早见于元人杨载的《诗法家数》。他在此书"律诗要法"一段中首列"起""承""转""合"四字，并以"破题""颔联""颈联""结句"与之对应。
⑤ 袁若愚：《学诗初例》卷首，乾隆二年刊本，湖北省图书馆藏本。
⑥ 李树滋：《石樵诗话》卷七，道光三十九年湖湘采珍山馆刊本。
⑦ 钱锺书：《谈艺录》（补订本），中华书局1984年版，第242—243页。

就时文与古文的关系而言,一方面主张八股文源于"唐宋古文"[①]之说,另一方面又倡导时文与古文互补兼善之论。南宋刘将孙《题赠同文公后》说:"文字无二法,自韩退之创为古文之名,而后谈文者,必以经赋论策为时文,碑、铭、叙、题、赞、箴、颂为古文。不知'辞达而已',时文之精即古文之理也。予尝持一论云:能时文未有不能古文,能古文不能时文者有矣,未有能时文,为古文而有余憾者也。"[②]刘将孙拈出"文字无二法",就是主张时文与古文可以相辅相成,相互兼善,以此纠正古文家轻视时文的偏颇。到了明代,或以古文为时文,或以时文为古文,二者已形成呼应之势。诸多大家既是古文名家,又是时文高手,如王慎中、唐顺之、归有光、茅坤、王世贞、汤显祖、袁宏道,等等。正所谓"举子业,今文也;然苟得其至,即谓之古文,亦可也"[③]。时文与古文虽然表面上相对,但是文法之理并不对立。焦循说:"古文以意,时文以形。舍意而论形,则无古文;舍形而讲意,则无时文。"[④] 所谓"以古文为时文",就是强调古文向时文的渗透,时文对古文的借鉴,以振时文之陋。清代李元度在李扶九《古文笔法百篇》序言中曾有谈及:"古无所谓古文也。自韩退之之氏以起衰自命,力校俪偶之习,始傑然以古文鸣。古文者别乎时文而言也。近代选家如茅鹿门、储同人、汪湍喜之徒,并有评本。识者谓未能脱尽帖括气习。然思论文之极致,正以绝出时文蹊径为高;而论时文之极致,又以能得古文之神理气韵机局之最上乘。明之震川、荆川、陶庵、昭代之慕庐、百川、望溪,皆以古文为时文也。"[⑤] 所谓"以时文为古文"就是强调时文向古文的渗透,时文对古文的观照,以彰显古文的文法境界。王葆心《古文辞通义》引徐凤辉之言云:"从时文出身者,以古文亦有'之乎也者'也,而读之公然成句。以古文亦有'起、承、转、合'也,而解之或尚粗通……直以时文为古文矣。"[⑥] 因

---

① 吴承学教授指出王闿运《论文法——答陈万夫问》、陈德芸《八股文学》、梅家玲《论八股的渊源》皆主张八股文源于"唐宋古文说"。见吴承学《中国古代文体形态研究》,中山大学出版社2002年版,第184页。

② 刘将孙:《养吾宅集》卷二十五,《四库全书》第1199册,上海古籍出版社1989年版,第242页。

③ 茅坤:《复王进士书》,《茅坤集》,浙江古籍出版社1993年版,第321页。

④ 焦循:《雕菰集》,《丛书集成初编》第2191册,中华书局1985年版,第154—155页。

⑤ 李扶九:《古文笔法百篇》,香港溢美图书公司1960年版,第4页。

⑥ 王葆心:《古文辞通义》卷二,湖南官书报局铅印晦堂丛书本1916年版,第29页。

此，古文与时文二者之间相互影响，相互渗透，可谓相得益彰。

关于八股与戏曲的渊源关系，明代焦循持八股滥觞于"金元曲剧说"。其《易余籥录》云："元人曲止正旦正末唱，余不唱。其为正旦正末者，必取义夫贞妇忠臣孝子厚德有道之人。余谓八股文口气代其人说话，实为本于曲剧。而如阳货、臧仓等口气之题，宜断作，不宜代其口气，是当以元曲之法如法。"① 钱锺书旁征博引，申而论之，甚为详明："八股故称'代言'，盖揣摩古人口吻，设身处地，发为文章；以俳优之道，抉圣贤之心。……其善于体会，妙于想象，故与杂剧传奇相通。……袁随园《小仓山房尺牍》卷三《戴敬咸进士论时文》一书，说八股通曲之意甚明。焦理堂《易余籥录》卷十七以八股与元曲比附，尤引据翔实。张诗舲《关陇与中偶编》记王述庵语，谓平生举业得力《牡丹亭》，读之可命中，而张自言得力于《西厢记》。亦其证也。"② 八股文中的"代圣人立言"与元曲中的"以俳优之道，抉圣贤之心"，具有相通之理。

总之，作为一种文体，八股文的确吸收了各种文体的创作经验，是各种技艺的杂合体。就八股文的发生而言，"从经书到古文、骈体（对偶）、诗（律诗）、词（上下阕）甚至曲子、小说，都可以照八股分析结构，查出八股发展的来源。"③ 就八股文与其他文体的关联来看，它兼具了中国文体的多元文化基因，具有兼采众长、程式严谨的特点，从而折射出中国文章的一般规律和审美要求。金克木说："一是命题作文。二是对上说话。三是全部代言。四是体式固定。就体式说，又可有四句。一语破的。二水分流。起承转合。抑扬顿挫。这四句中：一是断案。二是阴阳对偶。三是结构，也是程序。四是腔调，或说节奏，亦即文'气'。《四书》八股，'一以贯之'。从秦至清，'其揆一也'。"④ 八股文将以前各种文体的游艺特征熔为一炉，成为中国文学中形式最严密的文体。日本学者横田辉俊将之称为中国"文章构造的极致"⑤。八股文既能严谨完整，条理分明，又能翻来覆去，灵通变化，正所谓"从心所欲而不逾矩"。因此，金圣叹

---

① 焦循：《易余籥录》卷十七，光绪戊子夏德化李氏刊《木犀轩丛书》本。
② 钱锺书：《谈艺录》（补订本），中华书局1984年版，第32—33页。
③ 启功、张中行、金克木：《说八股》，中华书局2000年版，第106—107页。
④ 同上书，第165页。
⑤ ［日］横田辉俊：《八股文》，转引自［日］前野直彬主编《中国文学概论》，成文出版有限公司1980年版，第193页。

以八股文法解读"六才子书",具有中国传统形式美学上的合法性。

二 八股取士文化语境与金圣叹文学评点

作为一种颇富中国特色的批评方式,文学评点与科举息息相通。南宋时,诸多评点家早已有意为之,如吕祖谦《古文关键》、谢枋得《文章规范》等选本皆为科举而作,意在为后学指点作文门径。到了明代,更是变本加厉,八股文取士之风的盛行对文学评点起到了推波助澜的作用。士子们为了晋身禄业,不得不反复观摩研究时文,推敲考官鉴赏趣味,以求破题作文的速成大法。此时,各种各样的指导八股作文写作的专书,不断涌现。主要表现为三个方面:一是明代出现了以时文之法评点古文的潮流。明代视古文与时文一体,所谓"时文者,古文之一体也"①。一方面,古文资助时文,以古文之法指导时文,从而将时文提升到古文的深厚境界。茅坤在《文诀五条训缙儿辈》中说:"吾为举业,往往以古调行今文。汝辈不能知,恐亦不能遽学。个中风味,须于六经及先秦、两汉书疏与韩、苏诸大家之文涵濡磅礴于胸中,将吾所为文打得一片凑泊处,则格自高古典雅。"② 另一方面,时文也资助古文,以时文之法导引古文。八股文也有自己的特点,其优势是"凝思至细,行文至密。所有近辉远映、上压下垫、反敲侧击、仰承俯引之法,反较古文为备",凭此"八比适足以为古文之导引"③。因此,以时文之法评价古文已成为时尚。王安定《求阙斋弟子记》卷二十二《文学下》引《曾国藩文集》有这样一段话:

> 盖明代以制艺取士,每乡、会试,文卷浩繁,主司览其佳者,则圈点其旁以为标识,又加评语其上以褒贬,所以别妍媸、定去取也。濡染既久,而书肆所刻四书文莫不有批评圈点。其后则学士文人竞执此法以读古人之书,若茅坤、董份、陈仁锡、张溥、凌稚隆之徒,往往以时文之机轴,循史、汉、韩、欧之文。虽震川之于《庄子》《史记》,犹不免循此故辙。又其甚则孙鑛、林云铭之读《左传》,割裂

---

① 戴名世:《甲戌书房序》,《戴名世集》卷四,中华书局1986年版,第88页。
② 茅坤:《茅坤集》(下册),浙江古籍出版社1993年版,第875页。
③ 包世臣:《论文或问》,《艺舟双楫》卷二,《丛书集成续编》第86册,上海书店出版社1994年版,第110页。

其成幅，而粉傅其字句，且为之标目，如郑伯克段、周郑交质云云，强三代之文以就坊行制艺之范围，何其陋与！①

明代前后七子和唐宋派率先垂范，专批史书，视《左传》《史记》《汉书》等史学著作为文章最高范本，从中总结字法、句法、章法，并作为八股举子评文衡文行文的准则。如唐顺之《荆川先生精选批点史记》、茅坤《史记钞》、杨慎《史记题评》、归有光《归震川评点史记》、凌稚隆所辑《史记评林》，等等。二是出现了许多古文选本。受南宋吕祖谦、谢枋得等人的影响，明代的选家评家"以古文为时文"，也拥有自己的古文选评本，如茅坤的《唐宋八大家文钞》、归有光的《文章指南》、张侗初的《必读古文》。所论皆以八股题义章法评点古文，重在勾画腠理脉络。正如王夫之《夕堂永日绪论·外编》所说："钩锁之法，守溪（即明代八股大家王鏊）开其端，尚未尽露痕迹，至荆川而以为秘藏。茅鹿门所批点八大家，全持此以为法。"三是明代还专门出版了诸多八股文选本，这也为文学评点提供了必要的资源。明隆庆、万历年间，"时文选本，汗牛充栋"②，其中影响最大的是武之望的《新刻官板举业卮言》和董其昌的《文诀九则》。对这些科举试卷，评点者圈点抹批，一应俱全，多从选题命意、起承转合、脉络结构出发，示以作文门径。正如明末张鼐所说："文章家每于神清气定时，将先辈程墨细批细玩，何处是起，何处是伏，何处是实，何处是虚，何处是转折，何处是关锁，何处是提挈，何处是咏叹，看其一篇是何成局，伏习众神，后来自然脉脉相接也。"③ 总之，八股文取士的文化语境及其时文评点风尚，促进了文学评点的发展。明清文学评点借用其格式、方法和术语，从而将文学文本中有关结构乃至文字章句的技法理论推向极致。因此，八股文评点构成了当时文学批评的普适性话语。正如郭绍虞说："明代的义人，殆无不与时义发生关系；明代的文学或批评，殆也无不直接间接受着时文的影响。"④ 在这样的文化

---

① 顾廷龙、傅璇宗主编：《续修四库全书》第1537册，上海古籍出版社2002年版，第530页。

② 商衍鎏：《清代科举考试述论》，生活·读书·新知三联书店1958年版，第227页。

③ 张鼐：《论文三则》，叶庆炳、邵红辑《明代文学批评资料汇编》，成文出版社1981年版，第277页。

④ 郭绍虞：《中国文学批评史》，上海古籍出版社1979年版，第421—422页。

风气中，金圣叹也未能例外。

　　金圣叹自幼接受举业训练，多次参加科举考试。虽然对科举制度时有冷嘲热讽，调侃嬉戏，但对八股文的一套文法可谓是烂熟于心，业已成为他文学评点的主要思维定式和话语利器。受前后七子和唐宋派的启发和影响，金圣叹并不有意将古文与时文分开，同样把《左传》《史记》视为文章典范，并把八股式的分析用于文学评点。金圣叹在评点《水浒》时所用的十八次"哨棒"、十六次"帘子"、三十八次"笑"、三十九次"叔叔"、三十展"春云"、十一次"只见"等词频统计法，明显受到孙月峰评点《史记》的影响。孙月峰说："篇中十五天下字，十三足下字，四先生字，十一陈留字，十四沛公字，若故重之以见奇者，其他语亦多重。"① 受张侗初古文选评本的影响，金圣叹也有《天下才子必读书》选本，其目的是示意弟子作文之津梁，做好八股文。金圣叹说："仆昔因儿子及甥侄辈，要他做得好文字，曾将《左传》、《国策》、《庄》、《骚》、《公》、《谷》、《史》、《汉》、韩、柳、三苏等书，杂撰一百余篇，依张侗初先生《必读古文》旧名，只加'才子'二字，名曰《才子必读书》。盖致望读之者之必为才子也。"② 可见，金圣叹以时文制艺之法评点古文，阐发古文之精妙，其所用术语很明显来源于八股文的文学评点传统。值得注意的是，金圣叹还有专批八股文的选本《小题才子书》。其序云："自督诸子弟甥侄，读书学士堂中，每逢三六九日，即依大例出四书题二，观其揣摩，以验得失。……凡得文百五十首，茫茫苍苍，手自书写，中间多有大人先生金钩玉勒之作。……人共传抄各习一本，仍其名曰才子书。"③ 所谓"小题"是相对于八股文"大题"而言，它往往割裂经文，名目繁多，写起来尤为难工，但确实有利于写作水平的提高。明清两代均有赞许小题文极见作者之才之论，如王思任《吴观察宦稿小题序》说："汉之赋、唐之诗、宋元之词、元

---

① 孙月峰：《孙月峰先生批评史记》卷十六，转自张小钢《金圣叹的文学批评与科举》，《清史研究》2002年第1期。

② 金圣叹：《贯华堂第六才子书西厢记》，周锡山编校《金圣叹全集》，万卷出版公司2009年版，第13页。

③ 金圣叹：《小题才子书》，周锡山编校《金圣叹全集》，万卷出版公司2009年版，第36页。

之曲、明之小题，皆精思独到者，必传之技也。"① 戴名世说："夫大题也者，其题崇，其势闳阔，固可以纵其驰骋，然其法律之严谨，要无不与小题同。夫惟久而熟焉于小题，而大题已举之矣。吾闻有明先正之为制义也，小题时时不释手，虽临场屋犹作小题数十篇。故先正大题文之正，由于小题文之工也。"② 对此，金圣叹在评点八股文时也有同感："作小题与作大题不同，吾尝戏语子侄，作大题乃是平天下手段，作小题却要格物。夫平天下固难，然何代无人？若格物之难，真乃千年未见一人者也。作大题如成佛，作小题是行菩萨行。夫成佛固难，然不过升座说法；若行菩萨行之难，真乃于诸异类各五百身，往返游行百千万遍，犹未得其边际者也。先生以格物君子，行菩萨行，结发弄翰，便有小题百十馀轴脍炙海内，吾不能遍选，选此以例其余也。"③

金圣叹的文学评点显然吸收了前人在评价历史著作、古文选评和八股选评中的诸种技巧，但意义并不止于此。金圣叹的重大贡献在于他突破了文体的界限，将这种八股文法不仅仅用于诗歌散文，而且进一步将它们施加于小说戏曲文体，遂成为文学评点的一种普适性美学解读范式，形成了自己以起承转合评价文本的所谓"一副手眼"④。前此的评点大师刘辰翁、李贽都未能做到，真正的完成者应属金圣叹。从这个意义上说，金圣叹功不可没，其评点带有文本转向的意味。

三 八股文读法与文本形式美呈现

何谓八股？其实也并没有具体的规定。因时代的变迁和个人理解的不同而略有差异。但经过由明至清的演化，八股文逐步定型，并形成了一个基本形式结构。主要包括三大部分：一是冒子，主要包括破题、承题、起讲、入题。破题，就是两句单行的文字将题目的意义破开，一语中的，点

---

① 王思任：《时文序》，《王季重集》卷三，明万历刻本。
② 《丁丑房书序》，《戴名世集》卷四，中华书局1986年版，第97页。
③ 金圣叹：《小题才子书》，周锡山编校《金圣叹全集》，万卷出版公司2009年版，第103页。
④ "圣叹本有'才子书'六部，《西厢记》乃是其一。然其实六部书，圣叹只是用一副手眼读得。如读《西厢记》，实是用读《庄子》《史记》手眼读得；便读《庄子》《史记》，亦只用读《西厢记》手眼读得。"见金圣叹《贯华堂第六才子书西厢记》，周锡山编校《金圣叹全集》，万卷出版公司2009年版，第12页。

破全文主旨。承题，就是承上启下，用三至五三句将破中意义加以承接引申、递进说明。起讲，又名小讲、开讲。用七八或十余句概括全文，是八股文的一大关键。自此以后，便替古人说话。以口气代言。入题，或称领题、领上、落题、提比等。用一二或三四句开始议论，明确本题所处语境，在顾及本题与上下文的联系中突出本题，起一种连缀过渡作用。二是分股，主要包括起二股、出题、中二股、后二股、束二股。起二股，又称提比、初比、初股、提股。第一股、第二股对偶排比开始议论，既点出题目关键，又在起二股和中二股之间起一种衔接作用。出题，用一二或三四句提出分题起一种连缀过渡作用。中二股，又称中比。第三股、第四股对偶成文，是阐发题意的核心部分，应写得充沛饱满。后二股，又称二比。第五股、第六股对偶排比成文，补充中股，相映成趣，将题旨说透。故又被称为后二大比。束二股，又称束比。第七股、第八股两股对偶成文，简洁明快，总括呼应全篇。故又称束二小比。其中起二股、中二股、后二股、束二股排比对偶的文字，合起来称为八股，四者之间的关系通常称为起承转合。三是收结，又称落下、结语。其目的是用三四散句总结全文，有所照应。可在代圣人立言的基础上可进一步自抒己见。以上所论大致呈现了八股文的基本体制。金圣叹在文学评点中，凭此对"六才子书"的文学世界进行了细致的观照与解读。

第一，讲究题目。题目是八股文的灵魂，所有材料的组织都要围绕题意而定下主线。正如焦循《时文说》所说"时文之意根于题"。同样，金圣叹在文学评点中特别关注"题目"的设置。就诗歌而言，"看诗气力全在看题；有气力看题人，便是有气力看诗人也。"[①] 就小说而言，"题目是作书第一件事，只要题目好，便书也做得好。"[②] 就戏曲而言，"凡作文，必有题。题也者，文之所由以出也。"[③] 金圣叹认为题目是写好一部书的前提，欣赏诗歌"非但要看先生诗是妙诗，切须要看先生题是妙题"[④]。

[①] 金圣叹：《唱经堂第四才子书杜诗解》，周锡山编校《金圣叹全集》，万卷出版公司 2009 年版，第 45 页。

[②] 金圣叹：《贯华堂第五才子书水浒传》（上），周锡山编校《金圣叹全集》，万卷出版公司 2009 年版，第 15 页。

[③] 金圣叹：《贯华堂第六才子书西厢记》，周锡山编校《金圣叹全集》，万卷出版公司 2009 年版，第 158 页。

[④] 同上书，第 143 页。

正是因为题目如此重要，金圣叹特别强调破题和制题。金圣叹说："学作文，必从破题起。学作诗，亦必从第一二句起。从第一二句起，方谓之诗，为其有起承转合也。不见人学作文，却先作中二比也。"①破题是指每篇文章的起首两句，用来说明全文的主题要义。破题极为重要，既要引起考官的注意，又要关乎整篇文章的全局。刘熙载《艺概·经义概》云："昔人论文，谓未作破题，文章由我；既作破题，我由文章。余谓题出于书者，可以斡旋；题出于我者，惟抱定而已。破题者，我所出之题也。"一旦破题，整篇文章的内容、结构、基调，大体确定，自成一体。所以刘熙载《艺概·经义概》又说："破题是个小全篇。"金圣叹说：

> 弟自幼闻海上采珊瑚者，其先必深信此海当有珊瑚，则预沉铁网其下，凡若干年，以俟珊瑚新枝，渐长过网，而后乃令集众尽力，举网出海，而珊瑚遂毕举也。唐律诗一二，正犹是矣。凡遇一题，不论小大，其犹海也，先熟睹之，如何当有起句，其犹深信海之有珊瑚处也。因而以博大精深之思为网，直入题中尽意踌躇，其犹沉海若干年也。既得其理，然后奋笔书之，其犹集众尽力举网出海也。书之而掷于四筵之人读之，无不卓然以惊，其犹珊瑚之出海粲然也。②

金圣叹以大海喻为诗歌题目，以珊瑚喻为诗歌一二句破题，以大网喻为诗歌博大精深的艺术构思，生动形象地说明诗歌题目与布局谋篇的整体关联。文学创作须有的放矢，精心构思，才能创造出旷世奇文。如金圣叹对《秋兴八首》的评价："题是'秋兴'，诗却是无兴。作诗者满肚皮无兴，而偏又要做《秋兴》。故不特诗是的的妙诗，而题亦是的的妙题；不特题是的的妙题，而先生的的妙人也。"金圣叹认为《秋兴》题之所以妙正在于折射着一首诗的整体构思，"试看此诗第一首，纯是写秋，第八首纯是写兴，使知其八首，是一首也。"③文学创作"未提笔作文字，必须先将道理

---

① 金圣叹：《贯华堂选批唐才子诗》，周锡山编校《金圣叹全集》，万卷出版公司2009年版，第64页。
② 同上书，第62页。
③ 金圣叹：《唱经堂第四才子书杜诗解》，周锡山编校《金圣叹全集》，万卷出版公司2009年版，第149页。

讲得烂熟于胸中"①。因此，金圣叹"每叹杜诗妙于制题，非此层折不称"②。他对杜甫诗歌的制题艺术进行了总结："古人诗，有诗从题出者；有题从诗出者；有诗之所无，题补之者；有题之所无，诗补之者，有题与诗了不相关者；有诗与题融然一片分开不得者。如此律，固诗与题一片者也。"③

更有趣的是，金圣叹常常拈出"窘蹙题""难题"来挑战作者的艺术才能，极尽良工苦心。《读第五才子书法》说："劫法场，偷汉，打虎，都是极难题目。"④《水浒传》第六十八回总评云："此书每欲作重叠相犯之题，如二解越狱，史进又要越狱，是其类色。忽然以'月尽'二字，翻空造奇，夫然后知极窘蹙题，其中皆有无数异样文字，人自无才不能洗发出来也。"⑤《水浒传》第四十六回总评说：

>　　不遇盘根错节，不足以见利器。夫不遇难题，亦不足以见奇笔也。此回要写宋江打祝家庄。夫打祝家庄，亦寻常战斗之事耳，乌足以展耐庵之经纬？故未制文，先制题：于祝家庄之东，先立一李家庄；于祝家庄之西，又立一扈家庄。三庄相连，势如翼虎，打东则中帅西救，打西则中帅东救，打中则东西合救，夫如是而题之难御，遂如六马乱驰，非一缰所控；伏箭乱发，非一牌所隔；野火乱起，非一手所扑矣。耐庵而后回锦心，舒绣手，弄柔翰，点妙墨，早于杨雄、石秀未至山泊之日，先按下东李，此之谓絷其右臂。入下回，十六虎将浴血苦战，生擒西扈，此之谓伐其左腋。东西定，而殄厥三祝，曾不如缚一鸡之易者，是皆耐庵相题有眼，捽题有法，捣题有力，故得至是。人徒就篇尾论长数短，谓亦犹夫能事，殊未向篇首一筹量其落笔之万难也。⑥

---

① 金圣叹：《天下才子必读书》，周锡山编校《金圣叹全集》，万卷出版公司2009年版，第56页。

② 金圣叹：《唱经堂第四才子书杜诗解》，周锡山编校《金圣叹全集》，万卷出版公司2009年版，第181页。

③ 同上书，第191页。

④ 金圣叹：《贯华堂第五才子书水浒传》（上），周锡山编校《金圣叹全集》，万卷出版公司2009年版，第16页。

⑤ 金圣叹：《贯华堂第五才子书水浒传》（下），周锡山编校《金圣叹全集》，万卷出版公司2009年版，第967页。

⑥ 同上书，第665页。

金圣叹认为一打祝家庄本是寻常战斗之事，但"未制文，先制题"，设计三庄相连，势如虎翼，着实难攻。由于施耐庵"相题有眼，摔题有法，捣题有力"，极尽回旋腾挪，敷衍铺陈，写出了复杂曲折的过程。因此，题目不仅仅是一个标题，而且还指情节、人物性格。金圣叹认为《水浒》之所以优于《三国》《西游》，是因为有"三十六样性格"，并且写得通体灵活，中间有许多撰结。《西厢记》亦是如此。"譬如文字，则双文是题目，张生是文字，红娘是文字之起承转合。有此许多起承转合，便令题目透出文字，文字透入题目也。其余如夫人等，算只是文字中间所用之乎者也等字。"① 在金圣叹看来，题目绝非仅仅是凸显主题的问题。对抒情文学作品而言，意味着情境的设置；对叙事作品而言，意味着人物性格的塑造。题目的审美功能在于使情景和人物处于结构关联之中，使文本成为一个自我关涉的对象。每一部文学作品都是一个有机的整体，其中各个部分相互关联、相互呼应，但题目能使它们各就各位，按部就班，行使自己的独立功能。

第二，讲究对偶。八股文又叫八比文，八比是八股文的主干部分，也是体现谋篇布局和发扬文采的关键处。商衍鎏说："比者对也，起、中、后、束各两比内，凡句中长短，字之繁简，与夫声调缓急之间，皆须相对成文，是为八股之正格。"② 顾炎武《试文格式》说："每四股之中，一反一正，一虚一实，一浅一深。其两扇立格，则每扇之中，各有四股，其次第之法，亦复如之，故今人传之，谓之八股。"③ 八股文讲究对偶，是对传统诗文中偶对思想的汲取，也是依据阴阳之理而致的结果。正如钱锺书所说："八股实骈丽之支流，对仗之引申。"④ 比偶成文，反映了对文采的高扬。在文学评点中，金圣叹屡屡指出这种对偶对称现象。《水浒传》第十二回写索超与杨志比武，索超"头戴一顶熟钢狮子盔，脑后斗大来一颗红缨；身披一副铁叶攒成铠甲，腰系一条镀金兽面束带，前后两面青铜护心镜……"，而杨志"头戴一项铺霜耀日镔铁盔，上撒着一把青缨；

---

① 金圣叹：《贯华堂第六才子书西厢记》，周锡山编校《金圣叹全集》，万卷出版公司2009年版，第16—17页。

② 商衍鎏：《清代科举考试述录》，生活·读书·新知三联书店1958年版，第233页。

③ 转引自黄汝成撰《日知录集释》卷十八，《续修四库全书》子部杂家类，上海古籍出版社2002年版，第246页。

④ 钱锺书：《谈艺录》（补订本），中华书局1984年版，第32页。

身穿一副钩嵌梅花榆叶甲,系一条红绒打就勒甲绦,前后兽面掩心⋯⋯"对此金圣叹批道:"二将披挂五彩间错处,俱要记得分明。凡此书有两人相对处,不写打扮即已,若写打扮,皆作者特地将五彩间错配对而出,不可忽过也。"①《水浒传》第五十五回写时迁偷燕翎金甲,第五十六回写桃花山强人偷踢雪乌骓马,对此金圣叹批阅:"前篇写偷甲,此篇写偷马。章法对而不对,不对而对,奇妙之极。"② 如写武松,从二十一回柴进庄园现身出场到三十一回续入宋江传,共有十卷文字,有许多关索对应之处。所谓"始于打虎,终于打蒋门神""始于大醉,终于大醉"③。评韩愈《获麟解》说:"一篇只是一正一反,再一正,再一反。每段又自作曲折。"④ 对偶对称本是事物常见的结构形态,但金圣叹却能"贵眼照古人",在人们不经意处,发现相映生辉的美感效应。

第三,讲究起承转合。中国古典文论有一个以人体生命来暗喻文学艺术的传统。八股文也不例外。"破题犹冠也,承题犹发也,起讲犹手也,入题犹项也,起股犹两臂也,中股犹腹背也,后股犹两腿也,束股犹两足也,中间之出落呼应,犹通身之筋脉也。"⑤ 这种人文同构的"生命之喻",实际上反映了中国传统文论对艺术作品有机整体性的高度认知。人的生命形式是多层次的有机整体,是一个层层递进的动态结构,诸如皮毛、肌肤、肢体、筋脉、腠理、骨骼、五脏、声气、血脉、精神。那么对于八股文来说,它也犹如人体这个动态结构,是一个多层级的建构。破之后有承,承之后起讲,起讲之后又再入文题,然后起二股。一般起二股之后再点出题目,再中二股,后二股大段发挥,这其间可能有过接,之后戛然而止,或再用二小比束股,然后收结。因此,破题、承题、起讲、入题之间,各比之间,以及冒子与比、与收结之间都要有一种紧密的有机联系,既要做到有理有法,层次分明,又要通贯一气,连缀全篇。从这个角

---

① 金圣叹:《贯华堂第五才子书水浒传》(上),周锡山编校《金圣叹全集》,万卷出版公司2009年版,第184—185页。

② 金圣叹:《贯华堂第五才子书水浒传》(下),周锡山编校《金圣叹全集》,万卷出版公司2009年版,第803页。

③ 金圣叹:《贯华堂第五才子书水浒传》(上),周锡山编校《金圣叹全集》,万卷出版公司2009年版,第451页。

④ 金圣叹:《天下才子必读书》,周锡山编校《金圣叹全集》,万卷出版公司2009年版,第297页。

⑤ 《八股辨》,《申报》光绪二十四年六月十九日。

度来看，八股文特别讲究起承转合之法。金圣叹对此深有体悟，把此法视为一把牛刀，游刃于各类文本之中："大抵圣贤立言有体，起有起法，承有承法，转合有转合之法。大篇如是，小篇亦复如是，非如后世涂抹小生，视为偶然而已。吾不信天下事，有此偶然又偶然也。"[①]

金圣叹冒着泯灭文体差别的危险，以起承转合之法来解读"六才子书"。对一首诗歌来说，其结构变化可用起承转合之法目之。杜甫有《赠李白》诗："二年客东都，所历厌机巧。野人对腥膻，蔬食常不饱。岂无青精饭，使我颜色好。苦乏大药资，山林迹如扫。李侯金闺颜，脱身事幽逃。亦有梁宋游，方期拾瑶草。"一二句起，写其"厌"，供招已尽，犹言被东都教坏。三四句急承上文，写尽机巧之人丑态。七八句忽作一转，本想脱身归山，结果事与愿违。最后四句是收结，求其脱身之妙，规劝朋友勿来。金圣叹评云："唐人诗，多以四句为一解。故虽律诗，亦必作二解。若长篇，则或至作数十解。夫人未有解数不识，而尚能为诗者也。如此篇第一解，曲尽东都丑态；第二解，姑作解释；第三解，决劝其行。分作三解，文字便有起有转，有承有结。从此虽多至万言，无不如线贯华，一串固佳，逐朵又妙。自非然者，便更无处用其手法也。"[②] 对《水浒传》而言，七十回"只用一目俱下，便知其二千余纸，只是一篇文字。中间许多事体，便是文字起承转合之法"[③]。金圣叹七十回《水浒传》版本由一个楔子、主体和结局构成。他将原书第一回"误走妖魔"改为自己七十回本的楔子，幻化出"天罡地煞"，可谓"起"；第一回承由天罡地煞变成一百八人，再到三十九回江州白龙庙英雄小聚会，人物左勾右连，被迫走向梁山，可谓"承"；从四十回到六十九回英雄聚义，形成团体，变被动为主动，走向反抗，可谓"转"；以梦幻形式出现之，天罡地煞被斩，与楔子映照，可谓"结"。整体而言，小说以"三碣石"为线索，以人物的钩索呼应加以布展，形成了一个严密的整体。其起承转合犹如"千里群龙，一齐入海，更无丝毫未了之憾"。对《西厢记》而言，也

---

① 金圣叹：《唱经堂第四才子书杜诗解》，周锡山编校《金圣叹全集》，万卷出版公司2009年版，第149页。

② 同上书，第46页。

③ 金圣叹：《贯华堂第五才子书水浒传》（上），周锡山编校《金圣叹全集》，万卷出版公司2009年版，第15页。

"善用此法"①。整个十六章构成了起承转合之势。金圣叹对《西厢记》前十六章的故事情节，做了具体而精彩的分析。他认为《西厢记》一十六章，可以分解为：一生一扫；两来、三渐三得；二近三纵；两不得不然；一实一虚。如果从八股文法的角度解读②，《惊艳》是生，作为全局情节的开端，是起。《借厢》《酬韵》是此来彼来，写张生来莺莺来，标志情节的发展，是承。然后重要的故事情节有《闹斋》《寺誓》《后候》，属于三渐三得。再有《请宴》《前候》为二近，《赖婚》《赖简》《拷艳》为三纵。还有《琴心》《闹简》，属于两不得不然。然后《酬简》再实写性爱一篇，表达爱情终成正果之意。所有这些，将张生与莺莺的爱情冲突写得生动曲折，波澜起伏，属于转。《哭宴》是扫，与《惊艳》生相对，标志全剧情节的收煞，此折之后是《惊梦》，是空写，张崔之恋最后只是一场梦想的象征。从有又归于无，属于合。

从以上的分析中，我们可以看到文本结构部分与部分、部分与整体之间有着内在的联系和统一。八股文所包含的起承转合，既体现着事物之间的内在联系，又符合人的认识规律，是作者主观思路和客观事物逻辑性的结合，带有其科学性。既能恣肆纵横，自由疏放，又能严谨规整，缜密圆合。

第四，讲究揣摩。由于制义之题不是"根于己"，而是"根于经"，所以只能是代圣人立言。"代"也叫揣摩。即设身处地，假设自己就是原题之作者，设想自己出于此种地位，感同身受，会说些什么。但代者因领悟水平不一，文章才会有高下深浅。所以汪武曹说："代法者，时艺之金针，信矣哉！"③ 商衍鎏说："以数千年以后之人，追模数千年以上发言人之语意，曰代圣人立言。"④ 但对有些才华出众的作家来说，也可以借题发挥，独抒怀抱。钱基博说："世论多以八股文代古人语气，未易见抱负，然非所论于豪杰。而明贤借题发挥，往往能独抒伟抱，无依阿渎涊之

---

① 金圣叹：《唱经堂第四才子书杜诗解》，周锡山编校《金圣叹全集》，万卷出版公司2009年版，第149页。
② 参见李惠锦《论"章法""格局"在戏曲批评史上的意义》，《台大中文学报》2001年12月。
③ 转引自唐彪《读书作文谱》，岳麓书社1989年版，第111页。
④ 商衍鎏：《清代科举考试述录》，生活·读书·新知三联书店1958年版，第227页。

态。"① 对于金圣叹而言，他所强调的"细读"应受益于八股式的"揣摩"。金圣叹认为解读古人的诗歌首先要不"隔"，要人乎其中，感同身受，细细体察作者的思想情感以及艺术格局。《与顾掌丸》云："分解不是武断古人文字，务宜虚心平气，仰观俯察，待之以敬，行之以忠。设使有一丝毫不出于古人之心田者，矢死不可以搀入也。直须如此用心，然窃恐时时与古尚隔一间道。"② 他强调解诗要善于想象体验，做到"应声滴泪"。他《答沈匡来元鼎》中说："作诗须说其心中之所诚然者，须说其心中之所同然者。说心中之所诚然，故能应笔滴泪；说心中之所同然，故能使读我诗者应声滴泪也。"③ 对作者来说，不仅要表达个人的真实的思想情感即"诚然"，而且还要表达人类普遍的思想情感即"同然"。面对此种状态的文学作品，读者如果无动于衷，不身心体察，何能把握其用心之处？唯有"见者真"，才能"知者深"。金圣叹说："读书尚论古人，须将自己眼光直射千百年上，与当日古人捉笔一刹那顷精神，融成水乳，方能有得，不然，真如嚼蜡矣！"④ 金圣叹特别善于推想诗中境界，体会得栩栩如生，同时还能移情别恋，与物同化，达到对人生哲理的共鸣共识。他常用"已移我情""飘然欲去""作恶"等来表达这种感受。例如许浑有《姑苏怀古》诗云："宫殿余基倚棹过，黍苗无限动悲歌。荒台麋鹿争新草，空苑凫鹥占浅莎。吴岫雨来虚槛冷，楚江风急远帆多。自从国破忠臣死，日日东流生白波。"对此诗金圣叹评说：

  前解：荒凉事，无人不著笔。吮他余唾，多得厌呕。此忽翻新，轻轻写出"倚棹过"三字，真令人别自慨然。"麋鹿""凫鹥"，妙在"争"字"占"字，言此固阖闾伸威，夫差穷武，伍员内谋，孙武外骋之巨丽也。所谓拥之龙腾，据之虎视，睢盱挺剑，喑呜弯弓者，今俱何在乎？区区一鹿一凫，遂已争之占之，使我一回怨诵，数日作恶矣。

---

① 钱基博：《中国文学史》（下），中华书局1993年版，第931页。
② 金圣叹：《贯华堂选批唐才子诗》，周锡山编校《金圣叹全集》，万卷出版公司2009年版，第60页。
③ 同上书，第64页。
④ 金圣叹：《唱经堂第四才子书杜诗解》，周锡山编校《金圣叹全集》，万卷出版公司2009年版，第109页。

后解："岫雨""江风"，不知代变，来者仍来，急者仍急，然只是野家虚槛，估客远帆，适然承受之也。"自从"妙，"日日"妙，言亦不自今日矣，亦不止今日矣。①

金圣叹依据作者所描写的画面，透过字里行间所传达的思想与情感，感悟到"固一世之雄，而今安在哉"普遍的人生悲凉感，正所谓"后之视今，犹今之视昔"。

当然，金圣叹对诗作的解读仅仅是入其作品，而且还强调"出乎其外"，要生发创造。金圣叹认为读者不能拘于文学作品所限制的世界，而应该能从中跳出来，置身局外，高瞻远瞩，以冷静的头脑，客观准确地进行审美鉴赏，从而获得一种属于自己的独特认识。金圣叹评点独有慧眼，极富胆识，总有一种出人意料的超凡之见。杜甫《发潭州》诗云："夜醉长沙酒，晓行湘水春。岸花飞送客，樯燕语留人。贾傅才何有，褚公书绝伦。名高前后事，回首一伤神。"对此诗金圣叹解释道：

倪云林画中，从来不著一人，相传既久，妇人孺子无不知。却曾无人知此诗通篇不著一人，其法至奇也。题是"潭州"，便从潭州上，掇拾出贾、褚二人来，最是冬烘恶套。我欲骂之，彼便高援先生此诗为证。不知先生自有异样妙法，明明写出贾、褚，明明纸上反已空无一人。不惟无他人，乃至并无先生。此不知当日先生是何心血做成，亦不如圣叹今日是何眼光看出。总是前人心力不得到处，即后人心力亦决不到；若是后人心力得到之处，早是前人心力已到了也。千秋万岁之下，锦心绣口之人不少，特地留此一段话，要得哭先生，亦一哭圣叹。所谓回首伤神，辈辈皆有同心也。②

金圣叹特别善于体会杜甫无限凄凉之胸臆，直射千古，顷刻间与古人精神水乳交融，所谓"前人心力已到处"。《发潭州》一诗首联写夜醉长沙，晓行湘水，虽写"发"字，既无人留，也无人送。颔联写岸

---

① 金圣叹：《贯华堂选批唐才子诗》，周锡山编校《金圣叹全集》，万卷出版公司2009年版，第339页。
② 金圣叹：《唱经堂第四才子书杜诗解》，周锡山编校《金圣叹全集》，万卷出版公司2009年版，第193页。

花送客，樯燕留人，人情淡薄，苦况恶境，一一再现。颈联平添贾傅褚公，才高艺绝，似有人送，而今何在？尾联写诗人回首前后事，联想到自己的悲苦身世和抱负未施，不免黯然神伤。但金圣叹的解读并不落"冬烘恶套"，而是眼光高出，略胜一筹，发现"通篇不着一人"的"异样妙法"，可谓"后人心力得到处"。金圣叹说："前解并无一潭州人，然犹有一发潭州之先生。至后解，忽然写出一谪潭州人，忽然又写出一谪潭州人。凭空添出两人，而发潭州之一人遂悲不可说矣！'何有'，言才何在也。'绝伦'，言书仅传也。'回首'者，若论前后，则贾、褚已往，我今犹在；若论潭州，则不惟彼往，我亦已发。通篇八句四十字中，真并无一人矣。"① 金圣叹在杜诗《发潭州》中所发现的"无人"，正是一种妙眼所见。这种"无人"笔法的设置，不仅可以让读者进一步了解到杜甫那种难以化解的孤寂意绪，而且还能让读者对杜甫"名高前后事，回首一伤神"的深切体验和理解。读者依据作品"前人心力已到处""空筐结构"的启悟和召唤，按照自己的审美期待，对之作出一种"自得"式的理解。

第三节　形式观照与文本的经典化

选本批评是中国古代重要的批评方式，由于每个选者在面对历代文学作品时都是以自己的眼光加以筛汰和选择，其过程必然融入选者不同的文学见解。这种见解既包含着对作者的定位，又包含着对作品的品鉴，同时还包含着对文学发展的看法。从某种意义上说，文学选本批评也是文学经典得以确立和修正的最基本方式之一。正如韦庄《又玄集》说："撷芳林下，拾翠岩边，沙之汰之，始辨辟寒之宝，载雕载琢，方成瑚琏之珍。故知颔下探珠，难求十槲，管中窥豹，但取一斑。"② 选本批评通过选编的形式对前人作品汰芜取精，除劣择优，树立典范。当金圣叹在用八股文法解读文学文本时，用一种统一的艺术眼光来观照文学史，拉出一条"才子书"式的文学史线索。这实际上已面临着文学作品如何经典化的问题。特别是像《水浒传》《西厢记》这样的作品，作为"天下小道"，何以能

---

① 金圣叹：《唱经堂第四才子书杜诗解》，周锡山编校《金圣叹全集》，万卷出版公司2009年版，第193页。

② 元结：《唐人选唐诗》，上海古籍出版社1978年版，第348页。

变成"天下妙文",其中自有一些解读机制所在。我们认为这与金圣叹作为选家的审美眼光、对才子的重估相关联。

一 选本批评与文体审美特性的关注

选录诗文的人,都会显出自己鉴别取去的眼光。作为选家的金圣叹,也不例外。金圣叹从深广繁复的典籍之中选出"六才子书",绝非偶然为之。从金圣叹已经选批过的文类来看,可以说包括诗歌、散文、小说、戏曲文体。当金圣叹对它们进行审视时,投入更多的是对文体审美特性方面的关注。

就诗歌而言,金圣叹从少年时代就喜爱唐诗,对杜甫更是情有独钟,视"杜诗为千古绝唱"①。金圣叹编有《贯华堂选批唐才子诗》《唱经堂第四才子书杜诗解》两个选本。如果从选本的角度来看,金圣叹选唐诗的眼光十分敏锐,别具一格。这与其他选本有着很大的不同,即专选七律,独重杜甫。金圣叹选唐诗时何以既重七律又重杜甫呢?关于唐七律,金圣叹尤为青睐。《全唐诗》选录七律大概有九千首,金圣叹《贯华堂选批唐才子诗》就选批了六百首,这还不包括专书《杜诗解》,其量相当可观。据《圣叹外书》所言:"顺治十七年,春二月八之日,儿子雍强欲予粗说唐诗七言律体。予不能辞,既受其请矣。至夏四月望之日,前后通计所说过诗可得满六百首。"② 同时,唐诗体裁多种多样,主要包括古体、近体。其中近体又分五言律诗、七言律诗、五言绝句、七言绝句等。但金圣叹对唐诗七律确实情有独钟。金圣叹评价说:"今诗莫盛于唐,唐诗莫盛于律。"③

> 承问唐"律诗""律"字,此为"法律"之"律",非"音律"之"律"也。自唐以前初无此称。特是唐人既欲以诗取士,因而又出新意,创为一体,二起、二承、二转、二合,勒定八句,名曰"律诗"。如或有人更欲自见其淹赡者,则又许于二起二承之后,未

---

① 金圣叹:《唱经堂第四才子书杜诗解》,周锡山编校《金圣叹全集》,万卷出版公司2009年版,第45页。
② 金圣叹:《贯华堂选批唐才子诗》,周锡山编校《金圣叹全集》,万卷出版公司2009年版,第49页。
③ 同上书,第58页。

曾转笔之前，排之使开，平添四句，得十二句，名曰"排律"。此皆自古以来之所未有，而为唐之天子之所手自定夺者也。当时天下非无博大精深之士也，然而一皆俯首其中，兢兢不敢或畔。于是以其为一代煌煌之令甲也，特尊其名曰"律"。排律则直用"排闼"之"排"字，甚言律诗八句之中间，其法度遒而紧，婉而致，甚非容易之所得排也者。则排之为言，乃用力之字也。此政如明兴之以书义取士也。明祖既欲屈天下博大精深之士，一皆颒首肆力于四子之书矣。既而三年试之，则又自出新意，创为一体，一破、一承、一开、四比，一时天下之士，其说四子之义，纵有至于明若日月、浩若江河者，如苟不用其法度，斯司衡者不得而妄收、求试者亦不得而妄干也。于是以其为一代煌煌之令甲也，特尊其名曰"制"，言义固四子之义，而制乃一王之制也。夫唐人之有律诗之云，则犹明人之有制义之云也。必若混言此或音律之律，则凡属声诗，孰无音律，而顾专其称于近体八句也哉。①

唐诗七律是一种独步千古的新诗体，金圣叹之所以重视它，是因为它讲法度，重形式，所谓"自出新意，创为一体"。在金圣叹看来，唐诗已把情感的摇荡生姿与形式的磨合锤炼结合起来，从而把中国诗歌推向了顶峰。他说：

大唐之时，世无孔子，则大唐固丁总一众动之便，亦遂斟酌群言矣，如惩隋浮艳，而特造律体是也。故夫唐之律诗，非独一时之佳搆也，是固千圣之绝唱也，吐言尽意之金科也，观文成化之玉牒也。其必欲至于八句也，甚欲其纲领之昭畅也；其不得过于八句也，预坊其芜秽之填厕也。其四句之前开也，情之自然成文，一二如献岁发春，而三四如孟夏滔滔也；其四句之后合也，文之终依于情，五六如凉秋转杓，而七八如玄冬肃肃也。②

金圣叹认为唐诗之所以成为千古佳构，其原因一方面在于文依乎情，

---

① 金圣叹：《贯华堂选批唐才子诗》，周锡山编校《金圣叹全集》，万卷出版公司2009年版，第57页。
② 同上书，第51页。

要求"动乎有端",自然成文;另一方面还需"制一代之妙格","选言则或五或七,开体则起承转收。"① 通过选唐诗,金圣叹深刻地体会到唐律诗之美正在于起承转合的诗法之中,在于它们整体的谋篇布局之中。

关于杜甫,金圣叹赞誉有加。在唐代诗人中,他最推崇杜甫。金圣叹在十五岁时就醉心于杜诗:"每与亲友家,素所往还酒食游戏者,辄置一部,以便批阅。风晨月夕,醉中醒里,朱墨纵横。"② 更有意味的是,金圣叹还撰写了"拟杜诗"。金圣叹的《沉吟楼诗选》存诗有三百八十三首,其中注明"拟杜少陵""拟杜""借杜"的诗歌就有二十五首,其敬仰之心溢于言表。所谓"吾于杜诗乃无间然,犹孟子之于孔子"③。金圣叹之所以重视杜甫,是因为杜甫诗歌达到了"集大成"的艺术境界。他说:"弟选唐诗六百篇,而必始之必简先生者,凡所以尊杜也。若曰唐一代之诗,既于杜乎集大成矣,则更不能不托始于杜也。"④ "集大成"之说表明杜甫的突出成就体现在文学艺术上那种承续传统和突破传统的创新精神。无论古今长短各种诗歌的体式风格,他都能深入撷取尽得其长,而且不为一体所限,更能融会贯通,返本开新,千汇万状,而无所不工。更难能可贵的是,金圣叹已发现杜甫在七律方面的独特成就,并叹为观止。金圣叹的学生金昌颇能唱出金圣叹的心声,其《序第四才子书》说:

> 余尝反复读杜少陵诗,而知有唐迄今,非少陵不能作,非唱经不能批也。大抵少陵胸中具有百千万亿漉陀罗尼三昧,唱经亦如之。乃其所为批者,非但剔心抉髓,悉妙义之宏深,正复祛伪存真,得天机之剀挚。盖少陵忠孝士也,匪以忠孝之心逆之,茫然不历其藩翰,况于壶奥?犹记我友徐子能有《咏杜》一律云:"诗史《春秋》笔,大名垂草堂。二毛反在蜀,一字不忘唐。佛让王维作,才怜李白狂。晚

---

① 金圣叹:《贯华堂选批唐才子诗》,周锡山编校《金圣叹全集》,万卷出版公司2009年版,第50页。
② 金圣叹:《唱经堂第四才子书杜诗解》,周锡山编校《金圣叹全集》,万卷出版公司2009年版,第42页。
③ 金圣叹:《贯华堂选批唐才子诗》,周锡山编校《金圣叹全集》,万卷出版公司2009年版,第75页。
④ 同上。

年律更细,独立自苍茫。"①

"晚年律更细"可谓一语中的,道出了杜甫在七律方面所达到的境界。在杜甫之前,七律诗体基本上处于尝试性阶段。只是到了杜甫之手,这种情况才得到了极大改变。杜甫精于构思,多有奇句。通过格律的精工、句法的娴熟运用和创新以及意象的设置,将自己的高才健笔、深情博学纳入严整的形式之中,并能正变相参,富有腾挪跳跃之美,从而使七律成为中国诗歌中最凝练精美而富有艺术性的一种体式。杜甫在七律方面的艺术贡献独树一帜,别人总是难以企及。这就是金圣叹选评唐人律诗时,独不以杜甫与各家并列的原因所在。金圣叹选批唐诗别具一格,精彩绝伦,深谙诗道,发现了唐诗七律的文体特性及其在中国诗体演进中的价值与贡献。

就小说戏曲而言,其地位身份较低,往往被视为"道听途说""残丛小语",经常被排除在经典话语体系之外,所谓"诸子十家,可观者九家而已"。对此,金圣叹愤其不平,特标"六才子书",予以张目。李渔说得好:"施耐庵之《水浒》,王实甫之《西厢》,世人尽作戏文小说看,金圣叹特标其名曰'五才子书'、'六才子书'者,其意何居?盖愤其天下小视其道,不知为古今来绝大文章,故作此等惊人语以标其目。"②金圣叹着力提升小说戏曲的地位,并非故作惊人之语,而是自有一套求其同而见其异的策略。他常常以"互文性"③的方式,攀龙附凤,借树开花,试图寻求《水浒传》《西厢记》与诸多史传经典著作在审美文法层面上的相通性,以求并驾齐驱的同等地位。金圣叹评点《水浒传》《西厢记》,常与《史记》《战国策》《春秋》三传相比照。他说:"此本虽是点阅得粗略,子弟读了,便晓得许多文法;不惟晓得《水浒传》中有许多文法,

---

① 金圣叹:《唱经堂第四才子书杜诗解》,周锡山编校《金圣叹全集》,万卷出版公司2009年版,第42页。

② 李渔:《闲情偶寄》,《李渔全集》,浙江古籍出版社1998年版,第23页。

③ "互文性"概念最初由法国符号学家、女权主义批评家朱丽娅·克里斯蒂娃在其《符号学》一书中提出。意即每一个文本都是其他文本的镜子,每一文本都是对其他文本的吸收与转化,它们相互参照,彼此牵连,形成一个潜力无限的开放网络,以此构成文本过去、现在、将来的巨大开放体系和文学符号学的演变过程。见朱立元《现代西方美学史》,上海文艺出版社1993年版,第947页。

他便将《国策》《史记》等书，中间但有若干文法，也都看得出来。"①如《水浒传》第八回写鲁智深搭救林冲一段，金圣叹有评云：

> 即如松林棍起，智深来救，大师此来，从天而降，固也；乃今观其叙述之法，又何其诡谲变幻，一至于是乎！第一段先飞出禅杖，第二段方跳出胖大和尚，第三段再详其皂布直裰与禅杖戒刀，第四段始知其为智深。若以《公》《谷》《大戴》体释之，则曰：先言禅杖而后言和尚者，并未见有和尚，突然水火棍被物隔去，则一条禅杖早飞到面前也；先言胖大而后言皂布直裰者，惊心骇目之中，但见其为胖大，未及详其脚色也；先写装束而后出姓名者，公人惊骇稍定，见其如此打扮，却不认为何人，而又不敢问也。盖如是手笔，实惟史迁有之，而《水浒传》乃独与之并驱也。②

此段虽写鲁智深搭救林冲，但目光却集中到两个解差的视点上，这种叙事之法实际上早已在《公》《谷》《大戴记》《史记》中早已存在。《春秋经》载："十有六年，王正月戊申朔，陨石于宋五。"《公羊传》解释为："曷为先言'陨'而后言石？陨石记闻，闻其磌然；视之，则石；察之，则五。"《谷梁传》则解释为："先陨而后石，何也？陨而后石也。于宋四竟之内，曰宋。后数，散辞也。耳治也。"对"陨石于宋五"的解释隐含着对视角变化功能的认知，观者闻、视、察、数的过程，可以展现对世界一个独特的视境。《史记》巨鹿之战，叙事已毕，忽添出诸侯从壁上观一段，与此也有相通之理。金圣叹评价鲁智深搭救林冲一段，借用《公羊传》《谷梁传》《史记》等有关视角的叙事之法，进一步开掘了《水浒传》的叙述审美效应。以此观之，诸多形式之法并非为经典话语所独有，被视为"小道"的小说也有同工之妙。金圣叹认为《西厢记》多用《左传》之法，他说："文章最妙，是目注彼处，手写此处。若有时必欲目注此处，则必手写彼处。一部《左传》，便十六都用此法。若不解其

---

① 金圣叹：《贯华堂第五才子书水浒传》（上），周锡山编校《金圣叹全集》，万卷出版公司 2009 年版，第 19 页。

② 同上书，第 135 页。

意,而目亦注此处,手亦写此处,便一览已尽。《西厢记》最是解此意。"① 如《西厢记》写张生惊艳,并不径直写出见到莺莺,而是先写佛殿、写僧院、写罗汉、写菩萨,最后再写"蓦然见五百年风流业冤"。这正是"目注彼处,手写此处"。金圣叹认为《左传》每用此法,并以此法来批《西厢记》。所谓"批《西厢》,以为读《左传》例也。"② 除此之外,金圣叹读解《水浒传》《西厢记》,还用《礼记》《考工记》以及书画之法,这些都是一种"跨体"式的批评。借用其他文体的文法技巧,对小说戏曲艺术"神理"作"互文性"式的观照,这在很大程度上把《水浒传》《西厢记》摆到了与经典可以相媲美的地位。在这之前,虽然有许多文人对《水浒传》的艺术特点有所点逗,但是真正能像金圣叹这样穷究作者良苦用心、细绎文本文法结构者,实属不多。比金圣叹早一百年的李开先标举"《水浒传》委屈详尽,血脉贯通,《史记》而下,便是此书"③,天都外臣序文盛赞它"……浓淡远近点染尽工,又如百尺之锦,玄黄经纬,一丝不纰"④,胡应麟认为"至其排比一百八人,分量轻重,纤毫不爽。而中间抑扬映带,回护咏叹之工,真有超出语言之外者"⑤,但他们都未达到金圣叹评点的水平。因此,金圣叹凭借历史、哲学、书画所体现出来的文法来透视小说戏曲文体的特征,显示出对小说戏曲文体的高度重视,并把它们视为"天地妙文"。正所谓"稗官亦与正史同法,岂易作哉,岂易作哉⑥!"不仅如此,金圣叹还从《水浒传》中发现了诸多新的文法,所谓"许多文法,非它书所曾有"。这也正是《水浒传》超越经典的高明之处。仅在《第五才子书法》便开列出诸多文法:倒插法、夹叙法、草蛇灰线法、大落墨法、绵针泥刺法、背面铺粉法、弄引法、獭

---

① 金圣叹:《贯华堂第六才子书西厢记》,周锡山编校《金圣叹全集》,万卷出版公司2009年版,第13页。
② 同上书,第55页。
③ 李开先:《词谑》,黄霖、韩同文编《中国历代小说论著选》,江西人民出版社1990年版,第115页。
④ 天都外臣:《水浒传叙》,黄霖、韩同文编《中国历代小说论著选》,江西人民出版社1990年版,第125页。
⑤ 胡应麟:《少室山房笔丛》,黄霖、韩同文编《中国历代小说论著选》,江西人民出版社1990年版,第152页。
⑥ 金圣叹:《贯华堂第五才子书水浒传》(下),周锡山编校《金圣叹全集》,万卷出版公司2009年版,第503页。

尾法、正犯法、略犯法、极不省法、极省法、欲合故纵法、横云断山法、鸾胶续弦法。这就是说，金圣叹并不是一味攀经附典，而且还强调这些妙文自有奇恣纵横之处，有突破经典的地方，指出"《水浒》胜似《史记》"的地方。如林冲娘子受辱，林冲本应气愤，他人劝回。而今反写林冲劝鲁智深息怒，"如此奇文，吾谓虽起史迁示之，亦复安能出手哉！"① "今吾亦虽谓自《水浒》以外都更无有文章，亦岂诬哉！"② 金圣叹正是在认同经典的同时，也超越了经典，从而确立了小说戏曲的经典身份认同。

值得一提的是，金圣叹在对历史哲学著作进行选评时，也是多用"文性"的眼光加以遴选。如对《庄子》《左传》《战国策》《史记》等经典的评点，实际上是在以美文的视野重新评判历史哲学著作。此时历史的内容显然被搁置，形式的价值在彰显，从而使历史著作不再是因历史价值而提升，而是在文学的形式化解读中将其经典化。金圣叹的《天下才子必读书》选文广泛，文体众多，不分秦汉、唐宋，自成一派。其评点注重文法，强调对文本的细密解读，以便学子写作借鉴。后续吴楚才、吴调侯选编的《古文观止》、林云铭的《古文析义》、李扶九选评的《古文笔法百篇》都受到金圣叹选批才子书的影响。金圣叹在写给朋友王斫山的信中说："前云卫闻予批点《水浒传》，以为不足浪费笔墨而批稗史，其见恰左，圣叹不问其书之为正史，只问其书之文章做得好不好。文章好，即使稗史亦不必不批，文章不好，即使正史亦不必批。"③ 历史哲学著作作为正史，本来是具有载道、记事的传讯功能，然而经过金圣叹的审美观照，变成了审美客体。其美学功能得以凸显，进而提升了经典之所以成为经典的地位。

二　金圣叹才子观及其对才子的重估

金圣叹特标"六才子书"，将《离骚》《庄子》《史记》《杜诗》《水浒传》《西厢记》与六经相对应，重新规划了经典序列，大大凸显六才子

---

① 金圣叹：《贯华堂第五才子书水浒传》（上），周锡山编校《金圣叹全集》，万卷出版公司2009年版，第113页。

② 金圣叹：《贯华堂第五才子书水浒传》（下），周锡山编校《金圣叹全集》，万卷出版公司2009年版，第591页。

③ 铁琴楼主编：《金圣叹尺牍》，广文书局1989年版，第66页。

书的地位和影响。但是"六才子书"经典世界的重新确立,其根源还在于金圣叹对才子的重新定位与理解。究竟什么是才子?金圣叹概括得并不明晰。如果我们把它放到德才之辨和才法之辨的历史语境中,更能见出金圣叹"才子"观的审美内涵。

第一,从才、德之辨中,确立了与"圣人"相对的"古人"才子观。在《贯华堂第五才子书水浒传·序一》中,金圣叹明确把"才"与"德"作为两个独立的概念提出,以此来区分"圣贤书"和"才子书"。他说:"圣人之作书也以德,古人之作书也以才。"在中国文论史上,这是两种不同的论文路径。才属于天生秉性,而德则属于后天养成,二者指涉毕竟不同。无论是魏晋时的才德之辨,还是明代的重才轻德,皆有所明证。特别到了明中叶,随着心学的突起,重才气、重个性、重真情的才子文化得以盛行。李贽讲究"天下之至文,无不出于童心",三袁标举"独抒性灵,不拘一格",竟陵派倡言"诗随人皆现,才触情自生",都是对才性的高扬。加之受到吴中"才子文化"①的影响,金圣叹本身呈现出恃才傲物,放诞不羁,恣肆性情的才子观。金圣叹也说:"诗非异物,只是一句真话""诗者,人之心头忽然之一声耳。"②《西厢·恸哭古人序》说:"如使真有九原,真起古人,岂不同此一副眼泪,同欲失声大哭乎哉!乃古人则且有大过于我十倍之才与识矣,彼谓天地非有不仁,天地亦真无奈也。"③评《战国策·苏代约燕昭王书》说:"初学一气读之,可以平增无数才气。"④ 在这里,金圣叹为文学立法,确立了才为文学的本体所在。这与圣人的才子观明显不同。圣人的才子观是以儒家六经为核心的圣人观,强调崇经宗圣,重视风化德教,德行为本,文章为末。而古人的才子观是以才子作书为核心的才子观,强调自我适性的独创精神,重视才情性灵,卓然为文。正是如此,金圣叹才确立了文学"以文为乐""以

---

① 吴子林:《经典再生产:金圣叹小说评点的文化透视》,北京大学出版社2009年版,第22页。

② 金圣叹:《贯华堂选批唐才子诗》,周锡山编校《金圣叹全集》,万卷出版公司2009年版,第58页。

③ 金圣叹:《贯华堂第六才子书西厢记》,周锡山编校《金圣叹全集》,万卷出版公司2009年版,第4页。

④ 金圣叹:《天下才子必读书》,周锡山编校《金圣叹全集》,万卷出版公司2009年版,第119页。

文为戏"① 的审美功能。在金圣叹看来，文学是自我情性的恣肆张扬，而绝不是传道的工具、经学的附庸。尽管金圣叹有时也强调小说的功能在于"怨毒著书"，表现出自我矛盾，但小说的主要功能还是在于"欲成绝世奇文以自娱乐"。②

金圣叹进一步认为"才子"之才，不像圣人那样文以载道，致力于道德教化，忧心所作是否有违圣德，是否有拂圣心。而才子观要求的不得拾人牙慧，唾沫相袭，更凭着独到的天生禀赋，发前人所未发，创前人所未创。金圣叹说：

> 夫古人之才也者，世不相延，人不相及。庄周有庄周之才，屈平有屈平之才，马迁有马迁之才，杜甫有杜甫之才，降而至于施耐庵有施耐庵之才，董解元有董解元之才。才之为言材也。凌云蔽日之姿，其初本于破核分荚；于破核分荚之时，具有凌云蔽日之势；于凌云蔽日之时，不出破核分荚之势：此所谓材之说也。又才之为言裁也。有全锦在手，无全锦在目；无全衣在目，有全衣在心；见其领，知其袖；见其襟，知其帔也。夫领则非袖，而襟则非帔，然左右相就，前后相合，离然各异，而宛然共成者，此所谓裁之说也。③

在金圣叹看来，所谓"才"有两个层面：一是"言材"，即天生的材料，对于作家而言就是天赋禀性。正所谓"世不相延，人不相及"。二是"言裁"，即从立意锤炼到人物塑造、从谋篇布局到文学传达的艺术能力，正如剪裁成衣一样。金圣叹常用"锦心绣口"④ 来象喻。与之相类的还有"锦绣""锦心""绣手""如锦""锦绣心肠"等评语。"锦心绣口"就是指作家将心之所想、所感、所悟表达出来的才华。要求作家心如锦，口如绣，心口统一，创造一个文采斐然、夺人耳目、斑斓陆离的艺术世界。

---

① 《天下才子必读书》卷七《纬辨》总评："前幅，看其层叠扶疏而起；后幅，看起连环钩股而下，只是以文为戏，以文为乐。"《贯华堂第五才子书水浒传》第五十六回夹批："陡插闲事，以文为戏。"
② 金圣叹：《贯华堂第五才子书水浒传》（上），周锡山编校《金圣叹全集》，万卷出版公司2009年版，第413页。
③ 同上书，第3页。
④ 同上书，第28页。

正所谓"以鸿钧之心,造化为手,阴阳为笔,万象为墨",从而完成从"言材"到"言裁"的飞跃。这样的才华非同一般,不是圣人所具有的,应是一种"非非常之才""非非常之笔""非非常之力"。正如金圣叹所说:"我读《水浒》至此,不禁浩然而叹也。曰:嗟乎!作《水浒》者,虽欲不谓之才子,胡可得乎?夫人胸中,有非常之才者,必有非常之笔;有非常之笔者,必有非常之力。夫非非常之才,无以构其思也;非非常之笔,无以擒其才也;又非非常之力,亦无以副其笔也。"①

第二,从才、法之辨中,确立心法相融的才子观。明代论文论诗一直在法才交替相嬗中发展。前后七子以"文必秦汉、诗必盛唐"相号召,主张"文必有法式",但其中也不乏重才尚意者。王世贞结合才力与法进一步讨论。他说:"才生思,思生调,调生格。思即才之用,调即思之境,格即境之界。"② 王世贞重视天才,但又不能放纵天才,主张法才并不相累。所谓"夫格者,才之御也;调者,气之规也"③ "夫意在笔先,笔随意到,法不累气,才不累法"④。公安派蔑视文法,回归性灵,主张"以不法为法,以不古为古",提倡"信心而言,寄口而腕"的自由表达。但到了晚年又提倡抒情与法律互救之法。袁中道说:"是故性情之发,无所不吐,其势必互异而趋俚;趋于俚,又将变矣。作者始不得不以法律救性情之穷。法律之持,无所不束,其势必互同而趋浮;趋于浮,又将变矣,作者始不得不以性情救法律之穷。夫昔之繁芜,有持法律者救之,今之剽窃,又将有主性情者救之矣。"⑤ 因此,到了明末清初由才法相争走向了融合。李维桢《太函集序》云:"文章之道,有才有法。……法者前人作之,后人述焉,犹射之彀率、工之规矩准绳也。知巧,则存乎才矣。……所贵乎才者,作于法之前,法必可述;述于法之后,法若始作;游于法之中,法不病我;轶于法之外,我不病法;拟议以成其变化,若有法,若无法,而后无遗憾。"⑥ 金圣叹的朋友徐增说:"诗本乎才,而尤贵

---

① 金圣叹:《贯华堂第五才子书水浒传》(上),周锡山编校《金圣叹全集》,万卷出版公司2009年版,第171页。
② 王世贞:《艺苑卮言》,《历代诗话续编》,中华书局1983年版,第964页。
③ 同上书,第1048页。
④ 同上书,第1069页。
⑤ 袁中道:《珂雪斋集》,上海古籍出版社1989年版,第459页。
⑥ 李维桢:《太函集序》,《大泌山房集》卷十一,明万历三十九年刻本。

乎全才。才全者，能总一切法，能运千钧笔故也。夫才有情，有思，有调，有力，有略，有量，有律，有致，有格。情者，才之酝酿，中有所属；气者，才之发越，外不能遏；思者，才之径路，入于缥渺；调者，才之鼓吹，出于悠扬；力者，才之充拓，莫能摇撼；略者，才之机权，运用由己；量者，才之容蓄，泄而不穷；律者，才之约束，守而不肆；致者，才之韵度，久而愈新；格者，才之老成，骤而难至。"① 在这样的环境下，金圣叹明显受其浸染。他一方面坚持"作诗须说其心中之所诚然者，须说其心中之所同然者"②。另一方面又强调"临文无法，便成狗嗥"③。金圣叹既主张对才情才性的弘扬，又坚持对文法律法的追求，并做到二者相通相融。正如金圣叹所言："才真是才，法真是法。"④ 所谓"才"是一种"全才"，一方面有情有才，另一方面还须借法以范之，二者构成一种辩证融合关系。从这个角度来看，各种文法的呈示同样也是才子之才的体现与印证。对此，金圣叹每每赞叹不已。所谓"真正才子"⑤ "真是才子有才子之笔"⑥ "真才子之文"⑦。金圣叹《水浒传》第九回总评说：

> 耐庵此篇独能于一幅之中，寒热间作，写雪便其寒彻骨，写火便其热照面。昔百丈大师患疟，僧众请问："伏惟和上尊候若何？"文云："寒时便寒杀阇黎，热时便热杀阇黎。"今读此篇，亦复寒时寒杀读者，热时热杀读者，真是一卷"疟疾文字"，为艺林之绝奇也。
>
> 此文通篇以"火"字发奇，乃又于大火之前，先写许多火字，于大火之后，再写许多火字。我读之，因悟同是火也，而前乎陆谦，则有老军借盆，恩情朴至；后乎陆谦，则有庄客借烘，又复恩情朴

---

① 徐增：《而庵诗话》，《清诗话》，上海古籍出版社 1978 年版，第 433 页。
② 金圣叹：《贯华堂选批唐才子诗》，周锡山编校《金圣叹全集》，万卷出版公司 2009 年版，第 64 页。
③ 金圣叹：《贯华堂第六才子书西厢记》，周锡山编校《金圣叹全集》，万卷出版公司 2009 年版，第 55 页。
④ 金圣叹：《唱经堂第四才子书杜诗解》，周锡山编校《金圣叹全集》，万卷出版公司 2009 年版，第 148 页。
⑤ 金圣叹：《贯华堂第五才子书水浒传》（上），周锡山编校《金圣叹全集》，万卷出版公司 2009 年版，第 317 页。
⑥ 同上书，第 222 页。
⑦ 同上书，第 380 页。

至；而中间一火，独成大冤深祸，为可骇叹也。夫火何能作恩，火何能作怨，一加之以人事，而恩怨相去遂至于是！然则人行世上，触手碍眼，皆属祸机，亦复何乐乎哉！①

《水浒传》第九回"林教头风雪山神庙，陆虞候火烧草料场"，一路写雪，寒冷彻骨，一路写火，火热照面。红白相映，寒热间作。此时官逼民反，冤家路窄，冰火难容，"是可忍孰不可忍"，其怒火到了非杀人无以释放的地步。寒时寒杀读者，热时热杀读者，真是一卷"疟疾文字"，为艺林之绝奇也。特别是对"火"的分析，又生出一片文情。雪中送炭的老军管与暗放恶火的陆谦，一个是素昧平生，一个是同乡反目，在对比中彰显出火之温暖和残酷的两面内涵，不断燃烧的熊熊烈火呼应着林冲心中的巨大悲愤。正所谓"有时被火烧，火则成怨；有时借火烘，火又成恩；火之为用，不亦奇乎"②！的确这一篇是"耐庵至文"，绝世奇文。姚鼐的一段话可能更代表金圣叹的才子观："文章之能事，运其法者才也，而极其才者法也。古人有一定之法，有无定之法。有定者，所以为严整也；无定者，所以为纵横也，二者相济而不相妨。故善用法者，非一窘吾才，乃所以达吾才也。"③

第三，由才法相融关系出发，金圣叹进一步升华出"精严"与"活泛"的才子观。金圣叹批点《水浒传》也特别标举"文法"，所谓《水浒》有许多文法""《水浒》文法用得恰当""便晓得许多文法""胸中添了若干文法"，并总结出十五种文法。在金圣叹看来，"文法"是指小说叙事的技巧与方法，其根本特点在于"精严"。金圣叹说："若诚以吾读《水浒》之法读之，正可谓庄生之文精严，《史记》之文亦精严。不宁惟是而已，盖天下之书，诚欲藏之名山，传之后人，即无有不精严者。何谓之精严？字有字法，句有句法，章有章法，部有部法，是也。"④ 什么是"精严"？在金圣叹看来，就是一部作品语言连缀、篇章转换和结构相接所形成的谨严统一、气脉贯通的形式特

---

① 金圣叹：《贯华堂第五才子书水浒传》（上），周锡山编校《金圣叹全集》，万卷出版公司2009年版，第150页。

② 同上书，第156页。

③ 姚鼐：《与张阮林》，《惜抱轩诗文集》，上海古籍出版社1992年版，第28页。

④ 金圣叹：《贯华堂第五才子书水浒传》（上），周锡山编校《金圣叹全集》，万卷出版公司2009年版，第8页。

征。这既是《水浒传》的特点，也是所有"才子书"共有的特点。所谓"夫固以为《水浒》之文精严，读之即得读一切书之法也"。尽管《庄子》《史记》各有其风格、各有其主题，所谓"庄生之文，何尝放浪？《史记》之文，何尝雄奇？""庄生意思欲言圣人之道，《史记》摅其怨愤而已"①，但是我们只要"略其形迹，伸其神理"，发现其结构严谨，贯通一体，那是何等的"精严"。从这个意义上说，金圣叹主张"文成于难"。他说："故依世人之所谓才，则是文成于易者，才子也。依古人之所谓才，则必文成于难者，才子也。依文成于易之说，则是迅疾挥扫，神气扬扬者，才子也。依文成于难之说，则必心绝气尽，面犹死人者，才子也。"② 对于才子之文来说，其构思、布局、逐句、安字的过程就是一个惨淡经营、殚精竭虑的心理体验。所谓"心尽气绝，面如死灰"。金圣叹对作者的匠心独运，也每每以"良匠心苦"③ "工良心苦"赞之④。当然，金圣叹并非一味强调法度的严谨完整，他还非常重视法度的灵动变化。正所谓"偃仰斜正，各自入妙，风痕露迹，变化无穷"⑤。金圣叹提出"活泛"二字，主张"活泛二字，是作文秘诀"⑥。他认为文学创作不应墨守成规，主张"除却死法，别是活法"⑦，"文心当面变化而出，非先有定式可据也"⑧，推崇自然之法，无法之法。正所谓"文无定格，随手可造也"⑨ "夫文章之法，岂一端而已乎？"⑩ 金圣叹强调文无定法，其意在说明文

---

① 金圣叹：《贯华堂第五才子书水浒传》（上），周锡山编校《金圣叹全集》，万卷出版公司2009年版，第8页。

② 同上书，第3页。

③ 同上书，第233页。

④ 金圣叹：《贯华堂第五才子书水浒传》（下），周锡山编校《金圣叹全集》，万卷出版公司2009年版，第855页。

⑤ 金圣叹：《贯华堂第五才子书水浒传》（上），周锡山编校《金圣叹全集》，万卷出版公司2009年版，第281页。

⑥ 同上书，第115页。

⑦ 金圣叹：《贯华堂第六才子书西厢记》，周锡山编校《金圣叹全集》，万卷出版公司2009年版，第204页。

⑧ 金圣叹：《贯华堂第五才子书水浒传》（上），周锡山编校《金圣叹全集》，万卷出版公司2009年版，第459页。

⑨ 金圣叹：《贯华堂第五才子书水浒传》（下），周锡山编校《金圣叹全集》，万卷出版公司2009年版，第576页。

⑩ 金圣叹：《贯华堂第五才子书水浒传》（上），周锡山编校《金圣叹全集》，万卷出版公司2009年版，第149页。

学创作要运用多种灵动文法，消解斧凿雕琢的痕迹，形成自然圆融、仿若天成的美学风貌，正所谓"惟达故极神变，亦惟达故极严整也"①。

金圣叹所言的才子是与圣人相对应的范畴，才子不是用"德"去衡量，而是用文章去衡量。圣人著书贵在文以载道，敷扬德教，治世为本，至于文章本身的高下相须，似乎显得并不重要，因此文章向来被视为末技，特别是小说戏曲也一向被称为雕虫小技，壮夫不为。对此，金圣叹则反其意而用之，凸显才子的个性特征，张扬才子艺术化的创造才能。在金圣叹看来，才子之所以为才子，正在于把才与文紧密地连接在一起，文离不开才，才表现于文。文学作为一门语言的艺术，文辞须要优美，构思须要严谨，寓意须要精深，这些表现力如何都需依作者的才力而定。从另一个方面来讲，才子作为能文之士，都是通过致力于篇藉，"以文为戏"，体尽其才，来彰显自己的生命价值，而绝非立德载道，垂示后人。"著书自娱，以消永日"，文学自有文学的审美价值，文学自有文学的审美功能，绝不能与德行混淆视听。金圣叹的才子观讲究文才并重，凸显作者的"锦心绣口"，超越"史贵于文"的立场，从而使"六才子书"有别于儒教经典传统，获得了新经典的地位。

三 文本经典化的理论反思

经过金圣叹的审美观照及其批点，"六才子书"获得了不同的反响。特别是经他删改的《水浒传》《西厢记》，获得了巨大的轰动效应。王应奎《柳南随笔》卷三云："故一时读者爱读圣叹书，几于家置一编。"王家祯《研堂见闻杂记》也说："诸生有金圣叹者，有逸才，批七才子书，一时纸贵。"金本一出，风行海内，深受读者喜爱，取代了其他版本。清代俞樾《茶香室续抄》说："今人只知有金圣叹《水浒评本》""今人只知有金圣叹之《西厢》，不知有毛西河之《西厢》。"毫不夸张地说，清代三百年间《水浒传》《西厢记》的阅读史，是被金本独霸的。金批"六才子书"何以获得如此高的经典地位？这不能不令人反思。经典原是被基督教认定的一套阐释《圣经》的典籍。文学经典则是大体上得到公认的能够代表某个文学传统的传世之作的总称。"经典"显示出一种择优原

---

① 金圣叹：《唱经堂第四才子书杜诗解》，周锡山编校《金圣叹全集》，万卷出版公司2009年版，第227页。

则，即一些文本总是被认为比另一些文本具有更大的保存价值。这实际上已涉及经典形成的解读机制问题。W. V. Harris 曾说："经典乃是由许多阅读方法构组而成的，而非由剥离的文本段落。"① 文学作品的价值固然蕴含于作品内部，但是这种价值只有依赖于读者的阅读才能显现出来。因而阅读既是展现作品，同时又是评价作品。一部伟大的作品，其实根本是由读者来奉为经典的。经典的形成确实需要有读者充分的对话，但问题的关键是究竟以何种方式对话？美学的抑或文化的？在这个问题上，我们倾向于哈罗得·布鲁姆的观点。他说："使一个文学作品赢得经典地位的原创特质，乃是一种特异性。这种性质，我们要不就永远无法予以归类同化，要不就因它显得那么司空见惯，以致我们根本忽视了那种特异之本质。"② 哈罗得·布鲁姆在《西方正典》一书中再次强调"典范作家"就是在众多作家竞争之下，最终被文学传统本身加以选择的胜出者。他认为衡量文学经典的准则应依托纯艺术的审视，而与政治的打量无关。因此一个作家与前人的竞赛只是一种美学的竞赛。在哈罗得·布鲁姆看来，使一个作家及其作品成为经典的根本因素在于美学的立场与文本的文学性。从这个角度来说，金圣叹对"六才子书"的解读方式显然是一种美学化的解读。他以文学形式的准则，考量"六才子书"，使"六才子书"审美价值得以凸显，并不断经典化。一方面，金圣叹通过与许多经典的对比映照，发现"六才子书"也像其他经典一样有着同等重要的"文性"，因而在同过去的关联中，找到了自己在美学上的合法性。正如马丁所说："为小说争取传统上给以其他文类的尊重的方法之一是，说明它的技巧也像诗史、戏剧和诗歌的技巧一样微妙复杂，它的形式也像这些文类的形式一样意味深长。"③ 这样我们就可以知道金圣叹为什么经常将《水浒传》与《史记》《左传》比附在一块的原因所在。更为重要的是，金圣叹又为"六才子书"建立了诸多"文法"，这又进一步加快了"六才书"经典化的行程。龚鹏程说："法度的建立，与经典文学美的发现乃是二而一、一而二的事，两者根本难以析分。必须透过对经典之文法的点明，才能替文章写作建立其一套规范法则。"④ 另一方面，金圣叹通过对才子的重估，发现才

---

① W. V. Harris, "Canonicity", *PMLA*, January 1991, p. 111.
② Harld Bloom, *The Western Canon*, New York: Riverhead Books, 1994, p. 4.
③ [美] 华莱士·马丁:《当代叙事学》，伍晓明译，北京大学出版社 1990 年版，第 2 页。
④ 龚鹏程:《六经皆文：经学史/文学史》，学生书局 2008 年版，第 14 页。

子著书并不像圣人著书那样，文以载道，教化人心，而是抒写自己"锦心绣口"、才情性灵，创造出天下妙文，以此来安身立命。在这方面，金圣叹将"六才子书"与经史隔离开来，从而确立了自己独立的美学品格，建立了与儒家经典不同的文本世界。

当然，《水浒》《西厢》的经典化过程也与当时的印刷业、书籍的传播有一定的关系，但我们绝不能认同"所谓经典并不属于文学的范畴，它是属于权力的东西"[①]的看法，从而以"权力的准则"代替"文学的准则"，忘记了文学本身的重要性。《水浒传》《西厢记》经典地位的确立，才子乌托邦的建立，首当其冲应该归功于金圣叹形式化的解读。不然，我们便无法解释金批版本为何压倒其他一切版本而风行数百年的实际情形。对此著名国学大师钱穆体会得非常深刻。他在聆听了小学国文顾老师读金批《水浒》"不读小字，等如未读"的教诲后，深深感到金圣叹评点的文学贡献："惟圣叹一人，能独出心眼，一面则举而侪之高文典册之林，一面也复自出己意，加以修改，此非深得文学三昧者，恐未易有此。"[②]

[①] See Hazard Adams, "Canons: Literary Criteria/Power Criteria", *Critical Inquiry*, Vol. 14, No. 3, 1988, pp. 748-764.

[②] 钱穆：《中国文学论丛》，生活·读书·新知三联书店2002年版，第158页。

余 论

金圣叹形式批评的现代思考

"善言古者合之于今,能述远者考之于近。"[①] 文学评点作为一种历史悠久的批评形态虽已退隐消亡,但它作为批评方式所隐含的灵活多变的智慧对于我们今天的文学批评来说,仍富有启迪性。特别是金圣叹的形式批点,所提出的问题、所面临的困惑,恐怕我们今天还在遭遇着。他所提供的睿智性答案,仍涵容着可供现代文学创作和批评借鉴的思想资料,具有一种当存即下的美学意义。

一 形式分析与意蕴把握的中介关联

过去我们在研究金批时,常常坠入一种范式的困顿。时而把金圣叹视为"封建反动文人",时而视为"封建进步文人",时而视为"启蒙思想家",实际上这种解读存在着严重的问题。对金圣叹的批评意图既不能仅仅从外在的政治社会环境中直接去求得,也不能仅仅从作者的意图方面直接去求解,同时也不能仅仅从金圣叹的世界观中直接去见出。因为外在的思想转化到文学文本之中,总会发生或多或少的变形。否则就会强加于文本,有差强人意之嫌。如果从施耐庵的角度来看,把宋江描绘成奸诈狡猾之徒,显然违背作者本意,与其"忠义"不符,至于究竟是托笔骂世还是心闲弄笔,也颇难区分;如果从金圣叹的世界观的角度来看,则带有极大的复杂性,既有儒家的入世哲学,老庄的遁世哲学,还有心学的异端思想,同时吸收了佛教的空观学说。当金圣叹进行文学批点时,把这些思想投诸文本中,并非一一对号,文本本身也会对其有所修正。否则以此评价作品的话,将会导致"怎么都行"的结果。因此,无论对金圣叹批评意图的研究,还是对文本意图的解释,我们都不能脱离文本本身。金圣叹对

---

① 陆贾:《术事》,王利器撰《新语校注》,中华书局1986年版,第37页。

宋江的解读很有代表性。金圣叹在批点《水浒》时，他独恶宋江，视为狡诈虚伪之徒。金圣叹之所以这样做，并非追新猎奇，故意妄断。金圣叹说："一路写宋江使权诈处，必紧接李逵粗言直叫，此又是画家所谓反衬法。读者但见李逵粗直，便知宋江权诈，则庶几得之矣。"① "此书写一百七人，都有一百七人行径心地，然曾未有如宋江之权诈不定者也。其结识天下好汉也，初无青天之旷荡，明月之皎洁，春雨之太和，夏霆之径直，惟一银子而已矣。"② 诸如此类的评语还很多，金圣叹由此概括出宋江的性格是一种权诈虚伪。那么现在的问题是金圣叹何以能总结出宋江的如此性格？关键在于金圣叹能沉浸在文学文本之中，以形式文法为中介，细细玩味人物的一举一动、一言一行，细细追索情节的跌宕曲折、前呼后应。在充分审美判断的基础上，对宋江施之以道德判断，进而折射出自己的批评意图。金圣叹常从文本细节入手，发现宋江多次专靠银子买通天下，结识天下好汉，从而暗示出宋江权诈不定的性格。金圣叹深知文学文本的寓意绝非显在之物，而是"深文隐蔚，余味曲包"③。金圣叹说："文章之妙，无过曲折。诚得百曲千曲万曲，百折千折万折之文，我纵心寻其起尽，以自容与其间，斯真天下之至乐也。"④ 文学文本的意图实不易追寻，对此金圣叹认为必须"理会文字"，解读形式，透过字里行间，触摸行文脉络，才能深识鉴奥。他说：

> 一部书中写一百七人最易，写宋江最难；故读此一部书者，亦读一百七人传最易，读宋江传最难也。盖此书写一百七人处，皆直笔也，好即真好，劣即真劣。若写宋江则不然，骤读之而全好，再读之而好劣相半，又再读之而好不胜劣，又卒读之而全劣无好矣。夫读宋江一传，而至于再，而至于又再，而至于又卒，而诚有以知其全劣无好，可不谓之善读书人哉！然吾又谓由全好之宋江，而读至于全劣也犹易，由全劣之宋江，而写至于全好也实难。乃今读其传，迹其言

---

① 金圣叹：《贯华堂第五才子书水浒传》（下），周锡山编校《金圣叹全集》，万卷出版公司2009年版，第575页。
② 同上书，第517页。
③ 陆侃如、牟世金：《文心雕龙译注》（下），齐鲁书社1982年版，第261页。
④ 金圣叹：《贯华堂第六才子书西厢记》，周锡山编校《金圣叹全集》，万卷出版公司2009年版，第185页。

行,抑何寸寸而求之,莫不宛然忠信笃敬君子也?篇则无累于篇耳,节则无累于节耳,句则无累于句耳,字则无累于字耳。虽然,诚如是者,岂将以宋江真遂为仁人孝子之徒哉?《史》不然乎?记汉武初未尝有一字累汉武也,然而后之读者莫不洞然明汉武之非,是则是褒贬固在笔墨之外也。①

金圣叹对宋江的解读并非是演绎自己的主观意图,先入为主,也绝不是径直获得作品的意图,而是通过枝枝节节的审美判断,求得一种言外之意。正如金圣叹所说:"读书随书读,定非读书人。"②

在金圣叹看来,对作品思想意图的揭示,是建立在文学文本基础之上的。批评家应该结合具体的形式分析,从而引发出他对社会人生的看法。金圣叹的这种观点对我们今天文学解读学的建构来说,不无启发。《水浒传》二十六回"偷骨殖何九送丧,供人头武二设祭"写武松报仇前,一路勤叙邻舍。除了当事的潘金莲和王婆外,武松还特别邀请了开银铺的姚二郎、开纸马铺的赵四郎、卖冷酒的胡正卿和开馉饳铺的张公。金圣叹认为四人"合之便成'财气酒色'四字,真是奇绝"③。金圣叹之所以赞为"真才子之文",其意义在于在通过字里行间的解读过程中,读者由"酒色财气"联想到佛家"酒色财气,人生四恶"以及"报应不爽"的人生规训,可谓因文见义,顺理成章。长期以来,我们一直生活在一个道胜于文、质胜于文的强势历史传统和文化语境之中,形式冲动在很大程度上处于低迷状态,致使我们的文学解读忽略了形式的中介,导致思想先行、直奔主题之弊。这一点引起了现代学人的关注,并强烈呼吁"不要绕过形式"的文学批评方法:"一方面注重文学思想史研究,一方面又能避免'思想史取替文学史',实现'思想'与'文学'的有机统一,也就成了我们所必须面对和思考的问题。在我们看来,实现二者有机统一的最有效的途径,就是通过形式阐发意义,即通过文学文本的审美分析阐发文学的思想。相对于'思想优先'式的

---

① 金圣叹:《贯华堂第五才子书水浒传》(下),周锡山编校《金圣叹全集》,万卷出版公司2009年版,第503页。
② 金圣叹:《贯华堂第五才子书水浒传》(上),周锡山编校《金圣叹全集》,万卷出版公司2009年版,第234页。
③ 同上书,第372页。

文学研究而言，我们姑且将这样一种方法称之为'形式美学方法'。"①这种看法颇富见地。无论怎样，文学创作总要遭遇意识形态，思想意图之于文学文本的存在可谓如影随形。但意识形态的存在已被文学符码化，被移置，呈现为幻化的形式，并非通体透明。因此，文学文本不是意图、主题的存在，不是意义或效用的存在，而是一种形式化的存在。正如马拉美所说："诗不是用思想而是用语言写成的。"② 从这个意义上说，文学批评具有了自己独立的姿态，文学批评性解读必须从形式出发，"从审美开始，关注纯粹美学的、形式问题，然后在这些分析的终点与政治相遇。"③ 所以只谈内容不谈形式，不叫现代批评，现代批评必须以形式代码为中介，来触摸意识形态的蛛丝马迹。

二 感悟品鉴与理性分析的张力寻求

金圣叹的文学评点常常遇到才与法之间的纠葛，但是金圣叹却能较好地处理它们之间的矛盾。对于创作来说，金圣叹一方面要求性情抒发，自然无迹，无"印板文字"，强调"文无定格，随手可造"，另一方面要求"文成于难"，无不精严，强调"临文无法，便成狗嗥"，意在追求自然与精严的统一，达到至法无法的"化境"。那么对于文学批评来说，一方面采用八股式的文法解读，另一方面要求自我阐释的"适来自造"；一方面要求"不是圣叹文字"，另一方面又要求"是圣叹文字"④。文学批评犹如美人照镜，既是照自己，又是照他人。这样文学批评势必涉及感悟品鉴与理性分析之间的矛盾问题。

作为一个文学批评家，首先应该会用心灵去感受文学作品，体验出美感的深度，甚至借他人之酒杯，浇自己之垒块。金圣叹张扬文学批评中的这种主体意识，要求有一种独创性体验。金圣叹说："《西厢记》不是姓王字实父此一人所造，但自平心敛气读之，便是我适来自造。亲见其宁

---

① 赵宪章：《也谈思想史与文学史》，《中华读书报》2001年11月28日。
② 转引自［德］恩斯特·卡西尔《人论》，甘阳译，上海译文出版社1985年版，第182页。
③ ［美］詹明信：《晚期资本主义的文化逻辑》，陈清侨等译，生活·读书·新知三联书店1997年版，第7页。
④ 金圣叹：《贯华堂第六才子书西厢记》，周锡山编校《金圣叹全集》，万卷出版公司2009年版，第18页。

一句，都是我心里恰正欲如此写，《西厢记》便如此写。"① 金圣叹又说："我真不知作《西厢记》者之初心，其果如是，其果不如是也。设其果如是，谓之今日始见《西厢记》可；设其果不如是，谓之前日久见《西厢记》，今日又别见圣叹《西厢记》可。"② 文学解读是读者通过纵心想象，积极和作者共同参与的一种体验性活动，但这种活动并不是重复作者已有的发现，而是接受者"每有心会""贵乎自得"的结果。但是文学批评并不能一味地止于妙悟感叹，"只可意会不可言谈"，必须把这种美感予以分解，予以证实化、科学化。为此，金圣叹一方面否定"妙处可解不可解"的品悟。另一方面又强调"鸳鸯已绣出，金针亦尽度"的细读，声言"愚意且重分解"。在金圣叹看来，真正的批评家应该是金针度人，给读者指点迷津。他在评《第五才子书水浒传》中曾说："观鸳鸯而知金针，读古今之书而能识其经营。"③ 其《杜诗解》也说："看诗全要在笔尖头上追出当时神理来。"④ 所谓"经营"，就是一种匠心独运的叙事笔法；所谓"神理"就是在运笔之中所体现的诗之精髓。这些东西的获得必须依靠"分解"之"金针"才能完成。金圣叹的"金针"之喻表明诗作品所内含的审美之秘可通过对其语言、结构等形式的分解来加以透视。金圣叹一方面要求"条分而节解之"，讲究分解数、分节数，走向细化。另一方面又要求"解分而诗合"。他在解杜甫《秋兴八首》时认为，"道他是连，却每首断；道他是断，却每首连……分明八首诗，直可作一首诗读"。每首诗都是一个整体，自身就是一个独立的世界。对于它的分解我们不能绕过它内在的意象和气脉，而直接抽取它的内涵。"圣叹所以不辞饶舌，特为分解。罪我者，谓本是一诗，如何分为二解；知我者，谓圣叹之分解，解分而诗合。世人之涸解，解合而诗分。解分前后，而一气混行；诗分起结，而臃肿累赘。"⑤ "解分而诗合"就是可以进行分析分解，

---

① 金圣叹：《贯华堂第六才子书西厢记》，周锡山编校《金圣叹全集》，万卷出版公司2009年版，第18页。
② 同上书，第8页。
③ 金圣叹：《贯华堂第五才子书水浒传》（上），周锡山编校《金圣叹全集》，万卷出版公司2009年版，第191页。
④ 金圣叹：《唱经堂第四才子书杜诗解》，周锡山编校《金圣叹全集》，万卷出版公司2009年版，第50页。
⑤ 同上书，第161页。

但这分析分解最终要符合诗歌自身的艺术特性,强化它的整体效应。正如布鲁克斯所说:"一首诗应当被视作各种关系组成的有机系统,诗的品质决不在于某一可单独取出的成分之中。"① 从这样的诗学观出发,金圣叹的"解分而诗合"的批评方法,找到了自身的批评话语,带有文学本体批评的味道。"解分而诗合"应该审慎地关注其中的每一个词句,细细加以体会它的本意和言外意,详加推敲语气、音律、意象以及词语搭配、句型选择等方面的微妙之处。同时在注意它们之间的微妙联系之中,又紧紧扣住文本的整体篇章布局,在局部问题解决的同时,见出了整体的意蕴。金圣叹这种分解论,因精细阅读,使批评家对艺术的价值判断变得不再那么漂浮不定,从而给人以较有说服力的明证。金圣叹的"分解",既不同于传统训诂词义的注释性批评,所谓"与唐人注诗实非也",也不同于传统"妙不可言"的感悟式批评,而是通过分析文学的语言结构来把握文学作品的情感内涵与内在意蕴,从而将审美感悟与理性分析有机结合起来。金圣叹的这种分解批评为中国古代文学批评注入了理性分析的血液,是对长期以来那种"只可意会不可言谈""妙处不必可解"批评模式的一种反驳。对文本意蕴的美学感受和理解不再只是点到即止,心灵意会,而是可作精密的推理和详细的论证。

由此可知,金圣叹进行文学批评追求的是精细透彻,一方面对文学文本有自己的深刻领悟与体验,既能契合作家之心,又能生创读者之意,构成了一种双向对话与交流。另一方面又能以科学的方式把它呈现出来,让人能感到它实实在在的美之存在。20世纪30年代的范烟桥先生对金圣叹的批评精神予以高度赞扬,认为"第一有科学头脑""第二能体会"②。这可以说颇得金圣叹文学评点的真谛。文学批评首先面对的是文学文本,必须灌注一种理性精神,对艺术的神理精髓,进行细密的透视。只有以文法的方式加以介入,才能驾驭作品的艺术真谛。唯有这样,才可以防止它成为一种"过度的诠释"③。但是这种理性细密的分析,还必须依靠批评者自身的体验感悟和生发创造。否则,文学批评将会成为没有审美意味的

---

① [美]布鲁克斯、沃伦:《理解诗歌》,转引自赵毅衡《新批评》,中国社会科学出版社1986年版,第37页。
② 范烟桥:《金圣叹的治学精神》,《新闻报》1935年8月20日。
③ [意]艾柯:《诠释与过度诠释》,王宇根译,生活·读书·新知三联书店1997年版,第53页。

理性审判，同时它的生机也就会停止了。文学批评既需要感受美感，领悟美感，同时还要传达美感，确证美感，做到艺术化和科学化的统一。布迪厄说得好："没有理论的具体研究是盲目的，而没有具体研究的理论是空洞的。"① 就金圣叹而言，他既是一个欣赏家，又是一个分析家，是一个复合型的文学评点家。他的细读批评实现了感性与理性的融合，这不仅对于许多空头的理论家或印象式的鉴赏家是一种警醒，而且对我们目前危机四伏的文学批评也具有一种纠偏化弊的作用。

三 文学批评与文化批评的主宾摆位

金圣叹是一个悟性极高的才子，他对中国文化中的儒、道、释均有涉及，并且使它们互阐互释，杂糅一体。金圣叹本身所拥有的这种文化资源，使他在进行文学批评时，难免用文化批评的方式加以观照。但金圣叹文化批评的路径却是别具一格。

如果从广义的角度来看，按照宾主②关系来论，文学研究与文化研究的关系大致不外乎四种：一是主中主：从文学到文学；二是主中宾：从文学到文化；三是宾中主：从文化到文学；四是宾中宾：从文化到文化。对金圣叹来说，除了采用从文学到文学的方式之外，最主要的文化批评形式就是从文化到文学。特别是他能善于借助文化的分析，导向文学形式的印证，呈现文法的总结，可谓非同凡响。金圣叹由《周易》中的阴阳互补到"相间"式的解读，由老庄的"有无"到作品结局的删削，都落实到文学形式的层面。特别是利用"因缘生法""极微""那辗"等诸多佛教文化用语来阐释文学之道，达到了用佛理以证文心的目的。金圣叹的文化批评所遵循的是从文化到文学，再从文学到形式的理路。在他那里，文化只是作为文学研究的一种策略，文学的本根依然是坚固的，并有着明确的研究对象和疆界。金圣叹的这种文学研究方法对于我们目前浓密的文化语境下的文学研究，无疑是一种启悟。这种做法使我们重新思考文学研究与文化的关系，并在这种反思中对我们自身的角色加以定位。"无论是对某一对象的综合研究，还是选取一定的视角切入特定对象的个别研究，文化学对于文学研究的意义主要在于方法，而不在于文化学的'学科'性质。

---

① ［法］布迪厄:《实践与反思》，李猛、李康译，中央编译出版社1998年版，第214页。
② 此处借鉴了佛教关于宾主关系的论述。如《洞山大师语录》所论"主宾"就有"主中主""主中宾""宾中主"等关系。

文化和文化学的内涵至今仍被认为大而无当,没有确定的疆界和知识域,所以,从这一意义上说,目前并不存在严格意义上的'文化学'学科。"① 文化研究虽然隐含着极为广阔的空间,但它对于文学的研究"并不是一门学科,而是一种视野,一种范式,或一种策略"②。因而,当我们面临文化转向的今天,文学虽然走向了边缘化,但是文学性的领域不但不会消失,而且会更加宽广。文学性仍然无处不在,无时不有,对它的追寻依然是文学批评的根本所在。

总之,文学批评的深度表现在从形式出发,抓住艺术形式的本质。只有这样,才能真正解释艺术的秘密。对于一个文学批评家来说,应该依据一种审美的立场,将文学文本视为一个美学客体,去感受文学文本的形貌,从而评定文学文本在文学史发展过程中的地位和价值。这可以说是金批留给我们的最大遗产。马克·肖勒说:"现代批评向我们表明,只谈论内容本身决不是谈论艺术,而是在谈论经验;只有当我们论及完成的内容,也就是形式,也就是艺术品的本身时,我们才是批评家。"③ 从这个角度来说,今天重新衡估金圣叹的形式批评,虽有"不合时宜"之嫌,但我们深感通过这种评估表明文学批评绝不仅仅是"考古学"工作而已。

---

① 赵宪章:《文艺学的学科性质、历史及其发展趋向》,《江海学刊》2002年第2期。
② 周宪:《现代性的张力》,首都师范大学出版社2001年版,第3—4页。
③ [美] 马克·肖勒:《技巧的探讨》,崔道怡主编《"冰山理论":对话与潜对话》,工人出版社1986年版,第174页。

参考文献

一 中文原典

（汉）班固：《汉书》，中华书局1962年版。

陈鼓应：《庄子今注今译》，中华书局1983年版。

陈平原等编：《二十世纪中国小说理论资料》，北京大学出版社1997年版。

陈曦钟、侯忠义、鲁玉川辑校：《水浒传会评本》，北京大学出版社1987年版。

丁福保辑：《历代诗话续编》，中华书局1983年版。

（清）龚自珍：《龚自珍全集》，上海人民出版社1975年版。

郭绍虞主编：《清诗话续编》，上海古籍出版社1983年版。

（明）何良俊：《四友斋丛说》，中华书局1959年版。

黄霖、韩同文编：《中国历代小说论著选》，江西人民出版社1990年版。

（清）黄汝成：《日知录集释》，上海古籍出版社2002年版。

（清）焦循：《雕菰集》，中华书局1985年版。

（清）金圣叹：《第五才子书施耐庵水浒传》，上海中华书局1975年版。

（清）金圣叹：《沉吟楼诗选》，上海古籍出版社1981年版。

（清）金圣叹：《杜诗解》，钟来因整理，上海古籍出版社1984年版。

（清）金圣叹：《贯华堂第六才子书西厢记》，傅晓航校点，甘肃人民出版社1985年版。

（清）金圣叹：《金圣叹全集》，曹方人、周锡山标点，江苏古籍出版社1985年版。

（清）金圣叹：《金圣叹选批唐诗》，浙江古籍出版社1985年版。

（清）金圣叹：《金圣叹批本西厢记》，张国光校注，上海古籍出版社1986年版。

（清）金圣叹：《金圣叹尺牍》，广文书局1989年版。

（清）金圣叹：《金圣叹评点才子全集》，林乾主编，光明日报出版社1999年版。

（清）金圣叹：《金圣叹全集》，陆林辑校，凤凰出版社2008年版。

（清）金圣叹：《金圣叹全集》，周锡山编校，万卷出版公司2009年版。

（清）李渔：《李渔全集》，浙江古籍出版社1998年版。

（明）李贽：《李贽文集》，北京燕山出版社1998年版。

（清）李扶九：《古文笔法百篇》，溢美图书公司1960年版。

（清）李树滋：《石樵诗话》，道光二十九年湖湘采珍山馆刊本。

刘立人、陈文和点校：《刘熙载集》，华东师范大学出版社1993年版。

刘文典：《淮南鸿烈集解》，中华书局1997年版。

（清）刘熙载：《艺概》，上海古籍出版社1978年版。

陆侃如、牟世金：《文心雕龙译注》，齐鲁书社1982年版。

（明）茅坤：《茅坤集》，浙江古籍出版社1993年版。

（宋）普济：《五灯会元》，中华书局1954年版。

（汉）司马迁：《史记》，中华书局1999年版。

孙中旺主编：《金圣叹研究资料汇编》，广陵书社2007年版。

（清）唐彪：《读书作文谱》，岳麓书社1989年版。

王利器：《新语校注》，中华书局1986年版。

（明）王守仁：《王阳明全集》，上海古籍出版社1992年版。

许绍早、王万庄：《世说新语译注》，吉林文史出版社1991年版。

张觉：《荀子译注》，上海古籍出版社1995年版。

（清）章学诚：《文史通义》，上海书店出版社1988年版。

周采泉：《杜集书录》，上海古籍出版社1986年版。

朱一玄、刘毓忱编：《水浒传资料汇编》，百花文艺出版社1984年版。

二 中文译著、论著

［意］艾柯：《诠释与过度诠释》，王宇根译，生活·读书·新知三联

书店 1997 年版。

［苏］巴赫金：《文艺学中形式主义方法》，李辉凡、张捷译，漓江出版社 1989 年版。

白岚玲：《才子文心》，北京广播学院出版社 2002 年版。

［法］布迪厄：《实践与反思》，李猛、李康译，中央编译出版社 1998 年版。

曹顺庆：《中国古代文论话语》，巴蜀书社 2001 年版。

陈洪：《金圣叹传论》，天津人民出版社 1996 年版。

陈竹：《中国古代剧作学史》，武汉出版社 1999 年版。

陈登原：《国史旧闻》，中华书局 2002 年版。

陈果安：《金圣叹小说理论研究》，湖南师范大学出版社 1999 年版。

丁利荣：《金圣叹美学思想研究》，武汉大学出版社 2009 年版。

方珊主编：《俄国形式主义文论选》，生活·读书·新知三联书店 1989 年版。

方珊主编：《形式主义文论》，山东教育出版社 1999 年版。

方孝岳：《中国文学批评》，生活·读书·新知三联书店 1986 年版。

［法］弗朗索瓦·朱利安：《迂回与进入》，杜小真译，商务印书馆 2017 年版。

高小康：《市民、士人与故事》，人民出版社 2001 年版。

高友工、梅祖麟：《唐诗的魅力》，上海古籍出版社 1989 年版。

葛兆光：《汉字的魔方》，辽宁教育出版社 1999 年版。

［日］田敬一：《中国文学的对句艺术》，吉林文史出版社 1989 年版。

郭绍虞：《中国文学批评史》，上海古籍出版社 1979 年版。

郭绍虞主编：《中国历代文论选》，上海古籍出版社 1980 年版。

郭绍虞：《中国文学批评史》，百花文艺出版社 1999 年版。

郭绍虞：《郭绍虞说文论》，上海古籍出版社 2000 年版。

何满子：《论金圣叹评改水浒传》，上海出版公司 1955 年版。

侯外庐：《中国思想通史》，人民出版社 1957 年版。

胡有清：《文艺学论纲》，南京大学出版社 1992 年版。

胡亚敏：《叙事学》，华中师范大学出版社 1994 年版。

［美］华莱士·马丁：《当代叙事学》，伍晓明译，北京大学出版社 1990 年版。

［美］怀特海：《符号：它的意识与功能》，麦克米兰公司出版社1927年版。

黄强：《八股文与明清文学论稿》，上海古籍出版社2005年版。

蒋星煜：《西厢记考证》，上海古籍出版社1988年版。

金毓黼：《中国史学史》，商务印书馆2003年版。

［德］卡西尔：《人论》，甘阳译，上海译文出版社1985年版。

［英］雷蒙德·查普曼：《语言学与文学》，王士跃、于晶译，春风文艺出版社1988年版。

［以色列］里蒙-凯南：《叙事虚构作品》，姚锦清等译，生活·读书·新知三联书店1989年版。

梁章钜：《制义丛话 试律丛话》，上海书店出版社2001年版。

林岗：《明清之际小说评点学之研究》，北京大学出版社1999年版。

［美］刘若愚：《中国的文学理论》，田守真、饶曙光译，四川人民出版社1987年版。

刘欣中：《金圣叹的小说理论》，河北人民出版社1986年版。

刘永济：《十四朝文学要略》，黑龙江人民出版社1984年版。

［英］卢伯克：《小说技巧》，载《小说美学经典三种》，方士人、罗婉华译，上海文艺出版社1990年版。

鲁迅：《鲁迅全集》，人民文学出版社1981年版。

鲁迅：《中国小说史略》，上海古籍出版社1998年版。

［美］鲁道夫·阿恩海姆：《艺术与视知觉》，滕守尧译，中国社会科学出版社1987年版。

鲁德才：《中国古代小说艺术论》，百花文艺出版社1987年版。

吕澂：《印度佛学源流略讲》，上海人民出版社2002年版。

［美］罗伯特·休斯：《文学结构主义》，刘豫译，生活·读书·新知三联书店1989年版。

［法］罗兰·巴特：《罗兰·巴特随笔选》，怀宇译，百花文艺出版社1995年版。

［法］罗兰·巴特：《S/Z》，屠友祥译，上海人民出版社2002年版。

［法］罗兰·巴特：《文之悦》，屠友祥译，上海人民出版社2002年版。

［美］浦安迪：《明代小说四大奇书》，沈亨寿译，中国和平出版社

1993 年版。

［美］浦安迪：《中国叙事学》，陈珏译，北京大学出版社 1996 年版。

钱穆：《中国文学论丛》，生活·读书·新知三联书店 2002 年版。

钱基博：《中国文学史》，中华书局 1993 年版。

钱锺书：《谈艺录》（补订本），中华书局 1984 年版。

钱锺书：《管锥编》，中华书局 1999 年版。

冉苒校点：《金圣叹文集》，巴蜀书社 2003 年版。

［法］热拉尔·热奈特：《叙事话语 新叙事话语》，王文融译，中国社会科学出版社 1990 年版。

商衍鎏：《清代科举考试述录》，生活·读书·新知三联书店 1958 年版。

申小龙：《汉语与中国文化》，复旦大学出版社 2003 年版。

［美］苏珊·朗格：《艺术问题》，滕守尧等译，中国社会科学出版社 1983 年版。

［美］苏珊·朗格：《情感与形式》，滕守尧等译，中国社会科学出版社 1986 年版。

谭帆：《金圣叹与中国戏曲批评》，华东师范大学出版社 1992 年版。

谭帆：《中国小说评点研究》，华东师范大学出版社 2001 年版。

佟景韩：《结构符号学文艺学》，文化艺术出版社 1994 年版。

［法］托多洛夫：《批评的批评》，王东亮译，生活·读书·新知三联书店 2002 年版。

汪正龙：《文学意义研究》，南京大学出版社 2002 年版。

王靖宇：《左传与传统小说论集》，北京大学出版社 1989 年版。

王先霈、王又平主编：《文学批评术语词典》，上海文艺出版社 1999 年版。

王先霈、周伟民：《明清小说理论批评史》，花城出版社 1988 年版。

王元化：《文心雕龙创作论》，上海古籍出版社 1979 年版。

王运熙等：《中国文学批评通史》（七卷本），上海古籍出版社 1996 年版。

［意］维柯：《新科学》，朱光潜译，人民文学出版社 1987 年版。

［美］韦勒克、沃伦：《文学理论》，刘象愚译，生活·读书·新知三联书店 1984 年版。

吴承学：《中国古代文体形态研究》，中山大学出版社 2002 年版。

吴林伯：《〈文心雕龙〉字义疏证》，武汉大学出版社 1994 年版。

吴兴明：《中国传统文论的知识谱系》，巴蜀书社 2001 年版。

吴子林：《经典再生产：金圣叹小说评点的文化透视》，北京大学出版社 2009 年版。

吴宏一：《清代文学批评论集》，联经出版事业股份有限公司 1998 年版。

吴正岚：《金圣叹评传》，南京大学出版社 2006 年版。

伍蠡甫、胡经之：《西方文艺理论名著选编》，北京大学出版社 1986 年版。

邬国平、王镇远：《清代文学批评史》，上海古籍出版社 1995 年版。

[美] 夏志清：《中国古典小说史论》，胡益民等译，江西人民出版社 2001 年版。

向熹主编：《古汉语知识辞典》，四川人民出版社 1988 年版。

徐朔方：《晚明曲家年谱》，浙江古籍出版社 1993 年版。

[英] 燕卜荪：《朦胧的七种类型》，周邦宪等译，中国美术学院出版社 1997 年版。

杨义：《中国叙事学》，人民出版社 1997 年版。

杨志平：《中国古代小说文法论研究》，齐鲁书社 2013 年版。

杨清惠：《文法——金圣叹小说评点叙事美学研究》，大安出版社 2011 年版。

姚文放：《中国戏剧美学的文化阐释》，中国人民大学出版社 1997 年版。

叶朗：《中国小说美学》，北京大学出版社 1982 年版。

[英] 伊格尔顿：《二十世纪西方文学理论》，伍晓明译，陕西师范大学出版社 1986 年版。

易蒲、李金苓：《汉语修辞学史纲》，吉林教育出版社 1989 年版。

余虹：《中国文论与西方诗学》，生活·读书·新知三联书店 1999 年版。

[美] 詹明信：《晚期资本主义的文化逻辑》，陈清侨等译，生活·读书·新知三联书店 1997 年版。

张伯伟：《中国古代文学批评方法论研究》，中华书局 2002 年版。

张国光：《金圣叹的志与才》，南京出版社 1998 年版。

张国光：《金圣叹学创论》，中州古籍出版社 1993 年版。

张寅德编选：《叙述学研究》，中国社会科学出版社 1989 年版。

张曙光：《叙事文学评点理论的现代阐释》，山东人民出版社 2012 年版。

张世君：《明清小说评点叙事概念研究》，中国社会科学出版社 2007 年版。

张小芳、陆林：《话说金圣叹》，江苏人民出版社 2012 年版。

赵宪章：《文艺学方法通论》，江苏文艺出版社 1990 年版。

赵宪章：《西方形式美学》，上海文艺出版社 1996 年版。

赵宪章：《文体与形式》，人民文学出版社 2003 年版。

赵毅衡编：《"新批评"文集》，中国社会科学出版社 1988 年版。

周宪：《超越文学：文学的文化哲学思考》，生活·读书·新知三联书店 1997 年版。

周宪：《二十世纪西方美学》，南京大学出版社 1997 年版。

周宪：《现代性的张力》，首都师范大学出版社 2001 年版。

周群：《儒道释与晚明文学思潮》，上海书店出版社 2000 年版。

周锡山：《金圣叹文艺美学研究》，上海人民出版社 2016 年版。

周作人：《论八股文》，《看云集》，上海开明书店 1932 年版。

周作人：《中国新文学的源流》，北平人文书店 1932 年版。

朱东润：《中国文学批评史大纲》，上海古籍出版社 1957 年版。

朱自清：《朱自清全集》，江苏教育出版社 1996 年版。

左东岭：《李贽与晚明文学思想》，天津人民出版社 1997 年版。

钟锡南：《金圣叹文学批评理论研究》，上海古籍出版社 2006 年版。

曾守仁：《金圣叹评点活动研究——拟结构主义的重构与解构》，花木兰文化出版社 2014 年版。

三 英文原文

Ching-yu Wang, *Chin Sheng-t'an*, New York：Twayne Publishers，1972.

David Rolston, *How to Read the Chinese Novel*, Princeton：Princeton University Press，1990.

David Rolston, *Traditional Chinese Fiction and Fiction Commentary*,

Standford: Standford University Press, 1997.

Harld Bloom, *The Western Canon*, New York: Riverhead Books, 1994.

Hazard Adams, "Canons: Literary Criteria/Power Criteria", *Critical Inquiry*, Vol. 14, No. 3, 1988.

John Berger, *Ways of Seeing*, New York: Penguin, 1974.

W. V. Harris, "Canonicity", *PMLA*, January 1991.

后　记

在恩师的眼中，自己似乎总是一种青年模样，殊不知难敌岁月的洗礼，不经意间人生已过天命之年。思来想去，我在中国古代文论研究领域已持守近三十个春秋，虽说没有多少骄人的成绩，但在人生事业追求的旅途中，十分幸运地遇到了三位令人崇敬的智者良师。1988年师从华中师范大学陈竹老师攻读硕士，学习中国古代文论；2001年师从南京大学赵宪章老师攻读博士，研究古代文艺美学；2006年师从复旦大学黄霖老师攻读博士后，研究中国古代文学批评史。三位导师都是我人生事业路上的知遇恩师。他们的博学多识拓展了我的学术视野，磊落坦荡的襟怀让我正道而行，无微不至的关怀让我们情笃谊深。所有这些，都让我终身受益，没齿难忘。

特别应感谢的是我的博士导师赵宪章老师。此书的出版正是在我博士论文的基础上修改而成。忆及南大情景，至今历历在目。从论文选题，到初稿成型，直到最后定稿，几经修饰，几经研磨，每一步都离不开赵老师的精心指导。经过不断地锤炼与学习，自己也渐渐触摸到学术的门径。多年来，言传身教，耳濡目染，从中感受到理论的深度，逻辑的精严，学术的敬畏。我也有幸多次分享导师的问学心得："问学之道，真诚而已。视其为木拐者，可登高望远；视其为友朋者，可相伴终生……惟视其为己之宗教者，方达至境。"这种心无旁骛、一心向学的治学境界，对我来说是一种激励、神往，但也是一种汗颜，只能说"虽不能至，然心向往之"。在序言中，赵老师对我多有鼓励，寄以希望，但多年来的行政事务，犹如钢枷铁锁，牢不自脱。每每念及于此，有负老师期望。好在此书出版之际，彻底摆脱诸种事务的束缚缠绕，顿生如释重负之感，有幸回归到教书育人的初心本位。这既是一种无言的兑现承诺，也是一种难得的自励前行，寄希望以一种平静淡泊的心境来消解非生命本有的喧嚣浮躁。金圣叹说得好："君子居易俟命，无入不得，素春行春，素夏行夏，更无他求也。"不为外物诱惑，专注于真诚问学，体验心灵世界的自我丰盈，这也正好反映了学术追求的本然心态。

在南京大学求学期间，还有幸遇到诸多良师益友。周宪老师、胡有清老师、周群老师、姚文放老师、佴荣本老师在整体思路和行文细节上对我的博士论文给予悉心指导，并提出了宝贵的修改意见。在此深表诚挚的感谢！师兄汪正龙、师弟董希文，相互之间多有切磋，相谈甚洽，也构成了一道值得回忆的靓丽风景。

非常荣幸，《金圣叹形式批评研究》获批2006年国家社科基金一般项目资助。拙作的部分成果已在《文学评论》《文学评论丛刊》《江汉论坛》《齐鲁学刊》《文艺理论》及人大复印资料等刊物发表或转载，并引起一定反响。在此深表谢意！

特别值得提及的是我的爱人李洪先女士，在承担教学工作和家务的同时，多次承担书稿的校对、打印工作；女儿樊卓然，好学上进，工作出色，也为我赢得了宁静的学术空间，对此深表感激与欣慰！

樊宝英

2018年10月18日

于小和山翰墨香林苑